XIZANG MOTHER

 བོད་ལྗོངས་ཀྱི་ཨ་མ།

西藏妈妈

徐 剑 ———— 著

SPM
南方传媒

广东人民出版社

·广州·

图书在版编目（CIP）数据

西藏妈妈 / 徐剑著 . —广州：广东人民出版社，2023.9
（2024.5 重印）

ISBN 978-7-218-16358-1

Ⅰ. ①西…　Ⅱ. ①徐…　Ⅲ. ①纪实文学—中国—当代
Ⅳ. ① I25

中国版本图书馆 CIP 数据核字（2022）第 251376 号

XIZANG MAMA

# 西藏妈妈

徐剑　著

出 版 人：肖风华

选题策划：肖风华
责任编辑：李力夫
责任技编：吴彦斌
装帧设计：张贤良

出版发行：广东人民出版社
地　　址：广东省广州市越秀区大沙头四马路 10 号（邮政编码：510199）
电　　话：（020）85716809（总编室）
传　　真：（020）83289585
网　　址：http://www.gdpph.com
印　　刷：三河市中晟雅豪印务有限公司
开　　本：710mm×1000mm　1/16
印　　张：22.5　字　　数：284 千
版　　次：2023 年 9 月第 1 版
印　　次：2024 年 5 月第 2 次印刷
定　　价：68.00 元

如发现印装质量问题，影响阅读，请与出版社（020-85716849）联系调换。
售书热线：（020）87716172

# 目　录
## Contents

## 第九卷　烟火

## 第十卷　绿菩提

## 后记　千年一梦桃花落

第一卷
Chapter 1

奇缘

## 拉萨，一种跨越地域族群的天缘

　　拉萨城的夏天早晚温差大。昨晚又下了一场雨，夜色褪尽，浓雾从山腰间慢慢蒸发，像巨蟒蜕变一样，轻轻地，褪下一层薄翼云裳，从山腰往上边冉冉浮升。云散山显，城郭四围山巅犹如落了一层薄雪，更似一朵朵白莲花绽放。

　　平措对这方风景早已习以为常。几乎每天清晨，拉萨河的天空中都会出现一朵朵白莲花，或云，或雪，或雾，就像酥油碗里吹开的，也是一朵雪莲，白云哟。平措端起瓷碗，一口饮尽卓嘎妈妈倒的酥油茶，说了一声"阿妈拉，我走了！"背着书包就往楼道里边跑，然后大声喊隔壁爱心家庭的同学，"罗桑多吉，走啦，晚了会迟到的！"

　　卓嘎跟在后边，见平措小脚紧蹬，听着像下冰雹一样，噼噼啪啪几下就跑下楼，她紧随后边，急呼："平措，不着急，才六点呢！"

　　"阿妈拉，别送了，我和罗桑多吉一起走。"平措头也不回地往楼下跑。

　　"这孩子！"卓嘎摇了摇头，孩子们吃过早餐，她都要搁下手中的活，将孩子送到楼下，或送进幼儿园，或送到校车前，无论雨雪阴晴。

　　六号家庭的妈妈卓嘎和平措下了楼，走到庭院的甬道上。母子刚站定，罗桑多吉就来了。院子里的张大人花在随风摇荡，高高的杆子，淹没过孩子们的头，正如两个孩子的花季。平措每天都与罗桑多吉一起上学，两个人的身影很快消失在花丛中。

"平措，早晨大车多，过马路要小心！"卓嘎伫立原地，大声喊道。

"知道啦，卓嘎妈妈！"平措回望了一眼，与罗桑多吉跑了起来。

天有点儿凉，雪风从拉萨河里吹过来，平措和罗桑多吉的小脸被吹得红扑扑的，像秋日里的红苹果，只是现在离秋天，还隔着一个漫长的夏季。

藏族人对时间的概念，多是模糊的。而2018年7月11日，这本是一个寻常的日子，可是对于平措、对于阿妈卓嘎，还有拉萨福利院的爱心妈妈们，却是一个极特殊的时刻。谁都未曾想到，这一天，一个小天使于寒雾连晓色中，出现在拉萨河边。第一眼看到这个小天使的，就是刚从卓嘎妈妈眼中消失、去上学的平措。

那天清晨，平措一连喝了好几碗酥油茶，浑身发热，并不觉得拉萨的清晨有多冷。他与罗桑多吉蹦着，跳着，朝拉萨福利院门口走去。路上行人稀少，福利院大门紧闭，只留了一扇小门方便上学的孩子们出入。

平措朝值班室看了一眼，保安叔叔还没起床呢。他穿小门而过，左拐，绕过大门，铁栅栏旁的水泥台上有一块毛毯，包裹着什么东西，吸引了他的目光。那东西怎么会蠕动？好像还在嘤嘤哭泣，传来小猫一样的腔调。

平措一点儿也不害怕，他几大步向前，冲上去轻轻地掀开毛毯。天啦，是一个婴儿！穿着保暖衣，衣服与毯子间，还放了一叠人民币。

"罗桑多吉，快过来看，这里有一个孩子！"平措向离他不远的同学招了招手。

"真的吗？"

"当然！卓嘎阿妈说了，说谎的孩子不是好孩子，我咋会骗你！"平措回头说道。

罗桑多吉跑过来了，凑近一看，还真是一个婴儿哟。

"你看着呀，我去叫保安叔叔。"平措转身跑了起来，绕过铁栅栏大门，气喘吁吁地跑到了大门值班室，小拳头雨点般地擂门："叔叔，快开门！"

天尚早，离上班时间还远呢。平措咚咚的敲门声惊动了保安。

"啥事嘛，平措？小门开着哩。"保安从床上一跃而起。平措的小学离儿童福利院近，每天早晨上学，他都与同学步行先出发，比坐校车的孩子走得早。

"叔叔，大门口，谁放了一个小娃娃！"平措朝铁栅栏门方向指了指。

"你说啥！"保安有些惊讶，"平措，你没有看错，真是一个小孩子吗？"

平措捣蒜似的点头，然后朝着那边飞跑过去。

"走，过去看看！"保安是个藏族男人，紧随平措后边，大步流星地走了过去，边走边说："作孽啊，两个月前，才有人在福利院门前扔过弃婴，这回又来啦。"

平措带着保安叔叔来了，罗桑多吉闪到一旁，保安凑上前去，打开毛毯，看了看保暖内衣，又在孩子的眼前晃了晃手，长叹了一声，说："看样子刚满月不久，眼睛像是有点儿问题。"

"真的吗？"

"你看，平措，我的手在他眼前晃动，他没有反应啊。"

"时间不早啦，你俩上学去吧，弃婴交给我，"保安交代道，"我给福利院领导打电话。"

平措点了点头，依依不舍地走了。


也是这样一个夏日的清晨，卓嘎坐在我的对面。彼时，我刚从喜马拉雅山麓下来，时间是 2020 年 7 月 7 日。离平措捡到那个弃婴差四天就满两年了。

我入藏已经四十多天了。计划是从昌都儿童福利院开始，然后去那曲、阿里、日喀则、拉萨、山南，这么一路采访下来，最后在林芝收官。而拉萨是我采访的一个重要地点。

2013年，《西藏自治区人民政府关于全面推进五保集中供养和孤儿集中收养工作的意见》颁布，提出3年内在全区实现"有意愿的五保对象在县级以上机构100%集中供养、孤儿在地级市以上机构100%集中收养"的民生保障模式，即将孤儿集中供养于地市级儿童福利院，五保户则集中供养于县级福利院，简称"双集中"。

卓嘎是2013年第一批考入拉萨儿童福利院的爱心妈妈。看着卓嘎，我的脑海蓦地掠过两个词：白度母，西藏阿妈。卓嘎并不漂亮，与唐卡上画的白度母、绿度母相比，既不婆娑，也乏妩媚，人还略略发福，但是岁月在她脸庞上留痕不多，颜面红润丰韵，神情慈爱，像绽开的一朵红莲花，让人一瞥难忘。那笑容，就像倒映在拉萨河里的白云，只属于西藏。

酥油茶斟满了，卓嘎未坐下。

我仰首问道："你的老家是哪里？"

"日喀则市江孜县。"卓嘎笑着道。

"莫不会家是帕拉庄园的吧！"我打趣道。

"天啦，您咋猜这么准，查过户口吗？"卓嘎惊讶地张大了嘴巴，"我家就在帕拉庄园地盘上的江热乡班久伦布村。"

"啊！"我也有些惊讶，刚才不过是随口说说，只是一场采访的余声，引发的偶然的联想。

昨天，我刚刚告别日喀则市，路经江孜，特意去了帕拉庄园。那曾经是一个旧贵族的庄园，民改后，时任江孜分工委书记、我的老领导阴法唐将军下令保持原貌，留下的一个封建农奴制的标本。

为了写西藏的精准扶贫，我想寻访当年朗生（奴隶，地位最低的农奴）的后代，看他们是否又沦为贫困户。可惜，江热乡宣传委员是个年轻姑娘，并不知道帕拉家族的历史，更不知道朗生与差巴（支差者，地位较高的农奴）的身份差别，未找到朗生的后代，却将我引领进江热乡班久伦布村的一户差巴之家。

"我家过去也是朗生出身哟。"卓嘎说。

"是吗？"我追问道，"你家住在村中央，还是帕拉庄园的对面？昨天进村，我进的第一户人家，是平措罗布杰家。"

"罗布杰？"卓嘎觉得名字挺熟悉，"多大年纪啦？"

"七十多岁吧。"我回答，"夫人叫普布片多，今年六十八岁。"

"有照片吗？"

"有啊！"我打开手机图库，翻出罗布杰一家人的照片。卓嘎接过去一看，惊呼道："这是我亲叔叔罗布杰和婶婶呀！"

"啊，你说的是真的吗！"我一跃而起，有点儿不敢相信。

这世界真大，也真小，只是西藏太神奇了，冥冥之中，被一个上苍的轮盘旋转着，大千世界，众生芸芸，我们从何处而来，择何地而居，又将向何处而去，本是谁也说不清、道不明白的哲学问题。雪域万里连广宇，千里陌途，与同一个家族的亲人的相遇、相识，那概率实在是太小了，可是在西藏，冥冥之中，仿佛有一种神奇的磁场，模糊了时空，拉近这种相见。我在西藏见到这种相遇和神奇，并不是第一次，也不是最后一次。

更神奇的事情还有。我对卓嘎说采访完罗布杰一家后，又去了两位阿佳（对藏族女性的尊称，可翻译为姐姐、婶婶等）家采访，一位阿佳叫列宗，今年五十岁，独自在家，丈夫叫平措，是一个木匠，四十八岁。夫妻俩有一双儿女，男孩扎西大学毕业后，考到昌都市江达县当中学老师；女儿普卓玛，拉萨师范高等专科学校毕业后，考到丁青当小学老师。

"普卓玛，那是我嫂嫂啊！"卓嘎道。

"真的啊！咋会这么巧？"我也有些疑惑，难道这真的是一场意外西藏奇遇？

"您拍了照片吗？"卓嘎道。

"有。"我将昨天拍的照片翻出来，让卓嘎看。

"真是我嫂子。"卓嘎答道。

"天啦，怎么会有如此奇遇啊？！"今天拉萨城的奇缘，令我有点儿目眩神惊了。

天庭银河星，圣地一城人，内地，芜野，你我他，少年与弃婴，汉族作家与江孜江热乡人家，在某个历史时空的点上，注定相遇了。


那天上午，送完上学和上幼儿园的孩子后，她为孩子们洗碗，整理卧具，打扫室内卫生。突然拉萨市儿童福利院院长的电话打了过来，说："六号家庭妈妈卓嘎，你来院长办公室一趟。"

卓嘎不知院长找她有什么事情，匆匆赶过去了。只见沙发的氆氇上躺着一个婴儿，穿着一件保暖衣，旁边放着一块小毛毯子，藏式茶几上有一个信封，里面装了一叠钱。

"院长，这是？"

"你家平措早晨上学时，拾到了这个弃婴。"

"啊！"卓嘎赶忙上前，将婴儿抱了起来，撩开保暖衣的帽子，看到婴儿的皮肤很白，嫩似樱花，她一眼就喜欢上了，问院长："是个男婴，还是女婴？"

"男孩，看样子像有两三个月啦。"院长也是一位藏族阿佳，"可能是一个天生盲童，眼睛看不见，会不会有智力障碍，不好说，还得要检查。"

"啊！"卓嘎心惊，连忙将手往弃婴的眼睛前面晃了晃，果然毫无反应。她长叹了一声道："院长，我看这个弃婴的皮肤，不像是我们藏家儿女。"

"我的感觉与您一样，"院长说，"我让办公室调阅了视频监控，可能因为夜暗，对比不出来，但从这个弃婴母亲的身影看，像一位汉族年轻女子，不像我们藏族姑娘。"

"汉族、藏族本是一家人，"卓嘎抱着弃婴摇了起来，边摇边说，"不管是藏族，还是汉族的弃婴，扔到了儿童福利院的门口，就是我们的孩子。"

"说得多好啊，卓嘎，"院长喟然，"我将你叫来，就是想通知你，上月是一号家庭妈妈收养了一个弃婴，这一回轮到你们六号家庭了，怎么样，有什么意见吗？"

"没有，院长，我太高兴了，家里又多了一个孩子。"卓嘎的喜欢溢于言表。早晨平措上学捡到一个弃婴，傍晚放学回来，发现捡到的孩子成了自己的弟弟，一定会高兴极了。

"这就好，"院长点了点头，交代道，"我们刚才商量了一下，就给这孩子取名为丹增拉巴，你办好手续，就带回家吧。"

"找师父取的？"

"不，我们自己给他取的，"院长说，"洗过澡，换完衣服后，我安排车，带他去自治区人民医院体检。"

"好啊！"卓嘎点了点头，等办公室的人将一切手续办妥后，她签上了自己的名字，满脸欢喜，抱着刚捡来的婴儿，哼着童谣《两只老虎》："一只没有耳朵，一只没有尾巴，真奇怪。"听到童谣，那沉寂了好久的婴儿，突然露出笑容。

卓嘎将脸贴在婴儿的小脸蛋上，闻到了一股浓烈的乳香。凭一种藏家女人的直觉，对每个民族气味敏锐的辨识度，令她更加坚信，这个取名丹增拉巴的盲童，并未流淌着藏家的血脉，但这一点儿也不妨碍她卓嘎做他的妈妈。

抱着弃婴回到六号家庭，卓嘎找来洗澡盆，放了一盆热水，将好多天没有洗过澡的弃婴洗得干干净净，擦拭了一番，然后，换上一身新衣服，抱到楼下晒太阳。其他带着孩子出来的爱心妈妈看见了，都很羡慕，说："卓嘎，你真是好福气，从抱奶娃娃带起，这是多幸福的事情呀。"

卓嘎笑了，说："丹增拉巴真的好漂亮，嫩生生的，皮肤好嫩白哟，不像是我们藏家的孩子，他可是菩萨送来的，与我们家有缘，我要好好待他。"

"卓嘎真是一位好妈妈！"在场的爱心妈妈们无不感叹。

太阳落到次角林山那边了，拉萨河被晚霞染起了一团团红云，转瞬之间，一条河都燃烧了起来了，缠绕着拉萨城和布达拉宫。放学了，平措跳着蹦着走回儿童福利院，进门时又遇到了早晨值班的保安，便说："叔叔好！"

"平措好，祝贺你啊！"

"保安叔叔，祝贺我什么？"

"你家又多了一个弟弟了。"

"真的呀？"平措多少有点儿怀疑。

"当然是真的呀，叔叔能骗你吗，"保安说，"你早晨在大门口捡到的弃婴，分到你们六号家庭了，被卓嘎妈妈领走了。"

"我有弟弟啦！我有弟弟啦！"平措喊着，奔跑着，朝六号家庭赶了回去。

# 藏北，妈妈被棕熊咬去半张脸

车子驶出丁青县城，向东，行驶五公里，右拐，转向503县道，去当堆乡，司机说到丁青县最边远的一个村庄，还有七十公里路程。

夏天的阳光真好，万里无云，穹顶如挂了一块蓝色的大幕布，是那种特别炫目的藏蓝。布措局长朝天望了一眼，心情却无法像天空那样明朗。

已经不是第一次驰骋康巴大地了。她坐在越野车副驾上，倒车镜里，县城、村庄，还有红墙红瓦扶贫搬迁安置小城，渐次退去，凝固成一个个小点。千家万户皆有归处，而妈妈被狗熊咬伤的那两个孩子呢？

作为昌都市民政局局长，自2013年西藏自治区启动"双集中"供养孤寡老人和孤儿后，她一直奔波于昌都市辖地，从一个县至另一个县，从一个镇到另一个乡，从一个村庄到另一个村庄，从一户人家到另一户人家，甚至从秋牧场追至夏牧场……但凡听到哪里有孤儿，她就赶过去，将一个个孤儿从牧场、乡村和藏边人家，领了回来，领进位于昌都市卡若区的儿童福利院。

那个日子至今令人刻骨铭心。布措记得，那天是2018年5月31日，第二天就是儿童节了，她必须赶到丁青，到当堆乡最远的一个村庄，在靠近边坝和洛隆县的牧场，寻找到那两名幼童，将他们带回昌都市。

车子一路向前，旷野无树，光秃秃的山岗刚泛绿，春天刚刚过去，雪一路，雨一程。前边丁青县民政局的车子在带路，对向行驶的车越来越少，苍鹰在天穹相伴，海拔节节升高。生于斯，长于斯，布措局长深深爱着这片康巴大地，甚至为之痴迷、倾倒。

刚才，她打了一个盹，梦见一群猴子从林间窜了出来，蹲在青稞地上，仰望过往车辆，流露出乞讨的神色。随后，一群马鹿从雪山之巅奔逸而下，过尽苍山无痕迹。鹿背的流线，犹如江河在流动，一泻千里。大莽林退去，风吹，草低，离天际更近了，远处有一群牦牛，像墨汁撒在牧场上。这时，一只棕熊出现了，大摇大摆，朝牧人的夏牧场奔来，不知不觉间，竟然摸进了黑帐篷，随后帐篷里传来一阵惨叫。

布措猛然惊醒。这是个梦，也不是梦，这个故事一直萦绕于她的脑际。这个故事，在昌都、丁青一带已经传了些时日。

灰头雁的翅膀上，一片羽毛落到了澜沧江里，带来了春的暖意，可是，从雪风中却飘来一个悲惨的故事。与其说是故事，不如说是一幕惨剧：瓦拉山下有一个牧女，被棕熊袭击，被咬去了半边脸，容貌毁去，无法见人。牧女的遭遇，令布措坐卧不安。

雨后的夏牧场，阳光从云罅泄了下来，照在山梁上，犹如追光灯一般移动，半山烟雨半山晴，苍山渐绿，邦锦梅朵贴在地面悄然绽放。夏牧场太大了，在半山坡，是一片台地，偶然也会看见一个低矮的黑帐篷。

布措局长瞥了一眼窗外的山河。扎曲水，静静地流淌，它与昂曲相汇，流成了浪漫的澜沧江……

静水深流，可是此刻，布措的心再也无法平静，作为一个女人，而不是局长，那一幕，她觉得太过于血腥与骇人。

是这样的清晨吧，一个叫四朗央宗的年轻妈妈早早起床了，背着水桶，走出黑帐篷，踏着晨曦，到春牧场的河里背水。回来后，她将帐篷里的牛粪烧得通红，打了一壶酥油茶。吃过糌粑，她站起身来，抄起门边挂的乌朵，到牛圈门边，打开门，赶着自家牦牛，朝着台地上那片云杉林走去。

阳光透亮，晨曦斜照在牧场上，将四朗央宗婆婆的身影拉得长长的，投在粘着露珠的小草和野花上。牧牛女随着牦牛，手中旋转着她织牦牛线的转斗，长裙窸窣，踏草而行，露水打湿了她厚厚的裙底，这是一个女人最美丽的时刻。

布措想起年轻时自己的身影，可是她怎么也想象不出央宗的容颜，她见过许多牧区的女人，就像她年轻时一样美丽，或高挑出众，或珠圆玉润，高鼻，大眼，皮肤红润如婴，掩藏于牧区，一旦踏云而来，见者皆惊为天人。

四朗央宗从未回望过自己的丽影。她就是草原上一株小草，逢春露而还阳，遇霜雪而枯萎。最令她心生欢喜的是这样的春天，野草长出了嫩芽，贴地绽蕾的邦锦梅朵连成了一条花带，那是上苍送给她的。她就是那一朵无名之花，或许因为她常年在牧场放牛，没上过学，也不懂汉语，甚至没有到过当堆乡的镇上，这个藏边人家，这块台地牧场，就是她的世界。六七岁时，父亲将一条乌朵扔给她，从此，她就与牦牛为伍，紧随牛群后边，看草长莺飞，看花开花落，寒雪一场场覆盖荒原。她在花雪风中踽踽独行，一天天长大，成了一个如花似玉的女人，可是，长在台地牧场人未识啊。直到有一天，一个男人闯进了她的帐篷。

情爱如此迷人。与那个男人一起放牧，晨出昏归，赶着一群牦牛踏暮归来，村庄里，牛粪烧得青烟袅袅。那四年，是四朗央宗最幸福的时光。然而儿子希热尼玛才刚两岁，女儿次旺拉措才满月，那个男人便拍拍翅膀走了，一只负心鸟，飞过了漫漫的欲海，再没有归来，又去另一块森林台地上寻找新欢。四朗央宗皮袍里裹着嘤嘤哭泣的女儿，好像听到了自己内心的哭声，她伫立在瓦拉山巅，苦苦眺望，等了一天又一天，一月又一月，那个熟悉的男人身影再没有出现。

可是春天来了。可是瓦拉山上依旧白雪皑皑，四朗央宗那天将儿子和女儿交给母亲，自己穿起那件厚皮袄，长裙曳地，不时挥着手中的乌朵，赶着自家的牦牛上山，穿过云杉林，中间有一大块台地，草长得深，最适合熬了一个漫漫秋冬的牦牛催膘了。

春来发几枝，长满云杉的台地上，高原杜鹃正含苞，再过一些日子，就会迎雪绽放，漫山遍野。然而，四朗央宗心中的那团篝火熄灭了。她是不幸的，成了单亲妈妈。可是，也没有什么啊，祖祖辈辈，世世代代，康巴大地上的单亲母亲多矣，她只是其中的一个，现如今没有人会讥笑和瞧不起这样的女人与人家。但是，她又是幸运的，精准扶贫搬迁，给她家安排了 75 平方米的房子，还有生态岗位，一年有 4500 元收入。更多的日子，四朗央宗仍旧以放牧为主，村里建了合作社，她一家入了股，每天放牛，记工分，到了年底，还可以分红，额外多了一份收入。

太阳从东山上升起来了，央宗觉得好刺眼。牦牛就在山坡上，她追逐而去，不能离它们太远了，转过一簇簇铁藜藜，她不知道，不远处那只饿了一个漫漫冬季的棕熊一直在寻找猎物，它觊觎这群牦牛久矣，只是高原之舟飘得太快，让它无法抓到猎杀的机会。然而，那个走在牦牛后边女人的气味、气息，却被它捕捉到了，它潜伏已久，伺机而动。

四朗央宗不知危机已至。她觉得命运对她已经够残酷了，但像她这样虔诚转山、转水，总会转出好运来的。男人走了，给她扔下两个孩子，让她沦为单亲妈妈，她以为倒霉透顶了，可是政府又将她定为建档立卡户，两个孩子有了新家，她相信，今后的日子会越来越好。

然而，就在一个时空的交汇点上，她要与另一只野兽相遇，劫数难逃。

那只棕熊一直在追踪着牦牛，伺机下手。可是它太笨了，远远落在牛群的后边。然而，这一回，它的嗅觉雷达早就探到了与牦牛不一样的气味，那是属于它不时光顾的帐篷里的味道。

猎物就在面前。四朗央宗随着山坡上的牦牛，想转过荆棘林，进入台地。然而凭着女人的直觉，和她闻到的一种有别于牦牛群的味道，她知道那是一种野兽。

四朗央宗仓皇四顾，可是造化没有给她一次最后的转机。一个庞然大物惊现，刚才还爬行的藏棕熊人立于她的面前，咆哮着，挡住她的去路。"救命呀！"她转身想跑，那头疯狂的棕熊展开前爪，向她扑了过来，张开利齿，朝她的头部咬下……

惨剧发生了，毋需再细密回述那惊悚一幕，展露就是一种残忍。

四朗央宗大半张脸被棕熊咬掉了，变得面目全非。她如何从棕熊魔爪下逃生，如何惊叫、挣扎、搏斗，没人忍心问及，怕触痛血腥往事，毕竟这是很残酷的事情。最终，她获救了，被送进了县人民医院。那年春天，"丁青县狗熊吃人"这事在西藏乃至全国都很轰动，县医院面对被熊咬掉大半张脸的伤者，束手无策，连夜将她转往成都，进入著名的华西医院进行治疗，整形，换脸。两个嗷嗷待哺的孩子，也只好托给亲戚帮忙照看。


布措从回忆中惊醒，碎片般的信息，基本复原了这个故事。丁青当堆乡狗熊吃人的故事，尽管有各种版本流传，被咬的场面和情节也被省略了，可这件事的恐怖、残暴仍在人们的心里，挥之不去。

天有点儿热，按下车窗，夏日的风从远方吹来，布措的目光投向了横断山上的村庄与牧场。西藏自治区"双集中"供养阿里现场会过后，孤寡、病残等居民，集中于县级社会福利院供养，而失怙失恃沦为孤儿的，则集中安置在地市一级的儿童福利院。已经有二十多年历史的昌都市福利院拆分为一院和二院，小学及以下年龄的孩童留在一院，已经上初中的到二院。两个院里已经收养了一千五百多名孤儿。其中有很多孩子，是布措局长一个个从村舍牧场里带回来的。

四朗央宗在成都华西医院保住了一条命，可是已被彻底毁容，医院想给她做整形手术，但由于难度太大，最终无法实现。

布措对当堆乡政府的领导说，四朗央宗就是出院了，也需要戴个"假脸"，难以与孩子正常相处，希热尼玛和次旺拉措这对兄妹，还是让她带回昌都儿童福利院，由国家养起来更加稳妥。

"及时雨啊！"村委会主任说，"我们正在为两个孩子的归宿发愁呢，母亲都这样啦，咋个养法，幸好布措局长网开一面，让亲人还在的孩子进了福利院，真是活菩萨。"

"活菩萨是我们的党和政府。"布措笑着说，"西藏正在全面铺开'双集中'供养，将五保户和孤儿收进福利院，四至十个孩子配一个妈妈，两位老人配一个护理员，条件好着呢。这两个孩子家庭特殊，母亲如此艰难，恐怕无法与他们共同生活了，只好我带回去。"

"谢谢布措局长，度母啊！"

"不敢当，不敢当！那是天上之神。"布措答道。

布措将四岁的哥哥希热尼玛和一岁半的妹妹次旺拉措抱上了车子，驶出当堆乡的遥远山村，往昌都卡若区俄洛镇的儿童福利院方向驶去。

两个孩子从未走出过大山。布措说："我将他们抱上车时，他们一直低着头，不说话，眼睛垂得低低的，偶然一看人，都是羞怯的神色，拐弯时，车速偶然快了，两个就挤在了一起。到了类乌齐县吃饭时，妹妹次旺拉措晕车了，什么也吃不进去，我抱着让她喝牛奶，只见她身上长满了虱子，都爬在衣领和头发上了。车子穿过朱角拉隧道，刚下朱阁寺，我就给昌都儿童福利院长德拉打电话，说'德拉，我又给找回一对兄妹！'"

"拉索！布措局长每次下乡，都会给我们带来惊喜。"

"他们的阿妈拉被狗熊咬了。"

"听说过这件事情，人怎么样了？"

"妈妈还在成都华西医院住院，一半脸被狗熊咬走了，挺可怜的，彻底破了相，无法面对孩子了，只能我们养起来，交给两个好妈妈吧！"

"好！"德拉院长在电话那边答道。

搁下电话，德拉院长将爱心妈妈们叫在一起，说傍晚时分，布措局长会带回两个特别的孩子，他们是兄妹，哥哥希热尼玛四岁，妹妹次旺拉措一岁半，他们很特别，本就是单亲家庭，妈妈还被狗熊咬了，失去了半个脸，如今在成都住院。

"啊！"福利院的爱心妈妈皆露出痛惜之色。

"我很欣慰。好在每个家庭现在都有空床，既然大家都同情、喜欢这对兄妹，我就不指定了，抽签吧，兄妹俩分开到两个家庭生活。今天看谁手气好。"

爱心妈妈们纷纷站起身来，一个个跃跃欲试。

# 我愿将一只眼睛赠与盲童弟弟

　　丹增拉巴到六号家庭的第二十天，索朗旺美放暑假回到了拉萨。他在南京读大学，学的是残疾人管理专业。每到放假时，他都会回拉萨，无论寒暑。虽然这里已没有一位真正血缘上的亲人，可是在他心中，拉萨儿童福利院就是家啊，而卓嘎妈妈，是他至爱的亲人，他还有一群弟弟妹妹。

　　回家的第一个晚上，索朗旺美发现六号家庭又多了一个小弟弟，一个不到半岁的盲童，弟弟妹妹们管他叫丹增拉巴。丹增，是持法的意思，而拉巴呢，可以译成吉祥，持法吉祥，多好的名字呀，赋予一个汉族的弃婴。晚上，卓嘎妈妈搂着他一起睡。他成了六号家里最小亦最受宠的孩子，大孩子们都喜欢抱着他玩。见过面后，平措就对索朗旺美哥哥夸耀道，丹增是一个清晨他在大门口发现的，注定属于六号家庭，那天傍晚，他看到丹增拉巴第一眼，就喜欢上这个小弟弟了，可惜挥手在小弟弟眼前晃动，他却毫无光感，多可怜呀。索朗旺美看平措抱着丹增轻摇，不一会儿卓嘎妈妈接过来也抱着他轻摇，心都柔软起来。

　　索朗旺美是两岁失怙失恃的。两岁的事情，他一点儿也回忆不起来。人的记忆，怎可以架起一座清凉桥，连接过去与未来呢？上师说可以，只要心中有善，就有天地往来的灵感。可是对于旺美而言，孩童往事本是一片虚空，无论他怎么费心伤神地想，也复原不了父母模糊的轮廓。父母姓甚名谁，他来自何方，家在哪里，所有这些血缘信息，在他脑子里都一片空白。他最初的记忆，便是被亲戚带到了拉萨，送进了曲珍孤儿院。彼时，他是一个蹒跚学步的幼童，仅有的一点儿零星记忆，就是跟在亲戚后边，跨进曲珍孤儿院的门槛。一眼望过去，院子里站了一群孩子，男孩女孩皆有，大的八九岁，小的两三岁，个别的还在襁褓里。七八十个孩子，只有曲珍阿姨一个人带，经常是这里哭，那里嚷，房间里总是吵吵闹闹，根本照顾不过来。但在孤儿院有衣穿，饭管饱，有糌粑可吃，有酥油茶可喝，冬天冻不着。那八年，索朗旺美一天天长大，亲戚很少来看他，只有一个姨妈从遥远的地区来看过他几次。记得姨妈最后一次看他时，交代道，要永远记住自己是康巴人，却没有告诉他老家在何处，尤其是他的原生家庭是怎么碎裂的，父母往生于何时，姨妈一句话也没提过。因此时至今日，他不知道父母是谁，也不知道他们是如何撒手人寰的。彼时，索朗旺美太小，不谙世事，当有人问他老家在哪里时，他只是一个劲儿地摇头。后来，索朗旺美进了拉鲁小学，读书后，再不见姨妈来了，他成了一个名副其实的孤儿。对于这段历史，索朗旺美讳莫如深，极少向人提及，别人问他从哪里来，他的回答就五个字：曲珍孤儿院。终于有一天，见到了卓嘎时，索朗旺美惊呼：阿妈拉！

阿妈拉就是卓嘎妈妈这样的，年轻漂亮，脸庞圆圆的，像天上的月亮，甫一张口就笑，就像院子里的张大人花。儿时记忆中阿妈的模糊印象，在那一瞬间复活了。或许因为精神有了寄托，他不再排斥前尘往事，或许是拉萨市儿童福利院的欢乐生活，将索朗旺美如枯井一般的内心激活了。

索朗旺美从曲珍孤儿院转至拉萨儿童福利院，事出有因。一些私立孤儿院因为经费与人手的关系，无法将每一个孤儿都照顾妥帖。西藏自治区党委高度重视福利事业，决定将孤儿抚养等任务划归自治区政府民政部门承担。于是，将儿童集中于地市级儿童福利院、孤寡病残老人集中在县社会福利院供养的政策出台。最早的"双集中"试点推广现场会，是在阿里召开的，此后整个自治区纷纷学习和借鉴阿里经验。

卓嘎那年已经二十八岁了，仍然待字闺中。不知何故，她错过了许多好姻缘。初中毕业后，她便回了帕拉庄园的班久伦布村——一个农区村庄，在年楚河边——跟着阿爸、阿妈种青稞。播下的青稞种子发芽了，钻出了土地，青苗绿了，青稞黄了，年复一年。雪风吹老了岁月，也掳走了卓嘎的芳华。阿爸、阿妈往生后，卓嘎觉得这个家已经不再属于自己，哥哥娶妻立户单过了，姐姐们都出嫁了，仅剩下她一人在家。2013年一个偶然的机会，听到拉萨市儿童福利院在招聘爱心妈妈，她就来应聘，一面试便被选上了，成了六号家庭的妈妈。

卓嘎见到索朗旺美那年，他已经十二岁了，在拉鲁小学读五年级。由于一些私立孤儿院解散，他们十多个孤儿，被安排到了拉萨市儿童福利院。走进大门，院子好大一片，有操场、花园、小径，一幢五层的楼房，远眺着拉萨河和娘热山，环境真好。

索朗旺美被卓嘎妈妈领回了六号家庭，与他一起去的还有九个孩子，十个人一个家，房子是三室一厅，四个孩子一个房间，睡的是高低床，分为上下铺，床边都是散发着松木香的围栏，做工很精致。第一眼看到卓嘎妈妈时，索朗旺美愣住了：爱心妈妈怎么这样面熟，依稀在哪里见过。梦里？一次次梦中，他呼唤过阿妈拉，彼时，他觉得神魂被掳走了，少年残梦里，他曾经无数次勾画的阿妈拉的样子，就是眼前站着的卓嘎妈妈这个样子，只是过去太模糊，而这一刹那间，突然清晰起来了。因此在见面之时，一个十二岁的少年，竟然毫无羞涩之感，对着卓嘎喊了一声"阿妈拉"。

卓嘎愣住了。到拉萨儿童福利院日子不短了，喊她阿妈拉的，多为二至五岁的孩子，而像索朗旺美这样的少年，多数叫她阿姨，大一点儿的还会叫她姐姐呢。索朗旺美这么一叫，倒让卓玛有点儿脸红，既幸福，又惊慌。

　　索朗旺美在拉萨儿童福利院里茁壮成长。他从拉鲁小学毕业后，上的是拉萨中学。六七年的时间，他都是在六号家庭里度过的，与卓嘎妈妈的感情从未有过隔膜。家里还有两个残疾的孩子，填报高考志愿时，他毫不犹豫地报了南京一所大学，选的是残疾人教育专业，最终读的残疾人管理专业。

　　没有想到，暑期回拉萨，家里居然添了一个盲童弟弟。索朗旺美在暑假的一个月里，经常抱着他玩，也喜欢上了这个汉家弃婴。

　　丹增拉巴还小，这一辈子，天地的灿烂与黑暗，温暖与冰冷，还有佛的眼睛，对他都是关闭的，现实太残酷了。有一天晚上聊天时，卓嘎妈妈对索朗旺美说，我要带他去治眼睛，上成都，去北京，早治比晚治要好哟。

　　索朗旺美点了点头，那一瞬间，他突然觉得，卓嘎阿妈，就是站在自己眼前的白度母，闪闪发光。

　　暑假很快过去了，索朗旺美要返回南京，蓦然回首间，他突然对丹增拉巴有些恋恋不舍。

　　过了中秋节，拉萨的太阳依然炽热。有一天，卓嘎妈妈接到通知，说有一家慈善机构赞助，丹增拉巴可以到北京同仁医院检查眼疾了。于是，卓嘎妈妈背着丹增拉巴，第一次坐上西藏贡嘎机场飞往北京的飞机，去了那个藏族人民最心仪的北京。

　　他们到了同仁医院，很快就住上了院，做了例行检查，可是最终医生的目光是失望的，他说，丹增拉巴的眼疾是与生俱来的，双眼因细菌感染，已经致盲了。

"还有什么办法可以挽救丹增的眼睛吗？他是一个孤儿，才几个月大就被父母遗弃，长大了还要生活，不能没有一双眼睛啊！"

见这位藏族妈妈这么诚恳，北京同仁医院的专家说，也不是绝对不可以医好，只是要手术，探查他的视网膜是如何掉落的。可是卓嘎太心疼丹增了，觉得他一个一岁多的孩子，经历这样的检查，还不锥心地疼呀！终于还是舍不得，于是她对同仁医院的专家说："孩子太小了，又不会说话，痛到心里，也不会说出来，我不想让他太遭罪，还是背回拉萨城吧，我相信丹增拉巴有睁开眼睛的一天！"

快到2019年的元旦了，卓嘎背着丹增拉巴回到了拉萨，没过多久，就是藏历春节了。娘热山暮雪，西北风吹了过来，次角林的《文成公主》大戏也降下了帷幕。彼时，索朗旺美从南京城回到了圣城，回家那个晚上，看着卓嘎妈妈抱着丹增拉巴，一边颠一边唱汉族童谣："两只老虎，两只老虎，跑得快，跑得快，一只没有耳朵，一只没有尾巴……"只听丹增拉巴咯咯地笑了，一会儿，卓嘎妈妈又唱："你是我心中的宝贝，你是我心中的菩萨……"此曲唱毕，卓嘎又用汉语唱起了"宝贝，爸爸妈妈对我说……"蓦地，丹增拉巴的眼睛里突然有一泓清泉流了出来。

"旺美，快来看呀，丹增拉巴听懂我的话儿了！"

"是吗？"索朗旺美扑了过来，看见丹增拉巴白净细嫩的小脸蛋上，两行泪珠溢了出来，就像红扑扑的桃子上凝结的雨露。

卓嘎妈拉仍旧在唱，藏语、汉语歌谣好像飘荡于天边，就在那一刻，在索朗旺美的心中，一个词突然涌了出来：度母，卓嘎妈妈就是一位度母呀。

"索朗旺美，你刚才说什么了呀？"

"阿妈是度母。"

"别胡说，度母是天上的观音，人人都在供奉，"卓嘎羞赧地说，

"我哪配！"

"阿妈拉配得上，就是呀！"

"哈哈，我家的旺美折煞阿妈了。"

2019年的藏历新年匆匆而逝，索朗旺美又要返校了。临行前，他抱着丹增拉巴陪他玩了半天，越发喜欢这个小弟弟。晚上睡觉前，当他将丹增抱给卓嘎时，郑重地对她说："阿妈拉，拉巴弟弟太可怜了，我想将自己的眼睛捐一只给他，让他看见光明。"

"这怎么可以！你捐了角膜，一只眼睛就瞎了啊！"卓嘎惊讶道。

"我还有另一只眼睛啊。"

那一刻，卓嘎心中涌起一股暖流，眼前这个十九岁的年轻人，有一颗光明慈和之心啊。


光明祥和的阳光洒在地上，清风拂动院子里一片片张大人花。那天上午，我在拉萨福利院采访时，索朗旺美坐在我的面前，身材单薄，一点儿也不像我印象中的康巴男人的威猛。我问他为何想要将自己的眼睛捐给丹增拉巴。

"他太可怜了，从小被父母抛弃，到现在还不会说话，再看不见光明的话，这个世界对他太残酷啦。"

"捐了一只眼睛，这意味着你的一扇窗子关上了。"

"我还有另一只眼睛看世界啊，"索朗旺美感叹道，"我到南京读大学，最大的志向是想做残疾人教育，岂知考上了残疾人管理。以后，我还要考盲人、聋哑人职业教师资格证，为丹增拉巴这样的盲童服务，给他们插上飞翔的翅膀。"

飞翔的翅膀，这个词真好，我不禁感叹，心里有一股拉萨河的春水湍激而过。

# 达曼人遗孤：望不断喜马拉雅的雪

　　三个达曼人坐在我面前，有村主任巴桑、妇女主任达娃和老妇人云丹，每个人都操一口流利的汉语。相比较，村主任巴桑的汉语略逊一筹，不如当过几年汉家媳妇的达娃，甚至也不如年迈的云丹。

　　我凝视巴桑，那双眼睛实在太大了，我的脑际突然冒出一些词：杏目，白月亮……我不禁甩甩头，太夸张了，这是文人的矫情吧。不过他这双眼睛，让我想起三星堆纵目面具，可纵目少了这种一潭秋水般的沉静，映着喜马拉雅的雪。我再去看达娃、云丹的眼睛、肤色、容颜与神情，皆有别于其他藏族人。他们黧黑的肌肤，像被太阳燃烧过一样，不愧是离太阳最近的人。

　　进藏采访，已经许多天了，我一直期待着与达曼人相遇。因在藏北无人区和阿里这样海拔平均五千米的地方待了足有月余，长期高寒缺氧，身心疲惫之极。从普兰县别过神山圣湖，抵达仲巴以后，我依然在玩命一般地谈访，有时一天驱车三四百公里，谈三户人家。将抵吉隆县境时，日喀则市扶贫办派来陪同的人说，去吉隆镇上休息两天吧，那里紧倚尼泊尔，气候温润，海拔也不过两千多米，氧气充足，是喜马拉雅山麓最宜居之地。

　　吉隆镇，我忽然想起西藏自治区作协主席吉米平阶曾讲述的达曼人部落，说是当年大清与尼泊尔征战时，从边境那边过来的，后来迷失在大森林中，几百年间发展成一个有四十七户人家、二百多人的村庄。听说是一个擅长打铁马掌的村庄，还听说达曼人的意思本就是军队中打兵器的铁匠，我将信将疑。我有一部书叫《经幡》，藏语名为隆达，隆为风，达为马，风在天上，马在地上，风掠过，有风马旗飞扬。达曼，难道是为骑兵打马掌的匠人？我脑际闪过一个问号——文学往往从怀疑和拷问开始。

抵达吉隆镇已经是傍晚时分，一场雨后，空气真湿润，负氧离子将我淹没，第一次不再受缺氧折磨，吃过尼泊尔咖啡饭后，我回到了房间，早早地睡下。一觉睡到天光大亮，令我觉得好似睡在天堂里呢。

有鸟鸣声如天籁一般，清脆、悦耳、悠远，掠过大森林，挟风而来，撞至吉隆小镇的街道上，如瀑布匝地，碎成一片浪花。

第一个采访对象是达曼村庄。从镇上驱车过去，不过几公里远。镇上都是清一色的别墅小院，且多有藏族元素，同时兼具达曼人风情。达曼人迷失在西藏大森林中长达几百年，一直是"黑户"，直至2003年，经过国务院批准，才成为中华民族大家庭中一员。截至目前，在中国的达曼人仅有四十七户、二百余人。

深受数百年流浪之苦，不少达曼女孩为了获得更安稳的生活，跟着来到当地修路的四川、河北人远走他乡。多年以后，她们中间有人经历了婚姻失败，回归吉隆镇生活，坐在我对面的妇女主任达娃就是这样。

后来随着谈访深入，我了解到六十多岁的云丹更是遇人不淑。年轻时，春心被林中的鹧鸪鸟唤醒，她先与仁布县的一位司机尼玛顿珠相恋，结果只是露水情缘一场。他往返于拉萨与吉隆之间，只在吉隆镇上装木材时与她同居，可是正如他的名字一样，太阳一见，生命就灿烂。然而灿烂的日子并不长久，当云丹生下一子，想与他一起过安稳日子时，他才承认早已经有了家庭。后来云丹又爱上一个单位里的一个买菜的工作人员，小她八岁。鹊桥暗渡，迷情于林海，一只青鸟衔枝而起，翩然林涛之上，飞过一片欲海。云丹怀上了一个孩子，那人却害怕了，不敢再与她相见。当她抱着一岁的女儿到单位门口认父时，才知道那负情的青鸟，衔青枝远去了，进了拉萨的一家银行，与另外一位姑娘结婚，却对她和女儿不闻不问。她拭去最后一行泪水，带着女儿，当了单亲妈妈，可是却不敢告诉女儿生父是谁，母女俩忍受了多年的痛楚和耻辱。

听了云丹的故事后，我仰天长叹，问她当时为何不找到单位去，说明真相，单位的领导一定会替她做主。云丹掩口一笑，苍老的面容仍藏着当年的美丽与善良，她说那个男人当时很年轻，远离亲人，寂寞无人顾，虽然一开始是他疯狂追求她，但是自己身为少妇，也是经不起诱惑啊。她觉得自己罪孽深深，故后半辈子都在赎罪，独自带着女儿，饮尽一生的苍凉。望不断的喜马拉雅的雪，默默地印证她的善良。一片冰心在圣湖。

而年轻的妇女主任达娃，同样美眸如风铎，秋波流溢，尽管身体发福了，仍掩饰不住当年异域美女的风情。甫一开口，便说自己当过六载汉家媳妇。

"真的吗？"我的眼睛遽然一亮。

"当然是真的，我这口普通话就是在四川邛崃学来的。"达娃说。她还会谝几句地道的川音。

"你是邛崃媳妇？"我问道。

达娃讲起了自己远嫁四川的故事。千禧之年，她刚十八岁，在吉隆镇修路点上打工，负责做饭，同去的还有村里的几个姑娘。她没想到，一道爱情的大门也向她骤然打开。彼时，有一个刚二十岁出头的四川小老板，姓付，带着几个人修路，她为他们做饭。早晚相见，或许他被她身上的那股异域少女风韵所吸引，尤其是那双大眼睛，镶在太阳燃烧过的皮肤上，炽烈如炬，火一样燃情。她则被他的温婉川音所浸润，音波不大，款款道来，绵绵流长，如森林中的春鸟啼叫。一来两往，修路不到半程，他们却修成了千年共枕眠。后来，儿子呱呱落地，孩子一岁时，他们带着儿子去见四川的爷爷奶奶，从此她就留在了四川，学会了说"川普"，学会了做麻辣烫，也学会了种桑养蚕，还学会了插秧种地。

可是她和孩子移居四川了，丈夫却长期滞留西藏，只有春节时，才像候鸟一样，飞回老家，在妻子这里歇息一下。又过两年，竟然连一点儿消息都没有了。女人的直觉让达娃敏感地意识到，丈夫喜欢上别的女人了，且大概已栖身于别的女人的香巢里了。可是当时没有座机，没有微信，甚至连通信都很困难，达娃与爸爸妈妈和哥哥都联系不上，更捕捉不到丈夫的影子与脚步。达娃站在村口张望雪域，八千里路月和雪，邛崃本是司马相如和卓文君的相爱之地，可是青鸟已远，徘徊复徘徊，倚门眺望多少回，不见丈夫归来。仓皇，无助，手中没有一分钱，又不好意思向婆婆要，于是，她将儿子托付给婆婆，到外边打了三个月的工，挣了一千元。恰好此时青藏铁路通车了，到车站一问，成都到拉萨，硬座票500多元，手里还够回家的钱，她悄然登上了成都开往拉萨的列车。

回到拉萨，回到布达拉。伴着郑钧的歌声，火车进了拉萨，圣城的天空明丽如蓝色哈达，那是一种迷人的宗教蓝啊，可是达娃一点儿也灿烂不起来，她得找丈夫。八廊古城、大街小巷转了三天，如泥牛入海，毫无音信。她身心疲惫极了，来到一位卖哈达的亲戚处，诉说寻夫无果的怅然与忧伤。亲戚说："达娃，我说了你别哭，我知道你丈夫在哪里，他正与一个川妹子聚头过日子哩。"

"这个龟儿子！"达娃怔然，愤怒至极说出的骂街话，竟然是一句川音。眼泪如八廓街夏天的暴雨，在脸庞上流成门帘，她抱着亲戚哭成一团。哭过了，她拭去泪痕，笑道："能带我去见他吗？"

"达娃，去可以，但你得给我一个保证。"亲戚道。

"说嘛，我答应。"

"见了面，不许打架，别闹出人命来。"亲戚叮嘱道。

"放心，我不是那种人。"达娃点头道。

吃过晚饭，达娃跟着亲戚去了拉萨古城一条小巷，在一间出租屋里，她看见丈夫正与一个汉族女人埋头吃饭。一见达娃出现在面前，他大惊失色，嘴唇颤抖，嗫嚅道："达娃，你，你……怎么来了，我妈说……说你跑啦。"

她看到丈夫抖如筛糠。

"我是跑了，千里寻夫，跑到了拉萨，却见到眼前这一幕，我的男人和别的女人在一起。"达娃此时很冷静，坐了下来，一字一句，如高僧念咒语穿透天穹，"给你三分钟考虑，我让你选择，选我，让她滚蛋；选她，我立马就回吉隆去，头也不会回一下。"

丈夫看看妻子，又看看同居的女人，艰难地说："达娃，你是我儿子的妈妈，我当然选你啦。"

"骗子！要负心的龟儿子，你不是说好要与我结婚的！"那个女人哭了，哭过后，说要分手费，讨价还价，谈了半夜，最终以七万元了结。

望着丈夫签了字，达娃长舒了一口气。

其实那之后的日子，过得一点儿也不舒心。儿子仍放在四川，她在拉萨打工，如此又过了三年时光。丈夫在江孜修公路时，又变心了，重新找了一个女人，还生了一个女儿。达娃绝望了，决然分手，回到了吉隆镇达曼村，养鸭子，还开了一个小商店，最终在村里结了婚，生下一个女儿。

达娃的故事讲完了。我将目光探向了村主任巴桑，这个坐在我对面的达曼男人，是一个帅哥：大眼炯炯，被雪风和太阳洗过的肌肤，完全是一片太阳光泽，黧黑而健美，可照日月天地。

铁马冰河入梦来，秋风过吉隆，望不尽喜马拉雅山的雪。作为廓尔喀骑兵的后裔，这些达曼人却再没有了天马行空的雄姿，而是蛰伏大森林中。2003年全村成了中国公民后，国家为每家每户盖了一幢幢别墅小院，全村日子过得都不错。

"说说你家的故事吧。"

"我家的故事！"巴桑欲言又止，回答得有点儿费劲，仍可听个明白。

我好像一下戳到巴桑的难言之隐，便从侧面委婉地引导："家里兄弟几个？"

"兄妹四个，"巴桑答道，"大姐嫁到了河北沧州。"

我讶然，一个仅会几句汉语的达曼人，还是一个女孩，在一个高度融合的后现代化时代，竟选择万里远行，远嫁燕赵之地。也许正是因为以前没有国籍，使这些从喜马拉雅来的达曼人部落的女儿，一个个远嫁四川，远嫁湖广，还有的远嫁幽燕。这可是只有四十七户人家的村子啊，却有二十多名女儿远嫁他乡，令我一阵扼腕长叹。

"那你家三兄弟过得怎么样？"我问巴桑。

"唉！"巴桑一声叹息，"就剩下我一个人啦。"

"为何？"我问道。

"为情而死。"

情殇吗？"为谁而情，为谁而死？"我问道。

"为老婆之死。我哥哥和弟弟都殉情了。"巴桑答道。

"啊！"我惊叹道，"还有如此痴情之人！"

"当然！"巴桑沉浸在一段岁月的回首之中，心情显得格外的沉重。

我在静听，终于在巴桑不太流利的汉语讲述中，听到一个动人的故事。

巴桑家除大姐远嫁河北外，还有一个哥哥叫边巴次仁，小弟叫扎西，他排行老三，几年前由二哥边巴次仁先娶比他小四岁的一个达曼人女儿，名叫边巴拉姆，后来先生下一个儿子，取名达娃名吉，日子过得很安静。因为家庭条件的原因，到了扎西婚娶的年龄时，二哥说，与他共一个老婆吧，不是姐姐，胜似姐姐，算是一场情缘。故当扎西到了婚娶之时，按照藏地牧场区的传统，合房之日，妻子就是已经嫁入他家的边巴拉姆，她的岁数恰好与扎西一般大，于是兄弟娶妻搭伙过日子，先得儿子达娃名吉，后来又生下女儿叫边巴琼达。可是没几年妻子边巴拉姆患病，化蝶而去，追着煨桑的青烟，去了遥远天国，扔下了一对兄弟和一双儿女。从此，两个兄弟虽然带着一双儿女生活，可是家里再没有笑声，兄弟俩每天以酒消愁，喝了三载，终于将小弟扎西喝死了。

小弟去世后，二哥边巴次仁郁郁寡欢，没几年也追随妻子和小弟而去了，遗留下一对儿女，大的九岁，小的七岁，成了名副其实的孤儿。父亲去世的第二年，随着"双集中"养孤养老工程在西藏全方位展开，这对兄妹被送到了日喀则市儿童福利院。

那天下午，雨后的达曼村现出了一道彩虹，我采访完毕后，陪同我的扶贫办的干部说，村后有一个清军坟墓群。我问可否绕过去一观。他说当然。于是，我们出了云丹家，绕过村委会，沿一条远芳侵入的古道，纡徐向上，抵达一个小土地庙。门槛两边，有石雕的莲花和度母，显然不是出自本地工匠之手，尤其汉字石碑令我大为惊讶。将目光投向天空，浓云紧锁的天穹，筛下一缕缕神秘之光。一步步走近，朝那些马革裹尸、未还故土的官兵走近。彼时，野花嫣然，白的、红的、黄的、紫的，犹如一片花环，灿然山野。不远处，一座座白石垒成的荒冢，尖尖的坟顶，一路倚南，向北、向东，遥望故土中原和杏花春雨里的人家。可是倚门而望的少妇和儿女，再也看不到丈夫、父亲魂魄归来。

那一刻，作为一个十六岁就当兵的老军人，我缓缓地举起右手，向这些几百年前的军人的亡魂，行了一个军礼。然后，盈满眼眶的泪水潸然而下。彼时，天空中一只亡魂鸟，掠过我的头顶，是鹧鸪。鹧鸪鸟的叫声，让人心颤。那是我太熟悉的声音，是江南的春鸟。一只亡魂鸟在啼鸣，与地下的英魂合声呢。

该走了。那天下午，我去了中尼边境，游弋于林莽之中，终因边境有疫情而未最终抵达国界，有点儿失望。吉隆县副县长说，离镇上不远，有一个地方据说是当年松赞干布迎娶尺尊公主之所，是座小庙。我说好啊，其实离吉隆镇不远，三四公里的样子。车至一条深壑前，颇有些断崖千尺，流水有声，爱情不泯的意味。我仿佛听到马蹄声，又看到松赞干布从马背上一跃而下，将马鞭传给仆人。村民早已搭好了一座藤桥，松赞干布颤颤悠悠地走过藤桥时，他或许并不知道正在逾越一条爱情天河。

千载远逝，古藤桥变成了一座铁索吊桥，旁边还建了一座圆拱水泥桥，车可直通村里。我从吊桥上经过，风过耳，脚下涛声依旧，可是赞普与公主，农妇与耕夫，都化作雪山飞瀑的一叠叠流水、一片片光影露珠。

到傍晚还有长长的时间。穿过一片田野，逶迤于山道，塔松林与杜鹃花丛中，一座小山神庙掩于崖下，其实就是在一个凸显的山崖下，以此为穹顶，建了一个小庙。我走向那座山庙，庙里已没有僧人，仅有一位风韵犹存的藏族娇娘，伫立于门前，算是守门人，一身藏式夏装在身，身姿曼妙婆娑。我请她倚于门框，拍下了一个留影。

夏天暴雨又倾盆而下。我走到山庙平台上，看山崖的穹顶，倒挂着一排排钟乳石，滴水千载，一沙一世界，一粒一般若，一露一色空，居然神工鬼斧，塑造了人神魔界，一处一神山，一围一天阙。我好生激动，披襟岸帻，伫水而望千山，莽林松入耳，祥雨润心弦。

山雨渐大了，等了好久，仍不见停歇。我站在山庙的平顶上，这时上来了一对中年夫妇，还有一对情侣相随，年轻人怀中还抱了一条狗，听川音款款，便知他们来自蜀地。我仍在仰头看钟乳石，神游于人间与天界。那位中年男士走了上来，聊上几句，彼此便熟悉起来，得知对方来自成都市公安局政治部。我说有一个战友，叫什么名字，前后进入导弹基地宣传处，他干的是摄影，后来去了成都公安局。那人说巧了，我们就一个办公室，面对面。

神啦！恐怕唯有西藏才会有这样的奇遇，西藏的，四川的，奇遇在藏汉之间。

更奇的事情还有。那位守在山庙前的娇娘，一直追着我想要照片，因为拍得很美。可是我们一个不会汉语，一个不通藏语。我欲加她微信，以便发照片，然而她一个劲儿地摇头，双手摊了摊，意思是说未带手机。没有办法，我唯有仰天长叹。

雨小了，我穿过雨幕，朝着刚才喝茶的小山村返程，将近有两公里的山路。转到村中，来到一家小门面前。进屋后，一位年轻姑娘给客人倒酥油茶，姑娘会说汉语，我便打开手机相册，找出山庙前拍的照片，问里面的娇娘是村里的什么人，请姑娘帮忙把手机的照片转给她。

她俯首一看手机，惊呼："是我阿妈拉！"

我讶然万状，彻底地被这块土地折服。

望不尽的喜马拉雅的雪，望不断西藏的奇遇、奇缘和奇境。

奇境在前方，在希夏邦马，在珠穆朗玛。而人间也处处是奇遇。在我与西藏同胞之间，亦在冥冥之中有一种天缘，仿佛有一只神秘的手在拨动法轮，在转动经筒。

是风吗，是水吗，还是血浓于水的人间慈爱……

翌日清晨，太阳还未露脸，吉隆镇被朝云晨雨笼罩着，苍山、云树、远芳，都浸润在江南一般的潮湿里，在干涸缺雨的西藏高原，实在是罕见；我喝完了一碗酥油茶，最后吸一口吉隆镇云一般压下来的浓郁的负氧离子，登车，朝拉孜与萨迦古城和日喀则方向驶去，作最后一程的采访。

一路向前，希夏邦马峰在望，珠穆朗玛峰在望，太阳从林莽中冉冉升起，前方也是雪峰连绵。路经聂拉木县境，我有些困顿了，一觉睡去，别梦依稀过芜野，一眨一睁中，时光之河倒流，将天地人间凝固了，茫茫然，好一片大荒。醒来睁眼看过去，冷山春雪依旧在，前方千山暮雪，天地一白，云雾笼罩着山巅，竟与希夏邦马峰擦肩而过。一日千里路，抵拉孜县境时，珠穆朗玛峰也抛于身后。

一周后，日喀则市几个县的采访落幕，我要去日喀则市政第一、第二儿童福利院，去看看达曼人兄妹达娃名吉、边巴琼达。先抵二院采访时，院长说，二院还有一对达曼人姐妹。

我惊讶，说在达曼村采访时，他们没有提到此事。一个小小的村庄，四十七户人家，居然有两对孤儿。院长说，姐姐叫普布群宗，十岁，妹妹达娃，七岁，刚上一年级。我问她们是怎样沦为孤儿的。院长摇头说："原生家庭的状况，我们并不了解。"一会儿，爱心妈妈边珍带来一个女孩，就是姐姐普布群宗，皮肤黧黑，与村里的巴桑、达娃无异，眼睛却没有他们那般大，也许还未长开吧。

我从手机里翻出了巴桑、达娃和云丹的照片给她看，问她认识吗。

"认识呀，巴桑叔叔、达娃阿姨，还有云丹奶奶。"

"她的汉语不太好，"爱心妈妈边珍说，"成绩也一般。上个初中没有问题，考高中就难啦。"

边珍长叹一声。

三天采访落幕了，到了第三天中午，我到第一儿童福利院，采访完毕，午餐时见到了达曼村巴桑的小侄女边巴琼达，她刚放学回来。吃完午餐，到了福利院办公楼前，我让边巴琼达与带她的老师拍张合影。

我要留下一部吉祥慈爱的历史。

# 仙女妈妈：芒康拉姆与卡诺拉姆

仿佛是在等待一个光荣时刻，此时，昌都市第二儿童福利院静谧极了，二十几位爱心妈妈翘首以待，依次排队，静候最后的抽签时刻。

丁青当堆乡的单亲妈妈四朗央宗被熊咬后，一双儿女坐上布措局长的车，被带回了昌都第二儿童福利院。劫波过尽，慈航在后，儿童福利院的爱心妈妈都想照顾这对兄妹。

"抓阄吧，哥哥和妹妹分开，哪个妈妈抽到，就领回哪个爱心家庭生活。"德拉院长举止端庄，不苟言笑。她将哥哥希热尼玛和妹妹次旺拉措的名字，各写在一张小纸条上，揉成一团，与玻璃罩里的空白纸团，混在了一起，搅拌再三，然后，站于一侧，监督大家抓阄。

二十多位爱心妈妈排成一行，依次朝德拉院长站的地方走去，会议室里很静，她们都听到了自己的心跳。

前边的几位妈妈依次把手伸入玻璃罩里，抓出纸团，展开，仿佛是抓到一朵度母手中的白莲花。德拉院长看着一个个爱心妈妈走过，观察到前面几位都露出了失望的神情。

该卡诺拉姆抓阄了。在西藏女孩的名字中，拉姆就是仙女的意思。因为叫拉姆的女孩很多，大家都叫她卡诺仙女，她是二十一号家庭的妈妈。那一年，她三十一岁了，家在离第一儿童福利院不远的俄洛桥镇，自己家的两个孩子，平时就交给奶奶带，她则成了七个孩子的爱心妈妈。她割舍掉自己的亲情，却给这些从小失怙失恃的孩子，带来春天般的温暖。

那天，她刚走上前，看到四岁的希热尼玛，圆圆的脸庞，眼睛像黑葡萄一样，溜溜地转，那一刻，她便喜欢上了这个小男孩。尤其是刚才听说了他的身世，妈妈被狗熊撕去了半张脸，无法正常生活，她想替他们的阿妈拉行母爱之道，将他们养大。卡诺拉姆走上台前，双手合十，默默向上苍祈祷："白度母，保佑我吧，我太喜欢希热尼玛了，让我将小尼玛（太阳）带回二十一号爱心家庭吧，让整个小家永远拥有阳光。"卡诺拉姆从静默中睁开美丽的眼睛，素手伸进玻璃罩，捻起了一个小纸团，拿出展开，只见上边写着"希热尼玛"。她掩口一笑，喃喃自语："我一把抓住太阳了。希热尼玛就是我心中的小太阳。"

德拉院长宣布，哥哥希热尼玛分在二十一号家庭，太阳属于卡诺仙女。

"拉姆的手气真好！"众妈妈无不羡慕。

又瘦又小的妹妹次旺拉措，面对着坐在会议室的大人，她甚至不敢抬头看上一眼。

又有几位妈妈铩羽而归，觉得自己手气太差。

该轮到二十三号家庭妈妈次仁拉姆抓阄了，她长裙曳地，走过来，卷过一股康巴风。次仁拉姆是第一儿童福利院最漂亮的妈妈，气质又好，芳龄才二十一岁，两年的福利院生活，将她的肌肤养得又红润又白净，就像一条雪山冰河里游出的白鳗，似乎世上的美的元素，上苍都镶在她身上了。次仁拉姆长得宛如天仙一般，高挑秀气，瓜子脸庞，高鼻梁，大眼睛，一弯秀眉，犹如一对月牙镶在脸上，肌肤细腻白嫩，耳朵上缀着红宝石与黄金耳钉，皮夹克罩着长长藏装，风韵十足。人如其名，仙女一般美丽。她的老家在芒康，考入昌都第二儿童福利院前，曾在芒康县人民法院做了两年收发工作。2006 年夏天，次仁拉姆听从大姐的建议，考上了昌都市第二儿童福利院。福利院的爱心妈妈们，都叫她"芒康拉姆"或者"芒康仙女"。

次仁拉姆说第一眼见到次旺拉措时，就喜欢上了她，她看到次旺拉措的瞳孔里映出了自己的童年，她想：这孩子，肯定属于我。于是她伸出葱管般的玉手，往玻璃罩里一抓，轻轻地展开了小纸团，上边写着：次旺拉措。一岁半的妹妹，刚刚蹒跚学步的女孩来到了她的家庭了。

"我喜欢女儿。"次仁拉姆掩嘴笑了。

众妈妈投来羡慕的目光，到底是芒康仙女啊，次仁拉姆的手气真好，她本人又长得那么漂亮，女儿到了她家里，一定会被打扮得如花似玉。

次仁拉姆后来对我说，次旺拉措那时瘦瘦的，一个小不点儿，像一只惊恐的小羚羊，眼神流露出羞涩、胆怯，却又警惕地望着四周，一句话也不说。她的头发从生下来就没有剪过，头上长满了虱子，有的从发梢上爬了出来。

那天傍晚，两个仙子带着孩子们回到各自的家，卡诺拉姆和次仁拉姆说笑着，欢天喜地的，一前一后，一个牵着儿子，一个抱着女儿，回到二十一号和二十三号家庭，她们几乎不约而同地做了一件事情：给孩子洗澡，换下那身长满了虱子的长袍。

希热尼玛的头发，从生下来到四岁，就没有剪过，也很少洗，油泥糊在他的长发上，打了一个个结。卡诺拉姆将他脱光了，领进浴室时，他见热水，都有一种惊惧感，可是玩着玩着，便喜欢上了水。玩水，大概是所有孩子的天性。沐浴过后，换上新装，一个帅气的康巴幼童站在卡诺拉姆面前，那虎头虎脑的样子，让她想到了爬在石缝上的雪豹。

次仁拉姆第一次给次旺拉措洗澡时，她哭得很厉害。她并不喜欢热水，或许从来就没有被热水沐浴过，但是次仁拉姆坚持帮她洗干净，用浴巾将她裹着，抱进了自己的卧室，给她换上一身新衣服。然后，牵着她来到全家孩子们跟前说："这是你们最小的妹妹，叫她拉措吧，从今晚起，她就与我一起睡了。"

原来跟次仁拉姆一起睡的小姐姐说："妈妈，你不要我了，不抱着一起睡啦？"

"当然要了，"次仁拉姆笑道，"你长大了，她比你小，得护在妈妈的怀里。"

其实，一岁半的次旺拉措还是头一次依偎在妈妈的怀里睡觉。也许是气味不熟悉的缘故，一开始次仁拉姆将她揽在怀里时，她并不和她亲近，但是爱心妈妈的体香和温暖一点儿一点儿溢散出来时，她被一种强烈的爱的磁场吸引了。后来，她居然毫不犹豫地投到了次仁拉姆的怀里，一睡就是三载。开始一个月，小姑娘几乎不说话，低着头，站在那里，次仁拉姆见状，将她揽入怀中，然后叫九个孩子与她一起玩。孩子们渐渐地熟悉起来，次旺拉措的小脸蛋上有一抹灿烂的云霞升了起来。


"次旺拉措一直与我睡。已经快三年了，她目前在上幼儿园。"次仁拉姆说。

采访的那天上午，次仁拉姆、卡诺拉姆坐在卡垫上，面对着我，讲着那一段往事。也许是因为要过六一儿童节了，已经八岁的希热尼玛穿着白色的镶了缎面的彩领大襟藏装，坐在一旁。他剃了一个小平头，两只眼睛像黑葡萄，小嘴紧闭，好奇地看着我，童稚飞扬，却透着一股康巴少年的韧性，让人第一眼就会喜欢上。

希热尼玛有好长一段时间，总在重述妈妈被棕熊抓咬后的一幕。卡诺拉姆说，他常常哭泣，不时地想起妈妈被棕熊抓了半张脸的那个场景。先是棕熊看到了他妈妈手腕上戴的手表，这个锃亮的金属的东西晃了一下熊眼，刺激它一巴掌拍了下来，将手表打碎，阿妈吓得大叫，可是周遭没有一个人可以救她，她用手挡住熊的袭击，却没有想到熊嘴很长，张开大口，径直朝着她的脸咬了下来。呼喊和惊叫，最终吓退了狗熊，阿妈拾回了一条命。可是当仅有四岁的希热尼玛目睹阿妈的惨状，他吓坏了。甚至在他进了二十三号家庭之后，仍一次次地被噩梦惊醒，哭泣不已，喊着阿妈。彼时，卡诺拉姆将他紧紧地抱在怀中。随着时光的流逝，因有另一位母亲的母爱，那恐怖的一幕，让他四岁那年的恐怖记忆在慢慢消退。

　　卡诺拉姆的丈夫汪青扎西就住在俄洛镇，离第二儿童福利院不远，他们育有两个女儿，老大叫阿依卓玛，八岁，在读小学，老二叫桑丁卓玛，四岁，上幼儿园。开始，希热尼玛有两三个月不肯叫卡诺拉姆妈妈，总是独自坐在一个角落，低着头，也不与其他小朋友们玩，卡诺拉姆叫丈夫汪青扎西带着两个女儿过来，与希热尼玛玩，渐渐地，他黏上了汪青，叫他阿爸，转而喊卡诺拉姆妈妈。

　　此时，他的亲生妈妈还在接受治疗。

　　2019年秋天，四朗央宗被棕熊咬过一年半后，"丁青当堆乡牧羊女"的故事已经不再被人们热议。经过华西医院的治疗，她已经可以出院，为了生活方便，戴上了一个"假脸"。四朗央宗的身影，重新出现在康巴大地上，可惜她的一只眼睛瞎了，被熊毁掉的脸也没有办法复原了。回到家中，她发现一双儿女已经不在帐篷之中，忙问家人："希热尼玛和次旺拉措呢，我的儿子和女儿去了何处？"

　　即使知道儿女被福利院接走并精心抚养着，四朗央宗还是好心痛，她朝着天空大声呼喊："我的儿啊，还有女儿，阿妈好想你们呀！"

家人看见戴了一个面具的四朗央宗，都觉得不适应，有点儿害怕，因此担心她的一双儿女见到后，会被吓着，就不敢告诉她孩子们具体在哪儿。四朗央宗天天以泪洗面，最后家人不得不告诉她，两个孩子在昌都市里，请她放心，两个仙女拉姆，成了他们的妈妈，比她自己照顾得还好。可是这个被棕熊袭击的妈妈太想儿女了，终于戴着面具，用头布将自己的脸裹得严严实实，坐车从丁青来到了昌都俄洛镇，在第二儿童福利院门口下了车。站在大门前，她向保安说明来意：自己是来看住在这里的一双儿女的。

　　那天中午，是澜沧江畔最明媚的日子，天色湛蓝，祥云飞绕，两个仙女妈妈卡诺拉姆和次仁拉姆，领着两个孩子来见他们的亲生母亲。然而，仅仅隔了一年多的时间，那个曾经一次次诉说母亲被熊咬的希热尼玛，已将母亲的形象渐渐忘却了，而天天晚上在次仁拉姆怀里入睡的次旺拉措，不再记得生母的模样，在她幼小的心灵记忆中，美丽的芒康仙女才是自己的妈妈。相见时，四朗央宗怯怯止步于警卫室前，远远地站在一边，不敢靠近孩子。两个孩子也躲得远远的，尤其是次旺拉措，她已经四岁了，一岁时关于妈妈的记忆早就淡了。四朗央宗想抱抱孩子，可是他们躲在两个爱心妈妈身后，不敢上前半步。四朗央宗已泪如雨下，可是小兄妹俩却茫然不知所措。

　　看着四朗央宗的痛苦之状，两个仙女好同情这个丁青当堆乡的妈妈，她们带着孩子们走近她的身边，对两个孩子说："叫阿妈！"孩子们听话地叫了一声，目光却不肯离开两个仙女妈妈。那一刻，四朗央宗噙泪转身跑开，跑着，跑着，跑出了俄洛桥镇上的第二儿童福利院，长生天之上，回旋着一声声呼唤："尼玛，拉措，我的孩子，妈妈爱你们！"

　　随着一只灰头雁掠过天空，鸣叫声中，母亲撕心裂肺的呼唤也渐渐远去了。

2020 年 5 月 31 日上午，我第一次采访昌都第二儿童福利院时，希热尼玛被叫了进来，和两个仙女妈妈并排坐在卡垫上。望着这个虎头虎脑的孩子，我心中陡生一缕暖意与悲怆，所谓暖，皆因昌都春天里的阳光如此灿然，所谓悲，则是云山雨来，最高最远处的横断山已经白雪皑皑了。

雪落静无声，无声的还有那慈航母爱。

第二卷
Chapter 2

未生娘

# 三位未生娘与患癌症的小女孩

门拉被叫到德拉院长的办公室。

一旁坐着的是四岁的罗松卓嘎，病恹恹的，院长问一句，她答一句，声音细小如蚊蚋，身体柔弱得似乎一阵风就能将她吹倒。爱心妈妈扎西卓嘎坐在罗松卓嘎身边，将她揽在怀中，可是她像一只受了惊吓的小鹿，眼睛四处张望着，不知道大人们在说些什么。

站在门口，门拉有点儿手足无措，毕竟她是第一次被叫到院长办公室。

"坐，坐！门拉。"德拉院长指了指卡垫，示意她坐下来说话。

门拉有点儿紧张，进入昌都市第二儿童福利院半年多了，和院长直接谈话，在她的记忆中次数并不多，她在卡垫上坐了下来，只敢坐了半个屁股的位置，等着院长的吩咐。

德拉院长从办公桌上，拿起一份诊断书，长叹了一声："小卓嘎诊断结果出来了，昌都市人民医院的大夫怀疑是淋巴癌。"

"啊！"门拉和爱心妈妈扎西卓嘎惊呼。

"小卓嘎的病情一天也不能耽误，"德拉院长说，"市民政局局长布措也是这个意思。福利院决定送她去成都华西医院去治疗。门拉，带孩子去看病的事，就交给您啦。"

"我？！"门拉瞠目结舌，"院长，我，我怎么能行？！"

"你能行，"德拉院长说，"你是护理员，必须迈出这一步，像带小卓嘎治病这样的事情，今后还会很多。"

门拉还是心里没有底儿，嗫嚅道："我之前没有踏进过成都半步。"

"你是汉家媳妇啊，迟早都要有见公婆的一天呀，"德拉院长打趣道，"晚去不如早去，当然这回不会给你留下回婆家的时间。"

"好，我去！"门拉似乎再没有推却的理由，关键她是院里的护理员，带孩子看病，是天经地义的事情，义不容辞呀。

"回去准备一下吧，坐明天上午的航班，从邦达机场飞成都，"德拉交代道，"我让办公室给你和小卓嘎订票。"

"好！"门拉觉得，这是领导对自己的信任啊。出了院长办公室，她去找对象赖俊伟，说："俊伟，我要去成都了。"

"门拉，你说的是真的吗？"赖俊伟以为老婆在逗自己。

"当然是真的呀，"门拉一个劲儿地点头，"德拉院长说让我带小卓嘎去华西医院看病，怀疑她患上了淋巴癌。"

"你一个人去？"赖俊伟将信将疑，"院里不派别人陪了？"

"就我一个人呀，德拉院长说，护理员必须迈出这一步。"

"天啦！这样大的事情，你也敢揽下来！"赖俊伟惊讶道，"在其他地方，如果家里有一个人得了绝症，去求医，一家人都得上呀。"

"没有办法呀。德拉院长说，我是院里第一个'吃螃蟹'的人。"

"问题是扎曲里没有螃蟹，澜沧江发源处也不生，"赖俊伟说，"我得帮你设计成都求医攻略。现在就做，一步一步教你。"

"谢谢老公！"门拉说出这句话时，脸上浮出一片红云。

门拉的老家在昌都市江达县波罗乡一个村庄，她仅仅读过小学，辍学回家后成了一位牧女，半耕半牧。好在上学时，她学了一口汉语，与他人交流无碍。在家当牧女的几年间，她长成了一个亭亭玉立的青春女孩。前几年，市里干部下来"蹲村"，驻村工作队有位昌都市儿童福利院的工作人员，驻村来到门拉的村里，当第一书记。村两委打算在村里的年轻人中为第一书记选一位翻译，选来挑去，觉得门拉是最合适的人选。她年轻活泼，熟悉村里的老少爷们和大妈大婶，精力又充沛，所以最后他们将这个重任交给了门拉。此后她跟着驻村工作队走村串户，上春牧场、夏牧场。而这位第一书记，就是赖俊伟。

第一次相见的情形，至今想来，仍让门拉怦然心动，小赖见她第一句，那口音，她好像在电视中听过。赖俊伟说："波罗乡藏了一位康巴大美女。"

门拉掩口一笑，脸上泛起一团羞涩的红云，她觉得自己真的没有赖俊伟说得那么漂亮，真正康巴美女不在农区，而在牧场上哟。赖书记在恭维自己，其实就是让她好好当翻译，帮助驻村干部做好工作。可是，缘分就是这么神奇。担任翻译工作以后，门拉跟着工作队入村里的木楞房，进帐篷，到牧场，入地间，这位汉族大男孩总是那样地关心她。后来，她真的掉进了爱河里，心里像是涌动着一条欢腾的金沙江。其实秋天和春天的金沙江是平静的，静若明镜，仿佛流水不动，像一条纯蓝的哈达。

赖俊伟驻村两年，临走时，他对门拉说，嫁给我吧，做我的汉家新娘。

门拉有点儿不敢相信这是真的，说："你读过大学，又在政府里工作，怎么会看上我这个藏家村姑啊？"

"你是藏家的小芳，有一种与众不同的美。"

"我平平常常……像我这样的，随便进哪个村，就像搂松毛一样，一搂一背篓。"

"哈哈！那就做我的松毛吧，我喜欢你，跟我走吧，"赖俊伟说，"到昌都市第二儿童福利院工作吧，我们正在招爱心妈妈。"

门拉点了点头，说："我得对阿爸阿妈说说，征得他们的同意。"

"没问题，我去对两位老人讲吧。"

"好啊！"

赖俊伟挽着门拉去见她的阿爸和阿妈，村里的藏族乡亲一看门拉与汉族小伙子相爱，都说这是一桩好姻缘。

见到门拉父母，赖俊伟说："爸拉，妈拉，我爱上了你家女儿啦，她也爱我，她是一个好康巴姑娘，又漂亮又温柔。成全我们吧，请将门拉嫁给我！"

"这两年，你为我们藏家做的事情，大家都看着了，你是个好后生，是为老百姓做事的驻村书记，"门拉的阿爸说，"你能看上门拉，是她前世修得的好福啊。"

"我要带她走，带到昌都第二儿童福利院去工作。"

"好呀！请你善待我们的女儿，"门拉的阿爸交代道，"一辈子不弃不离，无论贫穷还是富有，不论健康，还是病痛。"

"请阿爸、阿妈放心，我会的。"

门拉父亲要杀牛宰羊，大宴村里乡亲三天。

"不！不！"赖俊伟摇头道，"我是驻村干部，不能带头铺张浪费，违反规定啊，再说家里也并不富裕，何必呢。等休假了，我带她到四川广安，补上这场婚礼。"

门拉的父母连连点头："姑爷说得多在理啊。"

第二天，门拉跟着赖俊伟到了俄洛镇，到昌都市第二福利院当了一名护理员。

一个小小的爱巢刚筑了起来，余温尚暖，门拉作为汉家的媳妇，第二天就要背着小卓嘎，坐飞机去成都治病。

夜已经很深了，进成都求病的攻略，已经说了三遍了，但是赖俊伟不放心，又重复了一遍：到成都后，第一步先在华西医院附近租房子；第二步，背孩子去挂专家号；第三步，检查确诊，然后入院……

门拉堵住了小赖的嘴，然后将他的手拉过来，放在自己的小腹上，说："我可能怀孕了，这个月没有来红……"

"真的？"赖俊伟一跃而起，将妻子揽在怀里，说"我要当爸爸了！"然后他俯身下去，说："让我听听，有心跳吗？"

"早呢！"门拉笑了，那粒青稞种子刚种下，还未发芽呢。

"我向德拉院长请求，换人吧，你怀孕啦。"赖俊伟认真地说。

"不，不！"门拉摇头，"德拉院长说，我必须迈出第一步，这是院长在考验我，也是在考核我。"

赖俊伟点了点头。

第二天清晨，门拉将小卓嘎背在背上，拉着行李箱，乘车前往离昌都123公里远的邦达机场，那是世界上最高的机场，她们在那里乘坐飞机飞往成都。

这是人间的四月天，飞机犹如一只秃鹫，从山脊上冲天而起，雄横极了。倚着舷窗俯瞰大地，这是门拉第一次用这样的视角来看自己的故土。彼时，横断山雪峰连绵，一条怒江，一痕扎曲，犹如碧蓝的哈达，飘荡在白雪皑皑的世界，低洼的怒江、金沙江和澜沧江河谷，三江并流之地，古老的杏花树、桃花树，花开荼靡。她再看看坐在旁边的小卓嘎，病恹恹的，像一只小猫，依偎在自己身边。未生孩子的玛吉阿米（汉译：未生娘）门拉暗自下决心，一定要让从小失去爱母的卓嘎享受到世间最炽热的母爱。

"你一个藏家女儿，人生地不熟，进了大成都，如何挂号、看病呀！"我有些讶异，"在其他地方，家里若出了一个患绝症的亲人，不啻天塌地陷，常常要倾家而出，而你求医问路，仅有一人呀。"

"无人帮忙，只能靠我呀。"彼时，门拉很冷静，回首往事，倒像做梦一般。

"光挂号，就排队等了十五天。"门拉道。

"半个月挂一个号？"我有点儿惊讶。

"嗯！"门拉点了点头。说她原来不知道，大城市看病像逛超市，那人啊，乌泱乌泱的，人挨人，人挤人，像一条河，一条江。她预留了时间，提前一个小时抵达挂号大厅，发现已经排成了长龙。门拉背着小卓嘎，站了一个多小时，才到挂号时间，又排了好久好久，等轮到她时，专家号早就告罄了。门拉好失望，背上的小卓嘎冷得蜷缩成一团，她揪心啊，母性的爱一下子迸发出来。小卓嘎的病，可是拖一天，命就少一天啊。她告诫自己，明天还要早起两个小时，天还不露晓色，就背着卓嘎来。

第二天拂晓，蓉城的天幕上，不见一缕鱼肚白，门拉给小卓嘎煮了一碗牛肉羹。她吹着热气，喂她喝下，见孩子有了些精神，于是背上她，从成都大街小巷中匆匆穿梭，赶了过去。可是待到赶到时，虽然比昨天早晨早了一个多小时，前边仍排了长长的队伍。她非常着急，按专家一天的挂号量，今天小卓嘎的号又没有戏了。真的等轮到她时，里边的挂号员说："对不起，今天专家号已经挂完了。"

门拉背着小卓嘎悻悻而归。那天，她心情好沮丧，她知道，自己等得起，可是小卓嘎的命耗不起。

以后一周时间，门拉一天比一天起得早，手机的闹钟，从凌晨五点，一直朝前推，四点半，四点，三点半，三点，两点半……

然而，门拉天天清晨去排号，但是都十天了，每一回都铩羽而归。

到了第十一天，她还是没有挂上专家号。这时候，一个黄牛挤到了她面前。

票贩子说："小妹哟，我看你是从西藏来的吧。"

"你咋知道？"门拉有点儿不解，她的额头上又没有烙着西藏两个字啊。

"我从你的身上闻得出来，从你的脸上看得出来。那朵雪风吹出来的高原红，洗也洗不掉啊。我能帮你啊，小妹。"号贩子很会贫嘴。

"别拐弯抹角了，汉族大哥，您怎么帮我？"门拉想看看这人葫芦里装的是什么药。

"我帮您挂专家号，一个号1000元。"黄牛道。

"1000元一个号，天价啊。"门拉摇头。

"500元吧，看在你是藏族小妹份上，给您打半价。"黄牛道。

"500元我也报不了啊！"门拉答道，"我回去报销专家号就是100元，超出部分自理，我没有这个经济实力呀。"

黄牛悻悻而去。

到了第十四天，凌晨一点，门拉就背着小卓嘎去排队等号，在寒风中站了一夜，可是最终还是没有挂上号。那天上午返回租住的小屋时，放下背上奄奄一息的小卓嘎，门拉哭了，像一个搂着女儿的妈妈一样，哭得很伤心，她觉得太无助，将近半个月，居然就挂不上一个专家号，但是她不想将这种窘迫告诉赖俊伟，也不能告诉院里的小姐妹们，生怕那样会让人家觉得她太笨了，连个号都挂不到。可是她打电话给了德拉院长，说："我很无能，已经挂了十几天，背着罗松卓嘎，天还下着雨，大厅里很冷，可是就挂不上号……"

"那不是你的错，华西医院一号难求，"德拉院长安慰说，"你能坚持排队半个月，说明很能干了，有了第一次的经历，以后什么事情都难不倒你了，只要时刻想着罗松卓嘎是你的孩子，你就什么办法都有了。"

院长的话鼓励了门拉。

门拉的心中就像太阳升起一样，突然灿烂起来了，她本就是一个乐观的女孩啊。德拉院长说得对啊，想着罗松卓嘎就是自己的孩子，于是这一天，门拉又一次背上卓嘎去排队挂号了。等了漫漫一个春夜，第二天清晨发号时，幸运降临，她终于挂上了华西医院肿瘤专家朱丽萍教授的号。那是一个五十来岁的女专家，和蔼可亲。

她边往罗松卓嘎脖子上摸，边问门拉："你们是西藏来的，还是甘孜州？"

"西藏昌都市。"

"您与孩子是什么关系，是小姨，还是姑姑？"

"妈妈！"

"不像，"朱教授摇了摇头，"您还没有生过孩子呢。"

"教授说得对，我是未生娘，就是藏语说的'玛吉阿米'，"门拉害羞一笑，"我是昌都第二儿童福利院派来给孩子看病的护理员。"

"这孩子是孤儿？"

"嗯！"

"挂号花了多久？"

"半个月。"

"太不容易了，姑娘。"朱丽萍教授感叹，"孩子的病不能再拖，再拖就有性命之忧了。先在急诊住下来吧，检查完了，马上进行手术。今后有什么事，就直接找我吧，我给您补一个号。"

"谢谢教授。"

"谢我什么啊，倒是您让我看到一个西藏妈妈、一个没有半点儿血缘关系的未生娘的慈爱与博大。"

门拉被教授这一夸，反倒有些脸红了。

罗松卓嘎终于住下来了，开始几天，没有病床，睡在走廊的加床，门拉就守在床边，等待活检结果。她记得是到成都的第二十七天，活检结果出来了，确诊为淋巴癌。

可是就在小卓嘎等待手术的日子里，她的病情突然加重了，住进了重症监护室。那些日子，门拉的一颗心突然飞升到了雪山之巅，夜里在出租屋，望着星空，默默地祈祷："小卓嘎一定要挺过来啊，孩子是活着被我背出来的，如果有个三长两短，我还有什么颜面去见院里的妈妈们啊！"

整整二十天，卓嘎住在重症监护室里，门拉的心仿佛被冰峰冷冻了，多么揪心的二十天呀。每天早晨八点，她都将早餐做好，准时送到医院，中饭也是她亲手做的。她知道小卓嘎最喜欢吃牛肉包子，于是想法找到菜市场，买牛肉、麦面，再细细剁成末，加调料，按照西藏的烹调方式做牛肉包子，准时送到医院。到了重症监护室门口，按规定她也不能进去，只能站在落地玻璃前，看护士给小卓嘎喂饭。那一刻，看见小卓嘎身上头上插满了管子，门拉哭了，像一个妈妈那样锥心哭泣。

整整二十天，门拉守在重症监护室的门口，就像一只雪豹守着自己的孩子一样。护士长说："藏族小妹妹，你回去休息吧，这孩子，交给我们吧，有你这样的妈妈虔诚祝祷，她会闯过这一劫的。"

"借您吉言，谢谢您！"门拉双手合十，向护士致谢！

二十天后，小卓嘎终于从重症监护室的床上下来了，笑着扑向站在门口等她的妈妈。

回到出租房里，门拉按护士教她的方法，在网上挂朱丽萍教授的号，很幸运，预约成功了，只需在出租屋里等待四天，就可以复诊，再不用在一个又一个漫漫的寒夜里排队。那一刻，她搂着小卓嘎开心地笑了。


"罗松卓嘎的手术是在华西医院做的，仅住了两天院。"门拉跟我谈起这件事的时候，仍沉浸在当年的记忆中，"这小女孩太勇敢了，手术持续了将近八个小时，从晚上八点到次日凌晨三点多钟，这可是脖子上动刀啊。"门拉就坐在手术室门口，坐立不安。这种等待，就像将自己的心放在牛粪炉子上煮炖、煎熬，时而旺火，时而文火，时而余焰将尽，时而火光熊熊。

凌晨三点多钟，小卓嘎被推出手术室。门拉第一次掩面而泣，哭得酣然，不知是欣喜之泪，还是心痛之泪，抑或是希望之泪。

第二天上午，小卓嘎苏醒过来，又在华西医院住了一天院，在护士的建议下，小卓嘎转去华西第二附属医院住院休养。

一开始，门拉并不理解："我们刚动了手术，伤口未拆线，怎么能走啊？"

"床位实在太紧张了，还有很多患者等着手术救命呢，"护士长解释说，"孩子这种情况先好好休养就可以，你可以挂个华西第二附属医院天使基金的号。"

门拉背着罗松卓嘎赶往华西第二附属医院，到达的时候医院那边已经下班了，挂不上号，门拉心急如焚，想尽各种办法争取。此时华西医院打来确认电话，告知如果当天不及时办理出院手续，按规定将会预收第二天的费用。这边床位的事情还没落实，那边又等着做决定，门拉很为难，即使是公家的钱，也不应该被浪费。

望着小脸蜡黄、没什么精神的卓嘎，看到她还包着敷料的脖子，门拉呜呜地哭开了，委屈的泪水、心疼的泪水一起如雨般落下。

此番情景，被华西第二附属医院急诊科的一位年轻女医生看到了。她比门拉大不了几岁，非常同情这对母女。她说："小妹，别急，我来帮你。特事特办，我先想办法收孩子入院。"

当天晚上，小卓嘎成功被安排入院，住进了重症监护室。门拉急忙打车返回华西医院结账，又马不停蹄地赶回华西第二附属医院。她在就诊大厅里坐下，终于能喘口气。一阵阵穿堂风吹过，有点儿倒春寒的清凉。

小卓嘎手术后的半个月，是门拉过得最煎熬的一段日子。孩子住在重症监护室时，她就睡在走廊的铁椅上，孩子脖子上动了刀，好些天说不出来话，又因为肺部感染，一直在发烧，大小便都要在病床上解决。门拉不愿意给她用尿不湿，因为担心捂着孩子，于是到超市买了床单，一天要换洗三四次。抱着她擦洗的时候，门拉问她痛不痛，孩子似乎毫无知觉。

在走廊冰冷的铁椅上守了半个月，小卓嘎的烧终于退了。门拉在她的耳边轻轻问她："罗松，喜欢吃什么？"

"阿妈拉，香蕉！"

阿妈拉！从卓嘎虚弱的声音里，门拉第一次听到她喊出了阿妈拉。她不敢相信自己的耳朵："罗松卓嘎，你叫我阿妈拉？"

"嗯！"罗松卓嘎点了点头，声音细小如蚊，又喊了一声"阿妈拉"。

"卓嘎，我的孩子！"门拉的泪"哗"地流了下来，将自己满是泪痕的脸贴到了罗松卓嘎的小脸上，可她的心里啊，比香蕉还甜。

第一关挺过来了。做手术后三四天，门拉又挂了朱丽萍教授的号，小卓嘎开始进行化疗。化疗开始后十几天，德拉院长派土登卓嘎从昌都过来支援门拉。再后来，因为门拉怀孕月份大了，第三位未生娘米玛又来接替了她，照顾小卓嘎。


采访那天上午，门拉、土登卓嘎和米玛一直坐在我的对面。门拉讲述自己带着小卓嘎在成都求医的故事时，土登和米玛偶尔插两句，更多的时候却是静静地听，她们也是第一次知道门拉经历了这么多事情。

门拉讲完了，我喟然感叹，一个未生娘，在人地生疏的芙蓉城里，背着与自己毫无血缘关系的小小女孩，不胜阿佳，胜似阿佳，不是阿妈拉，胜似阿妈拉。这种大爱，也许是深深刻在这个民族骨子里的啊！

那天上午，我对三位未生娘说，你们放开讲，最好将我的眼泪拽下来，这样我就能感动全国的读者。三位未生娘瞠目结舌，觉得难度太大。其实，讲故事这件事，对并不擅长的汉语的她们，难如登天。

"门拉就是天上派来的慈善使者呀！"我感叹道，"门拉说完了，土登，该你啦。"

土登卓嘎习惯性地伸了一下舌头，那是祖辈们的肢体语言，代表了一种卑谦，也许这也是宗教意义上的口吐莲花吧。

土登卓嘎的老家就在卡若区，与门拉一样，她也是刚读完小学，家里就让她辍学了，在家或跟着阿妈放牛，或种青稞。十七岁那年，昌都民政局推广"双集中"供养。她考进了第二儿童福利院，当了一名护理员。像门拉一样，她也是第一次坐飞机，第一次踏进成都。

土登卓嘎的到来，让门拉长吁了一口气，仿佛终于有了一个依靠，遇事也可以有个商量的人了。这一个多月来，她一个人风里雨里带着罗松卓嘎辗转于华西医院与华西第二附属医院，在小小的出租屋和医院之间来回穿梭，一个人，身单力薄，小卓嘎有什么事情了，她都要独自处理，身边连个能搭把手的人都没有，要自己拿主意，自己去挂号，自己去见大夫和护士，每天都累得精疲力尽。只有夜里抱着小卓嘎睡觉时，她才有一丝的安全感和温馨感。

这一回好了，有了一个帮手，可以一个人在医院看护孩子，另一个人在家里做饭，也可以按时吃上早餐、中饭和晚饭了。化疗打针时，没有床位，孩子就睡在走廊上，门拉和土登轮流陪小卓嘎，一个值夜班，一个管白班。化疗做完一个疗程，会间隔一至两周，等身体恢复了一些，再做第二次、第三次……医生说要做到十二次，才算完成第一阶段的治疗。孩子对化疗反应太大了，头发掉光，吃什么吐什么。她俩就想法子换着做饭，尽量让小卓嘎吃得好一些。病情最险的时候，小卓嘎抵抗力下降，肺部感染，发高烧，在医院住了一个月。从重症监护室出来后，排不上床位，小卓嘎一直睡在走廊上，大小便无法自理，她俩不敢用尿不湿，只能勤换床单，随时脏，随时换洗。在出租屋里住的时候，也有一段时间小卓嘎大小便失禁，不知什么时候就拉在沙发上一大摊。两个未生娘，比母亲还亲，始终没有一声怨言，甚至没有过一句呵斥，只是又多买了几个床单来，随时换随时洗。

后来，大小便失禁控制住了，可是到了6月份，罗松卓嘎又浑身起了水痘。这算是西藏孩子走下高原，必须经历的一关，雪山上干燥，水痘不易发作，而到了成都这样的温暖湿润之地，就容易出痘。小卓嘎连嘴里都起了水痘，化疗只能暂停，为防止传染别的病人，医院将她暂时转至传染科。因为自身抵抗力太弱，小卓嘎还出现了腹水，肚子胀得像青蛙，还患上了盆腔炎，开始尿血。门拉和土登急得直哭，默默祷告，盼望小卓嘎能够挺过这一关。

护士们无比感叹，两个年轻藏家姑娘，对待小卓嘎，不是姐姐，胜似姐姐，不是阿妈，胜似阿妈，不是亲人，胜似亲人，这是为什么呢？

"我们是未生娘啊！"

"未生娘是什么？"年轻的护士问。

"就是你们唱的玛吉阿米。"

"难怪，那是观音的脸庞。"

"不敢。哪敢比观音啊，我们对她只有膜拜。"

今晚的成都，为何如此美丽温馨，只因为有你们，有一个白白的月亮，幻化开来，就是未生娘美丽的脸庞。

成都的春天很美丽，可是两个藏族姑娘，没有时间和闲情去踏春赏春。不知不觉中，夏天悄然来临，门拉腹中的孩子一天天长大，她曼妙婆娑的身姿，开始笨重起来。

日子过得真快，转瞬之间，四个多月匆匆逝去，小卓嘎的病情却依旧不乐观。

8月中旬，德拉院长打来电话，让怀孕快六个月的门拉回昌都，留下土登卓嘎陪着小卓嘎继续化疗。告别时，小卓嘎搂着门拉的脖子，满脸泪水，说："阿妈拉，别走。"

"你会好起来的，"门拉亲吻着罗松卓嘎，"土登阿妈拉也会像我一样爱你。"

门拉飞回昌都后，土登独自照顾了小卓嘎二十天。9月8日，第三个未生娘米玛赶来支援。

米玛也是康巴姑娘，她高中毕业，在昌都藏医院学习过半年，是三位未生娘中文化最高的一个，还有一定的医学知识。她到了一看，罗松卓嘎已经做了七次化疗，头发全掉光了，还有腹水，后边还要做好几次化疗，以这种状态，孩子肯定撑不过去。她对土登卓嘎说，小卓嘎必须加强营养。

"吃不下去啊，化疗的人，闻到油腥味，就会吐。"

"不吃也得吃，"米玛说，"先调整她的情绪，她不是有两个哥哥罗松旺堆和白嘎在我们第二儿童福利院吗？"

"对啊，"土登说，"白嘎在十一号家庭，罗松旺堆在十二号，都是孩子呀，岁数很小，帮不上忙的。"

"能帮，让他们兄妹视频，见到亲人，小卓嘎心情好了，肯定吃嘛嘛香。"米玛说。

"米玛，你在说广告词呢？"

"没有啊。"

"我在电视中听过这句话。"

"哈哈！"

晚上，土登和米玛跟十一、十二号家庭视频通话，让小卓嘎与哥哥们通过视频见面和通话，说着说着，一直愁眉不展的小卓嘎，笑了。

那一刻，米玛与土登心里泛起一阵酸楚。三个孩子的老家在察雅。一场车祸，他们的父母双亡，扔下三个孩子，罗松卓嘎是最小的妹妹，小小年纪遇此劫难还身患重病。两个未生娘暗自下决心，哪怕上刀山，下火海，也要寻得灵药仙丹，将小卓嘎的病看好。

"给卓嘎做牛肉包子吧。"米玛说。

"门拉在的时候，就一直给罗松卓嘎做牛肉包子啊，她现在不想吃肉包了，开始化疗之后，孩子一吃油腻的东西就吐。"

"那就给她熬牦牛肉羹吧。"

"这里买不到牦牛肉啊。"

"网上订啊，"米玛说，"这件事情我来搞定。"

"好啊，喝牦牛肉羹是大补的，但愿这孩子能好起来，"土登叹道，"不然满嘴都长了水痘，吃什么吐什么，挺可怜的。"

"我在家将牦牛肉羹做好，你看着孩子。"米玛嘱咐道，"如果再加些酥油和人参果，小卓嘎身体抵抗力很快就能恢复。"

米玛在营养学上，总是一套一套的。她来了之后，罗松卓嘎的病情慢慢稳定下来了。

秋风起，成都的天气渐渐凉了。灰头雁在天上啾啾啼鸣，土登和米玛想念亲人，如同当时门拉一个人在成都带着罗松卓嘎奔波的时候一样。

11月，西藏的亲人来了。昌都市民政局局长布措和昌都第二儿童福利院院长德拉相约，专程飞到了成都，探望罗松卓嘎和两位护理员。

"布措局长和德拉院长带来好多东西，糌粑、酥油、人参果、奶渣……这些家乡特产，罗松卓嘎已经半年没有吃到了，我们也一样。"土登对我说，那天看到两位领导，她们非常激动，感受到了浓浓的关爱和温暖。

那天，布措局长和德拉院长看过小卓嘎后，又去拜访了主治医生，询问病情。彼时，小卓嘎的病情并不乐观，但是布措当场拍板："罗松卓嘎太可怜了，从小就失去了父母，我们就是她的亲人，不管花多少钱，只要有一线希望，就要给她治病。"

"这是一场爱的接力赛，"德拉院长说，"我们已经有三位护理员来成都陪小卓嘎治病啦，院里护理员不多，可是她们身后，还有一群爱心妈妈，都可以加入这一场接力赛。罗松卓嘎的病虽然可怕，但是爱心妈妈们的温暖大手，能从病魔和死神手中，将她抢回来。"

　　布措局长即将离开时，将小卓嘎抱在怀里，安抚道："孩子，要挺住啊，你不是风中的酥油灯，你的周围有一道爱心的防风墙。"

　　向土登和米玛告别时，布措局长说："两位康巴姑娘，拜托你们啦，健健康康将罗松卓嘎给我背回来。"

　　"拉索！"土登和米玛点头答应。

# 波密卓玛花与未生娘

拥中卓玛在林芝电力公司做了三年前台工作，工资也涨到了每月四千多元，她挺喜欢这份工作的。电网大楼也是八一镇上首屈一指的建筑，大堂宽敞明亮，窗明几净。

清晨，尼洋河右岸山腰飘荡一条条旗云，雾掩天暗，晨曦从东山冉冉浮现，旗云往山顶飘浮。朝阳斜照在林芝城的大街上，拥中卓玛一袭康巴藏装在身，冬穿皮袄，夏着长裙，蹬一双高跟鞋，挺胸昂首。到路口，过斑马线，朝阳将她婆娑的身影拉得长长的，与斑马线结合成一幅美妙的康巴姑娘丽影拼图，仿佛在邀上苍与众生一观。她头发又黑又密，梳成粗粗的大辫子，瓜子脸庞上嵌了一双大眼睛，风情无边，走在街上，会赢得不少回头率。

每天她都到得最早，笑迎公司同事和林芝城乡的业主。站在导引台上，望着男士西装革履，女士套裙纤腰，拥中卓玛有时也会心痒。有好几回，她悄悄地换成工作装，结果被公司老总撞见了。老总摇了摇头，叹道："卓玛变成了汉家姑娘啦！林芝是民族地区，您穿康巴女装最漂亮，藏族乡亲一见，就有亲切感。我们需要波密卓玛站在这里呀。"

拥中卓玛点了点头。从此，她春穿长裙，夏着绸缎，秋换布袍，冬罩裘装，把一个康巴姑娘的高挑、丰满、性感、温柔、惊艳，大大方方地展示给了电网的员工，亦展示给了前来办事的百姓。

公司不少新入职的汉族大学生，暗恋这个康巴姑娘，可她早已经名花有主，男朋友在银行工作。下班后，他俩卿卿我我，出双入对，令一些同事撞见后好生羡慕："能娶拥中卓玛这样与雅江桃花一样的波密姑娘，是今生有福哟。"

拥中卓玛也喜欢林芝这座小城，它堪称西藏的江南，婉约、灵秀，雄浑的雅鲁藏布江与温婉的尼洋河在八一镇前交汇，像一对夫妻，纠缠、交织在一起，向南迦巴瓦流去。这里离她的老家波密并不远，只有二百多公里。可是因为工作繁忙，也就"五一""十一"和春节这种长假，她偶尔回去一趟，看看舅舅和舅妈，那是她在这个世界上最亲的人。

在西藏，舅舅为父，姨妈如母，这大概是一种天经地义的血缘之亲。拥中卓玛还在襁褓中的时候，爸爸妈妈就不在了，她始终不知道他们是如何往生的。长大后，她曾问过舅舅、舅妈，可是他们守口如瓶。舅舅总是说："过去了，都过去了，提那些旧事干吗？再说死去的人，亡魂去了天国，有自己的归宿，说不定已经转世人间了。女儿啊，忘掉吧，你这一辈子，舅舅、舅妈就是亲爹、亲妈。难道嫌我们对你不好吗？！"

"好！好着呢！"舅舅和舅妈对自己，真的比对表哥、表妹都好，新衣服让她先穿，好吃的让她先吃，哥哥和妹妹只能眼巴巴地望着。后来，这些都已经形成了一种共识：卓玛就是家里的天仙，有什么好事情，都先紧着她，不要与她争，再争也争不过，阿爸阿妈太宠她了，等她不要了，再给哥哥和妹妹。即便这样，也一点儿不影响兄妹之间的感情。

那年夏天，拥中卓玛没考上大学，怏怏不乐地回到家里，对舅舅、舅妈说："你们白疼我一场，我不争气。"倒床蒙头睡了两天。

第三天早晨，舅舅来了，抚了抚她的长发，说："卓玛，我的好女儿，你睡了两天了吧。你听，天上灰头雁在叫，秋天马上就要来了，等霜雪落下，波密山里的景色最美。草地、牧场、雪山、帕隆藏布江，景色迷人啊。起来吧，出去走走，往西看，往朝圣大路上走，鲁朗的风景很迷人呀，如果翻过色季拉，到了林芝，那里有雅鲁藏布，站在垭口上，还可以看到南迦巴瓦神山啊！出去走走，去吧，往林芝走，往拉萨走，天下风景都是不一样的呀，条条道路通拉萨，通天的大道通圣城，人生并不是只有考大学一条道啊，能读大学，当然好，考不上，我们照样有自己的日子和生活呀。"

卓玛从毪毡上一跃而起，抱着舅舅，喊了一声："舅舅，对不起！"

"傻呀，卓玛花开得正好呢。"

舅舅越这么说，拥中卓玛哭得越厉害。

哭过了，拭去泪痕。第二天，真如舅舅所说，卓玛去了林芝，去看天下风景。不过她要先找一份工作。她去林牧学院宾馆应聘，经理觉得她长得漂亮，将康巴女人之美集于一身，便招她当了服务员。一年后，她当上了餐厅主管。后来，她跳槽到了银行，做导引员，认识了现在的男朋友，在那里干了两年。后来，她又到了国家电网林芝公司，在大堂做前台接待，虽然经理换了几任了，但是都对卓玛很好，夸赞她温柔细腻，热情好客，是林芝电网的形象代言人。

卓玛觉得自己很幸运，读大学的路断了，但上苍又给她开了另一道门，在国家电网，她真的很有前途。

舅舅昨天晚上打电话来了，说要过来看看她，还埋怨她"五一"长假也不回波密看看。

"我真的很忙啊，舅舅，"卓玛解释道，"电力公司许多同事都下乡驻村了，原来几个人的活，现在就得一个人干，我也不例外啊。"

"好吧，女儿，我信你的。明天我从波密过来看你。"舅舅说。

"别，别，你跑一趟真不容易。我十一长假回来吧。"卓玛说。

"等国庆就来不及啦。"舅舅答道。

"什么事情呀，舅舅？"卓玛问道。

"明天见面说。"舅舅答道。

搁下舅舅的电话，卓玛有点儿心神不宁，啥子大事情呀，烦劳舅舅从波密远道而来，而且还要郑重其事地面谈。是不是因为自己找了男朋友，舅舅、舅妈不同意？不会呀，男友也是帅哥一枚啊，伟岸坦荡的波巴男孩子，一表人才不说，职业也好，称得上"高富帅"。呸，呸，呸，卓玛觉得恋爱中的女人，智商确实会下降，这样的话也敢说出口，什么"高富帅"，在波密王地界上，可不讲这一套。这里评价男人的标准，就是像不像波密王，自己的男友抵得上王！其实她压根就不知道波密王什么样，只知道他跃身上马就可以去打仗。

想到这里，卓玛笑了，连忙给男友打了一个电话，说："明天下午舅舅到林芝，说要谈正事。订一桌藏餐吧！"

翌日，舅舅从波密风尘仆仆而来。车走了一天。藏南进入雨季时，塌方的地方多，但帕隆藏布江的路修好了，过沙马大桥时，三五分钟就过去了，不像以前，要走帕隆藏布江险道，足足三十公里，弯弯都是陷阱，拐拐都是险滩，司机转弯稍微不谨慎，就会掉到江里，命丧怒涛。舅舅坐的是长途车，只在波密和色季拉堵了一阵子，因为那边在修路。傍晚抵达时，卓玛和男友驾车到长途汽车站，将舅舅接到了藏餐厅。

路上，卓玛小心翼翼，不敢与舅舅直接切入话题，绕着圈说："咋不带舅妈一起来，我想她啦。"

"她咋走得开啊？那一大家子人。"舅舅答道。

"下次我们开车接舅妈来林芝住些日子。"男友说。

"谢谢你们这份孝心！"舅舅回答，却迟迟不切入让卓玛揪着心的那个"正题"。

车抵藏餐厅，下车一看，舅舅说："咋不涮四川火锅？"

"他说拿不出手啊！"卓玛指了指男友，"第一次请舅舅吃饭，得找一个好地方，这家的藏餐做得上档次，可不是我们波密那种水准。"

"让你们破费了。"舅舅道。

"没事啊，舅舅，我拿得不少，现在一个月 4000 多元，每年还都在涨，"卓玛道，"每次你来林芝，都可以请你吃大餐。"

舅舅摇了摇头道："我就是为这事而来！"

"什么事情嘛，舅舅，烦你跑这么远？"卓玛不知舅舅到底为了什么事情专程赶来。

"想让你辞掉电网工作。"舅舅答道。

"辞掉电网工作？"卓玛不解，"这工作很好啊，您也看到了大堂里站台、导办，很轻松，淋不着雨，晒不着太阳，清闲着呢，拿钱还多，打着灯笼都难找啊。"

"我知道，但还有更有意义的工作等着你去做啊！"舅舅答道。

"什么工作？"卓玛十分好奇。

"当爱心妈妈呀！"舅舅郑重其事地说，"林芝儿童福利院对孤儿集中收养，扩招爱心妈妈。你从小失去父母，是舅舅、舅妈养大的。今年你已经十九岁了，该去那些为你一样命运的孤儿们做些事情啦，就像舅舅当年一样。你把孤儿们当亲女儿养、当亲儿子带，对我们藏家人来说，这是一件修德积福的事情，女儿，是在做善事啊！我想让你去报名，考爱心妈妈。"

"好啊！我当是什么事，让舅舅跑几百公里路来林芝，山高路远的。就交代这件事情呀，打个电话不就行了？"

"傻女儿，舅舅怕你想不通啊，想当面锣对面鼓地敲敲啊，"舅舅道，"如果儿童福利院录取你了，一个月的工资只有 2600 元，比你现在的工资少多了，而且工作还很累，一个爱心妈妈带四个孩子，白天黑夜在一起啊。"

"这有什么关系，做善事，慈善修行，也是我们藏家的传统啊，何况是对一群孤儿，"卓玛表态，"我明天就向林芝电力公司领导说，辞去电网的工作，去林芝市社会福利院应聘。"

"我家闺女真好。舅舅没有白养你，有一颗牧场上卓玛花一样纯洁的心。"

"舅舅，我就是拥中卓玛呀，是您请寺庙的喇嘛为我取的名呀。"

"哈哈！这个你还记得，真是好女儿。"

第二天，拥中卓玛去向领导递辞职申请。领导是一位长辈援藏的"藏二代"，他极力挽留说："大家都喜欢你，无论职工还是办事群众，都少不了你的美丽与微笑啊！你一走，大堂里就少了一朵卓玛花呀。而且你去福利院，收入一下子少了那么多，可要慎重考虑啊。"

"谢谢！"拥中卓玛双手合十，"这几年，没少给您添麻烦，我知道您也是为我好，可是领导，我们藏家有一句谚言，灰头雁飞得再高，也要落在小草中觅食。我这是要回到草原上，帮一帮那些与我一样小草般命运的孩子。"

"明白了，你是一个好姑娘，善心满满。祝你好运！"领导在她的辞职申请上签了字。


我就是被拥中卓玛这段经历吸引的。

那是2019年的3月底，林芝、波密的桃花开了，西藏文联邀我去参加桃花节。彼时，我的"导弹"系列封刀之作《大国重器》获了"中国好书奖"，央视读书栏目要办"4·23读书日"活动，希望我留下拍节目。但我婉拒了央视的邀请，去了西藏，因为无法抵抗那片秘境对我的诱惑。

那次去林芝，除了看桃花，还有一个活动是在西藏"双集中"供养点采风。供养点也分"一老一少"，"老"是指工布江达县养老院，而"少"者，则是指林芝市儿童福利院。那天下午，拥中卓玛是我采访的两位爱心妈妈之一，另一位是朗县妈妈卓玛吉。两个妈妈之间有一活泼快乐的小女孩牵绊着。这两个妈妈与一个小女孩的故事，令我情动、心动，当时便下决心，要为这群年轻西藏妈妈写一部书。

三月桃花雪域开。千年野桃树，碧云天，雪峰下，雅鲁藏布江相映，映衬一颗颗度母的慈航之心。

那天朗县妈妈卓玛吉与波密的拥中卓玛，给我讲了这个温馨的故事。


那天下午照相时最活泼的小女孩四郎拉措，她与拥中卓玛一样，来自波密县，刚会叫阿妈、阿爸时，父母就从这个世界上消失了。是一场车祸的劫难，还是殉情入江？爱心妈妈对孤儿们的前史一概不问，院里也不让讲，一是怕勾起孩子们的伤心回忆，让他们的成长笼上一层阴影；二是姻缘难理、对错难辨，很多事情无法去评说。牧区有不少单亲妈妈，男人的始乱终弃，迫使她们承担着孩子的全部养育责任，一旦自身遭受劫难，孩子便会沦为孤儿。

四郎拉措是怎样成为孤儿的，拥中卓玛从未问过，一如她早已不再深究自己的前事。只是那天她来到爱心家庭时，第一次见到小拉措，拥中卓玛便有一种莫名的心痛，仿佛看到童年的自己。

"这孩子当时太可怜了，"她对我说这话时，已经五岁多的拉措，就倚在她的怀中，掰一根香蕉吃，好像是在听卓玛妈妈说别人的故事。

波密县民政局的人将拉措送来后，林芝福利院领导说，不用抽签了，直接就分给了卓玛吉家，正好与拥中卓玛在一个套房里，每个爱心妈妈带四个孩子，晚上轮着值班。拥中卓玛见到拉措时，这孩子就两岁，眼神惊慌，像一只小猫，头发缠成一团，好久没有编过辫子了。当她们帮她脱下羊皮袍、为她洗澡时，发现她浑身爬满了虱子，而她只是哭，有好多天，一句话也不说，怯生生的。晚上，先由卓玛吉妈妈搂着她睡觉，后来与拥中卓玛睡觉，小拉措一个月都不说话，两个月时，终于像小羊咩咩叫一样，喊了一声"阿妈拉"。

"拉措，你叫谁阿妈拉？！"拥中卓玛又惊又喜，她发现，小拉措的眼神不再惊惶，反而一片温润和安静。

到了第三个月，小拉措开始说话了。

第四个月，她开始与小朋友们打闹了。

半年后，小拉措变了，变成了一个活泼伶俐的小女孩，从这个屋转到那个屋，到处都是她的笑声，上幼儿园中班后，她还会唱歌跳舞了。六一儿童节时，她与哥哥姐姐表演了群舞，跳得有模有样，看到这一切，拥中卓玛的泪水涌了出来。


记得那天在爱心家庭采访，我对林芝儿童福利院的硬件设施惊叹不已。每套五室一厅，为两个家庭所住，中间是一个活动的大厅，每个家庭的爱心妈妈与四个孩子有两个房间，妈妈一屋，四个孩子一屋，睡高低床，与另一个家庭隔着中间客厅相连，还配有洗手间和洗衣室。白天，爱心妈妈各带自己的孩子活动，该送幼儿园的分送大班中班小班，该上学的送去学校，晚上有一个妈妈值班，与孩子们睡在一起。

拥中卓玛说，爱心妈妈当久了，与孩子的感情，不是亲生，胜似亲生。她那时还未出嫁，可是看到朗县卓玛吉妈妈与孩子的感情那么深厚，着实羡慕。

我问，有什么具体故事吗？

"当然有喽！"


工布江达县有两兄弟，哥哥五岁，弟弟三岁，因为父母双亡，一直由爷爷抚育。后来，爷爷岁数大了，无法照顾两个孩子了，民政局干部到村里动员，让爷爷将两个孙子送到林芝儿童福利院，说那里四个孩子就有一个妈妈带，吃得好，穿得好，住得好，学得也好，妈妈对孩子更好。那么多的好，爷爷将信将疑，最终同意将孩子送到八一镇，进了儿童福利院，但他还是怀疑，这些年轻的妈妈能否真心待自己的孙子？他心里不由打了一个问号。孩子刚送来时，爷爷一周来看一次，后来，半个月来看一次，渐渐地一个月来看一次。他问两个孙子："爱心妈妈对你们好吗？"

"好着呢！"哥哥说，"朗县卓玛吉妈妈有三个孩子，有时会带来与我们一起玩，周日休息，还会带我们去她家里玩，朗县阿爸好着呢，在一起玩的时候，我和弟弟都叫他阿爸了。"

"你们两兄弟是不是没有爸爸喊过，馋爸爸啦！"爷爷还是一直不相信。

直到有一天，爷爷再来看孙子时，看到那个叫卓玛吉的妈妈抱着一个女孩哭，十分不解，就问陪着他过来看孙子的拥中卓玛："大人哭什么？"

"舍不得女儿啊。"

"那女孩哭什么？"

"舍不得妈妈呀。"

"为什么舍不得？"

"她十三岁了，读初中了，今天要搬到学生宿舍楼住了，不能再回爱心家庭，离开卓玛吉妈妈不习惯，才哭个不停。"

"是亲生女儿？"老爷爷问道。

"不是，"拥中卓玛说，"与您的孙子一样的情况，读初中前，都由我们这些爱心妈妈带呀。"

"有这么深的感情啊，哭得像骨肉分离一样，让人动容，说明儿童福利院的妈妈真的将孤儿当亲生孩子看待，是真正的白度母啊。"老爷爷叹道，"我两个孙子交给你们，是他们今生的福分，我亲耳听说了，也亲眼看到了，你们是掏心窝地对孩子好，不看血缘，不分亲疏，这一回我这颗悬着的心，该放下来啦。"

拥中卓玛听了，也露出由衷的笑容。

# 大曲宗：玛吉阿米的脸庞

大曲宗有点儿不敢照镜子了。她才三十二岁呢，刚过而立之年，可是她娇美的容颜一天天在镜子里消逝，岁月的痕迹，渐渐深嵌在额头上的皱纹里，任凭雪风怎样吹拂，就是不肯溜走。

自己真的老了吗？遥想那一年，她刚十七岁，与兄嫂、小妹、侄子侄女们生活在一起，其乐融融。四个侄子侄女都在读书，大的读中学，小的还在读小学。虽然和睦，但三个哥哥老实巴交，除种青稞之外，没什么一技之长，还不会说汉语，没办法进城打工、闯荡，家里的生活条件没办法改善。

那天，大曲宗对刚初中毕业的小妹说："咱们走吧，不能总待在家里，守在这片青稞地啊，一过就是一生。"

"姐，我们去哪呀？"

"顺着雅江往下走，水向低处流，人往高处走呀！我们去打工、赚钱。"

"挣钱做什么？"

"供哥哥的孩子读书啊，念大学，过好日子，再不要像我们姐俩这样的命运，更不能像哥哥们一样，只会守着那几十亩青稞地。"

"嗯，我听姐的。"

姊妹俩顺着雅鲁藏布江而下，走出日喀则南木林县，一走就是十五载。她与妹妹一起，供四个侄子侄女读书。终于盼到这一天了：最大的侄子大学毕业后，到阿里当了警察，他其余的弟弟妹妹也皆有归宿，或当老师，或做政府的公务员，一个个拍拍翅膀远去了，筑起了自己的香巢。孤孤单单的姑姑们，好像被忘记了，到了藏历新年，连一个电话也没有。

忘就忘吧，人活着就不要指望被人记住。就像雅江青稞地角的卓玛花，默默生长在旷野，风掠，霜染，雪掩，一岁一枯荣，待明年春风四起，照样生发，花开灿烂。

三十二岁的大曲宗，仍孑然一身，守着那个打工的小屋，一个人，好凄凉，可是她一点儿也不埋怨谁。三个哥哥在南木林县雅江边上半农半牧，日子过得清苦，生了一窝孩子，要读书，要吃饭，要盘缠，要去外面求学，虽然国家也有补助，但是自家还是要花些钱的，于是大曲宗带上妹妹先在日喀则、拉萨的甜茶馆当服务员，再到林芝工地上当女工，背砖、挖地基……哪样苦活儿没有干过？

终于，侄子侄女们都有了归宿，本以为苦尽甜来了，可是她还悬在高处，养在深闺人未识，守了十五年的时光，错过了许多风景，也错过了自己钟情的恋人。

三十而立了。雪域之上，在乡村牧区的女孩，长到三十岁还未出嫁，就会有一点儿恐慌感了，可大曲宗仍旧踽踽独行天路。知我者，谓我何求，她本不求任何回报，只求家人皆安，这就是这片雪域有信仰人的追求。


那天上午，我到山南儿童福利院采访，三个爱心妈妈坐在我的面前。岁数最小的二十九岁，也是一个未嫁之人，来自山南隆子县城关镇。还有一个四十多岁的名叫德吉玛的阿佳，同样来自隆子县。可惜，两个隆子县来的娇娘，并不擅长讲故事，我只能将希望寄托在大曲宗身上。

她斜坐在我的对面，侧影尤其美，作为后藏人，既无卫藏贵妇的纤细，又少了康区女人的丰韵，圆圆的脸庞，留下太阳的痕迹，同饮一江水，却洗不去高原雪风赐予的黧黑。望着大曲宗的刹那，我想到了一个词——玛吉阿米，汉译未生娘，按藏传佛教的说法，玛吉阿米的脸庞，就是观音的脸庞。

我这么想着，也就说了出来。

大曲宗听了，掩口一笑，说："作家太会抬举人啦，我何能何德，哪敢当呢？那是藏族人一生一生转经、磕头，祈求的最高境界与归宿啊。"

我听后，默默地点了点头，问她："怎么想到来当爱心妈妈？"

"寻找一种皈依与归宿吧。"大曲宗长叹了一声，说自己也没想到，当了爱心妈妈，却是一群孩子给了她一个温暖的家。

终于抵达彼岸了。


其实，大曲宗外出打工，都没有离开雅江上下。十五年前，从雅鲁藏布江边南木林县的农区出门，去日喀则、拉孜、贡嘎，最后在山南落下了根。

"为何进了山南儿童福利院？"我问。

"网上招聘，考试录用。"也许因为打工时间久了，能说一口流利普通话，再有初中文化，大曲宗一经考试，就被录取了。

到了山南，站在雅鲁藏布江的最宽阔处，遥想一江春水从马泉河而来，绕过一座座雪山，缠绕了多少个村庄，白雪映江水，云树倒影中，一株杨树就像一个孩子。那一刻，大曲宗心中蓦地生出了一种莫名的感动，似乎看到了身为妈妈的幸福，此身不生育，天下孤儿皆为我的子女啊！

大曲宗就这样当上了爱心妈妈。那一年她已经三十二岁了。爱心家庭的孩子一般在四五岁至十三岁之间，上学的居多。有个让她牵肠挂怀的孩子叫石达曲尼，老家在双湖无人区，那是西藏各个县府所在地里面海拔最高的一处，有5200多米。石达曲尼父母早亡，他们到底是以什么样的方式往生的，连儿童福利院里都不知情，只知道石达曲尼在双湖县一个亲戚也没有，属于异地收养，由西藏自治区民政局协调，从遥远的双湖辗转千里，来到山南儿童福利院。可是去上学的时候，有一些孩子说："你们是儿童福利院的孩子，没有爸爸妈妈！"石达曲尼回到家里，哭着问大曲宗："阿妈拉，我是没有父母的孩子吗？"

"瞎说！谁对你这样讲的？"大曲宗有些生气。

"学校的同学说的。"

"胡说八道。我不是你阿妈吗？！"大曲宗愤愤不平，说，"明天早晨我送你到学校，见了你们班的同学，你就说，这是我妈妈，看今后谁还敢盘长舌头。"

"谢谢阿妈拉！"

果然，第二天早晨，大曲宗就跟着孩子去了他读书的小学。石达曲尼用小手牵着大曲宗阿妈拉的手，见到同学就说："妈妈今天来送我上学了，这是我阿妈拉！"

大曲宗那天好幸福，看着孩子兴高采烈的样子，从未生过孩子的未生娘，第一次有了做妈妈的感觉。这是儿童福利院里的孩子给她带来的幸福。那一刻，她感到自己是天下最幸福的妈妈，别人家最多三四个孩子，而她有好多孩子，排排站的话是一长列，现在差不多是一个班、一个排，以后还可以是一个连呢！

那一天，十五年打工、供三个哥哥家孩子上大学的艰辛和孤独，都在一刹那间释怀了。

当爱心妈妈真好！

当然，也有累心的时候。孩子的吃喝拉撒睡，都得一手操办，那种付出和爱心，甚至超出了亲生妈妈。

比如已经上四年级的次仁罗杰。他从遥远的藏北草原来。万里羌塘须纵马，白云悠然，伸手就可以摘到，少年奔走在野草寂寂中，与牦牛和羊群做伴。八九岁的孩子在牧场上是一个好骑手，何况从小失去双亲，在亲戚家长大，吃饱了，穿暖了，就是最大恩惠，其余皆不管。也许正是因为这种无拘无束的生活，让次仁罗杰染上一个痼癖，或者说是恶习：尿床。

每天晚上他都要"画地图"，将一张床，直接尿成一个"小湖"。开始大曲宗让他睡在高低床的上铺，结果夜尿渗透了床单与被褥，一滴一滴流到了下边的床上，屋里都是尿骚味。孩子们纷纷抗议了，她只好将次仁罗杰换到下铺来睡，可是他照样尿床不止。

大曲宗认为这孩子身体有病了，就带他到山南人民医院去看，医生开了药，吃了两天，夜里就不尿床了，可是过了两天之后，他又开始照尿床不误。

"阿妈拉，次仁罗杰尿床不是因为有病。"有的孩子对大曲宗说。

"别瞎猜，次仁不是有病，那是什么呢？"大曲宗摇了摇头。

"是因为懒，不想起床，就随便尿，就像他在藏北草原上撒尿一样。"

"是吗？"大曲宗一开始是不信的，但是她悄悄地为次仁罗杰设定了叫醒时间，每天晚上，每隔两个小时，叫他起床撒一次尿。开始还好，他能够按时起来，可是到了天冷之时，他就赖床不起了，像以前一样尿在床上。

"大曲宗，你不能这样惯着次仁罗杰，得想法子治治这孩子的怪毛病。"有的妈妈对她说。

"咋个治法嘛！"

"现在大冬天的，让次仁罗杰自己洗他尿湿的床单。"

"这行吗？"

"有啥不行呀，大曲宗，天上的灰头雁飞得高，那也是在荆棘篷里练成的，石不琢难成玉，树不修难成木呀。"

"这，这……"大曲宗有点儿于心不忍。

"你看你，心痛，哪只头羊没挨过乌朵，哪头犏牛没挨过皮鞭。"

大曲宗点了点头。

回到家里，她对次仁罗杰说："你要按时起床，再尿床，阿妈拉就罚你自己洗床单。"

次仁罗杰有点儿懵，不知道洗床单为何物，只说了一句"好哟"。当天晚上，他依然尿床了，一屋的尿骚味儿，同屋的小伙伴都在抗议，说他是一个懒虫，不愿起夜，尿得满床湿透。

"去水房里洗床单吧！"大曲宗一夜之间变成了一位"虎妈"，"我先教你一遍，你照着这个洗，将床单上的尿渍洗掉，没有味儿就行。"

次仁罗杰洗了一次床单后，五天都没有尿过床了。


"后来呢，"我有点儿好奇，感叹道，"一个少年尿床，本是寻常之事，其他地方这样的也大有人在。"

"次仁罗杰洗了一天床单，第二天就不尿床了，可是只坚持了五天，后来依旧我行我素，真拿他没有办法。"大曲宗摇了摇头说，"可我是妈妈呀，总不能让一个孩子去洗自己尿床的被褥，再说他还小，哪有妈妈不照顾孩子的。"

大曲宗说，其实她当初最担心的，是别的孩子嫌弃尿床的次仁罗杰，毕竟他一尿了之后，一间寝室都弥漫着尿骚味，实在是让人有憋气之感。

"没办法呀。"大曲宗摇了摇头说，次仁罗杰洗了五天床单后，她真的心疼了，走到水房里，挥了挥手，说，去吧，背书去，让阿妈拉来为你洗。

"亚索！"次仁罗杰高喊了一声，解放了，扭头就跑去与别的孩子玩去了。

"次仁罗杰尿床的恶癖一直未改？"我问了一句。

"一直在尿床。"大曲宗尴尬一笑。

"您是不是对他太溺爱了？"我不禁问了一句。

"作家叔叔，手心手背都是肉啊，我咋能下得了狠手，大冬天的，让一个孩子洗床单，那是雪山之水啊。"

大曲宗一语既出，让我有点儿语塞了，竟不知说什么好。

"西藏的玛吉阿米皆如此吧。"我轻轻地呢喃一句。

春风拂过了她额头初现的沟壑，怅然之色转瞬即逝，她莞尔一笑，说起了另一段令她欣慰的事情。

大曲宗说她一周仅有一天假，一年能休一个月的假，她也没有别处可去，只好回南木林县，那毕竟是她的故乡。只是她父母早已往生了，家中三个哥哥守着那几十亩青稞地，大哥已经快六十岁，孩子们长大了，个个读了大学，像出巢的鸟儿远走高飞了。故乡还是旧时的模样，后藏人家，几头犏牛，一群羊，拴在院子里，村巷里，只有老人她还识得。她感觉自己真的老了，青春的花季在打工岁月里慢慢褪色。在村里刚住了一周，她心里就慌了。幸好，在远方，她还有另一个家，到了周日，山南儿童福利院的孩子们，都给她打电话，还要视频，嘴里喊着："曲宗阿妈拉，我们想您了，快回来吧！"说着说着，那边的孩子们哭起来了，她也掉流泪了，说："阿妈拉也想你们呀！"

心装了一个家，人也就不再属于故土，不属于生于斯长于斯的藏家，而属于与自己毫无血缘关系的一群孩子。

大曲宗说，来山南儿童福利院四年了，每年一个月的年假，她都没有休完过，孩子们电话里一呼唤，就像喜马拉雅的召唤、雅鲁藏布的涛声，于是她顺江而下，往山南赶回来了。山南儿童福利院成了她情牵梦绕的地方。

天将晚了，暮色中，我看着大曲宗，不免心生怜悯，突然抛出了一个本不该问的话题："没想过成家，找一个自己爱的男人，守着雅江终老？"

"想过呀！"大曲宗羞赧一笑说，"机缘未到吧，或者说遇上的机会太少。"

我点了点头，历史上西藏的村庄里，就是女多男少，她如果想要回到村里成家的话，选择余地并不大。彼时，我对大曲宗有了一种莫名的惋惜和遗憾，可内心里又默默为她感到庆幸：没有拥有一个温馨的家，抑或是她的憾事，但成为爱心妈妈，拥有那么多的孩子，也是她的福分。

采访到傍晚才结束，我走出山南儿童福利院，驱车回到泽当，刚好看见半个月亮升起。月圆之时，玛吉阿米的脸庞清晰可见，浮在天上，落在雅鲁藏布里。我突然想起仓央嘉措那首著名的诗歌：在那东山顶上，升起皎洁月亮，玛吉阿米的脸庞，浮现在我心上。

玛吉阿米，若以情歌论，便是未生娘，若以道歌论，那就是观音的脸庞。

该叫大曲宗什么呢？我有点儿踌躇，将目光投向远天，月亮升起来了，白白的，黄黄的，是观音的脸庞，还是未生娘的容颜？是大曲宗的脸庞，还是所有爱心妈妈的笑脸？

在后藏娇娘里，大曲宗算不上漂亮，可是她就像西藏许许多多的阿佳一样，都有一颗金子般的心。

此时，落日熔金，由纯黄，渐次融合成一片红潮四起。那是雅江之潮，淹没了山南的天空，也淹没了我。

# 小卓嘎，在未生娘背上归来

　　布措局长将罗松卓嘎揽入怀中。那天正好是六一儿童节，小卓嘎换了一身藏装长裙，绿色绸缎镶碎花，阿妈专门为她打扮了一番，扎了十几根小辫，看上去，俨然一个康巴小美女。

　　"您看她像得过大病的孩子吗？"布措局长摸了摸罗松卓嘎的颌下淋巴，说了句"没事，全好了"，然后，将罗松卓嘎推至我面前。

　　小姑娘约莫六岁，纤细，个子比同年龄的小朋友要高，虽然在蓉城十个月，她也算见过许多大世面，甚至见过了生死，可是一点儿也不张扬，文文静静的，莞尔一笑时，脸颊上长出两个红润的小苹果，还带着几分羞怯。

　　可是谁曾想过，两年前，医生已经判定了她的死期将至，至多还有三至六个月的光阴。

　　当时正在陪着孩子看病的米玛吓哭了。三位飞赴成都接力陪护小卓嘎的未生娘中，她是最后一个。去年藏历新年刚过，门拉背着罗松卓嘎进了成都市，治了半年，因妊娠反应大、行动不便，院里派土登过来帮忙，过了一阵门拉回了昌都，米玛又赶来协助。虽然米玛比门拉和土登到成都晚，不过她有在昌都藏医院学习的经历，多少懂一些医道。年底的时候，土登也回了昌都。医生说小卓嘎命不久矣的时候，只有米玛一个人在成都，就像去年初的门拉一样，她感到锥心刺痛，又茫然无措。

小卓嘎到成都求医后，化疗一共安排了七个疗程。孩子虽然瘦弱，还是挺过了五个疗程。她一吃饭就吐得厉害，可米玛还是想办法给她做好吃的，增加营养，像是牦牛肉羹、牛肉包子之类，她几乎是半强迫小卓嘎吃，因为只有营养足够，身体抵抗力才会好，她坚信，熬过冬天，春天来了就有希望。

华西二附院的主治大夫的话，对米玛打击很大。她还记得，那天上午大夫来查房，望着病恹恹地昏睡的罗松卓嘎，又看过她化疗拍的片子，出去对米玛说："这孩子愈后不好，时日无多，多则半年，少则三个月，你得有心理准备。"米玛听了，眼泪唰地流出来了，她问大夫还有没有什么办法可以想一想。

主治大夫摇头。

一朵小花还未结出蓓蕾，就要凋零，米玛于心不甘，她不想让门拉辛辛苦苦背来的一个孩子就这么死在自己眼前。她一再追问大夫，还有什么灵丹妙药，能让小卓嘎转危为安。

大夫摇头："天下就没有这样的药，癌症是人类迄今为止尚未攻破的难题，只能是早发现早治疗。"

"小卓嘎这样的，不算早发现吗？"

"她的淋巴癌发现时就是中晚期，无法逆转了。"

查房的医生走了，米玛整个人如同掉到了冰窟窿里，做完化疗后，她带小卓嘎回到了出租屋。入成都十个月，小小的卓嘎渐渐学会了察言观色，从米玛的情绪里，她似乎预感到了某种不妙，突然说："我想两个哥哥了。"

从阿爸、阿妈车祸双双而亡后，卓嘎与两个哥哥罗松旺堆和白嘎，到了昌都儿童福利院，大哥罗松旺堆在二十二号家庭，二哥白嘎在十一号家庭，而她在二十六号家庭。那天晚上，小卓玛在与两个哥哥视频时，哥哥问："卓嘎，你咋样了？"

"不好！"卓嘎摇了摇头，病恹恹地答道，"我可能活不了几天啦。"

"瞎说，你好着呢！"罗松旺堆和白嘎在那头看着妹妹，安慰她。

"真的不好。医生说我活不了几天啦。"米玛一惊，医生与她的对话怎么传到这个小女孩耳朵里边了？之前她并不会说汉语的，也听不懂，所以她和医生的对话，并没有特意避开她。原来，在成都华西医院住院不过半年时间，她竟然已经能够做到听说无碍了。

两个哥哥听了这话，在那边哭。而米玛则在这边哭。可罗松卓嘎却很平静，小脸上一点儿泪痕也没有，看见米玛哭了，她撂下手机，说："阿妈拉，我不死，我要跟着您回昌都呢！"

这句话给了米玛力量。第二天上午，她找到罗松卓嘎的主治医生。问道："大夫，小卓嘎不能死啊！还有什么进口药，可以延缓她的生命？我不愿意让她才这么丁点儿年纪就去见往生的阿爸阿妈。"

医生告诉她，有一种美国靶向药，可以延缓三个月到半年的寿命，但价格非常高。

"打这种靶向针，一个月要多少钱？"

"5万元吧！"

"5万？"米玛被高昂的药费吓了一跳。

晚上从医院回到租住的小屋，她先跟土登通了话，两人商量后，决定给德拉院长和布措局长打电话。去年秋天，两位领导专程来成都看望罗松卓嘎，交代她俩，一定要背着一个健健康康的藏家小姑娘回昌都，可是如今小卓嘎病情堪忧，米玛不能背着一抔骨灰回去啊！

于是那天晚上，米玛噙着泪水给布措局长打电话，边报告，边啜泣。布措局长在电话里问她："米玛，出什么事情啦？你怎么在那边哭得稀里哗啦的？"

"小卓嘎活不了几天了，她的命最多还有三个月。"

"谁说的？"布措局长问道。

"主治医生说的。"米玛答道。

"医生说还有什么办法吗？"

"只说还有一种美国进口的针水可以用，但是一个月治疗费就得5万元。"

"要5万啊？"布措局长追问了一句。

"是呢！一分不能少，还不能保证能活过半年。"

"医生真这么说吗？"

"是的。"

"5万一个月的治疗费，让我想想。半年就要花30万，还未必能保得住命，是吧？"

"是的，布措局长。"米玛小心翼翼地答道。

"把孩子背回来吧。"布措局长交代道，"你们迅速办理出院手续。去年秋天从成都回到昌都后，我就与藏医院的大夫讨论过小卓嘎的后续治疗与康复。我们藏医还是有优势的，像虫草、麝香和人参果，甚至是松茸、牦牛奶和奶渣这些东西，都出自高海拔之地，高原植物、生物、动物，生存环境恶劣，干净、无污染，对提高人体抵抗力有好处。自身的免疫力好了，就能战胜癌症。既然西医治不了罗松卓嘎的病，那就回来吧，送到藏医院吧，也许会有奇迹发生。"

"明白啦，布措局长。"米玛第二天就结了账，背上罗松卓嘎，赶到双流机场。彼时，天空中有银燕起落，也有家燕低旋于闾巷田畴，回望成都城郭，仰望天空，这个未生娘早已归心似箭。从去年春天门拉背着罗松卓嘎来成都始，在这个西南大都市里，三个姑娘爱心接力，未生娘做妈妈，陪着小卓嘎十个月，一把尿一把屎地照顾。然而，令三位未生娘深以为憾的是，按医生的说法，小卓嘎生命已进入倒计时，已经无力回天了。

银燕向横断山飞去，终于回到昌都了。扎曲、昂曲清如许，两水交汇于云南坝与四川坝的三角洲前，成为澜沧江的"零公里"。小卓嘎的生命回到了原乡，还有重新开始的"零公里"吗？

小卓嘎回到昌都第一儿童福利院后，休养了两天，第三天，米玛和小卓嘎所在的二十六号家庭的爱心妈妈仁青曲宗一起，陪着她去了昌都市藏医院。老专家号过脉、看过舌苔，脸上掠过一丝不易察觉的笑容，说："这孩子还有救，只是要上麝香、珍珠和虫草之类的东西，一个月的费用可能在5万元上下。你们能承受得了吗？"

米玛说："布措局长有交代，只要能抢救罗松卓嘎的生命，我们不惜代价。"

"那我就上麝香了。"老藏医答道。

"麝这东西是国家珍稀动物，不让打了，您怎么还会有野生的麝香呀？"米玛问道。

"存货，老辈人就留下来了，一直舍不得用，"老藏医答道，"用一点儿少一点儿啊。但是救孩子的命要紧，心疼不得呀。"

"哦！谢谢老藏医。"米玛点了点头。小卓嘎有救了。听到藏医要给小卓嘎上最好的藏药，她长舒了一口气。

"儿童福利院的妈妈真不错，布措局长对我说，好多是未婚姑娘，一颗善心，慈悲之怀，传承了我们藏家儿女的信仰和风俗，让人好生感动啊。"老藏医夸赞道。

"谢谢老藏医。"米玛深深一鞠躬。

"尽人事，听天命吧。"老藏医淡然一笑。

此后，小卓嘎一个月来开一次药，药品做成了丸状，回到家里，仁青曲宗就督促小卓嘎吃药，平时经常给她煮牦牛肉粥，让她吃奶渣、喝牦牛奶，增强抵抗力。三个月后，带她到医院检查，有些指标开始正常了，吃到第五个月，小卓嘎的脸蛋开始润红，皮肤亦渐渐从焦黄变得白嫩，那是一种生命恢复的信号啊！

出院半年后，该带罗松卓嘎到成都华西医院二附院复查了，还是由米玛背着她去。见到住院医生，对方非常讶异，说："罗松卓嘎还活着啊，这可是一个生命的奇迹了！你们回去之后，用了什么灵丹妙药？"

米玛掩口一笑，说："除了麝香虫草外，还有大量的藏药。"

"我说治得这般好，原来是藏医和中医看家的灵药都用上了，花了不少钱吧？"

"一个月的医疗费在5万元上下。"

"真佩服西藏的儿童福利院，博爱为怀，对一个孤女如此用心，不惜血本。"主治大夫感叹道。

"这是祖国大家庭的关心、关爱的结果啊。"米玛答道。

"孤儿在西藏生活成长，真的很幸福啊。"

第一次复查，让米玛看到了希望。

2020年春天，她又带罗松卓嘎去了一趟成都，进行第二次复查，这时，华西二附院的主治大夫当场宣布：小卓嘎很幸运，她身上的癌细胞，已经没有了。

"亚索！"那一刻，米玛在小卓嘎脸上落下了雨点般的吻。

"我的好女儿，你真幸运！"

# 灰线：画师洛加画勉唐派绿度母，富丽堂皇

　　好大一个工作坊，别有洞天，洛加画师站在门口迎接。作家放眼看过去，足足有500多平方米。随一袭红衣穿行其间，两边尽是一排排唐卡画架和坐垫，还有未干的颜料，屋里寂寂无人。只有洛加画师和他的大弟子四郎曲登追随左右，因到了西藏的虫草季，学生都请假回家挖虫草了，人去楼空，留下刚画完的草稿，刚上色的佛像，还有等待点睛开光的佛眼，绿度母、白度母、护法大威金刚，坛城以及菩萨行相，应有尽有。最令他讶然的是一幅巨幅唐卡，犹如昆仑一般，定于万山之尊。

　　坐在巨幅唐卡前话扶贫，谈慈善公益，别有一番神韵。作为最先的践行者，洛加走过了二十八年的慈航之路。

　　时光之风掠过大荒，漫漶了记忆的边界，穿越风雪，洛加清楚地记得自己第一次见到泽登扎西的情景。

　　那一年，洛加十四岁，是烟多寺里一个少年僧侣。站在烟多寺大殿，可远眺自己出生的村庄察俄村，家就在牛粪青烟浮冉的人间。八岁时，洛加跟着当裁缝的父亲学做藏装，学了三载，仿佛看尽了一生，遂不愿老死在裁缝的案板上。转念想去读书，父亲说，那就到烟多寺出家当僧人，天天念经，经书里有天文地理、因明哲学，都可以学到，洛加点了点头。于是，剃度，一袭红衣挡住了人间风雪。那个春天，

巴热乡的画师泽登扎西来烟多寺里画唐卡，洛加偶然看到了，觉得这个天地真小，也真大，斗方之间，菩萨庄严，度母温暖，金刚威武，坛城诡秘，佛国天境，经书中叙事与想象的世界，都在四尺、六尺之间一一尽现，这是怎么样的艺术啊，太诱人了。学经之余，洛加就天天来看泽登扎西画唐卡，且是西藏最具殿堂气象的勉唐画派。泽登扎西本是乡间画师，几代人都在画唐卡，名气虽然不大，但是功底厚实，泽登扎西天天在画，小师父洛加也天天来看，不分晨钟暮鼓，安静地看，有时一坐就是半天，忘了自己的经堂功课。有一天，静心画唐卡的泽登扎西仰起头来问道，小师父，怎么称呼？

洛加！

喜欢唐卡？

非常喜欢，完全是经书中描述的世界。

想学吗？

当然！洛加拼命地点头，愿师傅收留我。

好！我教你，从一朵莲花、一片祥云开始吧。泽登扎西找来一张画唐卡的画，用尺子打好十字方格，然后在很小的几个方格内，开始画起一朵莲花，教洛加从最基本的画工起步。

洛加从"零公里"出发，第一天做的事情，就是跟着师傅将唐卡布绷好，然后在那一块白布上打下满满一张围棋棋谱般的方格子，然后在这张方格上，画素描，填彩色，一笔一划，一点一描，安静地驰骋自己的人生。

三年，一千多个日日夜夜，日出日落，朝花夕拾，小师父洛加跟着泽登扎西在寺庙里学了三年。因为悟性好，基本掌握了画唐卡的方法与技巧。

三年了，烟多寺的活干完了，泽登扎西离开时，对洛加说，我就只能教你这么多了，你是一块画唐卡的好材料，人很静，虔敬有佛，心无旁骛，但是洛加，你要想在画唐卡上再有提升和精进，去找一个安多人吧。

安多人？叫什么名字？

洛宗希热。

洛宗希热是谁？做什么的？

昌都画唐卡最好的老师呀，在市文化局工作，在唐卡界无人不晓。

哦，那我怎么找到这位老师？

看机缘吧。

那时，洛加还是一个少年僧侣，不知道如何接近安多人洛宗希热。若从烟多寺出去游学，满天下寻找洛宗希热，这是不现实的，似乎也还不具备这种能力与资格。

然而，艺术天成，自有天赐之缘。当少年僧侣洛加日思暮想如何走向唐卡大师洛宗希热时，烟多寺仍在继续着它那庞大的壁画和唐卡工程，竟邀请洛宗希热来寺庙里工作一段时间。

洛加觉得一切都是天意。泽登扎西离开寺庙时，让自己投师洛宗希热，当自己苦苦寻求却最终无果时，洛宗希热竟然奇迹般地出现在了面前。洛加前去投师，看洛宗希热画唐卡，洛加对唐卡敏锐的感觉，引起了洛宗希热的注意。

你画过唐卡吗？拿一幅来我看看。

洛加找了一幅自己画过的习作，给洛宗希热。

哦！小师父画的唐卡是勉唐技法，是跟哪位大师学的？

是来烟多寺画唐卡的泽登扎西。

我听说过这位画师。

泽登扎西临走时对我交代，若想精进，必须投师洛宗希热老师，想不到我梦想成真，在烟多寺遇上了您。

缘分，缘分！洛宗希热说，我会在烟多寺里工作一段时间，洛加师父若有心想学画唐卡，尽管来听就是。

谢谢！这真是天赐之缘了。

洛宗希热在烟多寺里工作那段时间，洛加几乎不离左右，追随于前，洛宗老师喜欢这位年少的小师父，心静，几年念经下来，颇有文化修养，觉得他是一个画唐卡的好画师，遂倾其一生所学，将勉唐派唐卡的画法、技法，点睛之笔，特别是最难画的噶玛度母，都毫不保留地教给了这个小小年纪的画僧。短时间内，洛加的唐卡画法提高了很多。

彼时，在西藏的唐卡领域，分为勉唐、勉萨等派别，勉唐派则有王者气象、雅正之美，由勉唐派生的勉萨派，也基本上是源出一脉。洛加知道洛宗希热老师身在世俗，与泽登扎西一样，不可能像仁波切开示一样，在晨钟暮鼓之中给自己讲经说法，醍醐灌顶，只能在念经之余，在洛宗希热画唐卡之时，尽量将老师的草图、笔法、染色和神韵一一烂熟于心，细腻处则细至极致，清晰处则纤毫毕现。最显功底的是大威德马面金刚和噶玛度母。度母，藏语称"卓玛"，汉译"救度佛母""多罗菩萨"。据唐译《救度佛母二十一种礼赞经》言，度母多以化身显现，一般为二十一相。但在藏传佛教艺术中所出现的度母至少有三十余种，是重要的女性尊神。基本相容是束高髻，余发披于身后，头部略左倾。脸型俊秀圆满，头戴宝冠，耳饰大环。上身全裸或着半袖紧身衣，袒胸露腹，下身长裙，多结跏趺坐于覆莲台座上。最常见的度母像为绿、白两度母。

少年僧人跟着师傅画度母。所学都倾情于上，获得了洛宗希热的首肯。

洛宗希热在寺庙里的时间并不长，但是对少年洛加的影响远至一生。师傅走了之后，洛加静心画唐卡，按洛宗希热老师指点的技法，一画就是十五载。到了1992年，已经三十四岁的洛加觉得可以招生了，就教那些寒门出身的子弟画唐卡。那时，洛加手头拮据，无法选择一个很大的地方，只好租了寺庙旁边的一个不大的小屋，招了二十五个学生，教他们画唐卡，其中还有一位三十多岁的聋哑人彭顶。洛加也像当年泽登师傅、洛宗老师一样，从最基本的技法教起。其中最难教的是这位叫彭顶的聋哑人，性格孤僻，不擅长与人打交道。那时彭顶已经三十多岁了，与洛加岁数差不多，这个人能不能画，教不教得出来，洛加心里一点数都没有，但是洛加深信，教出一个人来，就带动一个家庭致富，这是一个功德无量的事情啊。正式开班了，但是洛加手里没有钱，学员的吃住都得要管，怎么办呢？洛加突然想到了佛祖当年持钵化斋，并非丢人之事，于是亲自出门，向一家家化缘，讨回来许多糌粑，暂时可供几个月的温饱了。然后，洛加一个人一个人手把手地教，先画一朵花、再画一片云，一一示范，告诉学生们好好学，先将自己当画匠，再做画师。洛加的理念就是，"教会一个人，手艺一辈子"，自己能够画唐卡，就可以养家糊口。

学生皆瞪大了眼睛，不知道洛加老师的话，是在为他们描绘一个大饼，还是鼓励他们上进，早日学成一身好手艺。

回忆那段历程，给洛加留下印象最深刻的事情，还是教聋哑人彭顶画画的那段时光。洛加暗暗下定决心，一定要将彭顶教出来，有了一个成功案例，将来就可以大量招收残疾人，让他们有一技傍身，不再成为家庭和社会的负担。

因为洛加不懂哑语，彭顶也不识藏文，于是洛加在给彭顶上课时，就用手比画，示范，让彭顶在画唐卡的方格图上，先是画一只手，再画一朵莲花，然后画一朵祥云，这些事物都是彭顶生活里经常出现的。等到画佛陀或者白度母，因为彭顶在寺庙里跪拜、磕长头时经常见到佛像，一看草图显现出佛和观音、度母的轮廓，他便觉得很亲切。接下来的授课变得轻松起来，洛加先叫彭顶站在一侧看怎么画，然后再教给他去临摹。

　　彭顶心很静，一门心思只在画画上，结果在第一届的二十多个学员中，彭顶脱颖而出，成了为数不多的优秀学员之一。彭顶的成功，也给了洛加极大的信心，将来可以扩大残疾人的招收数量。洛加觉得，这些人才是最需要雪中送炭的。

第三卷
Chapter 3

阿雄

# 卡贡村，喇嘛舅舅与四个孤儿

布措已经记不清来卡贡村多少次了，她今天要去的是卡贡的曲瓦寺，一座有着400多年历史的格鲁派寺院，寻找一位喇嘛阿雄（康巴方言，意为舅舅）尊珠和他收养的四个孤儿。

卡贡村在达马拉那边，像江达县众多的村庄一样，村居沿317国道零星散布，离江达县城还有20多公里。车行最高处，往下鸟瞰，村庄就像康巴女额上胸前佩戴的一串串蜜蜡，挂在了达马拉的颈上。秋色正浓时，景色更美。

此时是达马拉的深秋时节，千山暮雪，秋草黄，灰头雁掠过天穹。可是布措无心赏景，车从昌都市城南四川坝迤逦上路，拐了六十八道拐，差不多可以与八宿县的怒江七十二拐媲美，这些都是当年解放军进藏时留下的人间奇迹。

从2016年始，布措参与了西藏的另一个人间奇迹，100%集中收养西藏孤寡老人，设施于县；100%集中收养西藏孤儿，建院于地市。她成天往乡下走，转遍昌都11个县区，一项主要工作就是"拾孩子"。将藏于民间的昌都孤儿全部找回来，统一交给新成立的第二儿童福利院，由爱心妈妈以家庭模式领养。

时间长达一年多了。该捡的孩子都捡回来了，但是有一组数据，仍旧让昌都民政局局长布措忧心忡忡，藏东11个县区，留守儿童5000

余人，困境儿童1000多人，无人抚养的200余人。她很想将200余人统统"捡"回去，可有的孩子父母双亡的手续并不齐全，这样就入不了网，领不到孩子"双集中"供养的经费，一局之长也不能破这条政策底线。

今天去江达县卡贡村，秋天阳光真好，天穹湛蓝，仿佛雪风中激荡的蓝哈达，一眼便远极达马拉之巅。

昌都市距江达县有90多公里，有两条路可行，一条是老路，走307国道，一条是新路，走金沙江河谷。去卡贡村，从老路走要近些，可是路并不好走，那是当年解放昌都，进军西藏的天路，从达马拉山脊而过，都在高海拔处走，天路云间来，下至当年叫察木多的藏军昌都总管府，要绕六十四道弯。

当年作家四十岁，随阴法唐从空路飞至邦达机场入昌都，住的是四川坝的昌都军分区大院。往藏北是丁青霍尔三十九族之地，返回成都时，溯达马拉而上，从江达岗托过江，入四川甘孜州德格土司府，走了整整一天，一览横断山脉残阳如血，暮雪千山。

作家走神了。那天布措一点观景幽思闲情也没有，她要驱车卡贡村，村里有一个单亲妈妈，生了十一个孩子，最大的十七岁，最小的还在蹒跚学步，无疑她是养不活这群孩子的。布措要去看望，走访。

单亲妈妈是牧区长期以来的一大现象，藏村、牧场有不少未嫁出去的姑娘，空守于黑帐篷、羊圈中，最终会成为一些流浪汉和打狗过夜男人的收容地、栖息所。于是，长夜破晓，严冬过后，那个男人会拍拍翅膀飞走，将深陷欲海、方舟难渡彼岸的孽缘扔给女方，由一个羸弱肩膀撑起一个家的天空。于是，一位单身妈妈带三四个孩子，乃是常态。像卡贡村生十一个孩子的母亲，显然是异数。作家问，这十一孩子的父亲，不会是一人吧。

作家，你太了解我们的风情风俗了。布措局长说，这种事情常被外地来的人诧异和诟病。

少见多怪吧。作家点了点头，说三十年间，入藏二十一次了，遗憾的是这种习俗在牧区多年不绝，甚至连农区也时有发生，但最近的乡村治理，已经颇有成效了。

是呀！布措说，这位单亲妈妈与十一个孩子，一直是我们关注帮助的对象，也是精准扶贫的重点，不仅实现了扶贫搬迁，还在打工岗位和家庭低保上全面帮扶。


那天，布措本来是到卡贡村了解单亲妈妈与十一个孩子的脱贫问题。到了江达县民政局，刚坐定不久，便有一位领导说，"布局，我知道您一直在藏东大地上捡孩子，带回去不少孤儿。大好人啊"。

"我一个小女子，纵使浑身是铁，也打不了铆和几颗钉啊。"布措说，"主要还是因为自治区党委'双集中'的政策好。靠各县的支持，靠第一、第二儿童福利院领导和爱心妈妈们的慈善和努力。"

"说得对啊，"对方点头道，"我知道您去过不少地方，乡里、村里、牧区，都跑遍了，找回不少孤儿，但是有一个盲区，可能未引起您的注意。"

"盲区？"布措将信将疑，"我们还有什么盲区吗？"

"寺庙！"

"哦！难道寺庙有收养孤儿的？"布措有些愕然，按寺管会的规定，是不允许带孩子的啊。

"有！卡贡村就有出家的喇嘛阿雄将姐姐家的四个孩子收留在寺庙的。"

"阿雄，康巴话就是舅舅啊。他叫什么名字，怎么将外甥收养在寺庙的？"

"尊珠！"

"出家人，不能带孩子呀"，布措感叹道。

"说来话长，"那个人顿了一下说，"我说过后，您不要对外讲啊。"

"哈哈！是不是要签保密协议才能告诉我？"布措幽默地答道。

"不是这个意思，毕竟家丑不可外扬，但是大千世界什么样的事情都会发生啊。"那人答道。

"对啊，既然这样，就痛快一点吧，别绕圈子了。"布措已经被吊足了胃口。

"好！我照实说来。"

那人说，前不久，卡贡乡发生了一起凶杀案，丈夫将妻子杀了，然后负罪而逃，遗下四个孩子。

"啊！"布措神色黯然，"是什么原因？"

县里在收缴康巴男人家里藏有的猎枪之类的枪械刀具，这家的男人藏有枪支。女主人劝他上缴了，那男人坚决不缴。女人说服不了丈夫，一气之下，到乡上举报丈夫持枪，然后便去了牧场放牛，丈夫恼羞成怒，追至夏牧场，杀了妻子，然后逃之夭夭。扔下四个儿女，大的十一二岁，中间的五六岁，小的不到两岁。

天啦，卡贡村竟然发生这样的事情，布措摇头，"我常去那里，还是第一次听说"。

"达马拉里奇事多。"

"孩子在哪里？"

"寺院里，阿雄尊珠带着。"

"阿雄，那是舅舅啊，你是说孩子被出家当喇嘛的舅舅带进了寺庙？"布措急切地问了一句。

"是的！"

"我得去找喇嘛尊珠，让他将孩子给我带回儿童福利院。"

"我们派人陪您去。"

"不用，这么多年习惯啦！"布措道，"我去找卡贡乡政府和寺管会，让他们带我去见阿雄，他是在曲瓦寺，还是吉祥瓦拉寺？"

"这个我也说不清楚。"

"我到卡贡村问吧！"

布措让司机调转车头，出江达县城，往卡贡村方向驶去，山回路转，横断山又横亘于前，横断山路难行，龙脊之上，寸草不生，秋日落雪，春吹夏融，只留下黑白相间的石山锯齿，如恐龙之脊，巨蜥之齿，狂张于天地之间，仿佛任何一队马帮行人，一个车队，一辆千里单骑，都会被其鲸吞。

一记远风吹过，吹到挡风玻璃上，有裂帛之声，像是什么东西撞成了碎片，一只青鸟，还是一位母亲的躯体？冥冥之中，布措想到了那个女人，一个与自己一样有过青春美丽的康巴女人，爱家，爱丈夫，爱四个幼儿，可是怎么会丧命于丈夫枪下？黑洞洞的枪口，对准的是至爱至亲，竟敢于开枪，她不解，怎么能下得了手啊。

暮色四起了。离卡贡村还有点远。布措在脑间闪回生死间的那一幕惨烈。

该是这样的千山暮色啊，那个美丽的康巴女人从夏牧场匆匆赶了回来。听说乡里在收缴枪支，她知道丈夫藏着枪，必须动员他交出去啊。康巴男人世代剽悍，尤其以金沙江边的帕错人家最为野性，跃身上马，打劫驮队，血洗仇人家。西藏和平解放后，公开劫财之事不见了，可是拥有枪支，在金沙江、澜沧江边上帕错和康巴人家不乏少数，主要为狩猎，山上花豹豺狼出没，白唇鹿、獐子掠过原始丛林，持枪打猎，康巴人家已经传了一代又一代。怎肯轻易交出？

那晚夫妻俩在卡贡村谈了一夜，谁也说服不了谁，而且女人还挨了丈夫一顿揍，第二天早晨天将破晓，女人背水，挤奶，烧茶，为未起床的丈夫和孩子打了酥油茶，末了，她最后一次恳请丈夫，将枪交了吧，留着是祸害，为了孩子，为了我，也为了全家、全村好。

丈夫摇头，除非取我的颈上之头。他无视妻子的苦心，一味执拗。

女人失望，若你不交枪，知法犯法，我要举报了。

你敢。

我管不了你，还有政府，我们头上还有皇皇青天。

那天早晨，女人径直去了乡政府，告诉领导，我是卡贡村的某某的阿佳，孩子他爸藏有枪支，你们去搜吧。

举报完了，女人的心轻松多了，她跨上摩托，加大油门，去了夏牧场，山岗上，牛羊还在吃草，离不开她呢。

那天上午，乡政府突然来人，进了卡贡村，村主任在前边带路，进了男人家，说将枪交出来吧，个人持枪，主动交了，不算违法。若被搜出，就以违法论处了。

我没有枪。那个男人狡辩。

别糊弄人啦，瞒个球，你老婆都举报了，说你有枪。

我家憨婆娘瞎说，我昨晚打过她，就陷害人。男人敷衍道。我家真没有。

我们头次来，是劝说，给你点时间考虑，下次再来，对不起，就不会客气了，如果从你家里搜出枪支，就是犯法了，要捉人的。政府的人说完话走了。

望着卡贡乡政府和村两委的人在碉楼下的村道渐行渐远，男人下楼备了马，马背上了马鞍，行囊里放了风干牛肉、羊肉，装了一壶青稞酒。然后上楼，从墙体的夹层里取出枪，装上火药，用牛皮裹了起来，然后放在了马鞍上，跃身上马，往夏牧场驰马而去。那天他走出卡贡村口时，村里有老人见到他，问道，去何处？

给婆娘送风干肉去。康巴男人说得滴水不漏，那神情还骗过不少人呢。

臭婆娘，我让你告密，我让你告密，他一脚一脚地踢向她。眼前一片金星迸出，像一道虹横在她面前，不，其实是一个个金虫在草地上飞翔，他下手真重，她真的要被打死了。

打死你这个臭婆娘。他已经疯狂了。一个死字终于唤醒了她的反抗，她不能死啊，还有四个儿女咋办，儿子，最小的儿子才两岁多啊。就在那一瞬间，一只濒死的母豹突然复活了，为了她的孩子，她不能被他撕着吃了，她一跃而去，扑向了他，像一只被激怒了的雪山母豹。

枪响了，雪风中，枪声就像一记打在马背上的皮鞭，她倒在地下，藏獒和土狗一阵惊叫，他跃身上马，仓皇逃走，甚至不敢回头一看……

布措不忍复原这一幕惨剧，是幻觉吧，还是在车上假寐时做梦，还是一个噩梦，故事的版本也许不是这样的吧？如风如雪如雨如雾如沙，吹过去了。难道仅仅是一个梦吗？


曲瓦寺到了，司机一个刹车。她从挡风玻璃里看出去，与那些在半山坡上，甚至在山头雄峙四方的寺庙不同，曲瓦寺坐落在一片河谷里，四周雪山相拥，远处半山坡仍可见一片绿树葱郁。虽然已经入秋了，却不见悲秋的萧瑟，衰草未黄，地上的邦锦梅朵仍在伏地开放，寺前仍有山溪淌过，淙淙的雪山冰河之声，仍然可以谛听到孤寺的心音。

布措跨出车门，往寺庙旁边的僧舍走去，她没有直接去见寺庙的负责人，也不想惊动寺管会，而是径直找驻寺主任，说明来意，"我找带四个孩子的喇嘛阿雄"。

"布局长，你说是喇嘛舅舅啊，卡贡村的出家人尊珠。"

"正是他！"

"找他做什么呢？"

"将四个孩子接走，送到昌都市第二儿童福利院去，由国家养起来。"

"好事情呀，一个喇嘛带四个孩子，每天要念经，有早课晚课，有时还要在菩萨殿里值班，真的不方便啊。"驻寺管委会的主任答道。

于是，派工作人员将喇嘛阿雄叫来。天将暮色了，一个中年的红衣僧人过来了，身后跟着四个孩子，三个女孩，一个男孩，男孩最小。都五月份了，还穿着藏式皮袄，步履踉跄，衣服好久没有洗过了。

看到此，布措的泪水唰地涌了出来。

说明来意，喇嘛尊珠一跃而起，将四个站着的孩子揽入自己怀中，说不行，"我是他们唯一的亲人，阿雄还活着，怎么能将孩子交给陌生人？"

"我不是陌生人，"布措郑重地说，"我是昌都市民政局局长，我代表政府，将四个孩子接走。"

喇嘛阿雄摇了摇头，"我咋信任你？"

"西藏实行'双集中'，100%养孤寡老人，100%养孤儿，已经搞了一年多了，好着呢，欢迎你去看看。"

"不行，交给外人，我不放心。"喇嘛舅舅答道。

"你不放心，你带得了吗？"布措反驳道，"福利院里有幼儿园，俄洛桥镇上，有小学中学，四个孩子们一天天长大，要读书，长大要工作啊。"

喇嘛舅舅一阵语塞。

"我理解你的心情。也知道寺院里喇嘛的善心，但是在寺院养大孩子，根本不现实。"布措郑重地说，"你们做早课晚课，谁帮你带着他们，你看四个孩子就放羊一样，我看了都心疼。"

喇嘛尊珠点了点头，毋庸说，布措局长点到了实质问题，戳到了他的痛点。

"这样吧，若按平时，我现在就将孩子带走了，"布措很体恤喇嘛舅舅的心情，"给你一个晚上，再与孩子亲热亲热，有什么掏心窝话，可以夜谈。明天早晨，我来带孩子。"

喇嘛尊珠点了点头。

当天晚上日暮时分，布措回到了卡贡乡，住在了乡政府。

翌日早晨，匆匆吃了一点糌粑，喝了碗酥油茶，她便再次驱车到了曲瓦寺，喇嘛阿雄已经给四个孩子换上了新衣，并给每个孩子送了母亲的遗物，当将三个外甥女和最小的男孩交给布措时，都哭成了泪人，喇嘛阿雄抱着最小的男孩，泪湿袈裟，那种难分难舍的场景，让寺院前的石狮子看了也掉泪。

"阿雄拉尊珠，请你放心，只要你有时间，随时可以来看孩子们，我们欢迎你来督导检查，如果你觉得我们没有比你带得好，随时可以将孩子带走。"布措将四个孩子抱到她自己的车上时，抛下了一地的豪语和承诺。

风拭泪痕，"阿雄拉"，四个孩子伸出小手，将小脸蛋贴到车窗上，喊着舅舅，一个红影子追逐着吉普车，跑了很远，很远，最终在倒车镜子里，红墙寺院，僧人，渐次远去，缩影成一个红点……

车过达马拉山脊，从横断山腹地的千山而下。迤逦走下四川坝时，布措给昌都福利院的德拉院长打电话，"德拉，我又给你捡了四个孩子"。

"布措拉，谢谢您啊！"德拉院长答道。

"你准备一下吧，这四个孩子家庭很特殊，三个姐姐，一个弟弟，安排四个优秀妈妈，傍晚能到院里。"布措叮嘱道。

"知道！"德拉答道。

## 喇嘛阿雄与巴珍阿妈

望着儿子向巴江村的背影在林芝农牧学院的甬道上消失，格桑巴珍如释重负，向天空长舒了一口气，扭头对站在旁边的丈夫向巴敬珠说，"孩子长大了，都上大一了，我不能一辈子宅在家里当家庭妇女啊"。

"你想做什么？"丈夫憨厚地一笑。

"我想出去工作。"格桑巴珍郑重地对丈夫说。

"还有我家的小仙女呢，扎西措姆才三岁，能不能等她上小学了，你再出去上班？"向巴敬珠很委婉地拒绝了妻子的恳求。

"不行啊。那时我都四十出头了，没有老板会要我啊。"格桑巴珍答道。

"可是巴珍啊，你出去打工，女儿咋办，谁来带？"丈夫摊了摊手。

"你啊！"格桑巴珍一笑，"还有阿妈啊，婆婆退休了，得找件事情做呀。"

"我带不了啊！"向巴敬珠说，"我还要开旅行车拉游客啊，而且说走就走。你出去工作，小女儿扎西措姆怎么办，平时，谁来带她啊？"

"没有问题啊。"妻子格桑巴珍说，"不是还有爷爷和奶奶吗？你没有活儿的时候，也可以接孩子呀。"

"好嘛，既然老婆这么说，那你就去工作吧。"向巴敬珠问道："想好了，想干什么了吗？"

"当然想好了，"格桑巴珍答道，"我听说昌都儿童福利院要开业了，要招一批爱心妈妈，我想去应聘。"

"好事啊，"向巴敬珠说，"我们藏族从来都以尊老抚孤为慈悲心怀，老婆我支持你做这事情。"

有了丈夫这句话，格桑巴珍就去应聘了，一考便被选中了。于是，她将女儿交给了丈夫和婆婆，到二十七号家庭去当爱心妈妈。那一年，她正好三十八岁，是她谋得的第一份工作。

巴珍说，因为她有养育两个孩子的经验，再当母亲，那种柔肠侠骨便展露出来了，她当了爱心妈妈后，遇到了两个孩子皆与喇嘛阿雄有关。

第一个孩子才旺尼布，被送来昌都第二儿童福利院时，孩子的一条腿是断了的，打了钢板，由喇嘛舅舅送到了昌都儿童福利院。

彼时，才旺尼布年仅三岁，老家在丁青县沙贡村。爸爸去世不久，妈妈也患了癌症，病情发展得快，往生时，村里的人只好找到他舅舅，一个在寺庙里出家的僧人来善后。才旺尼布的舅舅闻讯赶来，骑着摩托车，后座上带来一个做法事的僧人，超度往生的阿妈。

舅舅和喇嘛一起念超度经，亡魂经。他觉得好无趣，一个人爬出屋，走到屋子前边，见前边摆了一辆红色的摩托，好像一匹铁马。

尼布想骑上这匹铁马，去追阿爸，也追阿妈，可是他的个子太矮了，红色的铁马太高，他没有能爬上去，反被倒下去的摩托压了在地上，大腿断了，他撕心裂肺般地惊叫，那哭声裂帛撕云。

阿雄跑出来了，一袭袈裟在风中飘荡，惊呼：急舟（康巴方言，意为宝贝），怎么啦。

才旺尼布只会哭，阿雄摸了下，发现是他的腿断了。急舟，别哭，舅舅送你去医院。

阿雄跨上摩托，将三岁的才旺尼布塞进自己胸前的羊皮棉袍里，骑车飞速驶往医院。

宝贝挺住，别哭。舅舅一个劲儿地哄着才旺尼布，从此他有了一个新名字，急舟，而不让别人叫他才旺尼布了。

"急舟"是格桑巴珍当了爱心妈妈不久，接到一个阿雄送来的孩子。

格桑巴珍婆家的条件其实挺不错。公公是八宿县人大常委会主任，婆婆当过工人，丈夫兄妹四个，一个哥哥在类乌齐开车，一个小姑在左贡县法院，一个在察隅。昌都市里就只有退休的公公与婆婆，可是丈夫却"嫁"到了她家，开了一辆别克商务车，专门为旅游公司拉客人，沿澜沧江扎曲、昂曲而上，或进三江源，或载着客人走大北线，远行那曲、阿里，一年的收入不菲。招婿入家二十年了，当了二十年的家庭主妇，人已经三十八岁了，她突然想出来工作，问她做什么？她说当爱心妈妈吧。

好事情啊，公公、婆婆没有一丝的犹豫，说去吧，孩子我们来带。

格桑巴珍真报了名，几天后，昌都第二儿童福利院面试，她当时三十多岁，文化程度初中，又会说一口流利的汉语，且家就住在交通局的安居园。德拉院长一看便看中了她，问她孩子多大，她说一个在读大学，后生的第二胎，才三岁呢，是个女孩子。

"有人带吗？"

"有啊！婆婆和丈夫都能带。"

"将来还可以让女儿来和福利院的孩子们一起玩，包括你老公，也可以过来，把家庭温馨传递给孩子们。"德拉院长交代道。

"嗯！"格桑巴珍点头道，她就这样被录用了。

才旺尼布那天是被阿雄送到二十七号家庭的，此时，巴珍家庭已有十个孩子，有男有女，有上小学的，也有在读幼儿园的。彼时，尼布的大腿还打着钢板，舅舅放心不下，分别时抱着才旺尼布泪流满面。

"阿雄，将孩子交给我吧，放心回去，我会好生照顾他的。"

"她是谁？"才旺尼布这时仰起头来，问舅舅。

"姑姑，不，是阿姨。"喇嘛阿雄有点不好定位。

"叫阿妈拉吧，他这么小。"

"急舟的阿妈刚往生，"阿雄介绍道，"可能一时还改不了口。"

"放心吧，"格桑巴珍说，"我会带好他的，当作自己的儿子带。"

"谢谢！"泪水涟涟的阿雄点头相谢。

"才旺尼布，跟阿姨走。"格桑巴珍俯身要抱男孩走。

"叫我急舟。我不叫才旺尼布。"男孩扭过头看着眼前的阿姨，脸长得不像阿妈拉，可是笑起来却很像。

"好，叫急舟，我的宝贝。"格桑巴珍抱起才旺尼布，"宝贝，阿妈拉的好急舟。"

才旺尼布仿佛又闻到了阿妈身上那股乳香、酥油的香味了，很亲昵地贴了过来，让站在一旁的喇嘛阿雄好生妒忌。

"阿佳，我什么时候可以来看孩子？"阿雄问了一句，

"随时都可以呀。"

才旺尼布就这样走进了二十七号家庭。

刚来两个月，孩子腿上的钢板未拆，一条腿直直的，不能动，连拉屎撒尿都得抱着，才旺尼布喜欢这样，依偎在巴珍怀里的感觉真好，每次抱他洗脸、洗腿的时候，他都很享受。别的孩子叫他才旺尼布，他说我不叫这个名字，"叫我急舟，我是阿妈拉的宝贝"。

别的孩子面面相觑，才旺尼布是阿妈拉的宝贝，那我们是什么？

"都是阿妈的宝贝，"格桑巴珍说，"你们要大的呵护小的，小的要

尊重大的，在一个家庭，水果牛奶等东西，人人都有份，但是大的要先给小的吃。"

"听见了吧，阿妈说了，我是小的，要先吃。"

"哈哈！"格桑巴珍笑了。

过了几天，才旺尼布腿上的钢板拆了，可是因为半年多不走路，腿有些强直了，不能下地，一着地，这孩子就哇哇喊痛。

"急舟，你不能撒娇了。"巴珍很严肃地说，"你得锻炼，早晚各往下蹲十次。"

"阿妈拉。"才旺尼布那样子有点绝望。

到了第二天早晨，巴珍送完了孩子，叫才旺尼布站起来，自己先做了一个动作，马步向下向上蹲。

才做第一个，才旺尼布痛得哇哇叫，巴珍拿过他最喜欢喝的盒奶，"蹲五次，阿妈拉奖你一盒牛奶"。

才旺尼布第二次再做，没有刚才那么痛了。

"再做，我数着，三个，四个，五个，好样的！"巴珍冲了过去，将才旺尼布抱在怀里，"阿妈的好急舟"，雨点般的吻落在他的小脸蛋上。

舅舅阿雄第一次来看才旺尼布时，发现他已经会跑了，而且变得活泼，俏皮，在屋里跑来跑去，脸蛋红红的，衣服穿得干干净净，很惊讶，对着格桑巴珍说，"巴珍阿佳，你给急舟施了什么魔法？"

"魔法？"格桑巴珍不解，对阿雄喇嘛说，"没有啊，我就将他当自己的亲儿子带，让他穿好、吃好、睡好，与小朋友们玩好。"

"才旺尼布变了一个人，像从香巴格下来的小天使啊。"喇嘛阿雄感叹。

"哈，我懂了，如果我真施了魔法，那就教给小尼布一个字，爱，爱孩子们，把他们当成自己的哥哥姐姐。"

"阿雄，我还有一个妹妹。"才旺尼布抢着话头了。

"妹妹是谁？"

"阿妈拉的女儿扎西措姆。"

"还是一个仙女呢，"阿雄喇嘛感叹道，"你们常在一起玩？"

"对！"才旺尼布急速地点头，"妹妹就住在这院子里，比我小一点点儿，傍晚幼儿园放学了，我们就在一起玩。有时，我犯错了，欺负了妹妹，阿妈拉只打她，不敢打我。"

"哈哈！那是阿妈拉舍不得打你。手心手背都是肉。"阿雄笑道。

"我是手心，拉姆是手背。"才旺尼布叫道。

"哈哈！"阿雄和格桑巴珍都笑了。

阿雄要走了，这一次，他没有像第一次送外甥来时的难分难舍了。走下楼来，他对送他的格桑巴珍说，"我是出家人，以慈悲为怀，念遍经书，欲修得正果。可是阿佳啊，起初将孩子交给你时，我半信半疑，你们面对的是一群孤儿，不是亲生骨肉，会像带自己的子女一样带吗？然后今天看到这一切，我释然了，你们这些爱心妈妈，才是真正的白度母啊，是观音化身。我枉读了许多年的经卷，误读了你们，抱歉，抱歉啊。"

"不敢，不敢当，阿雄师父。格桑巴珍答道。您路那么远，不必每个月都来看外甥，有微信吗？"

"有啊！"阿雄答道。

"我建了一个家庭亲友群，您每天晚上，或者每周都可以与孩子视频通话呀，不必山高路远地跑这么远啦。"格桑巴珍建议道。

"好啊。"喇嘛阿雄从怀中掏出手机，加了格桑巴珍的微信。

那天走的时候，阿雄笑了。这一回走的时候，他与外甥告别再没有哭得伤心欲绝。

"哭得最厉害的是才旺卓玛的舅舅，一个从洛隆寺来的喇嘛。"格桑巴珍回忆道。

才旺卓玛那一年刚刚两岁，父母出车祸，车掉到了江里，连个魂儿也捞不回来。家里没有监护人，只好交给在洛隆寺出家的阿雄照看。舅舅在洛隆寺里管着一个小卖部，听说妹妹和妹夫出了大事，从寺庙里赶了回来，做完法事，超度一对亡人，送上天葬台后，便背着外甥女走了。去了寺庙，像带一只小宠物一样，将才旺卓玛放在小卖部里，好吃的东西很多。可是远却人间烟火的喇嘛阿雄，真的不会带孩子，一个红衣飘逸，一个棉袍裹身，舅舅到大经堂做早课时，就将才旺卓玛放在寺庙前边玩，其实也没有什么可玩的，就是几只流浪狗与一个孤女嬉戏，不时将舌头伸到她很脏的小脸蛋上，亲她，让路过此地转经磕长头的乡亲，好生怜悯。

喇嘛阿雄养外甥女的故事，就传出去了，且传得很远，传到了澜沧江源头的昌都城里。

2016年底时，一场大雪覆盖洛隆寺，还有寺后边的山野。将近黄昏了，一辆牛头吉普车碾着雪野，开进了红墙白雪的洛隆寺前，在小卖部前戛然停下。布措局长跨下车来，直奔负责小卖部的喇嘛阿雄，后边还跟着民政局和统战部的工作人员。

阿雄养才旺卓玛两年了，不时，会有民政局的人来，送些钱物，今天跟着昌都市民政局女局长来的人，他也见过。

洛隆寺的晚钟刚刚敲过，雪野孤寺复又归于千古的寂静，其实这种静是属于洛隆寺的黄昏的，阿雄并不知道今晚会发生什么事情，怎么来了这么多人。

认识阿雄喇嘛的人说，"市民政局布措局长来看小卓玛"。

阿雄喇嘛一愣，"看才旺卓玛做什么？"

"带她回昌都儿童福利院后，'双集中'供养。"布措道，"这是自治区政府做的一件善事。"

"善不善事，与我无关。"喇嘛摇头道，"我管着孩子呀。"

布措和颜悦色说，"您的小外甥女政府得管，今天我们来，就是与您商量带才旺卓玛走的事情"。

"不行。我是她的监护人，我带她两年了，就像是自己生的。"言毕，阿雄喇嘛一阵脸红，话说错了。喇嘛怎可结婚生子，除非还俗。

"政府才是才旺卓玛的监护人，过去我们福利院小，容不下那么多孩子，将一些孤儿放在亲戚家收养，每个月给2000多元的抚养费，"布措局长循循善诱，"现在条件改善了，重建了二院。两个儿童福利院可以收上千个孩子，您就交给我们吧。"

喇嘛阿雄摇头，"卓玛是我的亲外甥女。从她父亲母亲双亡后，就是我养着……"

"我们感谢您，卓玛感激您，但是您真的养不了。"布措晓以利害，道出实情，"天下寺庙，哪有喇嘛带着外甥女长大的？她不能一辈子在寺庙里啊，她还得上学读书工作。再说，带成这样，恕我直言，这样蓬头垢面的，不是男人能带的，交给我，带回儿童福利院，交给爱心妈妈抚养，她都四岁了，该上幼儿园，再过几年该上学呀！"

布措道出了实情，一下子打动了喇嘛舅舅。他反问道，"你们真养得好孩子吗？"

"当然，耳闻不如一见。欢迎您去昌都儿童福利院考察，带着才旺卓玛过来，"布措说，"今天我们暂不带孩子走了，你们还可以抓紧时间再叙亲情。过天，您亲自送过来吧，亲眼瞧瞧，如果住的房子满意了，吃得满意了，对爱心妈妈也满意了，您就将卓玛放下，允许您有这个选择，我们也有这样的自信。"

阿雄喇嘛点了点头。

过了几天，喇嘛阿雄用一条红兜布，背着外甥女才旺卓玛来了。山重水复，横断山苍茫，乘车四百余里，从洛隆寺到了昂曲边上的昌都第一儿童福利院，德拉院长看了看名单，将二十七号家庭的格桑巴珍妈妈叫了过来，说才旺卓玛就放到你家，理由很简单，你已经收了一个喇嘛的外甥，相处不错，对方也很满意。她希望格桑巴珍再创造一个奇迹。

那天傍晚，喇嘛阿雄被破例允许进了二十七号家庭，从德拉院长办公室走出来时，格桑巴珍想上前，牵住才旺卓玛的手，被喇嘛阿雄婉拒了，他抱着外甥女，似乎一刻也舍不得分离。进了二十七号家庭，孩子们涌过来，喇嘛阿雄很是惊奇，每个孩子都穿着整洁，洗得干干净净，非常有礼貌，举止都很得当。

格桑巴珍指着喇嘛说，"叫阿雄好"。

"舅舅好。"孩子齐声唤道。

格桑巴珍又指着才旺卓玛说："这是你们新来的妹妹，她的名字很好听，叫才旺卓玛。"

"欢迎你，卓玛妹妹。"大孩子见了才旺卓玛，喊她妹妹，小的则叫她卓玛姐姐。那一瞬间，喇嘛阿雄的心，倏地有一股暖流涌入，恰似流淌过家乡门口的那股清溪。

"去看看卓玛睡的床吧。"格桑巴珍已经准备好了，这个家庭共有五间房子，十个孩子，三间卧室，一个客厅，一间洗衣房加卫生间，打扫得一尘不染，这让在寺庙里当了大半生的喇嘛阿雄，惊讶不已。那天布措局长没有说错啊，一切都让他满意极了。

该告别了，那是一种千般万般的不舍啊，佛家说舍得放下，可是喇嘛阿雄怎么也割舍不下这份亲情的业障。

喇嘛阿雄那天哭得很厉害，与外甥女难分难舍，哭了个泣不成声，泪涕横流，弄得伫立一旁的格桑巴珍也泪涕涟涟。时隔五年后，格桑巴珍回忆2016年岁暮那个黄昏的一幕，仍旧记忆犹新。那喇嘛阿雄抱着外甥女不忍别离，那哭声，纵使是罗布林卡门前蹲着的雪狮看到了，也会动情落泪的。

"阿雄！放心回去吧。"格桑巴珍拭去脸上的泪痕，安慰道，"小卓玛进了昌都儿童利院的大门，就是我的孩子了，我会像自己的亲生一样照顾她，您要是真想孩子了，过些日子再来看她。"

喇嘛阿雄，终于站起身来，双手合十，向格桑巴珍作别，"拜托阿佳了"。

然后衔泪而去。

# 一城明月一寺桃花

曲瓦寺喇嘛尊珠站在大寺门口，看着四个外甥上了布措局长的车，驶出曲瓦河谷，消失在达马拉夕阳下，喇嘛舅舅的那颗心，也悬在了群山之巅。

望断苍山不见影，到了夏季，群山之巅的积雪融尽了，露出黑黝黝的山脊，犹如一条条巨齿剑龙，游牧于云间。一阵雷击过后，千山燃尽，苍松翠柏成灰烬，从此干涸在此，只留下了寒骨嶙峋。可是雪化尽了，月亮却升起来了，一寺明月一片山风，这牵肠挂怀之情，就像曲瓦寺山后边的经幡，能吹到澜沧江之源吧，能像达马拉的明月一样，照进昌都城里吗？

孩子跟着布措局长走了，他的心也随之飘到达马拉雪岭下的澜沧江源头了，喇嘛阿雄几乎每天黄昏都会到曲瓦寺大前门极目远眺，看着黄黄的、白白的月亮升起，又落下去，他觉得这是玛吉阿米的脸庞，孩子们望月的时候，一定会看见的，看见她，还有卡贡村那个家。

阿雄曾一度想过让四个孩子出家，三个女孩去当尼姑，男孩去当僧人，可是他又觉得这样对不起往生的妹妹。再说，现在寺庙管理都很严格，而且西藏的教育非常完备，读书已经是小菜一碟。故带了半年之后，三个女孩都想学校的同学了，可是曲瓦寺附近又没有学校，愁煞了阿雄。还是昌都市民政局局长解了阿雄的围，带着四个孩子去昌都儿童福利院了，这样三个女孩上学的事，也就迎刃而解了。在那一刻，他对布措充满了感激之情。

该去看看孩子们呐。那天傍晚时分，晚钟敲过了，看着天上的月亮，还有寺里山后刚刚怒放的桃花，春天已经到了，他想四个孩子了。于是向曲瓦寺住持请了假，搭了一辆小面包车，从达马拉脊梁上驰过，向着昌都城郭驶去，彼时已经是三月天了，桃花开得锦盛，一轮江月从澜沧江里升了起来：那白白的月亮，其实就是玛吉阿米啊。

翌日，阿雄起得很早，在旅馆里喝过酥油茶、吃过糌粑后，打车去了俄洛桥边上的昌都第二儿童福利院。到了大门口，在值班室作了登记，再入院内，发现他的三个外甥女都已去上学了，坐的是校车，沿扎曲而上，到此地不远的俄洛桥上中学和小学，小的还在读幼儿园大班。四个妈妈，刚送他们回来，四个孩子在四个家庭。

那天上午，阿雄先到了男孩益西江措的十四号家庭，见到爱心妈妈巴桑，一个美丽的康巴女人，他问江措表现如何。好呀，巴桑说，这孩子很听话，话也比刚来时多了，还与其他孩子玩得在一起，不时能听他的笑声。

巴桑带他到十四号家庭看了看，转了一圈后他大开眼界，儿童福利院堪称西藏孤儿之家，设施一流，院子里楼房是新建的，楼高五层。信步入屋，每个爱心家庭住的都是四室一厅，进门就是一个大客厅，全是藏式装修，清一色的藏式沙发、茶几和卡垫，四个孩子一间屋，两张高低床，宽敞、明亮，窗明几净，温馨、安全，被子叠得整整齐齐，俨然一个城里之家的样子，比之农家与牧区，有天壤之别。

再看看我那三个外甥女住得怎么样吧。其实阿雄最放心不下的还是四个孩子，特别是三个上学的姑娘。毕竟小小年纪就痛失母爱，到了儿童福利院里，还能得到像亲妈一样的照拂吗？于是，阿雄提出，想去看看三个女孩。

好啊，院办相陪的人说，随便您啊。要看什么地方，我们福利院的门都向您敞开，阿雄可以随意考察。

喇嘛阿雄笑了。

于是，他跟着工作人员走下楼，到了三号家庭姐姐四朗曲珍和十九号家庭妹妹朗色卓玛的家里，发现两个小女孩的家庭更温馨，高低床的墙壁上还有贴画，有女孩们喜欢的米老鼠和胖胖熊，他伸手摸了摸两个孩子的床，暖融融的，床的旁边还有洋娃娃，比老家牧区帐篷里睡的卡垫舒服多了。再看客厅里的藏式茶几上，牛奶、水果和奶渣，都摆在上边。在那一刻，他那颗高悬于达马拉的心，终于落下来了。

将近傍晚了，四个妈妈坐着校车去接孩子了，让阿雄尊珠在大门里边的停车场上等一下，一会儿便可以见到四个孩子。

那一刻，阿雄激动不已，毕竟已经三个月不见孩子了，他们过得怎样，爱心妈妈真的对他们好如生母吗？看了三个孩子住的地方，毋庸说，比之老家，也比之寺院，简直是云泥之别，贝叶经书里描绘的香巴拉，不过如此啊，住月贤王宫城，裘皮相拥，吃喝不愁。在这里他都一一目睹了，可是最终要看妈妈如何对孩子，真的是观音慈航，度母心肠吗，他还要听听孩子的说法。

校车的轰鸣声响了，四五辆黄色的校车驶进大院，浩浩荡荡，在离阿雄不远处停了下来，像几只灰头雁落在了人间，带来了吉祥。一群小鸟从妈妈的护翼下钻了出来。

大外甥女四朗曲珍下来了，她穿着校服，戴着帽子，俨然一个汉族女孩，书包没有背，交给了她身后的爱心妈妈。

"曲珍！"阿雄看见了外甥女，向她喊道。

"阿雄！"四朗曲珍冲过来，跑了几步，又转头对后边的爱心妈妈喊道，"阿妈拉，阿雄来了"。

阿妈拉，阿雄有些意外，才三个月，大外甥女居然叫一个陌生的女人为阿妈拉，她有何等的魅力，居然让一个遭遇失母之殇的少女很快修复了内心的巨创？

阿雄未及细想，大外甥女和爱心妈妈已经到了他跟前，爱心妈妈热情大方地对他说："阿雄，我是四朗曲珍的爱心妈妈，名叫嘎松次措。"

"嘎松！"阿雄看着眼前的康巴女人，比自己的妹妹小好多岁，可是脸上的笑容那么灿烂，就像天上的白云一样纯净。

"阿雄，这是次措阿妈拉。"四朗曲珍有点激动，但是却没有向舅舅的怀里扑过来。手还放在嘎松次措的手里。

那一刻，阿雄的心如一股扎曲的春流在心原上淌过。

随后，小外甥女朗色卓玛来了，依旧跟着一个爱心妈妈，书包还是妈妈背着，小卓玛像一只小白鹿，蹦着跳着，跑到了舅舅面前，叫了一声"阿雄"，眼里却含着一丝的害羞，没有向阿雄靠近，始终依偎在爱心妈妈嘎松次措的身边。这令阿雄有点意外。

从最后一辆校车下车的男孩益西江措，一眼瞅见了舅舅，冲着他跑过来了，大声喊道："阿雄，阿雄，我好想你啦。"

舅甥相会，阿雄抱着益西江措的胳膊，原地绕了几大圈。

巴桑是刚才见过的爱心妈妈，她对三个孩子说，离开饭还有一段时间，你们与舅舅先玩一会儿，等会吃晚饭。

"我可以带他们出去吃吗？"

"不可以。只能在院子里探视。外出的话，我们有严格的规定。"

阿雄点了点头。

四个爱心妈妈离开了，阿雄蹲下来，与四个孩子谈话，"想舅舅吗？"

"想！"外甥益西江措答道，"舅舅这么久才来看我们。"

"住在这里好，还是在寺院里好？"尊珠就怕委屈了孩子。

"这里好！"大外甥女四朗曲珍说，"吃得好，睡得好，还有书念。"

"真的吗？"阿雄转头问站在一旁的小外甥女朗色卓玛。

朗色卓玛没有说话，点了点头。

"挨过打吗？"

"怎么会，阿雄。阿妈拉舍不得打我们，有时还被我气哭了。"益西江措答道。

"比卡贡村阿妈对你们还好吗？"

"一样好啊！"益西江措答道。

"小狗崽子，别忘了卡贡村阿妈拉。"

"不会的，舅舅！"

阿雄满意地笑了。到了晚饭时间，第二福利院特意开了一个五人小桌，让阿雄舅舅与四个孩子一起进餐，孩子们排着队，拿着不锈钢餐盘，打完饭后，爱心妈妈却站在一旁，看着孩子们吃饭。

"妈妈不与你们一起吃饭？"阿雄问孩子。

"她们有自己的餐厅，"大外甥女四朗曲珍说，"阿妈拉们的伙食没有我们的好。"

"真的？"这回轮到阿雄惊讶了。

"阿雄，姐姐说的是真的。"外甥益西江措低头大口吃饭，抬起头来，看了舅舅一眼。

那天曲瓦寺尊珠踏暮而归，心里乐开了花，车过达马拉，他俯瞰昌都城郭，觉得那祥云之间，晚霞点点，一如他在大藏经里念了很久的曼陀罗花。

洛隆寺阿雄呢，他凝视着与两位爱心妈妈坐成一排的格桑巴珍。

"你说才旺卓玛的舅舅吗？"格桑巴珍问道。

"对啊！他来过昌都第二福利院看过才旺卓玛吗？"

"来过，开始一个月来一次，就是放心不下。"格桑巴珍说。

彼时，才旺卓玛已经五岁了，离开洛隆阿雄后，到了二十七号家庭，与格桑巴珍爱心妈妈相处，她开始不爱说话，发现洗漱间里有镜子，就常站在镜子面前，梳小辫子，磨磨蹭蹭地，有时还会误了饭点，误了上幼儿园的时间，巴珍妈妈每一次都不得不给她编小辫子，可是一有时间，她就将辫子打散了，一个人默默地在那里梳辫子。

刚到福利院的日子，才旺卓玛话很少，想着她与新家庭的孩子们相处有个过程，巴珍便一直惯着她，暂时让她任性，过了一个多月，她与孩子们熟了，与巴珍也亲近了，见孩子们都叫巴珍阿妈拉，有一天，她也怯生生地叫了一声阿妈拉，巴珍将她揽在怀里，说我的好女儿，来，妈妈为你最后再编一次小辫子。

最后一次。才旺卓玛说，以后阿妈拉不给我编了？

如今你要读幼儿园大班，巴珍说，再过两年，就得上学了，每天扎小辫，会影响上学时间的。

小辫编好了，可是才旺卓玛嘟起小嘴，有些不愿意。

过了一天，到周末了，格桑巴珍将自己的女儿扎西措姆叫来了，与才旺卓玛一起玩，见了面，巴珍就让措姆叫才旺卓玛姐姐。

"姐姐好！你叫什么名字？"扎西措姆觉得小姐姐好漂亮。

"才旺卓玛，"格桑巴珍帮女儿介绍，"也是阿妈拉的女儿。"

"阿妈又多了草原上一朵美丽的花吧？"扎西措姆问道。

"小嘴真会说，抹了蜜一般。"巴珍表扬了女儿一句，"都是阿妈拉的女儿。"

"妹妹的名字也好听，是天上的仙女哟。"才旺卓玛回答道。

"草原上的卓玛花也好，天上的仙女也好，你们都是阿妈拉的女儿。"格桑巴珍说道，"你们俩玩吧！"

等两个孩子玩得难分难舍时，格桑巴珍将两个女儿叫到自己跟前，对才旺卓玛说，"你看妹妹比你小，剪的是短发，不能扎一串串小辫子，既然是一对姐妹花，就梳成一样的好不好哟？"

才旺卓玛点了点头，说好呀，我与措姆妹妹梳一样的头。

第二天，格桑巴珍将才旺卓玛的头发剪短了，她再不像过去那样，要阿妈拉帮她把一根根小辫子扎起来了。

从此，才旺卓玛到幼儿园，再不会因为梳头迟到了。

半年后，洛隆寺舅舅从洛隆县再来看外甥女，看到她依偎在爱心妈妈跟前，像一只欢快的小藏羚羊，神情温柔，小脸蛋白净红润了，一说话便绽开一朵浪花，像澜沧江水一样干净，惊讶道："巴珍阿佳，你给才旺卓玛浇灌了什么雨露啊，让她变成一个小天使了，让我都认不出来。"

格桑巴珍掩口一笑："没有什么啊，我就给了她一份爱，如果这也算雨露的话，那是爱的阳光雨露吧。"

"谢谢您，这回真让我放心啦，"洛隆寺阿雄答道，"可以回寺庙安心念经了。"

"别这样山高路远地跑了，加我们二十七号家庭的亲友圈，每天都可以看到才旺卓玛的生活影像与图景。"

"谢谢阿佳！"那天傍晚分别的时候，洛隆寺阿雄，再没有抱着外甥女哭，他是笑着走的。彼时，月亮升起了，昌都城郭的小店里，有那首著名的道歌响起：

在那东山顶上，升起皎洁月亮。

玛吉阿米脸庞，浮现在我心上。

洛隆寺舅舅回到寺里的时候，东风从断横山掠过，山寺桃花始盛开，那是一株株千年古桃树上绽开的桃花，像一朵朵童子面、少女面，映着雪山，映着古寺，映照着远处城郭里的一轮明月。

一城明月一寺桃花，东风四起哟。

第四卷
Chapter 4

阿佳

## 雪水之亲，胜血浓于水

办好襁褓中小女儿次丹卓央的住院手续时，已经是中午时分了，龙措舒了一口气，对坐在长椅上正与两个孩子玩耍的丈夫阿旦丹增说："阿旦哟，你带着老大、老二找个藏餐馆吃碗牛肉面，就回那曲吧。"

"那你呢？！"阿旦丹增憨厚一笑，说，"龙措，你也没有吃午饭嘛，我给你从餐馆打包带点回来，再走。"

"别折腾啦！从拉萨回那曲市，还有三百多公里路程。再不走，晚上就要赶夜路了，我放心不下。我早晨糌粑吃得多，一点也不饿，你们快回吧。"

"亚索！"阿旦丹增黝黑的脸庞上，露出太阳般羞涩的微笑。站起身来，挽着两个孩子，走到妻子跟前，叮嘱两个孩子，跟阿妈再见。

"阿妈拉，再见！"两个男孩子向妈妈告别。

"听阿爸的话，"龙措边抱着三个月大的小女儿，俯看孩子躺在怀里睡着了，边交代两个儿子，"我不在家里，不许到儿童福利院乱跑啊。"

"知道了，阿妈拉。"

孩子扭头往走廊那头跑了。龙措又叮嘱丈夫，回那曲，青藏路上大车太多，乌泱乌泱的，迎面驶过来，开车要慢，千万要小心，自己身边还有两个孩子。

"老婆，我可是老司机啦，"阿旦丹增说，"你今天咋这么唠叨？"

"小心驶得牛皮船。"龙措摇头道,"因为我不在车上,晓不得咋个嘛,心就像悬在了天路上,总也落不了地。"

"因为第一次分开吧,舍不得我和孩子。"丈夫倾诉衷肠。

"也许吧,"龙措挥了挥手,"走吧!再晚了,就要摸夜路了,瞧那两个野小子,快跑出医院大门了。"

丈夫嗯了一声,转身去追两个大孩子,魁梧的身影消失在走廊上,这个站立的影子,永远留在了龙措的记忆里。

龙措记得那个日子是 2016 年 8 月 26 日,命运的时针旋转到她的小家的天空上时,突然带电,酿成了一记霹雳,惊雷将现。

不知怎么搞的,龙措的心空落落的,女人的第六感觉很敏锐,总觉得会有什么大事要发生。从丈夫带着两个儿子离开那一刻起,她便心神不宁,坐卧不安,小女儿嘤嘤哭泣时,若在平时,她会耐心地去哄,让她不再闹了。而此时的她格外焦躁,不仅任她哭,甚至还有点烦,烦的是孩子病得真不是时候。一个女婴病了,一家都赶到拉萨来了,丈夫带着两个儿子走了,一个母亲的心遽然悬在天路上了。冥冥之中,她那种女人的直觉,就像乃穷护法神的预言一样,只是她算不准厄运会以什么样的方式和时间降临。几次想给驾车途中的丈夫打电话,询问他到哪里了,离那曲还有多远,可是最终还是按捺住自己的不安,担心开车打电话会影响丈夫的注意力,毕竟车上还有两个调皮的孩子。彼时,病榻上不足百天的小宝宝一直嘤嘤哭泣,不曾停歇,哭得她心烦意乱。

快到傍晚了,龙措觉得丈夫应该开到那曲地界了,但是一直没有电话打过来,她的心啊,跟着天路的上车起伏,总有大车恍然错车的轰鸣。终于等到天黑了,等来一个陌生的电话,"你是龙措阿佳吗?"

"我是,请问您是谁呀!"

"我是当雄交警,有一个事情要向你核查一下,你丈夫是不是叫阿旦丹增啊?"

"对的，怎么啦，他为何不给我打电话，而是您来电话？"龙措有些不解。

"他出车祸了，与大车相撞，情况很不好。"

"啊！"龙措头顶上悬着的一个滚地雷，轰地炸响了，从雪山顶上，朝着草原，朝着龙措滚来。她好一阵说不出话来。隔了好一阵，她才问道："我的两个儿子怎么样？"

"所幸，两个孩子没事，就是大人伤得太重。"

"重成什么样子？"

"弄不好会截肢。"

"啊！"龙措一下子蒙了。"人呢，我家阿丹现在是往当雄县医院，还是往拉萨送？"

"正在往拉萨第一人民医院赶呢！"

"能保住命吗？"

"除非大量输血，否则很难说。"

"啊！"那一刻，龙措突然冷静下来了。输血，必须有人啊。她和丈夫都是从藏北比如走出来的，在拉萨城里没有血亲意义上的亲人，但是她有一拨孩子啊。当年，在那曲市儿童福利院当爱心妈妈时，她带过好几拨孩子哩，都长大了，有的就在拉萨城里就业，这才是她的帮手和靠山啊。她的脑际跃出来第一个名字，嘎玛央宗。轻轻地一点击，嘎玛央宗的声音便出现在耳边。

"龙措阿佳拉，您好！在哪里？"

这么多年了，嘎玛央宗一直叫自己姐姐，而非妈妈，也许是因为自己大她不到十岁吧。

"我在拉萨，带着刚出生的小女儿来看病。"龙措急切地说，"要命的是帐篷漏了又遇连雪啊，小女儿刚入院，阿旦丹增带孩子回家，路上遇上车祸了。"

"啊！姐夫出事了，现在在哪里？"

"当雄往拉萨的路上。"

"孩子呢？"

"孩子还好，一点皮也没碰破，就是惊吓了一场。"

"那就好，我马上赶过来。"

"多叫几个人，医院说要输血。"

"好呢，阿佳拉。"

搁下嘎玛央宗的电话，龙措立即拨打了那曲市次仁拉姆的手机，她在那曲工作，也是从儿童福利院出来的孩子。甫一张口，她的话语里仍挟着几分惊惶，"拉姆，我的仙子小妹妹，我家里出大事啦！"

"阿佳拉，出什么事情了，别吓我。"

"阿旦丹增遇车祸了，正在往拉萨送哩。"龙措的口吻透着一种茫然和焦急。

"啊！"次仁拉姆愕然，有点不敢相信自己的耳朵。

"两个孩子由交警带回那曲市了，姐不在家，老大、老二你得帮我管起来。"龙措叮嘱道。

"没问题，阿佳拉。"次仁拉姆说，"我会像阿妈拉一样照顾他们小哥俩的。"

"到 9 月 1 日，老大该上小学了，老二要上幼儿园，都还没有报名呢。"龙措交代道。

"阿佳拉放心，安心陪阿旦治病吧，两个孩子上学报名的事情，我来办。"

拉萨和那曲的电话打完后，龙措焦灼的心情，放松了些许。真幸运，自己会有这么多的亲人，关键时刻派上了用场。从走进那曲儿童福利院那一刻起，龙措就觉得自己并不孤单，而是被花一样的笑靥包围着、簇拥着、陶醉着。

那一年，龙措记得是1999年，新世纪的第一缕曙光已冉冉升起，藏北高原一片金黄。将家中的牦牛和羊群从夏牧场赶至秋牧场，龙措不想再重复一代代牧羊人的命运，守着黑帐篷与春牧场、夏牧场、冬牧场，度过女人的一生。姐夫从那曲捎信来，说那曲福利院正在招爱心妈妈，要她赶快过来报名。

那一年，龙措刚好十六岁，最后回望生于斯长于斯的牧场，金色的方块分割了她的花季，雪风吹过来了，一只灰头雁掠过天空，啾啾啼鸣，引领她走向那个陌生的城市，藏北中心那曲，蒙古语称黑河的地方。

第一天去上班，龙措看了看，只有三个老师，一个老师带十七八个孩子，大的在读中学，最小的一个孩子只有四岁。

龙措躬身问那个最小的孩子，"你叫什么名字？"

"嘉措！"

"老家是哪里的？"

嘉措摇头，一个四岁的孩子，哪知道自己的原乡坐落何处？过了一段日子，龙措知道嘉措的老家在安多县岗尼乡，一场车祸，他的父母双双身亡，他被送到了那曲市儿童福利院。

龙措说在儿童福利院上学的孩子，与自己个子差不多，最大的在读中学了，他们不叫她阿妈拉，也不叫阿姨，而是叫她阿佳。

只有那个四岁的嘉措，有一天突然叫龙措"阿妈拉"，龙措唰地一下，从脸颊到脖子根，一片通红，她害臊死了，可是小女孩央青也跟着喊她阿妈拉。

"叫小姨吧。"但她不过比孩子们高一个头，"小姨"这个称呼那些大孩子还是喊不出口。

"阿佳！龙措阿佳拉！"第一个叫她姐姐的，是嘎玛央宗，还是次仁拉姆，龙措已经记不清了。但是她却从喊她阿佳的童颜中，辨清了谁叫嘎玛央宗、谁是次仁拉姆，还有女孩永措、益西旺姆，男孩格桑次仁、扎西平措、贡桑次仁，等等。

那一刻，虽然他们称呼她时，不像别的爱心家庭，叫阿妈，那会让她脸红心跳，只是轻轻地喊一声阿佳拉，姐姐，一下子就拉近了她和孩子之间的距离。

那时儿童福利院条件远不如后来自治区"双集中"之后，无论设施，还是环境，都无法相比。但是那亲情融融，让龙措和孩子们沉浸在慈爱无边的海洋里，也让孩子们忘掉了远方、牧场、过往和不堪回首的失去双亲之痛。

龙措与另外三个爱心妈妈填补了他们感情的空阔与茫荡。

记得有一天，嘉措生病了，到那曲地区人民医院检查，是肺部感染，呼吸困难，咳个不停，医生让住院，龙措只好当陪护，可是嘉措就是不睡觉，非要龙措抱着他，不抱就不睡觉，也不打针。

"打针吧，孩子！"

"阿妈拉，你打啊。"

"打了才会好！"

"你抱着我睡，我就打。"

"嗯！"龙措点点头。

陪护了半个月，嘉措出院了。以后上学读书，都是她和别的老师一起接送。

雪落下来了，雪又化了。那曲河的浪花依旧，朝着那条叫怒江的大江流淌，江河之源，涓涓成潮，一如龙措对孩子们的情感。彼时，十六岁的龙措像一个姐姐，同时又过早地承担起一个爱心妈妈的责任，送孩子去上学，接回家，一路欢歌，亦一路笑声。

后来，龙措与儿童福利院的职工阿旦丹增结婚了，有了一个小家，益西旺姆每年的生日几乎都是在她家度过的。她给益西旺姆买蛋糕，吹蜡烛，唱藏语版的生日歌。

就在爱的欢歌笑语中，孩子们渐次长大了，到了小升初和中考，这是花季年华的重要关卡。跨过去，一如越过唐古拉和昆仑山口，往下就是一马平川，前程似锦。因为在北京、天津、广东、湖南、湖北、浙江等省市，都办了西藏班，设有初中到高中等年级，西藏的孩子若能考上西藏班，等于一只脚跨进了大学的门槛。

那一个夏天，那曲儿童福利院的孩子益西旺姆、次仁达吉、罗祖、公尼第一批考西藏中学，成绩公布时，益西旺姆等四个都入选了。7月3日那天，龙措用自己的钱，给每人买了去学校的生活用具，并邀请他们到她家里聚餐，以示庆贺。

而到了格桑次仁、扎西平措和次仁桑珠和永措考西藏班时，就差了两三分，有的仅一分之差而名落孙山。

天大的遗憾啊。龙措看到孩子们回来后郁郁寡欢，脸上堆满了从唐古拉吹来的乌云，忧心如焚。但不知道怎么帮孩子们化却这个愁结，迈过这道坎。

有一天，也不知是哪位爱心妈妈说，我们去找那曲市教育局局长吧，向他求情。

好主意！龙措说，我们儿童福利院的孩子特殊，就该给予特殊照顾。

可教育局局长是谁，在哪里上班？一位爱心妈妈说，我们就成天围着孩子转，两眼一抹黑啊。

我找小姐妹们去问。龙措说。

不日，那曲市教育局局长的名字问到了，云丹扎巴，并把教育局和他家住何处都问了一个清清楚楚。

去找！我们一起向局长求情。

龙措和三个爱心妈妈赶到了教育局，但是第一天、第二天都没有找到云丹扎巴。第三天，终于等到了，将情况一说，局长摇头，说这事我不能办，考分都是透明的，你们这不是成心为难我吗，给这几个孩子开了方便之门，对其他孩子不公平。

不是为难您，云丹局长，而是救孩子。

你们是孩子什么人？

阿姨，阿佳，也可以说是他们的爱心妈妈。

叫他们亲生父母来。

父母双亡，都往生了，我们就是他们的至爱亲人。龙措答道。

孤儿啊！

对呀，差一两分的都是儿童福利院的孩子。

可是我还是不能做违反政策的事情，否则对别的孩子不公平。

公平的，这些孤儿才是应该得到最大的眷顾和公平的。

你们说的都对，但我还是办不了啊。这会引起告状的。教育局局长婉言拒绝。

以后的几天，局长躲开了，他有难言的苦衷，肯定不能为福利院的孩子网开一面，改变了规则。不然是会被一些家长骂的呀。

龙措和三位爱心妈妈不甘心。说只有泪水，才能感动局长，我们到云丹扎巴家里去哭吧，去哀求吧，将心比心，他会同情我们福利院的孩子的。

后来的一周，她们就到云丹扎巴家里去，站着不走，倒酥油茶也不喝，就在一旁哭。说孩子过去的不幸，说到福利院的好日子。好孩子就得有未来，越说越激动，越激动，越想到孩子们没有一个好归宿，上不了好学校，就在云丹扎巴家里哇哇哇地哭。那种阿妈、阿姨、阿佳的对孩子的真心与虔诚，将云丹扎巴的母亲、妻子和孩子都感动了，说云丹啊，这几个阿佳，与福利院四个中考孩子，都没有血缘关系，这样对孩子们好，真的是菩萨心肠啊。你得帮帮她们啊。

别哭了，瞧，连我的家人，都站在你们那边了。云丹扎巴说，我向自治区教委反映吧，争取特事特办。

谢谢云丹局长！四位阿妈、阿佳破涕为笑。

笑得真开心啊。

泪学功成，最终格桑次仁、扎西平措、永措和次仁桑珠去了浙江绍兴中学读高中。

三年后，那曲女孩永措考上了浙江工业大学，次仁桑珠考上了昆明陆军学院，格桑次仁和扎西平措考上了长沙民政职业技术学院。

漫长的等待终有时。拉萨的天黑得晚，时钟指向九时，黄昏泛起，布达拉的金顶上祥光普照。龙措看到，嘎玛央宗赶来了，还带来了六个那曲儿童福利院的孩子，都已经是大姑娘和大小伙子呀。

"来这么多啊？"医生问龙措，"你家有这么多亲戚？"

"儿童福利院的孩子都是我的亲人。"

"您是他们的什么人？"

"阿佳！"

"你真幸福啊，有这么多弟弟妹妹。"医生艳羡道。

嘎玛央宗和她的伙伴赶到不久，阿旦丹增就送到了。丈夫被撞得很重，因为失血过多，人已处于昏迷状态，医生检查后说要截肢，才能保住性命，但是第一步得输血。

"抽我的。"嘎玛央宗撸起藏式长裙的袖口，益西旺姆和贡桑次仁也撸着袖口挤了过来，六个藏家姑娘小伙围成一团，检验的结果，阿旦丹增是 A 型血，只有两个人的血配型成功。

救阿旦。剩下的四个男孩女孩急了，说先抽下我们的血吧，可以与别的人替换。

抽血的护士惊叹："龙措阿佳拉，你真幸福呀，有那么多弟弟妹妹伸手相援。"

"他们都是那曲儿童福利院长大的孩子，我是他们的阿佳拉。"龙措不无幸福地答道。

"你也是孤儿？"

"我是他们的爱心姐姐。"

"您真幸福，危难时分这么多孩子来帮您。"

龙措笑着点了点头。

血输进了阿旦的血管。他的命保住了，但最终还是双腿截肢，永远只能坐在轮椅上了。血浓于水，可是雪水一样纯清淌亮的亲情，却让龙措永远地铭记。

那天在那曲市儿童福利院活动中心，花卉簇拥的阳光房里，百余年间种不出一棵树的藏北重镇那曲，阳光房里竟有小树葱茏，青枝绿叶，令人惊叹不已。龙措与几位爱心妈妈坐在小树之间，回首往事，她们心中的小树已经成材。

龙措说，最让她欣慰的是孩子们大学毕业后，都找到了一份体面的工作。益西旺姆在那曲幼师工作，次仁桑珠从昆明陆院毕业后，当了警察。永措从浙江工业大学毕业后，考上了申扎县的公务员。

"你丈夫阿旦丹增呢，后来怎么样了？"我追问了一句。

"在医院躺了110天，最终还是站不起来了，"龙措不无遗憾地说，"被评定为二级残废，领了残废证，办了生活低保，日子还过得去。"

益西旺姆和格桑次仁还送了她一辆电动车。一个爱心妈妈曝出一个秘密，言毕，掩口而笑。

"是啊！"龙措说，"益西旺姆大学毕业了，在那曲市幼儿园当了幼师，领了第一个月工资，与格桑次仁一起，花3000多元，买了一辆电动摩托车，送到家里，说龙措阿佳，我工作了，第一个月的工资孝敬您。"

"使不得啊，益西旺姆。"龙措推却道。

"阿佳，阿妈拉，您是我在这个世界最亲的人，我不孝敬您，孝敬谁？"益西旺姆答道。

听到这句话，龙措眼眶红了，泪水流成那曲河。

# 放下乌朵的牧女嘎斯

那一年，嘎斯已经二十岁了，到了该出嫁的芳华，可是她一直在达孜县达孜草原上放牧。那地方靠南，紧挨着墨竹工卡县，海拔有4500米，算是生命禁区了，离拉萨城郭不过百里，却要走两天路程。若进城里买东西，第一天可至甘丹寺，第二天再下山，进达孜县城，或者入拉萨城。虽然离西藏首善之区不远，就在大雪山那边，紧邻西藏最有名的财神湖思金拉措，但雪山暌隔与圣城的距离，也将长得天仙般的嘎斯，搁置在了山野与牦牛之间。花季少女，一身藏式羊皮长袄，一条红头巾，身后紧随着两只藏狗，旋转着乌朵，驱赶200头牦牛，游牧在达孜高山牧场，日复一日，年复一年，花季少女出脱成了一个风姿绰约的藏家牧女。

草原的太阳落下去，又升起来了，照着夏牧场的黑帐篷。每天早晨，嘎斯照例迎着草原上的第一缕阳光，跨出帐篷，挤奶、打酥油，然后将牦牛放出去。远眺着晨曦落在牦牛背上，黑牦牛如燃火般，牛背反射着金光，一条条金牦牛融入大荒，嘎斯充满了成就感。200头牦牛，在达孜牧区，也算是一个不小的养殖户了，阿爸在拉萨城买了三套商品房。嘎斯家兄妹四个，大哥罗桑，从小被姑姑领养，那边家里没有孩子，视如亲生。大姐安宗早早结了婚，招婿入赘。放假的时候，总是她和二哥次旺一起来放牛，二哥读书成绩好，小学、中学，一路往上读，参加高考，被西安陆军学院录取，毕业后，考入了阿里普兰县法院，当了法官。而嘎斯小学还没读完，就被阿爸叫回去了，在牧场上当了牧人。

草绿了，草黄了，花开花落，到了该走出帐篷的年龄。阿爸给嘎斯选了婆家，那是他认识的一户牧人，家里也有上百头牦牛，儿子也是从小放牧。还让大哥罗桑出面，与这户达孜草原的富庶人家订下了婚约。

人家不错啊！阿爸感叹道，男孩子我见过，憨厚，很懂礼貌，身体更是棒棒的。

父母指婚，可是嘎斯一点也高兴不起来，她仿佛看到了姐姐的命运，就是自己未来的投影。在达孜牧区放一辈子牦牛，从少女到老妪，当女儿，做牧人媳妇，生儿育女，当母亲，做奶奶，一条游牧之路，从头看到了结局。她不想认命，不想顺着草原背水的这条小路走。

那天，二哥次旺从阿里回来了。他是这个牧人之家的大学生，又考上了公务员，父母对他高眼一看，觉得他是政府的人，见识广，大主意都由他来拿。

"不行！嘎斯妹妹不能这样活。"次旺摇了摇头，否定了阿爸的指婚。

"次旺，你说咋个活法嘛！"阿爸不解。

"去拉萨读书。"

读书！阿爸怔然，愕然地望着二儿子，说次旺，"你昨晚是不是炉子牛粪加少了，冻感冒了，发热，昏了头吧，嘎斯都二十岁了，还读啥子书嘛！"

拉萨有一座东嘎语言学校，专教我们民族的语言，还学汉语、英语。次旺说，他问过了，还帮妹妹报了名。

"读几年？"父亲仍旧疑惑，小女儿嘎斯那年十岁刚出头，连小学未毕业，就被他叫回牧场放牧了。现在出去读书，要读到什么时候。

"速成培训班，不长。"二哥答道，"三四年。"

"哦！"阿爸仍在迟疑。

"我要出去读书。"嘎斯从卡垫上一跃而起，她不想做牧人的新娘，也不想再重复妈妈和姐姐这样的日子，她要去拉萨，开始属于自己的生活。

"我已经替嘎斯交了学费。"

"拉索！二哥，你真好！"嘎斯恨不得跃过去，在次旺的额头上落下冰雨般的吻，或者跪下去，给他磕一个长头。

"次旺，你这是先斩后奏啊。"阿爸摇头，"看来，我是放权太多了，给了头羊太多的机会。"

哈哈！嘎斯发出了银铃般的笑声。当天晚上，她脱下了春牧场厚厚的羊皮袍，换上了自己最喜欢的藏装长裙，还找出压在藏式柜子里的便装。第二天，跟着二哥欢天喜地地去了拉萨。

看着两个孩子消失在草原尽头，阿爸长叹了一口气，悔婚，放人，不知道小女儿这么一走，究竟是成全了她，还是害了她呀。

"你就不用操那份闲心了，"妻子捂嘴一笑，说，"百灵鸟羽毛长全了，就会冲上天空歌唱呀。往拉萨走，那是圣城，方向错不了。"

"可是达孜草原上没有百灵鸟。"丈夫说。

"有啊，你的眼睛被牛粪熏得太久了，蒙了水雾，看不见呀。"妻子说，"我家嘎斯就是。"

"嘎斯？！"丈夫摇头，"二十学艺，晚啦。"

嘎斯进了东嘎语言学校，一个学期的学费是 1800 元，她学藏文，学汉语，还要学英语。藏民族在语言上有天生的优势，一学四载，她不仅识得藏文，还练就一口流利的普通话，英语也能简单地应对，如果有语言环境的话，嘎斯觉得自己可以学得更好。

"嘎斯，大器晚成啊。"四年学下来，次旺觉得小妹被重塑了。

"小哥，大器晚成是什么意思？"

"就是学艺不在早晚，只要机缘天成，岁数大了也可以成才。"次旺答道。

"我并不老啊。"嘎斯想了一想，自己从达孜牧场走出来时，藏文只会读三十四个字母，汉语一句都不会，连自己的名字都不会写，如今她已收获满满了。

"嘎斯，您还有什么期待？"次旺问妹妹。

"我听哥哥的。"

"好！"次旺说，"西藏大学有个电子计算机函授班，你在家就可以学，懂计算机、汉语、英语，在拉萨找工作是必备的，必须学。另外，再读一个电大文凭，待拿到电大文凭再去工作，就易如反掌了。"

嘎斯点了点头，又开始了人生第二阶段的豹变。

一些亲戚知道了嘎斯还要继续读书，不解道："嘎斯，你读成书痴了吧，会说汉语，在拉萨城就好找工作，你又懂藏语、英语，那就是如虎添翼，你还读哪门子书啊？都二十四岁的人了，出来做生意吧，再找个好人家嫁了。"

"要嫁，我早嫁了。"嘎斯摇头，"我要按次旺小哥帮我设计的路线走。"

嘎斯又埋头读了三年书，这期间，教她的一位老师喜欢她，多次表达出爱慕之情，嘎斯摇头，我还想多读点书，个人的事情，以后考虑。

"拖不得啊，这样好的条件，你不要，嘎斯，你到底喜欢什么样的人，小心挑来挑去，挑一个脚瘸眼瞎的。"

"哈哈，那我宁愿这辈子不结婚。"嘎斯说得干脆。想不到会一语成谶，此为后话。

嘎斯又边打工边读电大，三年后，终于拿到了一份大专文凭。七年之间，她完成了别人十五六年才能圆的大学梦。亲戚朋友都来庆贺。说嘎斯这七年就是一个奇迹。

"拜托！"嘎斯掩口一笑，说，"千万别将我当作奇葩来笑话啊。"

"就是一朵奇葩，更是达孜草原上的邦锦梅朵呀。"

"邦锦梅朵，这个比喻好，一朵无名小花，贴在草地生长，盛开得早，入冬衰败得也晚。我愿做一株小梅朵，可我也永远是嘎斯呀。"

说归说，赞归赞。嘎斯还是拜托朋友，若有找工作的信息，请及时转告她。

找工作，大哥罗桑有位朋友是一位老师，周末去拉萨市儿童福利院辅导孩子，得到一个消息，说自治区政府对孤寡老人和孤儿，实行"双集中"供养。七个地市的儿童福利院在招爱心妈妈。打电话给嘎斯，问她愿不愿意去儿童福利院，那是一份稳定的工作。

"我到哪里做爱心妈妈？"

"拉萨市儿童福利院啊！"

"我去报考。"嘎斯跑到了拉萨市儿童福利院一问，员额已经报满了。又问哪里还有招人的地方。

林芝市儿童福利院缺人。拉萨儿童福利院的工作人员告诉她。

于是，嘎斯兴冲冲地又赶往了林芝。简历递上去，一面试，她被录取了，实习期满就被留下来了。

嘎斯说刚来林芝儿童院时，发现家里有一拨来自昌都的孤儿，小孩子第一面见了她，就叫"妈给！"

"妈给"是什么意思？我问。

"就是阿妈的称呼。"嘎斯说在拉萨等卫藏之地，管爸爸、妈妈，叫阿爸、阿妈，而到了藏东昌都，喊爸爸为柏根、阿妈为妈给。可是自己尚未婚配许人，又没有小孩，怎么能叫妈给呢？嘎斯说当时她心里还有点不舒服。

"妈给！"又一个孩子叫她。

"叫阿佳！"

"妈给！"

"阿佳！"

"妈给，妈给……"

站在一旁的同事笑了，说在儿童福利院带孩子的女性，有一个共同的称呼，就是爱心妈妈呀，孩子不叫你妈给，叫什么呢？

"叫阿姨，或者阿佳。"嘎斯执拗地坚持着，她似乎还没过当妈给这一关，毕竟那一年，她才二十六岁。

就在妈给与阿佳的僵持之中，当爱心妈妈的实习期届满了，嘎斯毫不犹豫地选择了留下。她觉得当儿童福利院的爱心妈妈真好，等于将自己置于一个童心的世界，仿佛身处一片慈航无边爱的海洋，爱有多深，心的海岸线就有多远。她喜欢上了这份工作，一个阿佳与妈给的换位称呼。

如何与这群特殊孩子相处，当一个称职的爱心妈妈，嘎斯费尽思量，她带的孩子，多时八九人，多数情况稳定在四至六人。最大的十五六岁了，读初中，叫她阿佳，最小的四五岁，喊她妈给。与初来乍到时相比，她已经平静地接受了这些角色，时而是姐姐，时而是妈妈。当妈妈也好，当姐姐也罢，她想起姥姥说过的一句话，对于听话和不听话的孩子，都一样对待。姥姥一生育有四男一女，妈妈是她的独生女，她也从未被捧为掌上明珠，与四个舅舅的待遇一样。姥姥说，小孩不懂事，偶然也会为此生气，但就像天空中的太阳雨一样，雨过，太阳一出来，就彩虹化桥，阳光灿烂了，人与人相处，就应该像大自然一样。

嘎斯说，虽然她没有成家，没做过妈妈，没有婚姻生活的经验，但是她记住了奶奶的话，让孩子们永远保持天性，允许孩子俏皮，甚至不听话，允许孩子撒娇，甚至多点溺爱。凡正常家庭有的爱，她要加倍施惠给孩子，尤其是他们中间失怙之后的自怜自卑自爱者，她要小心呵护，不让他们伤一点自尊。

嘎玛多吉就是叫她阿佳的孩子。那一年，他从察隅县察瓦龙被送到林芝福利院时，已经十四岁了，从小父母双亡，吃的是百家饭，在"野生环境"中放养，无人管，亦缺家人之爱。岁数应该是读初二了，可是还在读小学六年级。学习不怎么样，染了许多坏毛病，偷东西，抽烟，打架。三者之间，偷东西为最大的坏毛病，于是嘎斯苦口婆心，说偷盗为万恶之首，在旧西藏，若偷东西是要被砍断双手的。

阿佳要断我的双手吗？嘎玛多吉吓得脸都发绿了。

怎么可能？阿佳爱你都不够，怎么舍得断了你的双手？真正能断了你的偷盗双手的是你自己。只有自己打倒了自己，断了偷东西之习，你才可能在和煦的阳光下茁壮成长。那一刻，嘎玛多吉终于知道偷东西绝不是一个好习惯了，是人人共恨的一个恶习。从那天开始，他就约束自己，再不能偷别人的东西了。

接着，嘎斯又要帮助嘎玛多吉断掉抽烟的恶习，那天晚上她搂着他问道，你今年多大了？阿佳，我十四岁啦。

知道男人多大才算成人？

嘎玛多吉摇头。

十八岁，嘎斯用手比给他看。

你说十八岁吗？

是啊。嘎斯说十八岁的男人，才能抽烟，你今年多大，就抽烟，羞不羞啊。

阿佳，不，阿妈拉，我错了。嘎玛多吉答道。

知错就改是好孩子。嘎斯鼓励道。

从那天起，嘎玛多吉改口叫嘎斯为妈妈，再也不抽烟了。


那天，嘎斯向我讲述起这个已经十七岁的小伙子，正在最好的学校读初三。我问了一句，学习如何？

学习真不怎么样。过去逃学太多，有点吃力。

你不是一个读书的奇迹吗？我笑道，可以帮他赶一赶路啊。

我正在努力。嘎斯毫不掩饰地对采访的作家说。

还有什么精彩的故事？我继续深挖素材。

那就是昌都少年白玛丁增了。

昌都也有一部分的孤儿在林芝儿童福利院吗？

有一百多个呢。嘎斯介绍道，昌都地大人多，失去双亲的孩子也多，两所儿童福利院容不下一千多个孤儿，就送了一些到我们这里"双集中"收养。

我点了点头。我的第一站就是昌都儿童福利院，知道那里的情况，且德拉院长也向我详细介绍过。

丁增今年多大？我问了一句。

与嘎玛多吉一样，也是十七岁，正在读初三。

也是问题少年吗？我问了一句。

白玛丁增不像嘎玛多吉，问题外露，一眼可以看穿。他的问题是病在心里。嘎斯介绍道。

哦！我沉吟了一句，听其介绍。

白玛丁增老家在藏东芒康县。五年前，嘎斯刚到林芝儿童福利院，然后他就被民政局的人员送来了。彼时，他刚十二岁，父母双亡后一直由亲戚收养，性格很内向，不与人交流，一交流就会打架。嘎斯带了他三年，开始他叫嘎斯为姐姐，上学学习成绩很差，起初连自己的名字都不会写，嘎斯就手把手地教他，带他一起打球，融入集体生活。与人打架了，嘎斯就将他叫到身边，问他，今天打架的人是哥哥，还是弟弟，比你大还是小。

　　弟弟，比我小。白玛丁增自豪地说。

　　呸！嘎斯严肃地说，以大欺小，以强凌弱，算什么哥哥？

　　那一刻，白玛丁增羞愧地低下了头。


　　嘎斯，你老家在达孜县，咋会听得懂康巴话？我对这个故事特别感兴趣，突然问了一句。

　　我爷爷是康巴人啊，小时候，爷爷教了我许多康巴话，我会说啊。嘎斯答道。

　　后来呢？我追问了一句。


　　从此，白玛丁增知道错了，不再打架，嘎斯说，但有时脾气有点大。不爱搞卫生，一让他搞卫生就发脾气。越是脾气大，越要磨练他。母爱的巨大力量，像春风化雨一样，润物无声地浸泡和温润孩子。终于，内向的丁增灿烂了起来，脸上有了笑容，话也多了，与孩子们融为一体，学习也渐渐好了起来。有一天，他突然不再叫嘎斯阿佳拉，而喊她妈给。

　　你叫我妈给，丁增？嘎斯悚然一惊，问道。

　　白玛丁增点了点头。脸上绽开一朵张大人花，对嘎斯喊道，妈给！

嘎斯的眼泪,顿时溢了出来。

丁增,快去学习吧。嘎斯交代道。

好,白玛丁增说,妈给!

是不是特有成就感? 我问了一句。

当然! 嘎斯说,白玛丁增俨然变成了另一个人,能不让人自豪吗?!

嘎斯说她特别忘不了的一幕,是母亲节那天,孩子们用福利院发的零花钱,省下来为她买了小礼物,有鲜花、笔筒、布娃娃,一起献给嘎斯妈给,并唱起了生日祝福歌。那一刹那间,嘎斯心里想哭,哽咽中,眼泪流下来了。不是亲人,胜似亲人,没有血浓于水的纽带,可是却那般地依赖她、依偎她、信赖她。

白玛丁增来林芝五年了,可是没有一个亲戚来看过他。嘎斯不无遗憾地说。

你就是他的亲人啊……我感叹道。

嘎斯点了点头。

放下乌朵,读了七年的书,达孜牧女嘎斯实现了生命的涅槃,成了林芝儿童福利院里为数不多的拥有大专学历的爱心妈妈。在林芝工作了五年,她的婚姻大事,成了家里父母、兄弟姐姐关心的大事,亲戚为她介绍男友,是一个单位的公务员,唯一的要求就是让她辞掉工作,回到拉萨,她说不辞,我喜欢爱心妈妈这个职业。

嘎斯说,上个月她回拉萨休假,住在一个在拉萨博物馆工作的亲戚家里,他们像对待自己的孩子一样,郑重地劝她,都三十一岁了,再拖下去,就会成为"剩女"了。嘎斯说,不要再谈婚姻大事,也不要再催我，在林芝儿童福利院，我有那么多孩子，我与他们一起成长，内心足够强大。 如果今生命中注定我不能结婚，我就跟着命运走吧，那么多的失去父母的孤儿，就是我的孩子啊。 与他们终身为伴，我感到特别幸福！真的。

说到此，嘎斯的眼睛特别迷人，那一瞬间，我的泪水浸湿了眼眶。感动的泪帘不断，为一个放下乌朵的牧女。

## 云中的措姆

　　入冬后，横断山脉落下一场又一场的寒雪。雪落千山寂，一只鸟儿都不见，甚至连盘旋于邦达机场的神鹰也不见了影子。

　　跑道结冰了，拉萨飞往昌都的飞机或停飞，或压班。措姆随昌都市民政局布措局长、第二儿童福利院德拉院长到拉萨领奖，出席自治区扶贫济困表彰大会，已经有一周了。会议落幕后，却无法立即飞回昌都。

　　那天在贡嘎机场候机，措姆那个爱心家庭里，唯一的男孩普巴扎西给她打来视频电话，"阿妈拉，我想您啦，出去这么久，您咋还不回来呀？"

　　"阿妈拉遇上天降大雪，飞机降不下来。"

　　"昌都的天晴得好着呢。"

　　"机场在山头上，那里正落雪。"

　　"阿妈拉，您今天晚上再不回来，见不到您，我就从楼上窗子里跳下来。"普巴扎西要挟道。

　　"扎西，别干傻事，阿妈拉也想你哦。"

　　"那您早点回来，晚上，我要跟您睡。"普巴扎西在视频那头说道。

　　"哈哈！"那稚嫩的口音，引得布措局长、德拉院长一阵笑声。有这样的母子关系，可以窥见昌都第二儿童福利院爱心妈妈与孩子的关系是如此之好，笑过之后，布措局长感到一种莫大的安慰。不由地赞叹自治区的"双集中"供养之策，对于孤寡老少，实在是得人心之举啊。

虽然出差在拉萨，但措姆的心第一次悬得这么高。已经不是第一次出远门，可是她发现，自己有了一种牵挂，有了一种出自母爱深处的祈盼与归心。

终于登机了。飞机滑出停机坪，驶向跑道，拉起，像一只神鹰冲天而起，将宽阔的雅鲁藏布抛在机翼之下。冬阳里，雅鲁藏布缩小成一条金线，链接她的昨天、今天和明天。一会儿，飞机钻入云端，云中时刻，云上的措姆。往事一如云烟，向她涌来。

措姆的老家，本在类乌齐，三十九族之地，爷爷那辈人喜欢转经，环梅里雪山大转经，行走的路线是类乌齐、察木多、左贡。眺望卡瓦格博，雪峰独立，晨曦里、晚霞中，日照金山，卡瓦格就是金塔、香巴拉城堡一座。外环大转经的线路，要从秋天走到冬天，抵达神山脚下，然后，等从西藏和缅甸交界处察隅县日东乡出来时，已经是春天了。那地方，简直就是梦中的香巴拉，森林、台地、雪山、牧场、清溪、青稞地，藏家村落，山寺古桃岭上开，在江边绽放。爷爷喜欢那里，不走了，入赘，娶了奶奶，从此，不辞长作察隅人。

措姆出生在日东乡牧区，七岁时患了肝包虫病，被送到林芝做了手术，一直病恹恹的，书也没法读。1992年，藏历年春节，姑姑卓玛从昌都公路段回家过年，看到了弱不禁风的她，说跟我走吧，到昌都城里养病去。

爸爸摇头，对妹妹说，你有三个姑娘，老大还是残疾人，又多一张嘴，日子咋过嘛！

坐在一旁的姑父张明是汉族，四川新津人，仰天一笑，说，不就是多一双筷子吗？算啥子事哟，我们两口子养得起。

一句话云淡风轻。措姆成了姑姑的女儿，从察隅日东乡来到了昌都市卡若区。彼时，姑父领着大姐在电厂附近的道班上班，她则跟着姑姑和两个姐姐在养路段修理厂生活，姑姑是厂里的医生，可以照顾她。看着两个姐姐去读书，她也想去，姑姑摇了摇头说，你做过手术，身体吃不消，读什么书啊，说不定哪一天，这单薄的小身板去喂秃鹰呢。

不读就不读吧。措姆跟着姑姑玩。家里有二姐、三姐读的漫画书，都是汉字版，她一个字也不认识。不过，机修厂有好多汉族司机，她拿着漫画书，找汉族叔叔们问，请他们念。叔叔对她说的全是汉语，她记住了几句，但还是不懂。姑姑说一口流利的汉语，还识得汉字，告诉她漫画上画的是什么，司机叔叔教的是什么意思。就这样，漫画书成了她的教师，她一本又一本，执着地去问叔叔们，再回来求教于姑姑，一来二往，她居然能说一口流利的普通话了，还认识了不少汉字，一张报纸能够一字不落地念下来。

2008年，措姆失去了一个至亲，她叫拍根（昌都语，爸爸）的姑父去世了。除残疾的大姐外，二姐考了公务员，三姐当了小学教师，家里就剩下她与卓玛姑姑相依为命。姑姑待她不薄，比亲生女儿还疼她。当时，家里有一间300多平方米的房子，昌都市打造新城，拆迁时姑姑给了她一套100平方米的单元房，地处市中心地带。

许多年过去了，措姆像一个云中的仙女，没有读过书，没有参加过一天工作，甚至也没有恋爱过。弹指之间，三十而立，她像夏花一样，到了一个女人最绚烂的时刻。

云中阿佳，不染一点俗尘。有好几回，她提出来是不是找个事情做做。姑姑摇了摇头，说，我的退休工资足够我们三个人过日子了，你就与大姐一起陪着我吧。

措姆觉得自己被养残了，与社会基本没有接触。渐渐地，她生出一种恐慌感，姑姑毕竟七十好几了，还能陪自己几年？

2015年之夏，措姆去了成都。有一天，在昌都市人事局工作的二姐夫给她打电话，说昌都市实行"双集中"供养，儿童福利院在扩招，我帮你报了名，你快回来参加笔试和面试吧。

"儿童福利院是做什么的？"

"集中供养失去双亲的孤儿。"二姐夫告诉她，"与幼儿园的阿姨差不多，叫爱心妈妈。"

"有意思！"措姆说，"我回来试试。"

二姐夫说："这就对了，你不能陪着妈妈一辈子，她上岁数了，人在一天天衰老，总有往生的一天吧，不可能陪你一辈子，你得找点事做。"

"我也正有此意，"措姆在成都那边应道，"就怕考不上。考试有些什么内容？"

"面试、笔试。"

"还有笔试啊，你知道我没有上过一天学。"

"可我对你有信心啊，你的普通话说得好，读报纸也不打磕巴，考上没得问题。"

"谢谢姐夫，我明天就赶回昌都。"

措姆如愿以偿。她不仅通过了面试，还通过了笔试，成为昌都市儿童福利院"双集中"供养后的第一批爱心妈妈。张榜公布的名单是一起去考试的朋友告诉她的，措姆，你真了不起，一天学也未上，居然考上了，这比例可是十取一啊。二百人报名，仅录了二十人。

是吗！不食人间烟火的措姆惊诧。我听了后，也有几分错愕，到底是云中的措姆啊。

措姆说"双集中"之初，孩子们都集中在老院，新的第二儿童福利院正在建设之中，条件暂时不具备，孩子们还没有实行家庭式生活与管理，于是，二十几个爱心妈妈，混在一起管三百多个孩子。

措姆初来乍到，恰好有一个叫嘎珠的男孩，读小学四年级，因先天性心脏病，导致房间隔缺损，需要去重庆大坪医院做手术。

那天，德拉院长将爱心妈妈、护理员召集在一起，说有个患儿要送院，去重庆大坪医院治疗，谁去过重庆，请举手。

措姆一跃而起，说我去过重庆，但只是转机，就在江北机场，连候机大厅都没有出过。

那就是您啦。德拉说，措姆，你带着嘎珠去大坪医院治病。飞机落地江北机场后，重庆儿童福利院会接上你们，直奔大坪医院。

我行吗？措姆不确定地问了一句。

行！必须迈出这一步。昌都儿童福利院人手少，孩子看病的事，就得爱心妈妈去张罗，护理员去不了。措姆，你是第一个哟。

第二天，措姆带着嘎珠走了，上车那一刻，德拉院长带着办公室人员来送行。看着嘎珠活蹦乱跳地跟自己走，措姆默默祈祷，我可不能带一个躺着的孩子回来哟。

一路顺风。"母子"俩刚抵达重庆江北机场，出口就有人接，到了大坪医院附近，租了一间房子住下。第二天，措姆带着嘎珠去挂了一个专家号，很快就住上了院。经过检查，医生说，做一个微创手术，放一个封堵器到心脏里边，这种技术很成熟，不会出问题。

措姆汉语说得很流利，说我听汉族老大哥医生的。

第三天，做微创手术，顺着血管将封堵器放了进去。措姆在手术室外的走廊上，坐立不安，时而起身踱步，时而双手合十，保佑嘎珠平安无事。

果然，微创手术快捷，病人痛苦少，手术室上边的红灯很快亮了，主刀大夫走出手术室时，长舒了一口气，说这藏家孩子有福，手术很顺利。

措姆一个劲儿地说扎西德勒，谢谢大夫。

然而世间事，往往乐极生悲，最好的开局，未必有满意的结果。那天晚上，已经凌晨一点了，大坪医院护士站有护士突然打来电话，说嘎拉闹得很厉害，一直在哭，可能是心脏封堵器脱落了。

天啦，怎么会发生这样的事情！

你快赶过来吧，孩子语言不通，我们无法交流。

措姆看了看手机，已经是凌晨两点多了，重庆夜山城，城郭沿江、沿山而建，犄角旮旯的，视线并不好。且此时已经是深冬，街上行人极少。她从租住的地方往大坪医院走，夜黑灯暗，经过一处街边时，一位醉汉挡住了她的去路，语无伦次，大耍淫威。措姆从未见过这样的情形，她从左边绕，醉汉从左边抄近道过来，不依不饶地追上来，她从右边街心跑，醉汉又紧追其后。呼救无人，措姆吓得嚎啕大哭，这时一辆出租车在她面前戛然停下，一位好心司机跨出车门，巍然一堵墙，横在面前，小妹，什么事情呀？

我是西藏昌都来的，孩子在大坪医院出了情况，医生和护士让我赶紧过去。措姆抹了一把泪，不想遇上这样的醉汉挡路，纠缠不让走。

小妹，你走吧。我来替你解围。出租车司机横在醉汉面前，一把将他拽了过去，塞进车里，然后绝尘而去。

措姆长舒了一口气，冲破夜幕，往大坪医院门口跑去，走过挂号大厅，坐电梯上楼，然后到了嘎珠住的病房。护士长小姐姐说，这孩子哭了好一会儿，哄也哄不住，住院医生检查，说可能是封堵器脱落了，他心里难受。

怎么办？有解决办法吗？措姆忧心如焚。

先哄他睡了，将情绪稳定下来。住院医生长叹了一声，说这孩子要遭罪了，得做开胸手术，取出封堵器，重新缝合。

啊！措姆有些不敢相信，怎会落得这个结果？

第二天，一批专家来会诊，一致的意见是微创手术失败，得做开胸手术，重新缝合先天缺陷。

嘎珠又上了手术台，那台手术做的时间很长，措姆在手术室外等待了漫长的时间，几次想给德拉院长、福利院的小姐妹们打电话，最终还是忍住了。她知道，此刻决不能乱了方寸，必须稳住自己的情绪。德拉院长交给自己的是一个活蹦乱跳的孩子，决不能让孩子躺着回去，或者背着骨灰回西藏，她要用自己的大爱，帮着孩子闯过这道大关。

时间过得很慢。终于，手术室的红灯亮了，手术结束，主刀医生身心疲惫地走了出来，但脸上很放松，说你是孩子的妈妈吧？

措姆点了点头，一句话也未说。

这一回手术，一劳永逸地解决了，闯过麻醉苏醒期，不被感染就没有事情，好好照顾吧。

嘎珠被推进了 ICU，从那天晚上起，措姆的床就是一张椅子，穿一件羽绒衣，坐等孩子麻醉药散尽醒来。后来，孩子从 ICU 回到病室，措姆也没有睡过一天床，困了，晚上就在椅子上躺一躺，孩子在床上吃喝拉撒，都由她一个人照顾，为了让嘎珠早日恢复，她给他做牛肉羹，煮人参果粥，用牛奶泡馒头。

十四天后，嘎珠下床了，可以独自进洗手间了，措姆才露出舒心的笑容，她可以将健康的小嘎珠带回福利院了。

二十多天后，小嘎珠出院了，带着他平安回昌都，措姆觉得是她入职后干得最漂亮的一件事情。

措姆说，她发现自己真正喜欢上孩子，还是从重庆大坪医院归来，昌都第二福利院落成了，爱心妈妈与孩子们居家而住。她的家庭分了八女一男，九个孩子。那时正值春天，她有点感冒，就到俄洛镇医院去看病，正好一群小学生感染了风疹，有的孩子正在出痘，她就在门诊待了一会儿，就给传染上了。彼时，恰是昌都风疹传染最烈的时候，四朗措姆副院长知她患上了风疹，就让她回家隔离，等好了再回来上班，不然会传染给孩子们。然而，在姑姑家里仅仅待了两天，措姆就太想自己家里的九个孩子了，八个女儿，一个男孩，他们穿得暖不暖，吃得好不好，上学安全吗，会不会也染上了风疹，一颗心悬在了云上。每个孩子的笑靥，都在眼前一一浮现，想着想着，泪水哗地涌出来了，感情控制不住了，她哇哇地哭了起来。

姑姑不解，措姆，你怎么啦，哭什么呢？老人走过来安慰她。

姑姑，我想自己那九个孩子啦。措姆答道。

唉！卓玛姑姑长叹了一声，看来你的三魂六魄，都属于孤儿院里的那群孩子了。回去吧，姑姑这里留不住你啦。

隔离了三天。措姆跑回了第二儿童福利院。四朗措姆副院长急了，说措姆你发什么神经病，感染风疹了，与孩子一接触，会传染给他们的。

我不接触孩子，就来给他们洗洗衣服，做点后勤保障。远远看一眼孩子就行。

等您病好了吧！

几天后，措姆回到了孩子中间。那个春天的夜晚，五岁的普巴扎西不知在幼儿园吃了什么东西，突然患上了中毒性痢疾。晚上刚睡下，就说肚子疼，开始还能自己跑洗手间，后来，拉的次数越来越频繁，止不住了，就在床上拉。措姆过来收拾，将自己的枕布、床单、衬衣，都用来给普巴扎西擦屎尿，折腾了一夜。快到天亮时分，见小扎西开始出现脱水，人也奄奄一息，措姆有点吓着了，连忙给四朗措姆副院长打电话：普巴扎西不行了。

咋了，措姆？

小扎西拉了一晚上，可能是中毒性痢疾，有点脱水了，请快派车送医院。措姆请求道。

你咋不早打电话？

怕影响你们休息。

人命关天啊，还休息什么！四朗措姆说车马上到，我派一个护理员陪你去市人民医院。

快点，我一个人就行。

普巴扎西被送到了急诊，一检查，是严重的肠道感染，需要住院治疗，措姆留下来陪孩子住院。经历过那个晚上，小扎西对措姆依恋极了，寸步不离，吃药打针，非要阿妈拉抱着，措姆刚离开一会儿，他便哇哇大哭。护士连忙打电话给措姆，您快回来吧，您这宝贝儿子离不开您，我们真的没辙啦！

住了十一天院，普巴扎西出院了，回到了第二儿童福利院，晚上，普巴扎西说，妈给，在医院十一天，每天晚上都是您哄着我睡觉，回到家，我也跟您睡。

好吧，扎西。

普巴扎西抱着枕头就往措姆房间里跑。

普巴扎西八岁了，上二年级。一说到小扎西，措姆的眼中就盈满了似水柔情。学习习惯好，成绩优异，一点也不要妈妈操心。


普巴扎西如今还跟你睡？我问了一句。

嗯，赶也赶不走。措姆说，我也舍不得让他走。

你是不是有点重男轻女现象啊！我感叹地问措姆。

有。也许没有。家里九个孩子，就他一个男孩，其他都是姐姐和妹妹，我可能有点宠他吧，不过，对别的孩子，我也一样好哟。

措姆向我谈到阿宗，一个从芒康来的女孩，已经十岁了，到她这个家庭，仅两年时光。2015年体检时，发现她患上了肺结核，隔离起来治疗了两年，基本治愈了，不再有传染病灶，被分到措姆的爱心家庭。洗澡时，措姆发现阿宗干瘦，发育得不好。于是，她回家找来爷爷和亲戚们从察隅带来的野生贝母、野生天麻，每周从昌都市里买一大可乐瓶鲜牦牛奶，睡觉前煮给阿宗和普巴扎西喝。渐渐地，阿宗的小脸蛋绽开了一朵朵张大人花，粉嫩之极。

次西已经读初三了，离开措姆已经三年多了，在第一儿童福利院上学生活。但是到了周末，她总会将自己的脏衣服收罗起来，放在传达室，措姆过来时，取了，洗好，熨好，再送过来。

为什么不让她自己洗？我有些不解，问道。

她的时间太少，马上要中考了，她想考大城市的高中，分分秒秒都在拼啊。

哦！我又问道，次西跟了您几年？

三四年吧，那时她已经八岁了，初来乍到，初晓人事，虽对原生家庭的劫难记忆尤深，但是与我的感情依旧非常好。她长得个子与我一般高了，人略胖，那边发校服，穿不了，她就说，妈妈你穿吧。我每个月都要给她发红包，150到200元不等，总之，女儿要贵养，买点小零食，总不能亏了这孩子哟。

哈哈！我笑了，看来您虽一个人，却有一群孩子啊。没有想过成一个家吗？

我连恋爱都没有谈过，遑论成家？措姆答道，有这一群孩子，今生足矣！

云中措姆，云中女人。

# 桃花江边出阿佳

得知我5月31日上午要来第一儿童福利院采访，昌都市民政局布措局长专门安排了一场与孤儿们和爱心妈妈、阿佳互动活动，即一起吃午餐，让我体验一下孩子的生活。恭敬不如从命，采访完三位未生娘门拉、米玛和卓嘎的故事后，我有点兴奋，采到了一些精彩的细节，一天的疲惫都抛到九霄云外了，不枉八千里路云和月，横断山脉走一场。北京疫情刚解封，我即飞成都，然后飞往昌都。但在横断山之巅，飞机迂回了几圈后，重又返回双流机场。那天中午，我觉得不能再等，让女儿改签，绕道玉树，再转囊谦、从类乌齐，翻朱古寺入察木多（昌都）。岂料从昌都来接我的车，在玉树机场接到我时，已经是傍晚时分。我们在玉树睡了一夜，第二天，客随主便，由接我的人择路随便走，等到了一个地方，望见路牌上的名字，"生达"。面达，江达，恩达，我这才恍然大悟，此乃我的老首长阴法唐在昌都战役时，当年率154团从邓柯过江，千里迂回玉树，赶往恩达，在朱古寺，堵住昌都总管所率的藏军后路的大迂回之道啊。冥冥之中，让我驱车走了一回，终于可以向昌都挺进了。

贡觉、察雅，从帕错人家的大雪山一步一步走来，我终于走到了澜沧江源头的察木多。从云南一侧的扎曲走进昌都市第二儿童福利院采访时，将近下午一点了，可是扎曲的太阳才旋转到十二点时分，该去吃饭了，布措局长已经过来两次。好吧，不能让孩子们久等了，于是我关了录音笔，站起身来，向三位未生娘告别。出门，向操场对面走过去，那边就是孩子们的餐厅。上楼，孩子们已经就绪，都穿了节日的盛装，一个个都非常漂亮。而他们的旁边，伫立一个个妈给、阿佳，个个都是一身节日的藏族盛装，将一个个康巴女人的高挑、娇娆与富贵一览于装。

那天晌午，我恰好坐在十三号家庭的孩子中间，嘎玛庸珍是她们的妈妈，不时给孩子们添菜加饭，自己却不吃，我问孩子，为何阿妈拉不吃饭？他们齐声说阿妈拉的餐厅不在这里，而在楼下。于是，我趁嘎玛庸珍给我加菜时，加了她的微信。

您真漂亮。

是吗？嘎玛庸珍羞涩一笑。

真的，康巴女人的美，全集合在您身上了。我答道。

老师真会恭维人，像达马拉的春风一样。嘎玛庸珍喟然一叹。

哈哈！一点也没有夸张，我心中喃喃自语。这是我二十一次进西藏。阅雪域春色久矣，康巴女人之美，个子高挑，瓜子脸，肤白如雪，脸庞多蘸上了一抹桃红，那是雪域高原的馈赠。像这样的阿佳，就应该出自雪岭桃花江边人家，才有这样水做的女人。我问四处相围的孩子们，嘎玛庸珍老家在哪里？

岗托朱孝村！

天啦！江达县岗托镇朱孝村，我于二十二年前，随老首长阴法唐路过过，几乎是一目难忘。那天，我们从昌都四川坝军分区大院，翻越达马拉，车一直在横断山山脊上疾驰，中午抵江达县，吃中饭。于傍晚时分，车进入一个叫岗托的小镇，涂了红漆的木楞房，两层小楼，坐落于金沙江边，碧水映木楼，小街迤逦，独成一道风景。这是我第一次近距离走近金沙江，当年昌都战役，此为正面战场，五十二师工兵营和特务连由此渡江，而我的老首长，则从上游邓柯发起攻击，迂回玉树，由囊谦入类乌齐，在朱古寺堵住了藏军退路。

金沙江一湾碧绿，绕岗托村而过。二十二年前的那天下午四时许，我随阴老爷子进了岗托村，一湾碧蓝的金沙江水，静如处子，与我想象中那条奔腾的金沙江，大相径庭。看江，观云，入村落，那个朱孝村的藏居人家，朱色的木楞房，令我大开眼界。偶然入一户人家，一样的经堂，窗明几净，佛像下边，法器里装有净水，灶房和卧室，也是一样的温馨之感，让我有一种神游梦幻之境香巴拉的感觉。那天黄昏，央视《东方时空》摄制组一直在江边拍摄阴法唐当年进军西藏的故事，我无事可做，便在岗托镇上的村里溜达，也许就有一个小女孩向我迎面走来，抑或她就是后来在昌都市扎曲第二儿童福利院见过的美女嘎玛庸珍。彼时，她或许就是我眼前这些穿着藏装长裙的小姑娘。

花季少女长大了，出脱成一位天上仙女，只是那天太忙，孩子过节声嘈杂，我没有机会请她讲讲在第二儿童福利院当爱心妈妈的故事。

可是那个高挑的穿藏装的康巴姑娘，满足了我对天上美女的梦想与期冀。

皆为幻觉吧，也许是午后昌都城的阳光太烈，我又没有时间午睡，生物钟惯性地滑向了最低点，昏昏欲睡时，眯盹儿，我做梦了。面前的嘎玛庸珍，就属于梦中的康巴娇娘，一袭藏装在身，高挑、妙曼、娇娆，透着天下女人之美，却让人疑为进了仙苑天阙，只是那天因为忙，未与她交谈，便匆匆别离了。

返京后，我开始写西藏"双集中"的故事，因为当时采访，有的真人影像需要与真名对上号，故用微信一一求教于嘎玛庸珍，渐次熟悉起来了。后来，就有一搭没一搭地聊开了。已经过去二十多年的时光，她老家的美，依然在我记忆的老唱片上刻下纹路，流年洗磨，而未曾泯灭。那卯榫相接的二层藏房，漆成一水的土红，像桃花怒放，映着金沙江水碧绿如玉，绕藏居人家而过，静静地流向远方，雪落金沙江，天地一寂然。嘎玛庸珍有幸，生于这桃花江里的美人窝，在一排红木楞房相连的岗托小镇长大。

1998年4月一天的傍晚时分，我流连在岗托小镇古街上，两边藏居木楼，挟康巴风情涌来，像一个戴了红色面具的跳神，浅唱、低吟，旋舞，欢迎我们的到来，我相信追逐于身后的那群藏族小孩子中，嘎玛庸珍就在其中，或者不在。那年，我刚至不惑，而她年仅四岁。或许我们就在那一刻相遇了，只是谁都不知道，金沙江水川流不息，逝水流年，将一切美好的记忆都留在了心间，故时隔二十多年后，我已经遗忘掉了那些花季少年、少女，可是却记住了一个叫岗托的小镇，又遇见一个已经长大的嘎玛庸珍。

后来，微信语音采访时，嘎玛庸珍说，她自小就在木楞红房里长大，一个普通的五口之家。妈给、阿爸、大姐、小弟和她，只是小弟七岁就离家了，在一个叫麦的小寺庙里当喇嘛学经，家里只留下她与姐姐，与妈给一起放牧，种青稞。后来，大姐远嫁拉萨。她则读书，高中毕业后，入藏医院学习。昌都市实行"双集中"供养，嘎玛庸珍前来应试，一考即中，成了八个孩子的妈给。

我的思索仍旧落在那一片日暮黄昏。夕阳西下，落入金沙江的怀，一江喋血，战火早已经熄了五十年，和平的日子真好。我随阴法唐老首长驱车驶向德格，在江边，昌都地委书记杨松与老首长道别。昌都行署公安处处长白玛带着牛头吉普车送我们到德格、甘孜、成都，踏暮过江，一路向上，便是明末授封德格女土司降央伯姆的辖地了。吃过晚饭，便与夏格刀登的管家和孩子一起座谈。次日，我们一行去了德格印经院，观瞻贝叶经。再转至德格土司官寨。官寨建于山坡之上，坐北朝南，已经成一片废墟了。令我无限的感喟，江山依然在，几度夕阳红啊。我知道德格女土司，家在青海囊谦，孤儿寡母，因列空（大管家）之一的夏格刀登坐大，后来地盘渐渐减少，但是当新中国和平解放西藏的序曲昌都战役打响后，她家的数千头牦牛，驮着粮食支援金珠玛米（解放军），赢得了昌都解放委员会主任王其梅将军的高度信任，后来她成了昌都解放委员会副主任，仍旧可以在自己过去的领地上行使权力，直至民主改革，后来，她成了四川省人大常委会委员，直至省人大常委会副主任。

我随阴法唐老人抵德格县时，女土司家族已经没有后人了，曾经的繁华一梦，皆化作一抔岁月的冷雪。

而一江之望的岗托朱孝村，也将一个女土司的想象，化作了康巴女儿嘎玛庸珍的远方。

那些日子，我在北京与嘎玛庸珍微信互动时，正赶上她休假的日子，她回了拉萨家中，徜徉在八廓古城的转经道上。她讲起自己在昌都第二儿童福利院的故事时，第十三号家庭的孩子们像一朵朵张大人花一样，在她的视野中浮现。

嘎玛庸珍那天在微信中说，高中毕业后，她考上了昌都职业技术学院藏医专业，学了三年藏医，毕业后，还在昌都藏医院实习了一年半。彼时，她已经二十五岁了。有位朋友是江达岗托的同乡，得知她在找工作，告诉她昌都第二儿童福利院正在招爱心妈妈，知道她喜欢孩子，对她说，嘎玛庸珍，别总想着专业对口做藏医，那条道，走一辈子也未必能成名医，去当爱心妈妈吧，在孩子的世界里，你会感到快乐无边。

为何不叫爱心姐姐，我尚未婚嫁啊。嘎玛庸珍不解。

哈哈！朋友笑道，以阿妈心肠爱孩子，带孩子，慈航童心世界。

2016 年 6 月，嘎玛庸珍应聘为昌都市第二儿童福利院的爱心妈妈。她说刚开始时，老院与新院混在一起，最多的时候，带十二个孩子，而搬迁至新建的第二儿童福利院后，一个家庭就八个孩子，见面时，孩子们叫庸珍妈给，嘎玛庸珍坦然以对。

说起与孩子们的故事，嘎玛庸珍眼前遽然一亮，如旷野上点燃的一堆篝火，温暖着每一颗稚嫩的心。

她带过的孩子里最小的叫元登，刚来时才六岁，又瘦又小。嘎玛庸珍悉心照顾这个孩子，早晨给他打酥油茶、热牛奶喝，午饭和晚餐，除了正常吃饭外，还加营养餐，晚上见他手脚冰凉，就抱到自己床上，抱着他睡。早晨元登从嘎玛庸珍怀里醒来时，仰起头，朝她叫一声妈给。嘎玛庸珍心里幸福得醉了。

在嘎玛庸珍的精心照料下，元登小脸蛋红润起来，成了一个小帅哥。后来，元登上小学了，学校每天发两个苹果，他总要带一个回家，递给嘎玛庸珍，说妈给，您吃！

你为何不吃？

我不喜欢吃苹果。

嘎玛庸珍知道元登喜欢吃苹果，可是每天都要省下自己那一个，留给阿妈。就说，你不吃，妈给就扔了呀。

我吃，我吃，妈给。

元登在啃苹果，妈给笑了。

嘎玛庸珍说也有哭的时候，人生难舍别离情。每年暑假，家中小学毕业的孩子，就要离开二院，搬到第一儿童福利院集中住宿，去读中学了，他们就像羽毛丰满的雏鸟，要出巢了。人间最难别离时，嘎玛庸珍说，孩子一走，她会哭三天，总觉得自己身上的一块肉被剔走了。

元登也要走了。小学毕业前那几个夜晚，他不时问嘎玛庸珍，自己长大了，是去当喇嘛念经，还是去工作？

当然是要去工作了，那是妈给最希望看到的。

元登点了点头，说妈给放心，我一定好好念书，读大学，出来找一份好工作，挣钱，买房子，有我住的地方，就有妈给住的地方，好好孝敬您。

元登，我的好儿子。嘎玛庸珍激动得泣不成声，她最柔软的地方被戳到了，泪水禁不住哗哗地流……

这些与孩子们的情感，足以让您选择单身吗？我仍旧不解，嘎玛庸珍貌美如雪莲花，身材如雪山顶上的塔黄，亭亭玉立，找一个可心的人，易如反掌，可是她却心系孩子，将自己的青春美貌，全都献给了这些自小便失去了亲人的孩子们。

我每问及此，嘎玛庸珍总是避而不谈，安静得像入秋后的金沙江，静静的，一汪碧玉如处子，仙葩惊现。

美哉。桃花江边出阿佳。

# 灰线：阿松师傅塑白度母——端庄美丽

　　这个叫阿松的矮个子男人，长发披肩，有些卷曲，脸晒得黑乎乎的。他身着一件工作服，盘坐在地上。上身笔直，如一尊佛，淡定从容，他手中在捏一个小小泥佛的脸庞。

　　翻译次桑简单介绍了几句我们的来意，阿松起身，提过一壶酥油茶，给我和次桑各倒了一杯。

　　我找了一个小凳，坐于阿松面前。他仍然莲花盘坐，边捏手中的佛像，边接受我的采访。他对我讲起他学艺的故事。

　　阿松的老家在山南地区贡嘎县。1979年9月6日，他出生于托嘎村一个农民家。家乡地里种满了青稞和豌豆。他懂事的时候，已经分田到户，那些青稞地由父母耕种，日子过得还不错。他有一个叫顿珠的大哥，打小便入寺学绘壁画，后投师于寺庙壁画的大师，画得一手好唐卡。哥哥还向西藏大学著名雕塑家多吉平措请教，成为多吉平措的入室弟子，一学就是很多年。出师后哥哥搭起自己的泥塑雕塑班子。

　　阿松那年十三岁，刚刚小学毕业。有一天哥哥回来，看到他作的画，觉得小弟心灵手巧，禀赋很好，是一块学雕塑的好料子。于是他征得父母同意，带着小弟出来闯天下了。然而，时运不济，命运多舛，阿松大哥仅教了他四年，便于四十岁那年英年早逝。弥留之际，他将小弟阿松托付给自己的老师——西藏大学雕塑系的多吉平措教授。

于是，在跟哥哥学了四年之后，十七岁的阿松又投在多吉平措门下，开始了新的雕塑生涯。1998年的藏历年刚过，多吉平措对阿松说，你长进真快，我已经带不了你，你可以独立带徒弟去打天下了。

出师后，因为有师傅多吉的推荐，阿松接的第一单活就是为城关区蔡贡唐寺塑一尊未来佛，有六米之高。阿松带着他的两个弟子，加上哥哥的儿子、刚八岁的小侄子一起，整整做了五个月。最后鉴定的是阿松的师傅多吉平措。他说，太好啦，雕得惟妙惟肖。如此做下去，将来完全可以与你大哥哥比肩，会成为一位泥塑大师。

从三大寺来的高僧和画僧看了阿松的泥塑，也感叹道，做得实在太美了，使藏传佛教的泥塑到了一个新高度。

那天鉴定通过后，阿松特意到哥哥带他学艺的地方深深地一拜，说拜佛陀令他心静，也拜灵魂飞向香巴拉的哥哥。

阿松的泥雕活越来越多。2010年拉萨三大寺之一的哲蚌寺请他来雕塑绿度母，虽然只有两米多高，可是阿松一如既往，精心设计。他盘坐如佛，虔诚雕塑。终于，一尊美丽的绿度母观音像在哲蚌寺横空出世，倾倒了多少信众和外地来的善男信女。

阿松在拉萨城的名气越来越大了，请他到寺庙里雕塑泥雕的高僧堪布络绎不绝。

我最满意的是堆龙德庆寺的鸠摩罗青。那是一尊长寿佛，有八米高。而眼前的这两尊金刚只有五米。阿松自豪地说。两年之间，他带着四个徒弟，雕塑了十二尊菩萨。

哦！我点头道，看来是两个师傅给了你真传啊。

两个师傅都对我恩重如山。阿松说，哥哥是我的引领人，而多吉平措师傅则是我的导师。尽管哥哥教了我不少基础的东西，但是真正修成正果，还多亏了多吉平措师傅。那时我跟着师傅做了不少塑像，上班时间做，下班仍然在做。现在想起来，非常值得。

小昭寺的四大天王，是整个八廓老城保护最重要的一个工程。招标之时，整个雪域高原多家队伍前来竞标，都志在必得。然而最终仍然是由阿松师傅率领的这个雕塑班子中标了。

你凭什么中标？我问道。

堆龙德庆寺的菩萨啊！阿松笑着答道。

阿松已经不止一次提到堆龙德庆寺。我问翻译次桑，这是一个什么样的寺庙？

次桑答道，很古老的一个寺庙，在吐蕃政权时代就有了。

这么久远？我惊叹道。

是啊！阿松师傅从翻译的口中得知了我的惊叹，他开心地笑了。他说，那几个菩萨像的难度和要求都很高，但是我们竭尽全力，心怀虔诚去做，雕塑出来后获得了自治区级专家的高度好评。

或许有了一次次的艺术和虔敬的积淀，阿松师傅的名声在拉萨城里已如日中天。

然而，要在拉萨城里揽活，阿松还要管自己几个徒弟的食宿。为了补贴雕塑过程中的资金缺口，他夫人在市里摆了个服装摊位，贴补家用。阿松一般是早饭在家吃，中饭则要到街上去买，有时夫人不上班时，会做好了给他们送来。

不知不觉中，采访已经进行了两个小时，阿松师傅手中的菩萨头像已经塑成。我看着伫立于身后的两大金刚，问起西藏泥雕技艺特点。

西藏的泥雕技艺与其他地方大同小异。阿松说，做一尊泥雕菩萨，都是先搭骨架，也都是用木头做的。龙骨既成，就要请小昭寺的师傅来装宝藏、念经做法事。这些程序做完，便开始上泥胎。

泥从那里来？我问道。

墨竹工卡县。阿松说，做泥塑的泥土特别讲究，要保证永远不会开裂，就得选最好的泥土。塑四个菩萨，需要40多吨泥土。现在运价上去了，从百里之外的地方运来，成本也很高啊。

塑这四个金刚用了多长时间？

从去年 3 月份开干，已经做了一年半。

这么久啊？挣钱了啊。我开玩笑地问道。

赚不赚钱并不重要，重要的是我们都有一颗敬菩萨之心。阿松答道，人不能太功利了，为钱而做，那将来往生了，菩萨都不会收留的。

原来阿松师傅是将塑小昭寺的菩萨当作一件功德来做的，也是为当年文成公主建的小昭寺添一份香火、留下四尊护法的金刚。

做完这个拉萨老城保护工程，你还想做什么？

当全国最有名的工艺大师。阿松毫不犹豫地答道，将自己雕塑泥菩萨的技术传到外地去，成为一种非物质文化遗产。

有志气。我感叹道，可是你们这种雕塑有程序和文字可考吗？

有啊。阿松说，就像画唐卡一样，都有口诀。但多为师徒之间口口相传。我最大的梦想，就是将来写一部书。

写什么书？我问道。

做泥雕的书啊。阿松说，我要将这种传统的西藏民间技艺理论化、学术化，然后千秋万代地传下去。

我点了点头，露出赞许的目光。然后站起身来说，带我去看看小昭寺大门左边那两尊金刚吧。

好！阿松一跃而起，带我穿过彩条布。

来到手弹琵琶和手握金蛇的护法金刚前，阿松指着弹琵琶的天王说，他的耳朵是聋的，不然那琵琶声会让他受不了。另外一位天王手中有蛇，缠于身臂之上，那是因为他的眼睛是瞎的，看不见。

原来如此啊，不同的地方不同的风俗。我喟然感叹。

其实西藏寺庙前的四大天王与汉传寺院里的一样，只是西藏的踩着狮虎等兽，而汉传的则仁立于门口脚踩大地。

告别阿松，阳光正浓。小昭寺前煨桑和磕头的信众络绎不绝。身为汉族人，我几度来过小昭寺，这一回，我突然觉得文成公主修建的寺院不再寂寞，香火正旺。

蓦然回首间，我觉得小昭寺的门口，还有大街小巷，云天里，都有阿松师傅泥塑的二十一度母。

其实，在西藏的儿童福利院里，迎面而来的爱心妈妈，皆为度母。

第五卷
Chapter 5

# 妈给
# 阿妈拉

# 局长、妈给——布措女士

已经是第四趟来八宿县郭庆乡了，昌都市民政局局长布措的心情一点也轻松不起来。

"双集中"供养有些时日了，她一直在横断山麓的康巴人家转悠，走遍藏边人家，将一个个寄养在亲戚家的孤儿找回来，带回昌都市第一、第二儿童福利院。

一周前，布措到了县民政局，听说一个叫阿旺桑丹的孩子，父母双亡，由叔叔抚养，政府专门为其办理了孤儿证，每月发1200多元的生活费，都交给了其监护人叔叔。然后有一天，她到郭庆乡时，问起孩子的事情，乡里和村干部都说，阿旺桑丹被叔叔领养，公家拨的那笔赡养费，也由他叔叔代领了，衣食无忧。我担心的是孩子能不能上学！布措说出自己的心结，于是一级一级追问下去，先是找教育局，帮忙查一下乡里，郭庆乡小学有没有一个叫阿旺桑丹的孩子，县教育局很传来了消息，没有！

这怎么行！布措急匆匆赶到乡里，再查实孩子为何失学，并对教育督导说，孩子失学，县里、乡里和学校都有责任啊，追查起来，谁都兜不住。

她决定找到村子，亲自问问孩子的叔叔，他是桑丹的监护人，公家给了钱，足够保障孩子穿衣吃饭，为何不让孩子上学？可是去了两次，都未堵住阿旺桑丹的叔叔。

孩子到哪里去了？她问村主任。

被叔叔带到牧场放牧啦。村主任答道。

叔叔家里有孩子吗？

有啊！在乡里和县上念书呢。

情理难容啊。布措说叔叔的儿子上学，而叔叔侄儿却留在牧场放牧，情何以堪？不行，我一定要将阿旺桑丹找到，带回昌都第二福利院，让孩子过一种衣食无忧的生活，好好读书，考上大学，才能真正改变命运。

那天，布措局长驱车离开昌都市，朝类乌齐方向驶过，分岔，驶往八宿县，在郭庆乡吃中饭。从乡到村里还有五十多公里，而到那个孤儿阿旺桑丹所在的牧场有多远，她也不得而知。郭庆乡所属十一个自然村，她得一个个寻找。好在，郭庆乡在怒江之北，不然，她就得横跨怒江，过七十二道拐，盘旋而上。

一路风雪一程晴。这山山水水，布措太熟悉了。二十六年前，她是昌都县一个加油站的女工，风雪之中，站在野外，加了五年的油。后来，调到水泥厂，先是开水泥票，后来进了供销科，一步步干起来，当上昌都水泥厂销售副经理，后来当上工会主席。2011年8月，是布措命运中的一次重要转折，作为懂经营的藏族女干部，她从水泥厂副总经理兼工会主席的任上，被擢升为昌都县副县长。翌年，被送到中央党校西藏班学习一年。2013年回来后，担任昌都县副县长，兼俄洛镇党委书记。彼时，昌都市正将俄洛镇打造为新的教育基地，地区行署改市后，她兼任俄洛新区兼备组组长，升为正县级。俄洛新区成立后，布措为卡若区常委、人大常委会主任，正式提为正县级领导干部。

2015年"双集中"供养在西藏自治区铺开后，布措从卡若区人大常委会主任任上，调任昌都市民政局局长，具体组织对昌都境内孤寡老人和儿童的集中供养。

昌都市"双集中"供养的任务最重，有一千五百多名孤儿需要收归第一和第二儿童福利院。

寻找那些遗落在横断山里的孤儿，成了她的一项主要工作。布措说，这两年多，她行驶于横断山脉，穿越金沙江、澜沧江与怒江之间，三江并流，帕措遗孤，康巴碉楼，踏遍雪岭寻孤儿，走过一个个康巴村庄，看到穿得脏一点，脸色不对的，她立刻叫停车，下车询问是不是孤儿寄宿在亲戚间，一问一个准，确定孤儿身份后，她说我带走吧，放在亲戚家，厚此薄彼，我不放心，领回到昌都第一、第二儿童福利院，他们才真正找到家了。


我惊讶布措局长眼里为何有鹰一般犀利和慈母一样的温婉。

我首先是一位母亲啊！布措说她儿女双全，小女儿今年才十岁，上四年级，说一口流利的普通话，演讲了得，在教育部组织的全国中小学红色教育基地演讲比赛中，她以"我的美丽家乡藏东"为题，进行演讲，争得重庆西南片区决赛第一名，在延安举行的全国决赛中，获得三等奖。老师觉得她来历不凡，问父母是做什么的，她莞尔一笑。

布措说自己家庭幸福，无牵无挂，所以她的精力、爱心，全都倾注在了老有所养、少有所托之上了。孤寡病残的老人都集中在县级福利院，由各县的民政局负责。她更牵挂的是那些牙牙学语的孤儿，还有花季失怙的少年、少女。


一路寻找而来，入村，入户，入牧场，布措慈目所向，仅仅从孩子的装束、脸色与神情上，她就可以断定是否是孤儿，其精准度，可谓八九不离十。然而，最令布措局长忧心的，仍旧是一些政策的瓶颈。

昌都地处藏东之域，四水六岗，高山纵谷，境内三江并流，纵横数百公里，怒江绝壁千仞、金沙江咆哮东去，澜沧江蜿蜒雪山之间。生活在三江并流的年轻康巴夫妇，双双驾车外出，或坐摩托夜行山间，车行悬崖上，摩托跳荡拐弯处，或因车速过快，或因刹车失灵，或因遇风飘雪，或因夜暗不明，恍惚间，一个猛子扎向万丈深渊，车入江流，人被湍急的江水吞没，双双殉水而亡。江不见车，人不见尸，当地警方只能按失踪人员处理。孩子痛失双亲，沦为孤儿后，还遇上政策的门槛，只能认定父母失踪，不能确定死亡。布措身为一市民政局局长，知道党的政策惠于民生，自然有政策拂照与温馨，但也有条文的冰冷和坚硬，她多方呼吁，给予政策全覆盖。可是这种类型的家庭，因没有父母双亡的证明，民政局抚恤经费无法列编，经费自然也就到不了位，甚至她将孩子带到第二儿童福利院时，也没有抚养经费拨款，她也无能为力。

但更多的孤儿，还是被她一一寻到了。

前段时间，布措突然遇到一件怪事，昌都市纪委在丁青县巡视时，收到了一封告状信，有一位藏族男子写信，说他的老婆已经往生，留下继子，几次反映给丁青县各级民政，都未解决。他想送孩子到昌都市第二儿童福利院集中供养，也被拒之门外，心有怨气，觉得对继子不公，于是告状来了。

拿到巡视组的整改咨询函，布措哑然失笑：这不符合政策规定呀，男人妻子虽死，但是他与亡妻的儿子，构成了继父与养子的关系啊，乍看无血缘纽带，可是在婚姻法上构成了父子关系呀，并不能因为妻子离去，这孩子就成了孤儿，继父就可以置之不管啊。

于情于法，于西藏的风情、信仰，继父都有抚养之责，而不能推给政府啊。

弄清这桩事情始末后，布措更担心那些被亲戚领养的孤儿的命运，政府发的生活费操在亲戚监护人手中，真正用在遗孤身上的有多少？

他们吃得饱，穿得暖，有学可上吗？这是布措最关心的问题了。

第四次来八宿郭庆乡，她就是来帮扶孩子的。她要将在郭庆乡高山上放牧的孤儿学童，带回昌都第二儿童福利院，交给爱心妈妈。

那天下午，终于在村口堵上了孤儿的叔叔。

"你是孩子的叔叔？"

"是啊！"那个康巴男人点头道，"你是谁？"

"布措局长，从市里来的，"乡上的干部说，"专程来接你侄子阿旺桑丹的。"

"接桑丹？"那个男人愕然，"怎么可能啊，我不能将自己家的骨肉交给外人。"

"外人？"布措有点急了，说，"我们不是外人，而是亲人，是政府的人，您的侄子沦为孤儿后，县民政局与您签了收养合同，每个月都按时发放生活费，在保证他吃穿的同时，还必须上学。可是，结果怎么样呢，您的儿子去上学了，侄子则沦为牧童，这事情，太不仗义吧，在乡亲们面前，说不过去吧？"

"我没有！侄子在学校读书呢。"

"那是你儿子吧！"布措不屑地说，"我已经到学校查过了。带我去牧场吧，我今天要将孩子带走，带到昌都市儿童福利院去，交给爱心妈妈抚养，你的寄养合同，因为未履行一个监护人的责任，被解除了。"

啊啊！那个康巴男人尴尬极了，手足无措，在乡村干部的陪同下，坐上车，带着布措局长去了郭庆乡牧场。

将近傍晚了，八宿乡夏牧场江天一色，夕阳泄在草地上，冰峰未老，少年憔悴。一群牦牛游牧天地间，一个瘦削的少年，穿着脏兮兮的藏袍，挥舞着乌朵，驱赶着牦牛归来，仿佛从远古年代放牧归来。

少年见帐篷旁边停着几辆车，伫立着一群自己不认识的人。

这时一位妈给朝他走了过来，看着他幼稚的脸上，一脸的灰尘，眼泪哗地掉下来了，将孩子拉到自己身边，问道，"孩子，你是喜欢读书，还是喜欢在山上放牧？"

孩子怯生生地说了一句："读书。"

"好，跟妈给走，到昌都城里读书去，那里有许多小朋友等着你，与你一起上学，一起玩。"

"真的？"那孩子仰起头来，望了望布措，眼神惊惶，"妈给不说谎，不用放牛了？"

"不用放牛。妈给答应你，到城里读书。"

那孩子的眼睛里突然涌起一团希望之火，那是草原的紫阳点燃的吧。

孩子跟着坐上了车，车子缓缓地驶离牧场，此刻，布措局长给第二儿童福利院的德拉院长打了一个电话，德拉，又给您拾回一个孩子，八宿县郭庆乡的，名字叫阿旺桑丹。

好啊，布措局长，每一次电话都给我们带来惊喜和希望。

放下电话，布措回头看了看后座上的男孩，雪风吹红的脸庞上，绽开了一朵高原杜鹃，大眼睛亮亮的，小脸蛋上透着康巴少年的俊朗。

将来又是一个扎拉（英雄）！布措笑道。

彼时，八宿县怒江两岸的雪山上，高山杜鹃开得正盛，粉红的雪山杜鹃，大如盛酥油茶的瓷碗，一朵朵，一簇簇，伫立于雪峰之上，真像等待她归来的昌都儿童福利院的一千多个孩子。

童颜如杜鹃，布措局长簇拥其中，孩子们的笑脸如杜鹃一样灿烂，蓦地，她觉得自己是天下最幸福的妈给。

# 两位阿妈拉——达曼人遗孤的远山呼唤

　　雪域的阳光真好。太阳钟盘指向了四点位置，有点偏西了，朝喜马拉雅雪山坠落。前方，后藏重镇日喀则市在我的视野里渐行渐近，雅江水和古柳树林，在车窗两边风掣而过，我看了看表，这个时辰在北京，恰好是傍晚时分。

　　那天中午，在萨迦县委食堂吃过中饭后，我从萨迦古城驶往日喀则，掐指算来，是我在西藏采访第四十天了。常言道，那曲苦，阿里远，最苦最远的地方，我都一一走到了。车后，冈底斯山和喜马拉雅在倒车镜次第远去，车出萨迦古城，众山之神凝固成一种记忆。

　　阿里采访，令我有些振奋，毕竟西藏自治区"双集中"供养的经验最早成型于此。有了阿里儿童福利院的成功经验，才得以向西藏全境推开、向全中国讲述，此为试点之地啊。随后，我别过冈底斯山，走向珠穆朗玛，环喜马拉雅行数日后，海拔渐渐降下来了，入日喀则城，听着扎什伦布寺风铎而眠，那是我睡得最好的一夜。

　　神山、牧场、牦牛，不曾入梦来，我想的最多的是1990年第一次随阴法唐老人入藏，在羊卓雍措吹了雪风，到江孜时出现高原反应，到日喀则时患上了肺水肿，在扎什伦布寺不远处的地委小招待所昏睡了三日三夜。若不是日喀则人民医院藏族女大夫与护士守在病床前，精心护理，小命休矣。然，日喀则从此成了我的涅槃之地，不仅战胜了肺水肿，而且否极泰来。从此，西藏成了我的福地，越去越顺，越顺越去，来来往往，三十年间，我居然来了二十一次。

也许这是一趟西藏收官式采访吧，我从玉树入藏东、昌都、那曲，环大北线而行，至阿里，再从普兰走下冈仁波齐，下山，一路皆是风景，仲巴、萨嘎、吉隆、定日、拉孜、萨迦，环喜马拉雅一路走来。

海拔降下来了，晚上就不用再吸氧气，神清气爽。早晨在酒店用过早餐，破例不再喝酥油茶了，车子接我去日喀则第二儿童福利院，这是新址，院子在城郊，楼房建得非常气派。入会议室，对面坐过来四位爱心妈妈：达珍、达仓、强珍和尼玛布尺。

话题从吉隆县吉隆镇达曼村年轻的村主任家的两个遗孤达娃多吉与边巴琼达说起来。

我说，在吉隆镇时，曾采访过两个孩子的叔叔巴桑村主任，他曾经忧伤地说起过他大哥边巴次仁与小弟扎西的事情，遗下一对儿女。据说是送到了日喀则市第一儿童福利院了。

您说的是边巴琼达吧，就分在我的家，达珍接上了我的话题。我是她的爱心妈妈，您刚才讲的那段历史我们一点都不知道。

达珍今年刚刚二十岁，家住日喀则市。虽然仅上过小学，但十六岁就来做爱心妈妈，已经干了四年了。达曼村的遗孤兄妹送到日喀则市第一福利院后，分给了两个爱心妈妈。

妹妹边巴琼达跟了达珍，那哥哥达娃多吉跟谁呢？我问道。

跟我呀！坐在会议室一角的尼玛布尺离我较远，她是仁布县人，家在雅江边上，2005年就到日喀则福利院工作，干了十五年，当年一个十九岁藏族姑娘的芳华，都献给了这群孩子。

达珍和尼玛布尺清晰记得，2018年一天，吉隆县民政局送来了一对达曼人兄妹，院长通知达珍和尼玛布尺到办公室，说妹妹去达珍家，哥哥就跟尼玛布尺走，年轻的达珍带走妹妹，年长一些的尼玛布尺带哥哥，那一年尼玛布尺刚三十一岁。

老师您知道尼玛的意思是太阳啊？尼玛布尺有点意外。

我笑了，默默地点了点头。

达珍与尼玛布尺当时并不知道两兄妹是达曼人，因为他们的藏语说得不错，且都到了读书的年龄。院长说，两个孩子读书的事情，院里正在联系，回去好好给他们洗个澡，换衣裳。

两兄妹到儿童福利院后就分开了，那天达珍介绍道，妹妹边巴琼达九岁，该上二年级，哥哥已经十一岁了，上小学五年级。

也许因为进了儿童福利院的大门，就与哥哥分开，边巴琼达不爱说话，我以为是藏族，用藏语与她交流，她仍旧三缄其口，好像听不懂，叽里咕噜地说了一串话，我一句也没有听懂。问她，你会藏语吗？

姑姑，我会！边巴琼达突然冒出一句汉语来，吓我一跳，比我说得都纯正。

哈哈！达曼人语言独成体系，这个村庄四十七户人家，二百多人，将近四百年的时间，一直在喜马拉雅南麓的大莽林中徙移，2003年才被国务院正式承认为中国国籍。一个二百多人的村庄，居然有二十多个姑娘远嫁外地，包括两个孩子的姑姑。我介绍说。

难怪呀。达珍煞有介事地说，她开口叫我姑姑。

我带边巴琼达时，就觉得她与别的藏族孩子不一样。皮肤黧黑，有别于我们的藏家孩子，眼睛尤其大，像一对白杏仁镶在那儿，低头不语，嫣然一笑，就像风雪过后的月亮升上了东山。我让她与家里的小朋友玩，一起说说笑笑，她忽地蹦出一句汉语，说阿姨，我可以跳舞吗？

她不叫你阿妈拉？

开始不叫啊！就叫我姑姑。或者说阿姨。也许是因为我年轻吧。有一回，她突然对我说，姑姑，我跳舞给你们看。我说好啊，音乐舞蹈是不分地域和族群的，节拍一起，手一比画，舞步跳起来，气氛就热烈了，这孩子赓续了他们达曼人的艺术天分，舞真的跳得好啊。而且完全有别于我们藏族的舞蹈，我们的锅庄和打阿嘎的味道太浓了，他们轻歌曼舞，婆娑多姿，就像印度电影里的一样。达珍介绍说。

这孩子的舞蹈是不是有点像阿里古格王国、日喀则有的寺庙里弘化前期的壁画艺术？

对对！作家这么了解我们西藏啊！

学习，一直像小学生一样地学习，我这是第二十一次进藏啦。

采访的气氛突然轻松起来了。达珍说，边巴琼达跳舞跳得真美，不同于藏族舞。藏族舞始于宗教面具傩舞，盖房子打地坪的打阿嘎，篝火晚会上的锅庄。而达曼人的舞蹈，柔软奔放，妙曼婆娑。达珍让孩子们跟着边巴琼达学习，她也站在一旁翩跹起舞，舞来情率，边巴琼达有了成就感、认同感，与其他藏族孩子们渐次接近，大家也开始喜欢她的舞蹈，由跳舞而及本人，边巴琼达与其他孩子们融合在一起了。

有一天，她突然对达珍喊了一声阿妈拉。

不叫阿姨了？达珍问道。

边巴琼达点了点头。

也不叫姑姑了？

嗯！边巴达琼又喊了一声阿妈拉。

达珍的泪水刷地涌出来了，将边巴琼达揽到自己怀里，心里涌起一种莫名的感动，一个异乡女孩，又将一个藏族阿姨叫为阿妈拉，她的心里要经过多少挣扎啊。何况他们父亲和阿妈，先后往生，她那一颗脆弱的坠入冰河的心，要怎样的太阳光芒才能暖和过来，融冰河为一河春水。

说说哥哥吧。我将目光投向了尼玛布尺。你的名字就是太阳啊，太阳般的温暖，是如何投到哥哥达娃多吉身上的？

老师知道我名字是太阳的寓意。

我点了点头。我去过追着朝阳走的地方，那曲市尼玛县，知道尼玛就是太阳。

尼玛布尺粲然一笑。


阿爸、叔叔和阿妈于三年间相继去世，对一个少年打击太大。尼玛布尺说，达娃多吉那年来时就读五年级了，不久考上了日喀则二中，这也是一所重点学校，可开始他的成绩并不好，学习挺吃力。语文、数学都不好，让阿妈拉忧心如焚。

阿妈别忧心啊，达娃多吉反倒安慰起尼玛布尺来了，我唱歌给您听！

达娃，你会唱歌？

当然，是我阿妈教的。

阿妈叫什么名字？

边巴拉姆。

那可是森林中的仙女啊。

阿妈长得像天上的仙子一样漂亮。

达娃多吉开始唱起了阿妈教他唱的歌：


月亮将黝黑的森林照亮，

达曼骑兵蹄声成了绝唱；

阿哥哟，你的身影一骑绝尘，

何时才能返回故乡？

哦，天上白白的月亮，我看见了阿哥的脸庞，

吉隆河边的瀑布，像阿佳的情一样深长。

……

达娃多吉，你唱得真好。

阿妈比我唱得好。可惜，后来阿妈生病了，请神汉来跳过，没有镇住小鬼，往生了，没有了阿妈，家里再没有了歌声和与欢乐……少年说到这里，泪水也像吉隆河的瀑布一样滚落。

多吉，从今以后，我就是你的阿妈拉。

你是姑姑，是阿姨，取代不了阿妈拉。少年摇头。

那就先叫我阿姨吧，以后有空，阿姨就跟着你学唱达曼人的情歌。

好！少年点了点头，第一次面对一个陌生的女性，他笑得有些勉强。

可是有十五年儿童福利院工作经历的尼玛布尺，决计要先做达娃多吉的朋友，打开他那从小就深受巨创的心扉。

达娃多吉去日喀则市二中读初中后，学习一时赶不上来，考试总垫底。尼玛布尺不时被班主任叫去训话，面对班主任的严厉训斥，这个孩子是福利院的吧？尼玛布尺点头说是。老师摇了摇头，问道，你是阿姨还得管理员？尼玛布尺说是孩子的妈妈。既然是妈妈，那我就要多说几句。那天尼玛布尺捂着脸，老老实实听班主任训话：日喀则二中是市里的重点学校，管理严，质量好，对儿童福利院格外关注，都是市里领导特事特办，破例让我们收的这个孩子。过去，常有老师说，福利院的孩子是散养的，散懒惯了，我不相信。以为是初来乍到，不守纪律，抓紧一点就好了。这个达娃啊，让我怎么说他呀，不仅仅是有点顽皮，而且上课注意力容易分散，听课精力不集中，这样下去，是会坐班的，参加不了中考，初中毕不了业的。

周末孩子回家时，我与他谈谈。尼玛布尺请求道。

好，我们学校和家长一起来做达娃多吉的工作吧。

周末了，达娃从学校回来了，操场上，孩子们在一起玩，福利院充满了欢歌笑语。尼玛布尺与丈夫在福利院里有房子，那天傍晚，给孩子们做好家庭餐，尼玛布尺对达娃多吉说，去我家吧，阿姨给你做最爱吃的牛肉羹，我专门买了牦牛肉，为你包包子。达娃多吉很高兴，因为尼玛阿姨家有个小妹妹，他可以与她一起玩。晚饭吃得挺高兴，而且自己带回来的衣服，尼玛阿姨已经洗完了。

落日隐到雪山那边去了，晚霞满天。尼玛布尺将达娃叫到窗前，远眺着落霞与灰头雁齐飞，问达娃多吉，想老家吗？

达娃多吉摇头，不想！

老家只有叔叔一个亲戚，没有什么好想了，在日喀则城里多好。达娃答道。

长大了想你做什么？

到北京去读大学。

为什么要去北京？

姑姑嫁到河北了，有一年回来探亲，说北京城好大啊，有故宫，天安门。还有好高的长城。达娃说道。

你去不了北京。尼玛布尺坦率地说道。

为啥去不了呢？

因为你的成绩不行！如此下去，大学都考不上，还去北京，做梦吧。尼玛布尺告诉了他结果。

那我还有希望吗？

有啊！最大的希望就在你自己。我今天被班主任教师叫去训话了，她批评你顽皮，上课注意力不集中，作业不认真完成。

尼玛阿姨我改。

好呀，改了，上进了，就是好孩子。

一周，一个月后，达娃多吉的成绩开始向好了。

可是有一天，他叔叔巴桑村主任从达曼村来看他后，给他了一个手机。周末回来时，达娃旧病萌发，不仅没有做作业，还在一边玩手机。尼玛布尺问他为何不做作业，在手机上看什么呀？他说是手机上有物理老师布置的作业。

尼玛布尺不信，打电话一问物理老师。对方告诉她就没有在手机里布置过作业，而是达娃多吉在偷偷地玩游戏。

尼玛布尺又急又气，孩子，你咋对阿姨撒谎啊，我问过物理老师，他就没有在手机微信布置过作业。撒谎的孩子不是好孩子。

我错了！达娃多吉将手机交给了尼玛布尺。

秋天来了，黑颈鹤也飞来了。达娃多吉的成绩在稳步上升，从垫底的第五十名一再往前蛙跃，已跻身第二十多名。

尼玛布尺说，她相信达娃还有提升的空间。


能不能看看两个孩子？第一轮采访结束时，已经是下午五时了，我向两个爱心妈妈提出请求。

达珍说，妹妹边巴琼达该放学了，哥哥住校回不来。于是，陪同采访的院办人员打电话联系，说边巴琼达放学了，一会就带过来。

那就等边巴琼达。我点了点头，换一个频道，与爱心妈妈谈弃婴的故事，仍然是尼玛布尺收养的最多，毕竟她在日喀则市儿童福利院待了十五年了。话题刚展开，边巴琼达已经到了，甫一入室，便给人以惊艳之感，高鼻梁，大眼睛，古铜色的皮肤，太阳般的光泽，仿佛只属于他们那个族群，一个花季少女，着一身校服，戴着红领巾，一看脸庞，与她的叔叔达曼村村主任巴桑酷似。

前几天在吉隆镇，见过你的巴桑叔叔。我说。

边巴琼达微微一笑，表情无动于衷，仿佛那个遥远的达曼人村庄，不再是她的乡关，那里的亲人与她无关。

不想老家？我问。

边巴琼达点了点头，将身子依偎在达珍身上，仿佛告诉人们，这些爱心妈妈才是她真正的亲人。

巴桑叔叔来看过你和哥哥吗？

她依旧无语。

天苍苍，路遥遥，吉隆离日喀则毕竟太遥远了，四五百公里的路途，横亘着一座喜马拉雅。一对达曼人的遗孤，在日喀则儿童福利院里找到了最后归宿。

二院还有一对达曼人姐妹啊！

翌日晌午时分，第二儿童福利院的采访结束了，正值放学时分，孩子们在午餐。陪同采访的藏家姑娘说，上学的孩子都回来了，正吃午饭呢，要不要看看另一对达曼村的姐妹普布曲宗和达娃。她们是2015年12月25日来的，那时妹妹刚刚七岁，比达娃多吉和边巴琼达兄妹来得早。

当然要看！我答道，一个四十七户人家的达曼人村庄，居然有两户人家的遗孤送到了日喀则儿童福利院，说明西藏自治区是全覆盖啊，一个孤儿也不少。

于是，正午的阳光下，太阳炽烈，天边瓦蓝。一群刚吃过午餐的孩子涌出了餐厅，有的手里还拿着苹果，边走边啃，有的手拿一小盒酸奶，边走边吸。

达娃跟着一个美丽的爱心妈妈过来。穿着校服，系着红领巾，梳着一条条小辫子。与边巴琼达高鼻大眼的洋气相比，她有一张小巧的苹果脸，更显得秀气，镶着一双大眼，水灵灵的，我问姐姐呢？

姐姐读中学，还没有回来。汉语说得挺标准。

与妈妈一起合个影吧。

我举起相机，给达娃与她的爱心妈妈拍下了一张合影。两个人笑着，将春天般的美丽和温婉，留在后藏的天空下，映在雪山之巅。

# 卓嘎阿妈与十一个大学生

　　说说江孜卓嘎的故事吧，她的身影出现过在序篇中，那抱着弃婴的微笑，成了拉萨河的一道浪花，清纯永远。

　　如果说吉隆县达曼人村及两对兄妹遗孤相遇，也是一场奇遇的话，那么，五天之后，我与卓嘎更是一场江孜奇缘。

　　有句俗语，三十年河东，三十年河西。意思是说一代人一场轮回，此岸花凋，彼岸花开，风水轮流转。

　　2020 年 7 月，恰好是我进藏三十年。第一次，是 1990 年 7 月，而第二十一次入藏，也是这样的夏季。

　　三十年前，我踏入的第一个村庄为江孜县班久伦布村的帕拉庄园，而三十年后的最后一场入村采访，仍然是班久伦布村，不经意之间，竟然会发生巧合、巧遇和奇巧之事。

　　或许在雪域高原，神话与传奇就是这样发生的，时间重合、凝固了，空间便扩展了，神示、神遇、神迹，甚至神话就开始了。

　　卓嘎不是神话，只是一次神谕般的偶遇。三十年一遇，三十年前，我听说那个叫帕拉旺久的贵族，有个女管家，腰上缠着仓库的钥匙。贵族家金银财宝粮食牦牛，都由她管，里里外外，风风火火，是一把好手，她的管家职称，就是"柴巴"。她还和主人留下一个私生子，是一个男孩子，那一年我还见过，去过他的家，言称帕拉的私生子。此柴巴与卓嘎爷爷是什么关系，我也不得而知，我也没有往那个方向联想。

那天我在班久伦布村，寻找的是帕拉庄园的朗生，镇政府的宣传干部委员太年轻，不知朗生是什么家庭出身，将我引进了卓嘎的叔叔家。我一看这种人家的藏居，非朗生能及，一问身份。他的父亲是帕拉庄园的柴巴，账房先生。

卓嘎也不知道爷爷当过柴巴，我翻过手机，展示了进班久伦布村采访的三户人家，卓嘎一看，惊呼，一户是叔叔家，一户是嫂子家，我觉得天下竟有这样的奇事，概率太小了。


卓嘎的故事，始于2013年4月。那一年，她已经三十岁了，初中毕业后，她就没有留在江孜种青稞，虽然年楚河河谷是西藏的粮仓，可是卓嘎觉得留下来种地，那就是重复嫂子们的命运，出嫁当新娘，当妻子，当母亲，当奶奶，守着几亩青稞地，几头牦牛，一幢白红相间的藏式二层楼，度过一个女人漫长的人生。她再也不想这样活了，江孜历史上是西藏贵族聚集之地，那是一个牧耕文明年代，和平解放西藏之地，这也是一座教育之城，许多江孜青年学子，因为读书改变了命运，在西藏各地当领导、公务员、教师、医生，成了一种江孜教育现象。

卓嘎说，自己天生就不是读书的料，初中毕业后，回到家里。那一年，她不到十六岁，看到村里小姐妹们有到日喀则打工的，有到拉萨打工的，她选了一个离家最近的地方试水。走出班久伦布村，远远地望了望宗山上的古城堡，然后穿过白朗县，到了日喀则城，当过饭店的服务员，宾馆保洁工，哪里能挣钱，就到哪里去做，寄钱回家，帮哥哥和嫂子供出了两个大学生。后来，她沿雅鲁藏布江而下，到了拉萨打工，一做就是十几年的光景。

拉萨河的风雪年复一年，将一个花季少女的容颜、美丽风干，湮没了，青春伤逝。2013年春天，卓嘎一照镜子，三十年恍然如梦。她已经跨入而立之年，依旧孑然一身，彼时，她对成一个家，已不抱任何希望了。徜徉在八廓街的转经道上，芸芸众生，虔诚前行。她知道，西藏像她这样单身的女子擦肩摩踵，比比皆是，她没有一点焦虑感。可是打工的日子，实是太漂泊了，她想找一个固定工作，安妥自己的后半生。

拉萨福利院的一位朋友说，儿童福利院在招生，当爱心妈妈，你去不去？

去！卓嘎没有一刻的犹豫，急匆匆坐车，跑到了儿童福利院报名，初中毕业，当阿姨，文化条件足够了。这些年打工，她还学会了普通话，一面试，被录取了。

卓嘎说，那时西藏还未实行"双集中"供养，拉萨儿童福利院的规模也不大，就只有三个阿姨。她入职后，一下子分给她二十二个孩子，后来才渐渐减少。最大的十七岁，名叫仁增卓玛，当时在读高二，正准备考大学。最小的八岁，其中十五个是男孩，七个女孩，大孩子管她叫阿姨，小孩子叫她阿妈。置身于一个童心灿烂的世界，卓嘎觉得幸福极了。

开始那两年，一个爱心妈妈管二十几个孩子，生活环境不是家庭式的，而是一种集体管理模式。卓嘎说，"双集中"后，拉萨市儿童福利院于2015年从旧址搬到新院，地址位于拉萨河边，与教育城仅一河之隔。柳梧新区至次角林的环线修通后，一条大道连接东西，一座座金水桥、迎亲桥横跨于拉萨河两岸，孩子们上学，上幼儿园，出行方便多了。儿童福利院也在迅速扩招，实行家庭式的生活与管理，爱心妈妈与孩子们吃住在一个家庭里。

彼时，卓嘎当了6号家庭的爱心妈妈，开始家里有九个孩子，最大的十七岁，最小的八岁，平时只有三个孩子与卓嘎住在家里。到了周末，四个读高中、两个在聋哑学校读初中的孩子都回来了，那是家里最热闹的时刻。

那段日子，卓嘎对考大学的仁增卓玛特别上心，卓玛平时住校，周末才回来，她就给她洗衣服。只要有时间，总要促膝交谈，询问这一周学习如何，考试的排名第几，离大学的门槛有多近多远。她常常以自己为例，初中毕业辍学了，打工十几载，灵魂一直在漂泊，许多梦想都破灭了。唯有考到了拉萨市儿童福利院，才找到了最后的归宿。而哥哥家的孩子学习都很用功，双双考上了大学，她无法圆大学梦了，就将打工的血汗钱，寄给他们读大学。随后，她搂着仁增卓玛的肩膀说，仁增卓玛呀，你可是草原上吉祥的卓玛花，我们藏族常将卓玛誉为女神啊，女神永远走在高高的山冈上，引领方向，不能落后呀。要珍惜读书的机会，努力，冲刺最后一年，阿姨做你的坚强后盾。好好念书，考上自己心仪的大学。

阿姨我会的。仁增卓玛点头道。

周日下午返校了，行前，卓嘎总会从自己工资拿出一些钱来，给仁增卓玛当零花钱，交代道，该买零食就买点，别让同学以为你是福利院的孩子，没有阿爸阿妈，告诉他们，你有，阿姨我就是啊。

卓嘎阿姨，吐基其。仁增卓玛眼里噙满了泪水。

谢什么！我的两个侄子、侄女上高中时，我也这样对他们呀。

一年后，仁增卓玛如愿以偿，考上了大学，这是卓嘎接手六号家庭后，考上的第一个女大学生。

卓嘎说西藏的政策好，就是鼓励孩子们考大学。福利院的孩子考上了内地大学，上了一本线，院里会送一台笔记本电脑，500 元奖金，和一个大行李箱。以后，每个月还有 1100 元的生活费，根本不用打工挣钱还贷款，只需安心读书。放寒暑假，发 800 元的路费，可以坐着火车到回萨。

仁增卓玛就要去读大学时，卓嘎前去送行。进车站前，又给了她一笔生活费。姑娘摇头说，不用啦，您给老家寄吧。卓嘎笑了，说我老家只有两个姐姐一个哥哥，姐姐都嫁人了，一个在班久伦布村，一个远嫁亚东，哥哥的两个孩子大学毕业，都考上公务员和老师了。我存钱做什么，拿着吧，寒假再回来。

那一刻，仁增卓玛的心就像眼前的拉萨河水，波涛翻滚，一时难以抑制内心的激动，紧紧地抱住卓嘎，那憋了很久的心曲终于吐出三个字：阿妈拉！

阿妈拉。字字重千金。卓嘎抱着仁增卓玛。自己也哭了，第一次听到女儿喊妈妈，泪水哗地涌了出来，沾满了自己和仁增卓玛的脸庞与头发。

仁增卓玛登上列车，坐着火车离开了拉萨，她的身影在拉萨河的群山中渐行渐远，蓦然回首间，卓嘎身边又围过来一群孩子，她知道，六号家庭考上大学的，卓玛是第一个，但绝不是最后一个。八年之间，从卓嘎的六号家庭，走出了十一个大学生。提起这段往事，卓嘎充满了自豪，她没有机会读大学，可是看着福利院的孩子一个个考上大学，她比他们的亲人还要高兴，其实大多数孩子的亲人，就是自己。血浓于水，但是在雪域高原，情重于念青唐古拉。

她的家里有两个聋哑人，还有一个刚拾不久的弃婴，那个起名为丹增拉巴的男孩，至今仍不会说话，只会咿咿呀呀地叫喊，可是那天抱着他摇，卓嘎妈妈不停给他唱汉语童谣，宝贝，爸爸妈妈对你说，你是我的眼睛，你是我的心肝。那皮肤白嫩的盲童，突然欢乐地喊了起来。

卓嘎长叹了一声，说那年她专门带着丹增拉巴去北京同仁医院检查眼睛，心中有一个祈愿，纵使这孩子一生聋哑，但只要他的眼睛能看到这个世界的慈爱与怜悯，光明与多彩，她一颗空悬的心也就落地了。不然丹增拉巴一生又聋又哑又瞎，人世间对他也太冷酷了。她问眼科专家能不能治好他的眼睛，专家摇头，很难，除非切开眼睛，取眼底的一块东西出来化验。

天呐，丹增拉巴才一岁多点，咋受得了啊？卓嘎的心像被刀剔了一下，说，大夫，孩子太小，受不了这样的手术，我们不查了。

瞎就瞎吧，丹增拉巴的眼睫毛很长，一睁一闭之间，也许能探尽世界的黑暗与冷暖，不！他的周围一点也不会冷呀，一个强大的爱心妈妈的磁场，簇拥着他啊。尤其是卓嘎那副慈悲的心肠，玛吉阿米的脸庞，就是拉萨河边的太阳与月亮，会给他带来一生温暖与光明，她决计用自己的一生来陪伴这个男孩。冥冥之中，卓嘎不相信丹增拉巴是个聋子，也不会是哑巴，他才三岁，给他唱藏族的童谣，他没有一点感应，可是当卓嘎一唱"宝贝，妈妈对你说"时，他便哇哇地大叫。她深信这是一个汉族的弃婴。

不仅仅是独对丹增拉巴，六号家庭里还有个男孩叫次仁旺堆，原本是另一个爱心妈妈家的孩子，在拉萨实验小学读一年级了，眼睛有点斜视，看黑板效果有点差距，正好有中国儿童福利基金会的"春晖计划"，可以入北京治疗。疫情期间，由卓嘎带着他去北京同仁医院看大夫，一检查，发现他一只眼睛斜视，另一只眼睛重影，一路上，卓嘎又是抱着，又是背着的，从拉萨背到北京，再从京城背到拉萨，中途还在成都双流机场转机，时间待得越久，感情越深。

与孩子们相处，起初，卓嘎也觉得累，一天要干许多活，尤其是周末，孩子都回家了，更不能休息，为他们做早中晚三餐，自己去菜市场买肉买菜，回来再包土豆牛肉包子，或者煮糌粑稀饭，孩子们高高兴兴地吃两天，周末返校时，看到孩子们脸上绽开笑靥，卓嘎突然觉得，一切辛苦都是很值得的。九个孩子一个个喊她阿妈拉。看到阿妈喜欢喝甜茶，他们个个都喜欢喝，其实就是为陪上卓嘎妈妈喝上几口甜茶，享受家庭的幸福时光。

一个个孩子羽翼丰满了，飞越念青唐古拉，飞越南迦巴瓦，去各地读大学了。索郎旺美，那个在曲珍孤儿院长大的少年，2015年来到拉萨儿童福利院。彼时，他已经是读初三的花季少年了，卓嘎对这个身体单薄的康巴少年关爱备至，四年过去了，2018年夏季，他考上南京特殊教育学校，因为生活在六号家庭，看到卓嘎妈妈带的两个聋哑人，还要照顾弃婴丹增拉巴，又聋又瞎，卓嘎阿妈现在可以照顾他们，可他们下半辈子怎么办，一定要教给他们一种技能，索郎旺美立志要接卓嘎的班，为残疾人服务。

恍惚间，春去也，冬天来了，雪落雪化，拉萨河水依旧奔流不息。转眼之间，十年惊梦，卓嘎已经三十九岁了，仍然是茕茕孑立，可是她一点也不觉得遗憾：人的一生多么漫长，何必要找一个家庭的累赘束缚自己啊。再说，她还有一群孩子，选择单身，未必就是孤芳自赏，有那么一大群孩子，围绕在自己身边，是一个多么幸福的事情，如今十一个大学生有的毕业考上了公务员，有的当上了中小学老师，还有的当了医生，令卓嘎特别有一种成就感。

那天上午，拉萨河夏日里的阳光正浓，卓嘎抱着丹增拉巴下楼，纵游在张大人花丛中，给眼神混沌的孩子唱一支儿歌，"鹅鹅鹅，曲项向天歌，白毛浮绿水，红掌拨清波"，还未唱完，丹增拉巴哇哇地叫。她一看此情景，有一种直觉，这个六号家庭的弃婴，真的是一对汉族男女扔掉的孩子。幸哉，遇上了卓嘎这样一位有着白度母一样心肠的西藏妈妈。


正午的阳光照在拉萨河上，波光粼粼，反照着蔚蓝色的天幕。我离开拉萨儿童福利院，返回西藏文联宾馆吃饭、午休，看表，刚好一点整，车子左拐，往次角林方向驶去。遥想当年，文成公主入藏，带了大唐的工匠，在次角林住了下来，带来的技艺与文明，也为汉藏两个民族，为吐蕃与大唐王朝架起了一座千年的连心桥。

那天，我坐的车子从迎亲桥上走过，山北的拉萨儿童福利院倒映于祥云碧水间，我忽然想起当年松赞干布的遗训：我想要天下老者老有所养，不再冻死雪中，我想要天下幼者幼有所安，不至流落街头。

我喟然长叹，一代赞普的千年梦想，只有到了今天才变成了现实。

# 如意高原的卓玛拉

拥青卓玛的采访完成了。

我说，下一位，可否请卓玛吉来谈谈。

拥青卓玛摇头，说，抱歉啊，卓玛吉姐姐回朗县老家休假了，不在呀。

什么时候回来？

刚走不久，休年假，怎么说呢，至少一个月吧。

我笑了，拥青卓玛讲三句话，就要出一句怎么说呢，我借用一下，怎么说呢，太遗憾了。拥青卓玛捂嘴一笑，脸上张开了一朵庭院里的大东洋菊。

林芝儿童福利院，最早识得您与卓玛吉，怎么说呢，你俩是这个项目的"始作俑者"。两朵卓玛花，只得其中一朵，是为憾事，两个人的故事一人说吧。我对拥青卓玛请求道。

哈哈！拥青仰首一笑，与一年前相比，波密美女因刚生育不久，沉浸在喜得贵子的喜悦中，人在哺乳期，体形大变，宽松、臃肿，躯体像面包一样发胖了，康巴少妇那妙曼的风韵，随一季雅江的桃花汛而伤逝。

落红不是无情物，化作雪岭桃花千年红。古树枯枝，老来欲俏，蛰伏雅鲁藏布一隅，却比北方中国的桃花早开了两个月，桃之夭夭，千载不老，喜得雪域报春哟，我迷恋林芝千年桃花好多年了，却一次次错过。2019年阳春三月，西藏林芝古树桃花含苞欲放。西藏作协主席吉米平阶打来电话，邀请我去参加西藏桃花节。彼时，我有一部书获了"中国好书"奖，央视读书栏目欲作为一条线索，邀我参与拍摄准备，我婉谢了，说自己要去看桃花。西藏对我的吸引，远胜领一个文学奖项。

那天抵达林芝后，并未直奔嘎拉村桃花林，而是从工布江达县开始，参观探访西藏历时五年"双集中"供养之地，在离尼洋河不远古树掩映的桃花、李花林中，工布江达县老弱病残孤寡老人，皆集中于此。照顾他们的是一群中年女士，院方那天还特意将能走动的老人集中在会议室，茶几上摆放水果，播放着藏歌，社会福利院服务人员与腿脚好的人跳起锅庄与波密舞蹈，而卧床不起的老人，则由专人二十四小时看护相伴，令我唏嘘不已。陡然觉得，西藏"双集中"的养老、养少等慈善事业，远远超越其他省市，俨然是一部大爱无疆的人性慈航。

抵达八一镇，次日上午开过座谈会后，我又去采访林芝市儿童社福利院，那天下午，邂逅了拥青卓玛和卓玛吉两位爱心妈妈，各带四个孩子，大的仅有十二岁，小的两三岁，不似生母，胜似慈母。座谈了一个多小时，我的眼帘不时被泪水淹没，这些凡人的故事打动了我，直觉告诉我，我走进了一块人性的富矿区，需要深掘一口人生世相之井，甘泉源源流淌，展现的是后全球化穹窿下人性的温馨与感动。

回到北京后，我很快策划了一个文学选题"西藏妈妈"，给了广东人民出版社。次年，当北京疫情刚按下暂停键后，我便进藏，东入昌都，环西藏七个地市而行，一路向北向西，北去那曲，西行阿里，横穿冈底斯，绕喜马拉雅，转至后藏重地日喀则，然后沿雅江而下，进拉萨城郭，转道山南市，再翻越墨竹工卡，进入最后一站林芝。起意于林芝，收官也在林芝，人生环行道，西藏大环圈，仿佛一个转山的香客，终于走到了彼岸。

彼岸花开，来来往往。记得前年桃花盛开时节，清晨一场寒雪落尽千山，我从米林机场飞回昆明老家，雪落寒山静，唯有万株桃花怒放，倒映雅江水碧，忽而天开一缚，如天门洞开，雅江半坡上，古树桃花开得正艳，犹如白雪仙子，红装袂袖，蹁蹁独行于雪岭云水间。机翼之下，我有点从天上宫阙回人间的感觉，一泓莫名的泪水默然落下。倩谁摘取一枝赠与，挥手从兹去，也不知何时再来？！魂扔西藏，一年后，我真的来了，林芝是我此行采访收官之地，到了林芝儿童福利院，我提出第一个要见的人是拥青卓玛和卓玛吉。因为当时，是她们两个的故事感动了我。

拥青卓玛补充完自己的故事，欲起身告辞，我说等等，既然卓玛吉不在，您得将她当爱心妈妈的故事，尽可能知道的，给我讲讲，两朵卓玛花，一朵雅江，一朵尼洋河，共放林芝，美美与共。

怎么说呢，拥青卓玛这句赘语是永远改不掉了，不时地冒了出来，复调般地叙事，祈望给他完成另一朵卓玛花的拼图。

其实，说句实话，去年三月在林芝初见卓玛吉，她一点也不漂亮，工布女人，年过三十，且是三个孩子的母亲，仅读过小学。在来林芝儿童福利院之时，她一直在朗县雅江之畔的河谷里种青稞、放牧，相夫教子。

那次采访，她说，2015年春天，也是这样桃花盛开的时节，她在老家得到一个信息，说新落成的林芝儿童福利院在招一批爱心妈妈。她心动了，对丈夫说，我要去报名，到林芝市里找份工作。

丈夫怅然，说江边的青稞地怎么办，还有楼底下牛圈里那几头犏牛和奶牛谁放呀？

交给哥哥嫂子吧，卓玛吉说，村里年轻一点的姑娘小伙，或出去读书，或出去打工，我们总不能守着青稞地和几头牦牛，就此一生吧。为了孩子的前途，我们进城吧，我先去打头阵，落下脚来，在林芝租了房子，你也到那里找个事做。孩子们可以进城读幼儿园，上小学，教育条件总比朗县好啊。

卓玛吉，你说得都很在理。丈夫道，我也支持你出去，可是你能考上吗？毕竟你已经不是十七八岁的大姑娘，是两个孩子的妈妈，又没有见过世面，人家会瞧得上你吗？

嗨！卓玛吉掩嘴笑了，林芝儿童福利院招的是爱心妈妈，不是招老师，也不是招幼儿园阿姨，我只要在家是个好妈妈，在那里就考得上。

好！勇气可嘉。丈夫点头赞许，你先迈出一步吧，只要你站稳了脚跟，我就带着儿子跟进。

哦！那个漫长的春夜，雪山解冻了，雅鲁藏布江一江春水潮，湍急地流向米林，流向林芝，流向南迦巴瓦和雅鲁藏布江大拐弯，也将一对朗县夫妇的梦想载向了远方。

卓玛吉去了林芝，她的梦想成真，考上了林芝福利院的爱心妈妈。那时，分给卓玛吉的是由四个孩子组成的一个小小的家庭。

雪岭上的桃花开了又谢，谢了又开，卓玛吉到林芝福利院已经是第五个年头了。第一次走进她的家庭，看她身边仅有四个孩子，我有点惊讶，1∶4，如此人数的妈妈与孩子的配比，太奢华了，唯有林芝儿童福利院拔了头筹。卓玛吉说，0—12岁的孩子，居家生活，12—18岁的孩子，就得到集中部生活了。现在跟我的孩子，都是十二岁以下的，到了小升初之际，就得到福利院的初中部和高中部寄宿。每次居家的孩子毕业，要搬到寄宿楼集中住，不再与爱心妈妈在一起，虽然仅是一楼之隔，但分别总会撕心裂肺的，孩子舍不得妈妈，妈妈放不下孩子，可是规定是硬性的。别离时，孩子哭，妈妈哭，甚至整座福利院的女性都在哭，卓玛吉指了指一边的两兄弟，说他们的爷爷就是目睹过这一幕，才决定将这小哥俩放在福利院的。

孩子老家是哪里的？我问了一句。

工布江达县的，离林芝不算远，前年送来时大哥五岁，弟弟两岁多点，父母双亡，两个孩子由爷爷养着。也就是饭管饱，不至于被饿着。工布江达县民政局工作人员找到老人，说你带不了两个孩子，送林芝儿童福利院吧。老人摇头，说这是我家的骨肉，爷爷还活着，怎能随便送人？不是送人。民政局的同志告诉他，是集中供养，由爱心妈妈带着，比您照顾得好。

天下有这种事情？老人摇头，说无亲无故，人家凭什么对孩子好。

这是自治区政府办的，国家统一行动，专门集中供养孤寡老人和孤儿，有衣穿，有饭吃，有宽敞明亮的房子住，有仙女一般的妈妈和女儿一样的护工照看。

是香巴拉吧，老人仍不相信，以为是做梦。

到圆梦的地方看看吧。做了三天工作，老人最后答应，先观察三个月，开始天天去看，如果爱心妈妈真心对我孙子好，我就放在那里，要是不好，当场带回。

行！民政的同志拍了胸脯。

老人带上两个孙子，跟着工布江达县民政局的同志，来到了林芝福利院。两个孙子交给卓玛吉时，对她郑重地说，阿佳拉，我就在附近租了房子，每天我都来看孙子，观察一个月，您待他们好，我就让兄弟俩留下，不好，就跟我回老家。

好呢！卓玛吉照单收下。她有这个自信。

你说话当真？

一言为定。

老人与卓玛吉留下约定。

那天老人走时，两个孙子还依依不舍。爷爷回头抛下一句话，明天我还来看你们。

送走了老人，卓玛吉做的第一件事情，就是帮两个孩子洗澡。身上太脏了，那件厚厚的羊皮袄也不知穿了多少个年月，衣服里、头发上，爬满了虱子。卓玛吉将两个孩子脱光了，用热水沐浴，开始他们很害怕，几分钟后，居然喜欢上了戏水。玩够了，痛快了一场，用毛巾擦干后，为他们换上新衣，新衣大多是慈善机构捐赠的。然后，请来理发师傅，将两个孩子的长发剪了。从出生之后，他们的头发就留到现在，长发里的虱子太多，长发一去，顿时变成一对藏南英俊少年。红扑扑的脸蛋，犹如门前的张大人花一样红润，黑葡萄似的眼睛，还有几分的羞涩。

第二天，爸啦（爷爷）一大早就到儿童福利院，入到卓玛吉家，只见四个孩子在他面前溜溜地转，老人转了几个身，眼神恍惚，阿佳啦，我的孙子呢？

过来，卓玛吉招了招手，将两个孩子叫到爷爷跟前。

天呐，两个臭小子，我差点认不出来了。爷爷一看，昨日的藏家幼童不见了，新衣一换，依旧藏装在身，绸缎袍，白衬衣，领口、袖筒绣了花，俨然成了两个翩翩童子，从天而降。惊叹道，人是衣服马是鞍，两个臭小子，让爷爷都看花眼了。

第一日，爷爷满意而归。

第二天，恰好是周末，卓玛吉在为孩子们准备早餐，酥油茶、糌粑、奶渣、甜茶、牛肉、牛奶、水果，应有尽有，比在家里不知道好了多少倍。

爷爷一看，点了点头，与两个孩子告别时，小哥俩头都没有抬，卓玛吉连忙喊道，给爷爷说再见。

第三天，爷爷来了，说要看看睡的地方，从客厅里过去，四人间，高低床，有厚厚的被子，比之藏居人家堂屋里的藏式沙发卡垫氆氇舒服多了。爷爷捏了捏被子，再环顾房间，收拾得整整齐齐。老人满意而返。

第四天……

第五天，爷爷依旧来看，看着两个孙子与孩子们玩在一起了，见了爷爷也不像当初那般依恋，既喜且忧。

……

又是周末了，那天老人过来时，只见一个女孩抱着卓玛吉的大腿，哭得涕泪涟涟，坐在地上就是不起来，嘴里念叨，卓玛拉，我不去别的家，这一辈子，我就跟定您啦。

孩子哭，卓玛吉哭，旁边的几个爱心妈妈也在一旁哭。爷爷不解，问旁边的人，她们遇到什么伤心事了，哭得这么凄惨，谁欺负她们啦？

一位工作人员眼噙泪水，说卓玛吉妈妈的孩子满十二岁了，要到寄宿楼去住，妈妈和孩子都舍不得，才哭得如此难分难舍。

是卓玛吉亲生的女儿？爷爷问了一句。

不是！也像您的两个孙子，父母双双往生，送到儿童福利院来，卓玛吉领了四年多了。

好人啊，卓玛吉阿佳，有一副慈母心肠！爷爷感叹，对外人的孩子，都这样好，我还有什么不放心的，两个孙子交阿佳，交给林芝儿童福利院，真的是找到一个最好的归宿，我这副臭皮囊，有一天被秃鹰衔走了，也可以瞑目了。

爷爷中午别过两个孙子，当天就回到了工布江达乡下。

以后一个月来一次林芝，看孙子。再以后三个月来一次，后来半年来一次，现在呢，打视频电话，在手机里看两个孙子了。

那天下午，我看着两兄弟，幸福地跟卓玛吉亲昵，一种莫名的感动涌上心头，雅江的卓玛花，一点也不漂亮，可是她圆圆的脸庞，胜似天上飘动着的观音的笑脸。

那个住进寄宿楼的女孩怎么样了？我问道。

这里是孩子们的家啊。到了周日，到寄宿楼住的孩子依然往卓玛吉的家里跑，见了她，仍旧是阿妈长阿妈短的。

我听着卓玛吉的讲述，心中涌起一股暖流，一如雅江之水从阿里高原流来，雪花化了，冰凌融了，涓涓细流，融化成一江春水，流至后藏，流过曲水古渡，流向贡嘎，一江如湖生白莲，落下白云朵朵。东风破寒雪，雅水起春潮。到了林芝，则是千山雪岭桃花红。这群来自西藏各地的爱心妈妈，将雪域千年的风俗、信仰和传统化作红尘烟火，心中燃烧着一团仁爱之火，青烟袅袅，成为她们生命的一部分，生活的一部分。

那天，依偎在卓玛吉身边的有四个孩子，除工布江达来的两兄弟外，最活跃的是四朗措姆。那个令卓玛吉操碎了心的波密小姑娘。今年已经四岁，来林芝才两年，却像换了个小人。看妈妈与作家谈话，她绕前绕后，天真活泼，不时递水果，甚至插卓玛吉妈妈的话。

采访时，恰好拥青卓玛也在场，她与卓玛吉都带过四朗措姆。今天，她穿着红色童装，卓玛吉为她编了许多根小辫，头上戴了花。说起这个孩子，汉语表达有时不够流畅的卓玛吉，常常会通过拥青卓玛代为转述。

别看现在四朗措姆面对生人，一点也不怯场，可刚送来时，就像一只被丢弃的小病猫，浑身上下脏兮兮的，又黑又瘦，头发乱得像一蓬芨芨草，穿着一件冬天穿的羊皮袄，黑漆漆的，头发好多个月没有梳过了。卓玛吉接过她时，最费心的事情，就是给她洗澡，换衣，将头发里的虱子捉尽。要命的是，小措姆不爱说话，见了生人就躲藏。

这是缺乏家庭温暖与快乐啊，卓玛吉一想，得给四个孩子换一种家庭气氛。她给丈夫打电话，说周末你带着两个孩子来林芝吧！

做啥子？卓玛吉，你是不是想我们了？

对！我们过林卡。

好。老婆，我和孩子都想你啦。

我也想你们啊，周末见。

周末，丈夫驾车从朗县而来，载一双儿女，环雅鲁藏布北岸而行，过米林，入八一镇，抵达林芝儿童福利院大门，戛然停下。只见卓玛吉带着四个孩子站在大门口，等丈夫车来。两个孩子打开车门下车，女儿见妈妈身边站着四个孩子，两男两女，都比哥哥要小，比妹妹大点，有的比自己小点，女儿惊呼，阿妈拉，你在林芝生了一堆孩子呀？

哈哈！卓玛吉笑了，说对对，他们都是阿妈拉的孩子，就像天上的太阳和月亮一样，都是一个妈妈的女儿。

那我是太阳，还是月亮？

你是太阳。

这个妹妹呢？

她是月亮。

哦！卓玛吉指着四朗措姆说，这是你的妹妹，你要好好照顾她，然后指着丈夫对四个孩子说，这是你们的阿爸。

过来，月亮妹妹。女儿将四朗措姆叫到跟前，拉着手上车，说走，我们跟着阿爸阿妈过林卡。

于是一家人，六个孩子，两个大人，买了许多东西，到尼洋河边的河滩上，寻一片林地坐下，搭起帐篷。周围百鸟啼鸣，在野花盛开的草地上，席地而坐，倒上酥油茶，有水果，有奶渣，还有风干的羊肉、牛肉，阿爸阿妈，哥哥姐姐弟弟妹妹全了。四朗措姆那颗封闭压抑的童心，一点点地被打开了，她甚至会与卓玛吉的儿子女儿一起在阿爸阿妈面前撒娇、争宠。

我记起第一次在儿童福利院的操场上照合影，四朗措姆穿一件红色条绒的小大衣，扎着一条条小辫子，她原本与其他孩子站在一起，看到领导和作家、艺术家坐在前排，她跑了出来，直冲一位美丽的艺术家阿姨而去，相拥入怀，让她抱着自己，一点也不怯场。那一刻，我对卓玛吉，那个朗县雅江边上，雪岭下，草地上，牧场里盛开的卓玛花，投去了一片敬意。

可惜我再度来林芝市儿童福利院，却未见卓玛吉，她回朗县休假了。我有点失望，前回采访匆匆，这次人未见上。最终，通过卓玛吉的同事复述，还原了一个西藏爱心妈妈的大爱故事。

# 爱心妈妈姐妹花

那几天，扎西曲珍特别忙，到周末傍晚了，林芝的天空渐次黯淡下来，如一件黑色之衫，从山巅套下，将尼洋河，雅鲁藏布江两岸苍山，笼罩了。她无暇观暮色四起，按亮办公室的灯，继续忙自己的事情。她是一位副户长，专门负责管理一层楼四五个爱心妈妈，有大班的，也有小班的，多数的日子都在院里值班。尤其是近些天，林芝儿童福利院刚开张不久，给爱心妈妈的工资有点低，一个月仅为2000元，有的妈妈嫌少，辞职走人了，院里人手少，她负责着整个楼层的爱心妈妈的管理，恨不得一天当两天用，补上人少的缺口。已经有好多天，没有给家人、亲朋打过一个电话。

妹妹德青拉姆的电话打过来，她在拉萨市开茶馆，劈头就问，姐，你这些天忙什么啊，朋友圈也不冒个泡，电话也不接，让我担心您呢？

别提了。扎西曲珍长叹了一声，在忙着招人呢，爱心妈妈嫌工资低，辞职的人多，有点拉不开栓了，找个有爱心的人真不容易啊。

要不要我？妹妹在电话那头说。

别给我贫嘴，开什么玩笑，你一个老板，在拉萨开茶馆，每月赚个盆满钵满，咋个会在意这区区2000元钱？

姐，人的一生太短暂，钱哪有赚得够的时候，多少才是个够？妹妹在电话那头说了一大通，我还年轻，向佛不念经，但人须有善行。

做善事，是人世间最大的功德和修炼，我挺羡慕你们的，在做人类最伟大的事业。

别给我戴高帽了，我现在最伟大的事情，就是招人，招爱心妈妈。

姐，算我一个，好吗！

扎西曲珍有些急，燕子，别给我贫了，姐没有时间跟你瞎掰。燕子是德青拉姆的汉族名字，上学时邻居李叔叔给取的。

啪地，扎西曲珍将妹妹的电话按了，她真没有时间倾诉亲情。

朝黑黝黝的远山投去一瞥，扎西曲珍心生怅然，往事像夜霭一般涌来。

扎西曲珍的老家在察隅县竹瓦根镇日东村，靠近缅甸。老家那个村庄紧倚怒山、高黎贡山，与察瓦龙乡、云南的丙中洛镇连在一线。老百姓一口藏语、傈僳语、怒语。这里处于三江并流之域，是一块人神共住之地，被称为梦中的香巴拉。

香巴拉并不遥远。可是扎西曲珍离开故乡很久了，至今仍怀念在察隅时的花季年华。她家五口人，阿爸老家在东冲，人在县粮食局开车，阿妈家在竹瓦根镇，往察瓦龙方向走，她和妹妹德青拉姆、弟弟泽旺江村都是在竹瓦根镇日东村出生、长大。该上小学了，扎西曲珍随爸爸进了察隅县城，那也是一条逼仄山沟，从东至西一条街。到学校报到时，因为察隅县藏族都喜欢取一个汉名，爸爸请邻居李叔叔给她起个汉名，李叔叔将扎西曲珍取名为译馨月，妹妹德青拉姆取名燕子。译馨月在察隅读完小学，妹妹燕子跟着外婆，在日东村读小学。扎西曲珍最难忘的一件事情是，有一年妹妹燕子眼睛突然看不见了，眼前黑乎乎一片，差点吓死阿妈。带着燕子从察隅出来，到了雅鲁藏布江边朗县舅舅家，找援藏的汉族大夫治疗。后来，还真治好了。从此，妹妹留在了舅舅家，当女儿养，在朗县读的初中、高中。汉族门巴（医生）的医风医道影响了德青拉姆，她当上志愿者，做起了公益事业。

扎西曲珍初中毕业后，从察隅县考到了林芝一中，她的成绩一直不错。高考冲刺那年，母亲查出癌症晚期，来林芝市人民医院化疗，她一直陪护在身边，耽误了高考。最终，母亲撒手人寰，往生时，才三十八岁。妈妈走了，扎西曲珍也高考失利，仅考上西藏农牧学院成人学院。幸运的是读高中时，她收获了一份早熟的爱情，一个叫西绕罗布的男孩喜欢她，两情相悦，高考揭榜时，他去区外读本科，而她则在农牧学院成人学院读书，地点就在八一镇上。

四年后，一对相爱的人先后毕业，踏入社会。扎西曲珍留在农牧学院后勤山庄做收银工作，月薪4000元，西绕罗布回到林芝后，考入林芝八一区区政法委。后来，他们结婚了，在八一镇上有了一个属于自己的小家，生下一个孩子。

2016年6月11日傍晚，丈夫下班回来，吃饭时，郑重告知妻子一桩事，林芝儿童福利院招爱心妈妈，他建议扎西曲珍去报考。不过，月薪只有2000元，比她在后勤山庄收银少了一半。

扎西曲珍听了这个消息，挺动心的，做人间慈善，给孤儿当爱心妈妈，善莫大焉。可是她还是要有意追问丈夫。罗布，我若去了，咱们每个月的收入少四分之一，你不担心养家糊口的钱少了？

曲珍，我向你说应聘，就没有考虑过钱的事。爱比天大，善比钱重。做爱心妈妈，是为你，也是为我们一家积德修福，更是我们藏民族千年的传统啊，我老婆去做善事，何乐而不为呢？

扎西曲珍扭头问婆婆，妈妈，您说呢？

婆婆说我举双手赞成，孩子，如果人家不嫌我岁数大了，我也去应聘呀。婆婆是八一区公路管理局的炊事员，当了一辈子厨娘，觉得儿媳去做这件事，比站在前台收银，高尚、荣耀得多。并说，家里西绕江村上学接送和吃饭的事情，从明天起，奶奶全包了。

谢谢阿妈拉。扎西曲珍向婆婆深深一鞠躬。

第二天，扎西曲珍就去应聘了，一考，便被录取了，院长说，我们就需要有您这样有文化的人，并任命她当了副户长，专管居家户一栋楼的爱心妈妈。

"双集中"后一年半的时间，他们一直在探索，边学习边培训，边帮助爱心妈妈进入角色。扎西曲珍说，那时，爱心妈妈文化素质参差不齐，对院里的要求，边学边干，几乎是天天开会，先组织爱心妈妈学习自治区"双集中"供养的政策法规与要求，弃婴从入院到两岁前如何带，入幼儿园后如何与小班中班大班衔接。上小学后，居家室与学校的关系与管理如何厘清与跟进。整整培训了一年半时间，一切理顺了，儿童福利院工作步入了正轨。扎西曲珍也在这里找到自己的用武之地，她根本不在乎 2000 元的收入。不问钱多钱少，只叩问自己心中爱的热度是多少度，因为爱，一切就是最好的，做自己想做的事情，那才是人生最大的快乐。

可是人心都不会是一样的，纵使在纯净的雪域，扎西曲珍却遇上了辞职潮。她一方面向上反映，给爱心妈妈加工资，另一方面，想真正招到那些将慈善作为终生追求的爱心妈妈。

一周之后，扎西曲珍收到妹妹打包快递过来的家什，包括碗筷和粉条、面条等一大堆杂物。她悚然一惊，不知何事，打电话问妹妹，燕子，你干吗呀，怎么一下子托来这么多东西？

姐！我将茶馆和藏餐馆盘了，清空所有东西，遣散了服务员，过你那边来当爱心妈妈。德青拉姆说。

啊！燕子，你怎么这么冲动，说来就来，这里要考试的，你能打包票自己能应聘得上吗？扎西曲珍责怪妹妹。

姐能行，我就能行，这点自信我有。妹妹在电话那头笑道。

好吧，你填表吧，先来考试，我可有言在先，按规定来，我可是不敢放水的。扎西曲珍知道，其实妹妹与自己走的是同一条路，在朗县高中毕业后，她读的也是成人学院。可是，毕业之后，她却去拉萨创业，开藏餐馆。后来，想做大型茶艺园，专门去仁布县学了很长时间，一切茶艺皆精后，在拉萨开了五年的茶艺馆，挣了不少钱。可如今为了当爱心妈妈，竟然将茶园转让了，那份爱心着实令她有些感动。妹妹真的长大了，将藏民族骨子里的悲悯情怀秉承了，她打心里为妹妹高兴。

德青拉姆从拉萨驱车过来了，一次性通过了考试，并被任命为户长，专门管理新生婴儿的爱心妈妈。

爱心妈妈姐妹花，盛开在尼洋河畔，那一刻，扎西曲珍与德青拉姆都有一种特别的光荣感。

我问扎西曲珍，您到了林芝儿童福利院，全身心地投入，儿子与这些孩子岁数差不多，奶奶是炊事员出身，学习上肯定教不了，你不怕教好了这些孩子，而耽误自己孩子的前程？

不会哟，扎西曲珍很自豪地说，儿子西绕江村今年十一岁，读小学五年级，明年小升初，性格温顺，自律性很强，做作业，背书，从不要大人督促。奶奶管饭，爸爸管学习，妈妈一周回去一天，匆匆见一面。她所有心血都倾注在了儿童福利院的孩子身上。

与儿子听话相比，儿童福利院里的孩子性格却参差不齐。林芝市的孤儿，与社会接触面较广，双语好，上学、管理起来容易。可是院里还有一部分昌都籍的孩子，从小失怙后，多由亲戚抚养，因蛰伏于深山台地牧场，经济落后，教育观念落后，有的孩子虽然报了名，学校花名册上也有其名，却未上过一天学，读速成班，爱心妈妈费尽了移山心力，淘神极了。

扎西曲珍不无遗憾地说，有两个孩子被退回昌都了，原因是半夜翻墙出去，想回老家，爱心妈妈因为发现不及时，也被辞退了。那个爱心妈妈叫则仁正甲，四十多岁，只有小学文化，可是宅心仁厚，走的那天，哭成了泪人，平时对孩子挺好，就是太爱孩子了，有点娇惯，结果让两个康巴少年跑了，板子打在了爱心妈妈身上，痛在心里。

是叫丁真吧？我问道，康巴小帅哥一枚，皮肤白净，眼睛大大的。

对啊！作家，您怎么知道？扎西曲珍问道。

昌都民政局布措带两个孩子来谈过，说已经改好了。我也问过丁真，回到昌都福利院，还跑吗？他说不敢跑了，会被开除的。

改了就好啊！可是连累了那个叫则仁正甲的爱心妈妈，没办法啊，执行院内纪律，犯错必纠，跑了孩子，就是天大的事，说明妈妈未尽心尽责。

扎西曲珍说，她决心做一个非常负责的爱心妈妈。她说，每天她都5：30分起床，读书，叫孩子起床，洗漱，去吃早餐，然后再一一喊着坐上校车，送到学校，回家后打扫卫生，将居家室擦得一尘不染。中午接孩子，吃过中饭后送回学校，晚上接回家，每一天都围着孩子们转，督促写作业，背书，直至晚上熄灯入眠，这就是每个爱心妈妈的一天，年复一年，月复一月，爱心像雅鲁藏布江一样宽广，也沉浮生命的每一天。当时，一起入职的36个爱心妈妈，辞退和离职14人，还剩下24人，她们的待遇也一天天提高，从最初的2000元，涨至4000多元，现在可以拿到近6000元。

世上只有妈妈好，孩子们记着妈给的恩情。母亲节那天，他们悄然准备，省下自己零花钱，买贺卡，有2.5元一张的，也有3.5元一张的，郑重地写上双语，献给亲爱的妈妈。贺卡上写道：阿妈拉，请放心，有您的爱像春风一样，我们会好好读书，茁壮成长。

晚上孩子们簇拥在妈妈身边，给扎西曲珍梳头，有的端来热水，给妈妈洗脚，那一刻，扎西曲珍特别感动，觉得自己浸沉的母亲海洋里，幸好有这样一群孩子。

扎西曲珍说，她最难忘的一幕，是有一回她胆结石旧病复作，腹部隐隐作痛，接送完孩子后，回到楼层，强撑着检查好卫生，脸上蜡黄，冷汗直流，便在值班室的床上躺下了。这时，一个与她叫一样名字的孩子小扎西曲珍从学校放学回来，看见扎西阿妈拉躺在床上，冷汗淋漓，便问阿妈拉，您哪里疼了？

我小腹痛，扎西，你怎么不去上学啊？

阿妈拉，我刚放学，您等会儿啊，我给您去找药。

言毕，小扎西曲珍一路小跑出去，直奔卫生室，一个会儿便将药找了回来。递给了扎西曲珍妈妈，然后倒了口水，让扎西曲珍服了下去。过了一会儿扎西曲珍就不再疼了，冷汗也止住了。后来，扎西曲珍觉得奇怪，小曲珍给她取的什么神药，为何她服下去没有多久，小腹痉挛般的疼痛便停止下来了？觉得疑惑，便问小扎西曲珍，你是如何找到药的？我替阿妈拉开的，我说自己肚子疼了，于是医生就给了止痛的药，回来后给阿妈拉用上了。

扎西曲珍阿妈拉一听，开心地笑了，说我的女儿真好啊。但也教育了小扎西曲珍以后不可以随便开药。

后来几天，小扎西曲珍一直陪伴在阿妈拉身边，嘘寒问暖，无微不至，让阿妈拉感觉到了一种融融亲情，有这样的好女儿，今生足矣。

说说你妹妹燕子的故事吧？！我请求道。

好！扎西曲珍点头道。

妹妹燕子入职后，去了婴儿室，带弃婴，在这座城里，总有人将婴儿丢在垃圾箱里，或者医院、民政局门口，扬长而去。有人拾到了，就送到儿童福利院，交给燕子等爱心妈妈带。领到孩子后，第一步就是到市人民医院体检，看是否正常，若是健康婴儿，很快就会被人领养，送孩子给养父母时，燕子哭得一塌糊涂，肝肠寸断。一边哭一边将孩子的襁褓洗干净，还将生母留下来的衣裳，一件不少地交给养父母，每一次交弃婴给领养家庭时，燕子都会受一次伤。

虽然爱殇成茧，可是慈爱依旧，两个阿妈拉姐妹花，犹如西藏天空下的高山雪莲、一如佛祖座下的莲花，并蒂绽放。

第六卷
Chapter 6

汉家女

## 东北女儿藏家媳

　　明天就是西藏自治区公务员考试时间了，周雪腆着大肚子，挺着腰，迈着碎步，对丈夫嘎顿说，打车，带我去看看考场！

　　嘎顿声音不大，一笑，露出七颗牙齿：老婆，你都这样啦，还要考试？

　　我咋样啦？周雪反问丈夫。

　　马上就要生了。嘎顿答道。十月怀胎，只待一生啊。

　　我只为一考啊。生孩子也得考呀，周雪说，嘎顿，你是知道的，因为要考公务员，我才来西藏的。公务员未考成，却遇上了你，大业未成，却先当了妈妈，悲催啊！

　　孩子也是你的作品啊。何必在乎这一场考试。

　　哈哈，嘎顿，如果不是我一心为考公来西藏，怎么会遇上你啊。周雪喟然感叹道，公未考，业不成，却先当了一个妈妈。我这是巾帼气短啊。

　　生完孩子再来考。嘎顿安慰自己的妻子。

　　不！不出意外，明天你送我过来考试。

　　遵命，老婆，嘎顿点了点头。

　　不喊阿佳了？

　　喊呀，我的好阿佳。

　　车抵考场，这是西藏自治区组织部与人事厅组织的一场全区范围公务员考试。

进学校，找到教室，环顾一圈，坐在椅子上，周雪发现铁椅与桌子的间隙，已经盛不下自己的身子。她不知该为此感到悲哀，还是为自己即将当妈妈高兴。其实，周雪对这场考试，并非胜券在握，志在必得。毕竟这些年来，她说不清自己是因为喜欢这片雪域而爱上了一个人，还是因为爱上一个人而喜欢这片芜野？

周雪喜欢雪域高原，喜欢羌塘无边的空阔，让她如入化境。伸手可触的白云，可以撕下来做枕头，美美地睡上一觉，做一个小女孩的白雪公主梦呢。

冬季的时候，东北老家的旷野雪，被毛毛风一吹，天地一片白，城郭，雪松，田野，被一张大的宣纸覆盖了，一棵树、一个人、一座村庄，就是宣纸上落下的一点点墨，无边的昏暗，让人有一种一个漫漫冬天的压抑感，怎么可以与西藏媲美？这里夏日无边的蓝与绿，山头牧场上打一个滚，可抵山脚，人睡在野花芳草之中，非东北可媲美。

周雪说，她来那曲，最初就是为一份工作、一个饭碗。2016 年之夏，她大学毕业了，东北就业环境竞争太激烈，找一份工作并不容易。她读的不是名校，既不是"985"，也不是"211"。阳光雨露，近水楼台，都不属于她。得靠自己去打拼。有人给她支招，扬其所长，避其所短，把眼光投向遥远西部，到西藏当志愿者去吧，干一年，就可以参加公务员考试，而且录取率比东北几率高得多。

于是她报名当了西部志愿者。那年七月下旬，她从辽宁省本溪市的桓仁县（桓仁满族自治县），登上西行列车，驶往西藏。

妈妈执意要送她。她坚决不肯，说我又不是文成公主和亲，山遥路远，寒山万里，有去无回。探亲假的时候，我还会回来看妈妈。

妈妈说，我有一种预感，就怕将亲亲的女儿扔在西藏，那个叫天不应叫地不灵的地方。

妈，你扯到哪里去了，周雪哈哈大笑，再说，纵使我扔在了西藏，您还有我妹妹周鑫啊。

答应妈妈一件事情。母亲郑重地对女儿说。

说吧，妈妈，我可是乖乖女啊。

不许与藏族小伙子谈恋爱。

哈哈，妈妈，您这是民族歧视。周雪仰天大笑，我连语言都不通，咋与藏族小伙子谈恋爱，打手势啊，说哑语？

别给妈贫嘴，我这是在给你画边界扯铁网呢，记住了，爱上藏族小伙子了，你真的就是周雪公主啦，再也回不了大东北了。

周雪点了点头。

岂料，母亲一言成真。

坐着火车进拉萨。周雪告别了母亲、故乡和亲人，从北京登车，向世界屋脊挺进。车入大荒，心中掠过的是那首先秦不具名的《小明》："明明上天，照临下土。我征徂西，止于艽野……心之忧矣，其毒大苦。念彼共人，涕零如雨……"

周雪才不会思念故人，涕零如雨呢，夏天的青藏高原多美啊，藏羚羊飞驰，藏野驴成群，那驴背流线美极了，不时还有笨棕熊踉跄而来，像喝醉了一样，白云擦窗而过，坐了两天两夜，一点也不觉得累。入了拉萨城，周雪在布达拉底下培训了七天，因为她在大学里学的是幼教专业，于是被分到了那曲市儿童福利院。先当一年志愿者，后年再说考公务员的事。

再次坐上火车，过堆龙德庆区，从楚布寺沿途和羊八井峡谷驶了过来，溯当雄草原而上，黑河不曾入梦来，羌塘，蒙古语里的酱通地方，其实就是黑河，碧绿幽深的那曲河，谁想就是怒江的源头。在措那湖旁边下车，然后，溯怒江源头那曲河而下，周雪寻找到了安妥自己青春的地方，但是她压根也未曾想到，在这里自己会遭遇一场爱情，与一个叫嘎顿的那曲小伙子相爱，最终在此生儿育女，终老羌塘。

周雪是 2016 年 8 月到那曲市儿童福利院报到的。作为志愿者，未被分去当爱心妈妈，而是当了孩子们的音乐老师，带他们唱歌跳舞。其实，对福利院的孩子们来说，早就秉承了藏民族的高原基因与艺术细胞，乐感极好，周雪一教，孩子们就会了，且都是区外的儿歌童谣舞蹈，孩子们都喜欢这唯一的汉语老师，爱心妈妈。

彼时，有一双像蓝天一样纯净的眼睛，在悄然注视着周雪。她长发飘飘，亭亭玉立，与穿藏式长裙的安多姑娘截然不同。有一天，这双眼睛与她邂逅了，眼神纯净，静得就像措那湖的水，蓝玻璃一般，不存一点杂质，那是她在上青藏高原后看到的第二个高原湖泊。

你好，美女周雪。我叫嘎顿，是儿童福利院里的司机。男孩子主动套近乎，以后要去草原上看花、看雪山、看月亮、看星空，找我呀。

谢谢！您怎么知道我的名字？

福利院无人不知周雪啊，你是外边吹来的一片雪，福利院唯一的汉族姑娘。男孩子很会说话，一脸真诚，看不出半点套近乎的感觉。

谢谢！周雪依然是一片风铎般的清脆之声。

可以加您微信吗？

可以啊，院里尽是女同事。我确实想认识一个藏族小帅哥呢，要有重体力活，就找您帮忙。

说定了呀。男孩子有点窃喜，以为他被女神青睐了。

加过微信后，彼此再无联系。但男孩那双措那湖一般澄清的眼睛，一直默默注视着这个汉家姑娘。

观察得足够久了，但周雪并没感觉到有双眼睛在注视自己。作为福利院唯一的汉族阿妈拉，她与孩子们相处，聆听他们说藏语。更多的时候，是教他们说汉语，她的吐字字正腔圆，银铃般的笑声，掳走了不少孩子的心。

那天，周雪向我说起的，更多的是福利院的故事，最挥之不忘的是接一个弃婴。那是她到福利院的第一年，有一天，院长格桑曲珍给她打电话，说周雪啊，随我去接一个弃婴吧。在哪里？人民医院。

去人民医院，生孩子的阿妈跑了？

不是，孩子是在火车站捡到的，院长说，冻了一个晚上，奄奄一息，被车站工作人员送到人民医院了，在治疗呢，民政局和公安让我们福利院去接。

周雪当志愿者后，才知道弃婴的事，在这里隔三差五总会碰到。抛弃亲子，雪域高原也概莫能外。她跟着格桑曲珍院长去了人民医院，一看是三个月左右大的孩子，护士抱过来，还在襁褓中笑呢。

是男孩，还是女孩？她问。

女孩！

取名字了吗？

嗯！噶兰卓玛。

好听。周雪接了过来，闻见一股奶香味，孩子朝她笑了。

看弃婴在笑，周雪手抚了一下自己的小腹，彼时，她已经怀孕四个月，有点显怀了。

她也随着弃婴咯吱一笑，那幸福浅笑里，好像盛不下她的藏地爱情。

周雪，您看着孩子，我去公安局办手续。格桑院长交代道。

好嘞，院长。周雪答道。

看着弃婴的笑脸，掐指算来，再过四个多月，她也要当妈妈了。一个未婚妈妈，怎么会走到这一步？西部志愿者的身份未脱，她就要成为藏家的媳妇与母亲了。

都是因为那双默默注视着她的眼睛，太迷人，充满了诱惑。

嘎顿看了周雪四个月。入秋了，那曲镇周遭牧场秋草黄，百鸟飞走，唐古拉之巅落雪了。灰头雁从藏北安多、羌塘深处飞过来，朝着罗玛镇和嘉黎县方向飞走，向南，向南，去越冬了。

2017 年 11 月的一天，嘎顿突然在微信向周雪发来攻势，语音、打字，双管齐下：汉族来的阿佳真好，东北有雪花与羌塘的雪花一样美啊。夜幕落下时，他频频地给周雪发短信。聊啊，每个夜晚都聊得很晚，直到子夜阑珊时。

秋夜锁春心。藏北草原上的秋夜很漫长，秋风起，夜空深邃，天上星星像镶嵌在格萨尔王金鞍上的红宝石蓝宝石一样闪烁，发出迷人的光芒。映照一个藏家小伙子，跃身骑上白骏马，向天上廊桥驰去，周雪心中蓦地闪过一道白光，她被电着了。

约了一个多月，嘎顿说，周雪，晚上我带你去藏式酒吧，听藏家姑娘唱歌、喝青稞啤酒。

好啊！等周末休息吧。她答应了，不知是被藏歌诱惑，还是被他的目光所惑。

于是，那个周末的晚上，他带她走进藏式茶吧。灯红酒绿中，藏族大哥玩骰子，每局输者，小杯小杯地喝着青稞酒，仿佛总也喝不醉。藏歌响起时，皆为清唱，犹如一股重金属之声，从遥远天穹落下，穿云带雨，真的将她的灵魂震颤了，一曲又一曲，一台又一台，她有些醉了。

秋风沉醉的晚上，与嘎顿一起回福利院，走在他身旁，流连在那曲城的街衢上，闻着从风中飘来的男人体味，就像田野上的青稞味，从夜幕上掠过一阵秋风，她闻到了一种发甜的味道。

不知是谁说过，如果一个女孩嗅到一个男人的体味是甜的，那说明她爱上了他了。

周雪有些眩晕。她经不住他的追求攻势，挟着羌塘草原上的秋风而来，凌厉而清纯，如遮天盖地的雪幕落下，将她覆盖和淹没。

四个月后，她成了他的俘虏。

应该是藏历新年过后吧，我们确定了恋人关系。周雪说，我喜欢嘎顿的性格，待人谦和，像古代的谦谦君子。对人有礼貌，脾气特别好，说话语调很低，一笑，七个牙齿就露出来了，看上去美酷了。从外表到内心，都很好，干净，犹如羌塘草原的雪一样，给了我另一道风景。他就像一块古玉一样，藏在了唐古拉，被她意外地拾到了。

嘎顿这样的好性格，也许与因为从小失去母爱有关吧。他三岁时，母亲便去世了，爸爸续弦，远去拉萨，继母是一位医生，不怎么待见他。他只好回到那曲草原上，与奶奶一起生活。奶奶是一位虔诚的信徒，摇着经筒，转山，转湖，转经，口诵六字真言，那条经文重复的链条，犹如天梯一般，传向月贤王的王国香巴拉。

那天，嘎顿带着周雪去见奶奶，老人不会一句汉语，见了周雪，惊呼，拉姆！

奶奶叫我什么？周雪笑着问嘎顿。

奶奶说你是拉姆。

啊！仙女哟，周雪很意外，我可不敢。

但是，那天奶奶给周雪赐的藏名，却是次仁桑嘎，长寿吉祥之意。仿佛是在祝福她与其孙子的爱情，像大海造山隆起的喜马拉雅、唐古拉一样天长日久。

玉树临风，雪风过耳，周雪被唐古拉的雪风吹醉了，她将那株心中玉树揽入怀中。于是，西部志愿者，仅仅半年时间，便演出了一幕汉家女远嫁羌野的现代版的文成公主故事。


那枚禁果，不，应该说草原上的黄菇，是三月偷吃的？我问道。

您怎么知道的？周雪悚然一惊。

原因有二，一是从你大儿子的出生看，十一月份出生，应该怀胎于早春二月。二则你父亲万里迢迢赶到那曲市相婿，白雪皑皑，天寒地冻的，也许你们未买票，就先乘车……

哈哈！周雪捂着脸，俊俏的脸庞上掠过一团红云，说我的情感密码被作家破译了。

周雪违反了当初离开家乡时向妈妈的誓约，此时，局面有点不可收拾，她只有求救于爸爸了。女儿是爸爸的小棉袄啊，周家姐妹，周雪跑这么远，爸爸能不牵肠挂怀吗？

父亲来了，周雪带嘎顿去那曲市火车站接人。父亲走下站台，朔风吹过，山野一片枯草黄，沟壑里残雪犹在。半年未见，女儿站在出站口，旁边站着一个皮肤黧黑的藏族青年。他朝他们走过去，女儿跑来拥抱父亲，她黑了，胖了，身体更强壮了，只是脸颊上已经落下一片高原红。父亲搂抱着女儿时，一泓酸楚的泪水骤然落下，父亲哭了，女儿也落泪了。

拭去眼水，周雪将男朋友嘎顿推到父亲面前，爸爸，这就是我给你说的嘎顿，女儿要嫁的人。

叔叔好！父亲循声看过来，第一眼缘奇佳，高子高挑，眉清目秀，见人就笑，露出一排白白的牙齿，给人第一感觉特好。

小伙子是本地人？

叔叔，我是土生土长的安多人。嘎顿答道。

爸爸下车就查户口啦。周雪莞尔一笑，嘎顿命运挺惨，从小没了娘，爸爸找了一个女大夫，到拉萨过天堂般的日子，将他扔给了奶奶，基本上是跟奶奶长大。

哦！父亲迟疑着。以后一周，父亲以一个男人的视角，看这个女儿将要托付终身的男人。真如周雪信中所说，是一个干净、单纯的男孩，对女儿几乎是百依百顺，十分珍惜，捧着怕掉，含着怕化，视如明珠明月。

父亲默默地观察了数日，看女儿与藏家男孩如胶似漆，终于意识到，这个女儿已不属于大东北了，更不属于周家了。临走前，他特意请嘎顿和女儿吃了一餐饭，郑重交代，周雪是在大东北冰天雪地长大的，身体皮实，生存能力强，可这是高海拔之地，可以说是生命禁区，你善待她吧，好好过日子。

别时，女儿抱着爸爸哭了，说道，恕女儿不孝，不能为二老养老送终了。

扔一个女儿在西藏，我还有一个女儿啊。爸爸叹道，天下最重的就是一个情字，我女儿重情重义，周雪注定要与这片雪域融为一体了，我回去做你妈妈的工作吧。

父亲衔泪而去。

然而，妈妈一直不同意这桩婚事。她觉得女儿什么好小伙不可以嫁，非得嫁一个藏族。有两个月，妈妈以泪洗面，不接女儿的电话，发了微信也不回复。

可是一粒爱情的金青稞已经种下，而且开花结果了，女儿怀上了孩子，奉子成婚，已是既成事实。母亲抵抗了两个月，最终还是心软了，回来吧，总得办个婚礼，不然不明不白，把女儿抛在了西藏，在亲戚朋友面前无法交代啊。

十一长假，腆着大肚子的周雪携着嘎顿回到辽宁本溪，在村里举办了一场盛大婚礼。

汉藏一家亲，万里姻缘一线牵。办过酒席，回到那曲，那曲福利院院长格桑曲珍减免了周雪许多工作，说你身体不便了，在家好好养身体。鉴于她是汉家女儿，福利院领导建议她去拉萨分娩，那里海拔比那曲市低了一千米，又是自治区首府，对母亲、对孩子都有安全保障。

周雪和嘎顿开车去了拉萨，住到了宾馆，彼时，西藏自治区公务员秋考在即。

那天傍晚，看过考场后，周雪已做好了次日参加考试的准备，望着拉萨的天空紫霞满天，她觉得明天一定是一个吉祥的日子。

仙缘天注定。次日凌晨时分，周雪开始宫缩，并伴有出血。嘎顿笑了，说，老婆，你要当妈妈啦，去医院吧！

不行，我要挺过明天的考试。周雪摇头。

别与命争了，你明天的任务不是金榜高中，而是喜得贵子。嘎顿笑了，动员她上医院。

周雪已经痛得汗水淋漓，长发都粘在脸上了，看她脸色蜡黄，丈夫不由分说，搀着妻子下楼，带她去了妇幼保健院。

第二天，就在公务员国考开场时，周雪剖腹产，生下一个男婴，一个地道团结族，奶奶请喇嘛给孩子取名格桑罗布。

第一声啼哭，与布拉达的风铎一样，被金风吹过。

在拉萨坐完月子后，回到那曲已是隆冬时分。羌塘万里冰雪连天阙，雪野莽荡，太冷了，屋里靠烧牛粪，或者电取暖，无法洗孩子啊。

妈妈，快来帮帮我吧！周雪站在唐古拉南坡，向东北雪野呼唤，泣泪远山。

2017年12月9日，妈妈来了，坐着火车，翻越昆仑山，过可可西里大荒原，越过唐古拉，抵达生命禁区，在海拔4700米的那曲儿童福利院住了下来，一样的千山暮雪，一样的万里冰封，下车那瞬间，母亲的脚飘了起来，人差点失重倒下。那一瞬间，母亲蓦然发现，此雪域与彼雪国，一东一西，却大不一样啊。

我家大妞真不容易啊，母亲暗自嗟叹，她来当西部志愿者，却嫁在了西藏最高最苦的地方。

母亲在那曲市儿童福利院帮周雪带了一年孩子。周雪没有讲大东北阿妈拉，是如何在这海拔4700米生命禁区住下来的，从冬天到春天，再入夏，待到秋风起，狂雪覆盖羌塘，没有讲她是如何克服高寒缺氧，与高反抗争，在胸闷气短、头胀脑痛之下，既带嗷嗷待哺的孙子，还要上街买菜做饭。

作家却感同身受。那年仲夏，他第一次进藏，傍晚时分路经安多县，上几个台阶如厕，甫一小解，竟然有踏云欲飘之感，人差点往后一仰摔了。凌晨两点抵达那曲，住的是军分区副政委宿舍，屋里烧的是牛粪，刚睡着，心脏咚咚地跳，愣是被憋醒了，终于知道唐古拉南麓的环境酷烈。

后来，作家四年在青藏铁路采访，每次入安多县、那曲县，经常彻夜不眠，不是用安眠药，便是吸氧，那曲安多成了作家的一块禁地。而一个东北母亲，为了女儿，却在连树都种不活的地方，住了三百六十五天，而她的女儿将在这里度过漫漫的一生。

那天，周雪推着婴儿车，给静静躺在车中的孩子换尿布。她刚生下了老二，格桑旺久，孩子还不到百天。她说，老大生于拉萨，身体有些弱，老二生于那曲，可壮实了。坐月子时妹妹周鑫从东北过来，照顾了她一个月呢。

妹妹走了，大学毕业要回去上班了，她喜欢那曲的蓝天白云，绿绿的草场，清凌凌的雪水。周雪自豪地说。

坐在一旁的格桑曲珍院长不无自豪地说，周雪虽为志愿者当爱心妈妈，但是干得很好，她是院里唯一的汉族阿妈。孩子们都喜欢跟着她唱歌跳舞，她带来了很多现代的育儿理念，来院三年，表现很优秀啊，拿了两个自治区级的标兵，一个是自治区团委的优秀标兵，一个是自治区民族团结的进步奖啊。

东北女儿藏家媳！作家喟然感叹，周雪啊，你当志愿者，志在考公务员，这一回落了一个合同工，两个孩子的妈妈，果实硕硕，巾帼妈妈儿女情长，公务员还考吗？

考！我才二十五岁，可以考十年，到三十五岁。

考得上吗，有两个孩子的拖累？作家泼了一盆凉水。

老师别打击我，十年，总会有一次和牌的几率吧。

哈哈，周雪笑了，作家也笑了。

# 蕙质兰心映雅江

　　周发兰五十一岁了，已经过了退休年龄，却没有一点老妪之态。川妇容颜不显老，何况这么多年在察隅、林芝雨润雪浴，犹如雅鲁藏布江畔的一株古桃树，老干新葩，夭夭映雪。她说不知道过了五十五岁后，林芝儿童福利院还会不会一直聘用她。

　　那天，她望着尼洋河水，眼睛渐渐模糊，泛起几许怅然。从十九岁那个春天入藏打工，转眼三十年过矣，然后回四川老家竹园镇嫁人、生子、离婚。然后带着两个儿子重返西藏，相依为命，辗转于藏东昌都、后藏日喀则，待得最久的是藏南察隅，在底层苦苦挣扎。雪域流年，南迦巴瓦的雪化了，喜马拉雅的风吹过了，卷走了她的青春容颜。

　　终于，苍天有眼，善良的人总是有福报。她的两个儿子在西藏读小学、中学、大学，一个拉萨警校毕业，在西藏某派出所当警官，一个在天路公司工作，都事业有成。她本可以含饴弄孙，颐养天年。可是西藏之缘，总是让她与这块神奇的土地难分难舍。

　　那一年，她四十岁，在察隅做一点小生意，一位在林芝福利院工作的藏族爱心妈妈家里有事，让她帮忙顶班。这一顶，就留了下来，留在林芝福利院里干了十二年。作为汉家女，她当时是整个西藏儿童福利院唯一的汉族爱心妈妈。

　　周发兰说，她会爱上慈善事业，并非为了几个钱。尽管钱对于在西藏打工的妈妈来说，真的很重要。毕竟一个女人柔弱的肩膀要扛三张嘴，要养两个孩子，供他们念大学，钱一分也不能少。有时一块钱压倒一个家。她之所以没有倒下，就是因为结了一片善缘，一颗汉家女人的七零八碎的心，被西藏阿佳、阿妈们的慈航之情与慷慨馈赠，一点一点捂得热乎了起来。

那段时间，周发兰在下察隅沙玛乡承包了一片菜地。沙玛边防站站长是四川遂宁人，老乡见老乡，两眼泪汪汪。人家唤她小妹，觉得她一个女人带着两个孩子，跑到边境上来谋生，真的不容易。恰好边防站有片菜地荒了很多年，战士们种不过来，租给她种，象征性地收点钱，一年就几百元租金。

从沙玛的边防连过去不远，住着藏族与僜人。周发兰知道五十年前在这里打过一场仗，不少汉家男儿战死沙场，忠骨就埋在沙玛烈士陵园，离中原老家很遥远，可离她种菜的地方很近，她一点也不孤单。清明时节，给奉节县竹园镇亲人烧纸时，她照例会给烈士陵园的忠魂烧上一堆，愿他们安魂天国，有大把的冥钱花销。可是，此时，周发兰却陷入绝境。

两个儿子原本在沙玛农场小学读书，可是后来不让读了，没有人说明原因。她只好带孩子到察隅县城上学，望着沙玛边防站菜地在视野中渐行渐远，周发兰欲哭无泪。人生第二春的田园梦破灭了，虽然起早贪黑，辛苦之极，可是母子三人生活无忧啊。她最大的梦想，是让两个孩子能在西藏读大学，考上公务员，有个体面的工作，她这一生就值了。可是到了察隅县城，东西一条街，几分钟就走完，居民不多，抵不上老家一个村，她能做什么呢？

打不死的小强，周发兰这样形容自己的底层蚁族生活。她带着两个儿子进了察隅县城，几乎没有生活来源，做点小生意，卖点日用百货，也仅能够维持。最艰难的时候，没有本钱，不知钱从何处出，进不了货，交不起房租，死的心都有。可是，一听到两个孩子放学回来的脚步声，进门喊妈妈时的那声川音，周发兰说，她又活过来了。

第二天早晨，莽林雾起，旗云迎风飘荡，犹如一条白龙。望着两个孩子远去的身影，周发兰想象两个儿子跨上野人山的白马、白龙，走大道，出然乌，去波密、林芝，走上光明大道。她决定去借钱，开个小川菜馆，再外卖点生活用品，让两个孩子好好念书，长大后过天堂般的日子。

两手空空的她，向谁去借钱呢？环顾察隅县城，屁股大的一个地方，一条街从东走到西，也不过十分钟而已。她认识的人有限，汉族人几乎没有，但走到街的尽头，并非人生尽头。她蓦地想起一个人，胖子阿姨，察隅县人民医院妇产科藏族大夫四朗拉金。

提到胖子阿姨，周发兰扑哧笑了。当年，她还是一个姑娘时，从察隅回四川奉节县老家过年，四朗拉金找来了，说让她带察隅买不到的东西，说她太想吃了。

她问啥子东西呀？

白面，富强粉！

富强粉？！周发兰怔然，胖子阿姨，山高路远的，你让我带富强粉？

对头，就是你们说的小麦面。我喜欢在烧热的石头上炕白面粑粑，可是察隅县买不到白面粉啊，据说四川农贸市场到处都有啊。

我帮您买，胖子阿姨。

好！四朗拉金点了点头，从包里抽出三千元，攥在手里，欲言又止。

周发兰见胖子阿姨未将钱递给她，左右环顾，心生疑窦，问道，胖子阿姨，您这是……

我第一次见您，过去又不认识，要不找一位见证人？四朗拉金犹豫着。

哈哈！胖子阿姨，您信不过我这个人，我可以向佛爷发誓……

别，别！我们藏家人转经磕头，祈福亲人，从不发毒誓诅咒自己与朋友，我相信您，四川阿佳。

四朗拉金将三千元递到了周发兰手里，仍有余温。在那个年代，三千元毕竟不是一笔很小的钱。何况当时她居无定所，游历于藏南、后藏，偌大一片雪域，一个人要隐于芫野，或溜之大吉，那么胖子阿姨只能自认倒霉。再说，当时两人相托之事，并无第三者在场，只能凭良心做事了啊。可是四朗拉金相信一颗心，一颗被西藏这块信仰与风马旗风化、净化过的心灵，但她更看重一双眼睛，这个汉族少妇的眼睛，像西藏湖泊一样清澈，映衬着藏南的蓝天白云远芳青草。

漫长冬季过去了，藏南雪山上的野花开了，灰头雁掠过天空，青稞地不时有黑颈鹤盘旋。

开春了，周发兰从奉节县老家回来了，长途班车顶上，她一下托运来了二十几袋面粉，司机惊讶，大姐，你在察隅开川面馆？

没有！周发兰摇头，给胖子阿姨带的。

胖子阿姨是谁？

县医院产科大夫四朗拉金。

买这么多啊，快一吨了，我的车胎都快压爆了。

对不起嘛，胖子阿姨喜欢吃小麦粉。

周发兰回来了。当她从长途汽车站将二十几袋面粉拉到四朗拉金家门口时，胖子阿姨的脸上绽开了一朵雪莲花，笑吟吟地说，我没有打眼，一朵幽兰出西藏，这个汉族阿佳，诚信、忠厚、靠得住。以后遇上什么事，尽管与阿姨说。

这回周发兰真摊上事情了，她要在察隅县城养活两个儿子，供他们读书，她想开小饭馆，可是一分钱本金也没有，环顾察隅县，能借钱的人唯有胖子阿姨，可是她深知人际关系的法则，不借钱，都是好朋友，一借钱，就是冤家陌路。

可是她已经无路了，无路唯有天神相助吧！下察隅董琼村有个僜人女巫师，相传能与天地通灵，看得见前世今生，预知未来。据说当年女巫师曾出家当尼姑，后还俗回家，生了一窝孩子，但与天地感应的锐觉一直未退。周发兰在董琼小学对门住了四年，与女巫是一街之隔。见不少藏族同胞翻山越岭而来，有求于她，请女巫逢凶化吉。周发兰看得多了，也陡生好奇，遇有不顺心之事，也请女巫测测。她因为不懂藏语，无法与女巫交流，每次都会叫朋友贡南珠与她一起去，现场给她做翻译。

那天上午，周发兰叫上贡南珠，一起到下察隅，找到女巫算算自己的借钱之事。女巫师通过贡南珠翻译，听懂了，开始作法，唤神，与天地神交，喃喃说一些谁也听不懂的天语，神话，并掐出了时辰，说最好是今天就借钱，一借就能借到。

真的？周发兰眼睛遽然一亮，谢过女巫，走到董琼村自己住过的门前，给四朗拉金打电话，说嬢嬢，我遇到倒霉事情啦，需要找您这个活菩萨解困。

妹子，遇上啥子难事吗？瞧您口气挺急的。藏南普通话基本被四川话覆盖了，四朗拉金说话一股川味。

两个儿子在下察隅没法子上学啦，我们搬进了县城嘎巴村，周发兰面露难色地说，无依无靠，没得经济来源，我想开个小饭馆，赚钱糊口，供孩子念书。

好事情呀！胖子阿姨答道。

可是我两手空空，口袋里无银子，想找嬢嬢帮个忙。周发兰诚恳求道。

开个小饭店，本钱要多少？胖子阿姨在那头问道。

两万块钱！

好呢，妹子，你过来拿吧，阿姨借您。

*谢谢，胖子孃孃！* 周发兰激动了，将平时唤四朗拉金的尊称也脱口而出了。*您真是我一家人的活菩萨啊。*

*哈哈，妹子，不敢当，会折寿的。*

搁下电话，周发兰欣喜若狂，要返回去给女巫磕一个长头。

贡南珠说还是回去给胖子阿姨磕吧，她才是救命菩萨。

*哦哦！说得对噻。* 周发兰答道。

其实那一年之内，周发兰向胖子阿姨四朗拉金借的钱不止两万，而是六万。后来，她又一而再，再而三地借了两回，仍旧一次两万，加在一起六万。到了第二年，小饭馆挣钱了，她便千儿八百的一点点地还，凑够一笔就送过去。四朗拉金一如既往地大方、大度，说妹子哟，用吧，宽余了再还。

周发兰摇头，说，胖子孃孃的大恩大德，我这辈子也还不完，我一点点地还钱，其实就是想告诉孃孃啊，我没有敢停下，我在提升自己啊，没有做亏本，要让爱我的人对我有信心啊。

*我从认识您那天起，就对您有信心。* 四朗拉金笑着说。

*谢谢胖子孃孃！*

谢什么，我都将您当作亲人，自己的孩子了。

确实，四朗拉金真的将周发兰当作亲人，她的儿子折波，还有儿媳金子荣，都成了周发兰的朋友。

在察隅，对我最好的藏族亲人，不仅仅是一个胖子阿姨啊。周发兰说，还有贡南珠啊。他是一个比周发兰小十几岁的藏族兄弟，周发兰家里有什么事情，只要找到他，无论多晚，不管再忙，他都会第一时间跑来帮忙。

周发兰说一个女人家，带着两个幼小的孩子，在极边之地开个小卖部，小面馆，总不免会受到一些醉汉的骚扰。有的拿了东西不付账，有的半夜三更来敲门，让人防不胜防。

有一天晚上，周发兰与孩子已经睡下了，一个在单位上工作的男人，喝高了，来敲门，不说要买东西，而是别有用心地骚扰，是对外地人，甚至对孤儿寡母的欺凌，周发兰见的多了，坚决不开门，说夜深了，小店打烊了，明天再来买吧。那个人就砸门，将门下边砸了一个洞，两个儿子小，吓得哇哇哭。周发兰安慰说，不怕，他不敢从门洞里钻进来，他敢，我就用砖头砸他的头。

后来，那个酒鬼觉得无趣，悻悻离去。

第二天，周发兰找到贡南珠，说老弟，请帮帮忙，跟昨晚来骚扰我们母子的酒鬼说说，他是单位上的人，代表着公家形象，不能欺负妇孺弱小啊。

贡南珠点了点头，说大姐放心，这件事情，我来替你摆平。言毕，便径直找到了那个单位，叫出来那个酒鬼，问道，昨晚是不是喝高了？

玩骰子，喝了一箱啤酒，有点高了。那酒鬼答道。

然后去踢门，骚扰一家母子，欺负人家是外地女人，孤单无助，贡南珠质问道。

断篇了，昨晚的事情不记得啦。酒鬼答道。

少来！几瓶啤酒，撒一泡尿就没有了。贡南珠谴责道，你清醒着呢，耍酒疯，欺负一个弱女子，算什么藏族男儿！酒鬼羞赧地低下了头。

我警告你，下不为例，若再去骚扰，我就反映到县上去，告你霸凌欺压民女，让你丢饭碗。贡南珠正告道，兄弟，记住我一句忠告，这是共产党执政的地方，人民坐江山，头顶有青天，山上落白雪，有人会治你的。

贡南珠，那个婆娘是您什么人？酒鬼问道。

我是小孩的舅舅。

好吧，看在舅舅的份上，我不惹她们娘仨啦。

别的人家也不能惹。喝了酒，安安静静地回家睡大觉。

我答应您！向菩萨起誓，再不干那种事情啦。

这就对啦！

周发兰说，在察隅的几年，一直是胖子嬢嬢帮他们，贡南珠罩着他们，从此再没有人敢欺负周家母子。

后来，两个儿子读中学，离开察隅，到林芝上学了，周发兰也随之搬离了察隅。母子三人翻越海拔4900米的德姆拉垭口，周发兰站在高高的雪岭上，蓦然回望那片与印缅边境接壤的大莽林，烟雨迷茫，雾绕云遮，淹没了一个川妹子的青春容颜，也澄清了一个汉家女的爱心，善心。

在林芝的日子很艰难，城市大了，机会多了，可是周发兰却举步维艰，想做小生意，却做什么亏什么。只好去打工，有一天，在察隅认识的打工女周明玲给她打电话，依旧是川音款款，兰姐，最近做嘛子吗？

打工，给人家做保洁，还能做嘛子呀。周发兰答道，有一天，没一天的。

有个机会，不知你愿意不愿意？周明玲在电话那边问道。

啥子机会吗？

林芝儿童福利院有个位置，一位爱心妈妈家里有事，回去了，要找一个人临时顶一顶，你想不想去？周明玲说明来意。

当然想了。有个事情做，总比闲着强。周发兰求之不得。

一个月只有2000元啊。

蚂蚱也是肉啊，我干。

周发兰说，她来之时，林芝儿童福利院还没有实行"双集中"呢，她先在集中楼顶班。管理上初高中的孩子，一个班有五十多个，一般是一楼待三天，二楼待三天，虽然不会藏语，可孩子们普通话说得好，交流无碍，待十天的时候，她就祈祷，苍天在上，将这份工作给我吧。

心诚则灵啊。一个月满了，那个前任没有回来，她拿到了 2000 元。院长说，周发兰，我们观察久了，孩子们对你反映也好，你就在这里干吧。那一刻，她恨不得雀跃起来，高兴得快要哭了。

临时顶替变成了长期合同，在集中楼一干就是三年半。面对的都是一群花季少年，十三四岁年纪，刚踏进青春期的门槛，叛逆性强。但是身为汉家女，汉家阿妈拉，周发兰更有一种似水柔情，母爱犹如雅鲁藏布一样，宽阔，深邃，或静水无声，或波涛汹涌，一点也不比藏族阿佳阿妈拉逊色。

有故事为证。

仁增拉姆是波密女孩，从小失去了父母，被亲戚送到儿童福利院，因为身体不好，不时住院。可是女孩刚踏入青春期门槛，性格有些逆反，陪她住院的爱心妈妈说，这个孩子不是乖乖囡，真难伺候。一说让陪她住院，就有点挠头。

院长找到周发兰，说你岁数大，带孩子有经验，你陪仁增拉姆去住院吧。

好嘞。周发兰几乎没有犹豫就答应，在她看来，妈妈照顾孩子住院，是天经地义之事，没有什么好推脱的。

那天，她带着仁增拉姆去住院，到医院办完手续后，见仁增拉姆只穿了一件衣服，她说，孩子，你先在住院部少安毋躁，阿妈拉出去一趟。

周发兰走出人民医院，到超市，为仁增拉姆买了大毛巾、衣服，还有她喜欢吃的零食，提了一大兜回来。然后让仁增拉姆睡在床上，盖上大毛巾，温暖之极。孩子输液时，周发兰就坐在床边守着，上洗手间不方便，周发兰就帮她举着吊水瓶，耐心之极，脸上吹过的是一股和煦的春风。一个汉族阿妈拉，对藏家女儿这么好，病友都露出了羡慕的眼神。有一天，仁增拉姆用零花钱买了一个头套，送给周发兰，亲自为她戴上去，看上去特别好看。

时隔多年后，仁增拉姆说，兰阿妈，如果没有那次住院您对我的精心照顾，我的身体也不会恢复得这么好。

后来，仁增拉姆初中毕业了，读了林芝职业学校，长期住校，只有寒暑假才放假回到儿童福利院。好久不见周发兰阿妈，一见面，仁增拉姆远远地跑过来，喊着阿妈拉，我好想你啊，抱着周发兰哭。

周发兰说，她对这些藏族孤儿，视如己出。近三年，两个儿子参加了工作，家里经济状况改善了。到了星期天，她就带着孩子出去吃饭，她让孩子们围成一桌，孩子们给她夹菜，一派天伦之乐。过节了，给每个孩子都买上一点小礼物，孩子们特别喜欢她。有个男孩叫贡桑平措，老家在波密，在读初一，见到周发兰，不喊阿妈拉，而一声声叫阿妈，将周发兰的眼泪叫出来了。她好喜欢这个小男孩，长得像康巴英俊少年，以后的日子，他经常在周发兰面前转前转后，她觉得这个男孩像她当公安的大儿子一样英武，不时带他出去吃饭。有一天吃过饭，他说阿妈拉随我去一个地方吧。去干什么？周发兰问道。去见我同学啊。于是，她就跟着贡桑平措去了街上，见一个与他一般大读初中的少年站在街边，他指着少年说，你不是说我是儿童福利院的孩子，没有妈妈吗？！这就是我妈妈，我妈给来了。那一刻，周发兰的泪水簌簌地流下来了。

那天采访结束时，尼洋河上的夕阳横在天空，河面上紫气浮冉。我望着远天，与周发兰别过。明天就要飞回云南了，五十二天的西藏雪域之旅即将落幕。周发兰仍旧如数珍珠地说着她的孩子们，折措去昌都读书了，现在是高三，明年该考大学了；曲拉姆在林芝一中读书，被福建援藏干部带到了福州，去时才考了 350 分，而在福建读了两年后，成为学霸了，考了 700 多分啊，震惊了整个福利院，我为自己的女儿感到自豪与骄傲呀。

汉家女周发兰如是说。

兰质蕙心映雅江。 彼时，一行灰头雁从我的头顶上掠过，啾啾啼鸣，该返程了。

一行大雁向南飞哟。

# 文成、金城公主的倒影，回不去的地方成故乡

　　那天我有点疲惫，从阿里高原儿童福利院一路采访过来。出普兰县城，绕冈仁波齐而行，侧玛旁雍错而过，下仲巴，入萨嘎县，一路风尘仆仆，几乎都是海拔4700多米的地方。终于到了吉隆县，海拔骤然降至2000米左右，夜雨莽林，好湿润啊，让我的呼吸畅爽了。那天是采访最后一个达曼人村庄，晚餐隐于一片大莽林中，此地离尼泊尔直线距离不过20至30公里。日喀则市民政局和扶贫办领导驱车400多公里来看我，为我接风洗尘。除了一路相陪的巴桑干事，其余皆为汉族。吃的是森林放养的柴鸡火锅，味道好，鲜美，我破例喝了一点白酒，酒乃日喀则扶贫办主任家藏，入藏三十多天了，我还是第一次喝烈酒。敢喝，是因为海拔降到生理能承受的程度。

　　吉隆镇海拔2800米，近倚喜马拉雅南麓，印度洋的暖流吹过来。一片雨云笼罩，黑云压在藏居人家屋檐上，电一闪，雷声四起，穿云带雨，祥雨就落下来了。下雨时间也不会太长，一会儿，太阳钻出云罅，雾散雨收，大莽林惊现一道彩虹，横跨天际。

　　我第一次有醉氧的感觉。入藏一个多月，这是我入藏以后第一次碰到落雨。藏北、阿里，三十多天未见一滴飘雨。而车进吉隆镇，沿吉隆河一路向下，丽日晴空，突然变换为另一道风景，沿途的树也多了起来。山遮天低，白云浮舟于空，时而云走，时而雾起，时而雨落，

时而虹显，俨然是另一个世界。

小道弯弯，我正向大莽林走近。雨下得更大了，跃过一条小溪，前边一座小庙惊现，蛰居于悬崖下，凹进的地方，盖了一个方方正正的小庙，庙前有一个牌子，说当年赞普松赞干布迎娶尺尊公主时，曾在此避雨和休息，入庙，没有电灯照明，只有一盏盏酥油灯映照着昏暗的小庙，庙里塑松赞干布与尺尊公主的塑像，当然也少不了莲花生大师和宗喀巴大师的塑像。

小庙无僧人，我转身出来，跨出门槛，居然见一个长裙婆娑的娇娘，伫于门前，显然，她才是小庙的值班者，我惊呼玛吉阿米，娇娘，但她不谙汉语，似懂非懂，因她年近五旬，却丝毫不见老妪状，长发，束成大辫子，夏装长裙映衬婀娜之姿，于是我请她立于小庙的门前，后边是如河一般的酥油灯，拍下一张照片，留下了无限的风情。

是尺尊公主还魂呢，还是文成公主站在前面，抑或金城公主现身？！

天路迢迢，太遥远了。文成公主和金城公主怎么会远涉于此，但这是唐蕃古道一段啊，大唐出使身毒的使者刘元鼎来过此地，我返程时，还专门到离吉隆镇不远的一个村，看了刘元鼎留在唐蕃故道最远处的一个历史遗迹。

大唐公主不在，桌子对面却有汉家女儿。一位女儿站起来给我敬酒，甫一张口，居然是一口地道的东北话。

怎么跑这么远？援藏，还是在这里当公务员？

考到技术监督局的。

老家哪里？

辽宁鞍山。

哦！三杯两盏淡酒，一饮而尽，男人女人都惊现粉面桃花，微醺之时，我起身回敬酒，走到她面前，碰杯之时，她突然说了一句，我再也回不去故乡啦！

为何？

嫁了一个藏族小伙子，是藏家媳妇啦。

啊！我惊叹，周雪第二。

周雪是谁？

那曲市福利院的一个爱心妈妈，也是你们东北姑娘，嫁了一个藏族司机，先后生下两个宝贝儿子。

命也！她凄楚一笑。

爱情吧。我与她碰杯，有爱就有远方。有爱，远方就是故乡。

作家说得好，干！

一饮而尽。

天慢慢黑下来了。夜幕垂下，大莽林沉入亘古的寂静。驱车返回吉隆镇，那天晚上，我睡得很沉，却铁马雪风入梦来。前天抵吉隆镇时，采访达曼人村毕，吉隆县扶贫主任说，村后有一片清军墓地，是否要看。

当然要祭拜。我说，大清王朝与廓尔喀之战，那是因为廓尔喀入侵西藏，兵锋将至后藏。大清皇帝得知驻藏大臣的奏报后，派福康安带清兵万里迢迢而来，过了一山又一山，趟过了一水又一水，而这支踏雪而来的队伍，就有中原子弟，亦有满族贵胄，入吉隆镇前的那片森林里，就是曾经的古战场旧址，清军击败廓尔喀军队后，统帅福康安曾挥毫题了"招提"两个字。招提是梵语，意为寺庙。还可以译成四方，一场大战过后，鼓角声寂，硝烟仍浮冉于空，在原始森林中弥漫，可是横尸遍野，捐躯者不止胜利者，也有失败者。彼时，尸身被兽咬蚁食，剩下白骨一堆，日曝雨润。化作寒夜中的一堆磷火，但壮士孤魂仍旧在大莽林中踽踽独行。于是清方统帅福康安在绝壁上丹书，招提，意思此为寺庙，可以为清方的，亦可为敌方的亡魂招魂，让那些沦落的孤魂野鬼可飨供品、祭品。那天出森林，路经达曼人村庄，看公路旁上的挂牌上有棕色的黑体字，清军墓葬群。我便说，要来此一祭。

那天采访完达曼村人，我告别村两委，沿一条小径，往村后走去，此时雾散云飘，阳光灿烂，古树相掩的丛树中，仍有一只鹧鸪鸟叫魂还春，时节已入初夏，春花荼蘼，绿树、古树葳蕤成荫，古松巨伞般地庇护着一个个亡魂。

爬上一片小坡，建有一座小庙，中间站立者，居然是一尊石佛，这种石佛我曾在玉树勒巴沟公主庙见过。而在遥远的中尼边境，居然见到中原，或者是西域阿富汗一带，才会见到的石佛，令我有些意外，可能是当年军队带的工匠所为。

我一步步走向清军官兵的墓地，一场山雨过后，太阳出来了，照在山坡上，古树参天，野花遍地，黄的、白的、紫的，远芳侵幽径，而那一座山中的坟茔，皆由石头砌成锥形，像他们飘缨的战盔。排列得整整齐齐，仿佛还在等着统帅福康安的点名和召见。且一致向东方，向着中原老家，楚天夜雨，老母倚门，孩子站在村头等着他们归来，可是他们再也回不来了。忠魂踽踽独行，或上天阙，或立于忠烈祠中，成了国家之祭，而他们的江南老母，还有妻子儿女，望穿秋水，不见英雄归来。

我一步步走近这些亡魂，一泓热泪泫然而下，莫道英雄不怜情，只是未到伤心时。我对留在这里的大清官兵的遗骸之墓作了一个军人敬礼，最后再作三鞠躬。悄然别去。

回到日喀则前，最后一站是萨迦古城，我已经两度来此，采访完最后一位铸铜的师傅，在县委食堂吃过中饭，别过，我看了看表，恰好是下午两点半。

车子驶出萨迦古城，太阳还挂在晌午的钟盘上。天穹下，晴空万里。一丝云彩也没有，出萨迦县城，一路青稞浓绿，如翡翠一般。西南望，极目天际，高高的珠穆朗玛，隐匿于万重山后，太遥远了，行至萨迦，我已经走出四百公里远了。还会来吗？

故人，故魂，汉家儿女归来。从一千三百年前的盛唐始，便有使人踽踽独行于这条古道之上，寒夜时，用化冰融雪的水，研墨，记下一段驿程往事，令我望雪山嗟叹。一周前，吉隆镇大林莽中，敬我酒的汉家女那句话仍让我心碎，我再也回不去故乡了。想想，泪眼婆婆。

汉家女儿几时还！西藏的天空下行走，奇遇多多。想一个人时，也许会有一种量子纠缠的反应。车行一个镇上，见一行人站在路边，又是西藏扶贫办主任和他的调研团队。巧了，大莽林夜晚一别，虽各奔东西，却一路前后而行，两度巧遇，一次在定日老县城的街上。已经是一周前的事情，而这一回，又遇，我让司机停车。下车打招呼，向扶贫办主任说，我将去日喀则市区，主任说，宾馆已经订好，此时，那天晚上喝酒流泪的女士与一位藏族小伙子走了过来，我与她道别，寒暄中，她指了指站在旁边的藏族小伙说，这是我男人。我讶然，长得真帅啊，个子高挑，黝黑的肌肤。

金童玉女，汉藏佳配。

我们也是来接她的。扶贫办主任说，昨晚放她的假，让她与在蹲村点上的丈夫相聚，解解渴。

哈哈！人群中爆出一片笑声。弄得这对汉藏夫妻一时窘迫，羞涩地低下了头。

登车，向后藏之城日喀则驶去，那可是我三十年前，第一次入藏时的涅槃之地啊。

北去，过拉孜地域，高高的杨树渐成绿荫，雅江将近。从阿里下来，马泉河，雅鲁藏布，时而与它渐行渐远，时而又从江畔擦肩而过。沿着这条江下行，到了山南之地，文成公主还有金城公主的身影，仿佛还倒映在江水里。

岁月尘埃掩映了许多的爱情，可是汉家女远嫁的故事，仍在继续。千山万水，大唐公主远去的身影，在前方渐行渐近。

汉家女啊，世世代代，其身影总是不绝于这条天路上。

# 灰线：象雄东多画师罗布玉加，红度母摇曳多姿

罗布玉加到知天命之年了，行走丁青的山水间，风吹过来，青稞金黄，一片麦浪翻滚，该是秋天收获的季节。站在城郭与山野的接壤处，蓦然回首，觉得自己很幸运，东多家族到他这一辈，兄弟姐妹九个，唯有他成了画师，赓续象雄东多画派的血脉。

那天，初秋的一个傍晚，骤雨过后，天空重又放晴了。余晖明丽依旧，一道彩虹浮冉而起，横亘丁青城郭，天虹于天，将县政府办公楼与五星红旗框于一景。白楼、红旗，青山、牧场，金色青稞地，在日暮黄昏的雨后，秋景如画。我坐在藏式茶几卡垫上，远眺窗外如画的景色，不时品尝罗布玉加老婆打的酥油茶，听画师讲自己的得道经历。

罗布玉加的脸庞映着彩虹的余晖，那是象雄东多家族遗落在他身上的荣耀与辉煌。他说，家有兄弟姊妹九人，五男，四女。他排行老二，学画唐卡是他儿时的记忆与馈赠。父亲和妈妈，都出自画坊世家。尤其是妈妈家，了得啊，古象雄最有名的东多家族，邸院旁边就有一座著名的苯教寺庙，妈妈的叔叔做住持。而画唐卡，是他小时候的一道风景，爷爷画、父亲也画。妈妈从东多家嫁给父亲，他跟着妈妈去看外公、外婆，更是一道胜境：外公和舅舅都在画度母，妈妈说，外公次仁永培在三十九族地盘赫赫有名，是最受人尊敬的唐卡画师，祖

上世代作画，真记不清传了多少代了。苯教寺庙的壁画和唐卡，像孜珠寺、丁青寺、都留下了外公的手笔。跟妈妈见外公，是罗布玉加最快乐的时刻。他伫立外公画架一侧，安静地看老人画画，从不将颜料、画笔甚至画布搞乱，更不敢随意涂鸦。因为妈妈说过，那画上，画的都是天地自然的神灵。

外公见小玉加一动不动地站着看他画画，眼神清澈，透着一种诱惑与神往。问他，是不是想画唐卡？罗布玉加点了点头。于是，外公招手喊女儿，交代道，这孩子心性通灵，静穆，敏感，先跟其爷爷学唐卡吧，再跟我，然后再去投师你大哥。

阿妈点头，说父亲交代的事情知道了。她从东多家嫁进另一个唐卡人家，夫家几个兄弟，却无一人在画唐卡。白度母、绿度母端庄厚重，二十一度母摇曳多姿，画框里是人神，红尘中是人生。罗布玉加的童子功是跟着波拉（爷爷）练就的，波拉的波拉也是画师，可是比起东多家族，还差那么一点点火候。这火候是什么？就是成熟的标志，也许就是小烹之时的度，而这种差别隔了千年，象雄王国的，抑或三十九族的千年、百年。

罗布玉加谨遵母命，跟着波拉画了两年唐卡。后来，又到外公家，跟象雄东多最著名的画家次仁永培又学了两年。爷爷、外公精心指导，特别是外公，年纪已经很大了，眼睛模糊了，手抖了，可是，他的画技和经验，却非一般画师可比。点石成金，化童显神啊，罗布玉加在外公的护翼下，如鱼得水。然而，他仅学了两年，外公身体大不如前，对他说，去昌都，找你大舅去学吧，我能教你的也就这些了，眼睛花了，改不了稿了。

沿扎曲而下，翻起一座座雪山，过丁青、类乌齐境，皆为当年霍尔三十九族之地。抵昌都地区，去找阿松（舅舅），彼时拥中尼玛就在文化局里当画师，画唐卡，堪称昌都境内象雄东多唐卡最好的画师。

罗布玉加拜师舅舅门下，在澜沧江的源头，一学就是六载，将东多画派的风格、气派和风韵，揽入自己的唐卡画框中。六个春秋，达马拉的云飞过来了，雨落下了，冰雪也化却了，化为澜沧江的一滴水，一片浪花，一泓清波。枕着扎曲、昂曲之波，鸟瞰澜沧江浪拍横断山，逝水如斯。月儿残了又圆了，一山明月一岭风，一江波涛一江雪。东风从茶马古道上吹过来，月圆之时，拥中尼玛站在画室里，凝视一轮明月，对罗布玉加说，仓央嘉措有首道歌，说"在那东山顶上，升起皎洁月亮，玛吉阿米脸庞，浮现在我心上"。玛吉阿米被世人当作未生娘的脸庞，其实满月的玛吉阿米，就是观音的脸庞，你瞧她多安静、慈祥、博大，抚摩众生，不分你我他，不分贵贱贫富老弱。她时而白色，时而黄色，时而红色，时而紫色，那就是度母在变脸啊，从白度母，变成红度母，再变成绿度母，然后幻景为红度母，最后变身为二十一度母，法力无边，变幻莫测，画度母，心中就要有一轮明月，以静制幻，以平静、平淡、平安的情绪来写自己心中的女神，西藏女儿的妈妈。

阿松说得对极了，罗布玉加恍然大悟，画笔不在手里，在心中，诗在功夫外，画在虔敬中。唯有对自己民族的真爱，才能画好藏族女儿心中的阿妈拉。

罗布玉加将天母画成了人间，又将红尘画作了天国，一个个度母向他走来。

白度母，身色如雪山洁白，无论泥塑、铜铸，还有唐卡形象，千载如斯，面生三只眼，结跏趺坐，曼妙多姿。

绿度母，全身呈翠绿色，坐姿与白度母不同，只两眼，与白度母不一样。绿、白度母造像比例匀称，形态优美，面容妩媚恬静，色彩绚丽，是藏传佛教艺术中动人的艺术形象。

度母在人间，在牛粪燃烧的袅袅青烟里。在昌都城里的六载，罗布玉加心无旁骛地画了六年，白度母、绿度母、红度母……二十一度母。

就只能教你这么多了，回丁青吧，那里是东多画派的原乡，在那里画唐卡，画红度母，不仅有颜料，还有土壤。

谢谢舅舅。罗布玉加答道，一日为师，终身为父，六年跟阿松学的，比我从波拉和外公处学的还要多。

他们两年，抵我二十年，不可比的。拥中尼玛说。

翻越朱卡雪山，罗布玉加回到了丁青县，成了职校一名教师，专教学生画唐卡。

玉加说，他教学生画得最多是度母，在西藏，度母是观音菩萨，是众人心中仙女、神女，也是众神之母。

白度母是学生们画得最多的，也是他们的习作之一。

度母是阿妈拉，是阿佳啊！是每个画师心中最亲近的人。罗布玉加说，他要求学生带着感情作画，把自己的虔诚、崇敬、膜拜之情，凝结于画笔之端，画出感情，画出崇拜，画一个心静若水。

东多画派的度母与勉唐、勉萨画派有何不同？我问道。

有何不同？罗布玉加似乎是在问自己，抑或是问上苍。外公、爷爷皆是东多派的大画家。在追随他们学画的日子，他从未问过东多派与盛行于拉萨、山南和后藏的勉唐派、勉萨派唐卡，与身处三十九族腹地的霍尔东多派有何区别。唐卡兴于后弘期阿底峡弘法年代，阿底峡从佛国而来，那时他已人生衰年，曾经在阿里待过三年。再想返回南亚，又遇上了战乱，遂走向后藏和卫藏之地。到过桑耶寺，在藏弘法十二年，最终圆寂于拉萨聂塘寺。而他的身后，唐卡不仅盛行于卫藏、康区，还远播古象雄，阿里诸部。

在罗布玉加看来，东多画派的唐卡二十一度母行相，其实与勉唐、勉萨派相差无几，人相造相仍旧丰满端庄，骨相以胖为美，几乎以当年大唐王朝的审美为准。真正的苯教东多画派的元素不多。

我画二十一度母的唐卡和云彩，手印之眼，一些细节之上，仍然与勉唐派不同的。罗布玉加说无论哪个画派，他们心中的度母形象，一定是天下最美的妈妈。

第七卷
Chapter 7

祸祟

# 比日神山下的小米拉和仙女阿妈

    小米玛已经十岁了，因患了唐氏综合征，一直长不大。那是上苍之手在编织生魂时，搭错了一根线，基因遗传出了问题。十岁的孩子，长得太袖珍了，看过去，与五岁孩子差不多，容颜畸形，且智力发育迟缓。要命的是，小米玛抵抗力差，经常生病，在西藏特殊学校读书，不时被退回来，返回林芝儿童福利院养病，那边老师说，治好了，再回来读书吧。

    那天，小米玛下车，回到林芝福利院，见到自己还在襁褓中就带他的爱心妈妈拉姆白宗，扑上前来，喊道，阿妈拉。

    拉姆白宗一惊，米玛，你还认得我呀？

    嗯！小米玛的肢体不协调。仿佛他的认知，都凝固在了四五岁，人长僵了，没有长开。

    我的孩子。拉姆白宗扑过去，将小米玛揽入怀中。问道，你在特校那边还好吗？

    好！小米玛颤颤悠悠地说，就是有人在问我，老家在哪里。

    你咋回答的？

    林芝儿童福利院！

    对啊，你的家就在林芝儿童福利院。拉姆白宗答道。

    可是有的小朋友说，儿童福利院都是孤儿。

胡说，你不是孤儿，你有一大群阿妈拉，有拉姆阿妈、次拉阿妈，还有院里好多好多阿妈拉，拉姆白宗将小米玛揽在怀里，将脸贴到了她的小脸庞上。

同学们还问我老家在哪个村。

比日神山啊。拉姆白宗说，你生在比日神山，是一百只老鹰、神鸟衔来的。

我是神鸟衔来的。小米玛步履跩跄地走开，去与别的小朋友一起玩。

望着小米玛的身影渐行渐远，与孩子在一起撒欢，拉宗的眼帘被一泓泪水盈满了，这孩子真是神鹰衔来的哟。

那一年，应该是2012年吧，拉姆白宗刚满二十二岁，可她已经在林芝福利院工作了两年了。彼时，西藏"双集中"供养还未实行。老人与孩子们并未分开，福利院里有老人，亦有孩子。白宗的职业，那时不叫爱心妈妈，而是护理员，老人尤其喜欢她，见面便喊拉姆。拉姆，在西藏可是仙女的称谓啊，孩子们也叫她拉姆阿姨，而不像现在喊白宗阿妈拉。

初夏的一个上午，院长尼玛卓玛给她打电话，说拉姆白宗，你来院长办公室一趟。

拉姆白宗很感谢卓玛院长，今年3月份刚给她解决了公益性岗位，这意味着她可以在林芝福利院长期待下去了，再不是一个临时工，随时可能被裁减，因此她对卓玛院长感激不尽。

林芝福利院原来的老址，没有现在儿童福利院规模大，现在是广东援藏建的，占地一大片，2015年"双集中"时搬过来的。彼时，白宗疾步匆匆，从居家室走过来，楼下花坛里，张大人花、波斯菊，还有最国色天香般的秋牡丹，早早绽放了，她还是喜欢张大人花，婆婆曼妙，向天疯一般地长，不择土壤，花籽撒在哪里，就在哪里发芽生根开花结果，长得像人那么高，就像自己的青春一般。

拉姆白宗老家在工布江达县巴河镇，距尼洋河不远，那是一个幽静的小村落，她从那里走出来读书，小学、初中，都在工布江达县里读。中考时，考上了林芝一中，等于一脚踏进了大学的门槛。可是偏偏拉姆白宗的身体不好，因为母亲生她时，分娩前还在青稞地干活，背了一大篓青稞回家，动了胎气。她早产了，像小猫一样嘤嘤哭泣。母亲怕养不活，请寺庙里的喇嘛来起名，赐名为拉姆白宗，意思是仙女一生幸福。

可是，早产的体弱多病，一直伴随着拉姆白宗的花季年华。读中学时，她一直被病魔折磨，到了高一，进了林芝一中，按照党和国家政策对西藏的教育倾斜。按说，跨进这所中学，基本上就等于一脚跨进大学的门槛，可是她青春期反复发烧，痛不欲生。学习成绩一直下滑，她恨自己不争气，可是又难挽颓势于既倒。高考时，看着同学们步履从容地走向考场，她蒙被大哭了一场，然后拭尽眼痕，悻悻然走向姑姑的家。

姑姑是林芝市人大的一位领导，看到侄女毕业即失业。说拉宗，我唯一可以帮你的，就是去藏医院做保洁吧，如果你表现好的话，还可以在那里跟师傅学着做藏药，一步步走进我们这个民族的腹心地带，不必回家去种青稞了。

拉姆白宗点头答道好，谢谢姑姑。

第二天，她便去了林芝藏医院。拉姆说，失之东隅，得之桑榆，林芝不种桑，但遍地千年桃花。雪山下，雅江、尼洋河两岸，三四月间古树新枝，花盛如落雪，开至荼蘼。她觉得自己很幸运了，去了藏医院，桃花纷纷，砸到了自己头顶上了。不仅遭遇了一份爱情，而且重新找到了一份好工作。

彼时，拉姆白宗到藏医院上班，每天都要经过儿童福利院，见里边有许多孩子和老人在活动。她进去两趟，还给尼玛卓玛院长留下了自己的联系电话。有一天，恰好一个阿姨家里有事，辞职了。卓玛院长给她打电话，问拉姆，愿不愿来我们福利院工作，为那些孤寡病残老人和孤儿们做一点善事啊，这也是我们这个民族千年的传统。而且你高中毕业，也算个文化人啦，我们护理员的结构与素质有待更新与提升啊。好像没有一点犹豫，拉姆白宗就决定去林芝福利院了。

下班回来，她特意去了姑姑家，说我要换工作了，姑姑不解，藏医院不是挺好的吗，可以学一门技术。

我找到了奉献终生的事情。

什么工作呀，拉姆？姑姑不解。

林芝福利院当护理员，为孤寡老人与孤儿们服务。

拉姆，好事情啊。姑姑支持你，善心博爱，这是我们这个民族引以为傲的事情。

姑姑的话，令拉姆有点意外。其实藏医院那些活虽然只是保洁，可是因为她是高中生，成天打扫卫生，院长觉得大材小用了，让她跟着老藏医去配药了。一切都刚刚开始，就像比热神山的春雪融化一样，一滴滴冰水刚融入雅鲁藏布，仙女拉姆又选择离开了。

拉姆白宗说，她当时是林芝福利院仅有的一名高中生，院长对她挺好，身边尽是一群孩子，还有躺在床上不能下地的老人，今生今世注定要与他们相处。她一点也不后悔，护理员这个职业，就是忙过少年，再忙老人，尤其是看护瘫痪在床的老人。拉姆打饭、喂饭、洗脚、擦身、端屎接尿，比照顾自己的爷爷奶奶还精心，于是在孤寡老人之间传开了，这个工布巴河镇拉姆是天上派下来神女，拯救我们这群孤老遗少的。

老人们心存感激，最令拉姆白宗难忘的一幕是，2015年"双集中"分开了，拉姆留在了儿童福利院，老人们按户口所在地回到县社会福利院，分别时看见拉姆白宗不与自己一起走，有的就跑了过来，有的爬在了地上，抱着她一个劲儿地哭，上车时，还喊着，拉姆，拉姆……

那一幕回想起来总让拉姆白宗泪奔，自己何能何德，只是尽了一个西藏女儿的善心慈怀，竟会得到这么高的礼遇。

而今天，尼玛卓玛院长召自己去办公室，一定会有重要的事情交代。

敲门而入，只听卓玛院长还在讲电话，她指了指椅子，让拉姆白宗坐下稍等，然后吩咐院里的司机，将车子开过来，在办公楼门前等待。

见尼玛院长撂下电话，拉姆白宗说，院长，您找我有事？

随我去市民政局。卓玛院长说，刚才我接到局里的电话，一个在比日神山上打扫卫生的阿姨，在垃圾箱里拾到一个弃婴，已经送到公安局去了，在做登记手续，通知民政局接孩子，局里要我们按规定接回来抚养。拉姆，你跟我去接婴儿。

拉姆点了点头，说，院长，比日神山弃婴，不会是一百只神鹰衔起来的吧？

哈哈！拉姆，你对色迦更钦寺拜鹰节的故事陷得太深了。不是老鹰叼来的，而是不负责任的父母遗弃的。民政局打电话说，这孩子可能带有先天性的疾病。

啊！拉姆白宗悚然一惊。

我们走吧，去接弃婴。

跟着尼玛卓玛院长去民政局的路上，拉宗透过车窗，往林芝东南方向的比日神山眺望，此乃西藏最古老的苯教神山，山上有一座寺庙，色迦更钦寺，相传已经有一千三百多年的历史了，比昌都的孜珠寺还要古老。

从工布江达来八一镇读高中时，每年藏历四月三十日，是比日神山拜鹰节，拉姆和同学们都会跑到神山来春游。比日神山就在八一镇，离城里只有六公里，坐公交车就可抵达。登高处，西北望，可以鸟瞰林芝市全景。经幡群相映，一条雅江碧蓝如练，山间旗云缠绕，美得掳魂。据说，当年莲花生大师路经此地，站在雅江与尼洋河的汇合处，欲将山林草木巨石统统扫进雅鲁藏布，堵住尼洋河，一个叫阿穷杰博的勇士与他斗法，莲师最终未能成功。久之，这里留下了巨石、神鸟崇拜，还留有天梯和神水等遗物。

关于一百只神鹰的故事，是说许多代后，古老的色迦更钦寺衰败了，一个叫多增日巴珠的僧人路过，痛心不已，决定弘法，重光苯教辉煌。寺庙香火越来越旺时，多增日巴珠预感到自己大限将至。弥留之际，将寺内众僧唤到病榻前交代道："我坐化后，寺里就不再寻找转世灵童了，一年后，我将变成一百只鹰回来，看望众僧，守护寺庙，年年如斯。"

众僧将信将疑。然而翌年藏历四月三十日那天，一百只老鹰果然从比日山东方飞来，在色迦更钦寺顶上盘旋三圈，翅膀遮天蔽日，风起云涌，众僧皆惊。三圈过尽，朝着西南方向米林、加查宗飞去。年复一年，岁岁如此。从此，藏历四月三十日，成了拜鹰节，老鹰是天堂的使者，将一个个往生的灵魂衔入天阙。人们感念多增日巴珠，每逢这一天，居住在周围的村民们，不分男女老少，都穿上工布地区的盛装，从四面八方踏歌而来，跳起欢快的"切巴（工布）"舞，迎接百鹰盘旋，祈祷五谷丰登、人畜兴旺。

拉姆白宗深信这个弃婴就是神鸟衔天使而来的。

然而，见到弃婴时，拉姆还是吓了一跳，这哪是小天使呀，分明像是从血海里浮上来的，一件破旧的藏袍包裹着，黝黑的羊毛卷里，露出一个殷红小头，脸上、脖子上，还有小手臂上，还带着脐血，眼睛斜视着，不哭也不叫，奄奄一息。

彼时，拉姆白宗再也不敢相信这个孩子是神鹰衔来的了，狠心的父母扔下时，会不会想过，弃婴会在漫漫的高原夏夜，度过一个炼狱般的时刻。

是男婴，还是女婴？拉姆问道。

男孩！

取名字了吗？

民政局为了便于登记，说今天是星期二，就取名米玛，既有周二之意，也有火星的含义。

好！小米玛，我的孩子。你就是从天上掉下来的一颗小火星。拉姆白宗接过来弃婴，抱着他，登上尼玛卓玛院长的车子，往林芝福利院驶去。

拉姆，米玛这个弃婴，你与次拉一起带他，如果孩子健健康康的，经过检查，无病无灾，是个正常的孩子，过三四个月，会被没有孩子的富裕家庭领养的。

嗯！拉姆白宗点了点头，来林芝福利院两年了，接回弃婴不是第一次。

拉姆说，当天上午将小米玛带回来时，就给孩子洗了个澡，将母亲子宫的血污洗净，她的第一感觉，是这个孩子有些异样，与她见过的其他弃婴不同，不同在哪里，她也说不清楚。

回到福利院时，卓玛院长就交代拉姆白宗，你要仔细观察，次拉与你同住一屋，晚上你们轮着看吧。

谢谢院长，拉姆白宗说，我一个人行。

别逞能。卓玛院长摇头道，拉姆，这孩子与众不同，一个人带不了，两个人轮着来吧，一个上半夜，一个下半夜。

一切似乎都被尼玛院长言中，开始拉姆白宗与次拉轮流值班看护米玛，一周到林芝市人民医院检查一次，但米玛的抵抗力实在太差了，经常住院，一住就是半个月。白宗和次拉一起陪床，而楼上楼下的孩子们，只能交给打扫卫生的阿姨代看，一边是住院的小米玛，一边是放了羊的一群孩子，雅江与尼洋河两牵挂，令拉姆忧心如焚，只好两边跑。后来，米玛满月了，过了百日，到了一岁生日时，不会说话，发育滞缓，神情呆滞。医生提醒道，这孩子有先天障碍，弄不好是基因搭错了线。

是吗？拉姆白宗愕然，那会是什么病？

说不好，得带孩子到成都四川大学华西医院检查，看孩子的发育状况，像唐氏综合征。

唐氏综合征是什么毛病？

就是父系精子与母系的卵子相遇时，第21号染色体出了毛病，出现三体、易位和嵌合。

您说得太专业啦，我听不懂。拉姆摇头道。

好吧！具体说，有些症状已在小米玛身上体现了，如眼距宽，鼻根低平，眼裂小，眼外侧上斜，有内眦赘皮，外耳小，舌胖，常伸出口外，流涎多。将来身材矮小，头围小于正常，头前、后径短，枕部平呈扁头。医生介绍道。

越听越恐怖。拉姆说，长大了，那会怎么样呢？

米玛现在不是经常生病吗？

对！拉姆点头道。

那是因为他患有先天性心脏病，免疫功能低下，容易引发各种感染，极大可能患上白血病，纵使活到了成人，三十岁后，就会出现老年性痴呆症状。

啊！拉姆白宗惊讶万状，想不到这个叫火星的孩子，会如此命运多舛。

医生长叹了一声，弃婴的母亲一定是一位藏族高龄产妇，晚年得子，多有一残。

小米玛的高烧退下来了，出院回到福利院，拉姆白宗将医生的怀疑告诉卓玛院长，然后长叹了一声，说这孩子的命真苦。

到了我们福利院，就要让他健康幸福地活着，卓玛院长沉默了片刻，说，带到华西医院检查确诊吧。

我带孩子去成都？

对！卓玛院长点头道，从米林机场飞过去，个把小时的航程。

我最远的地方，就是林芝八一镇。拉姆白宗笑道，从未出过远门啊。院长，您找错人了。

你能行，拉姆。尼玛卓玛肯定道，你是院里唯一的高中生啊。

好！我去成都，卓玛院长。

然而，成都四川大学华西医院的检查诊断结果，与林芝人民医院大夫的怀疑如出一辙，米玛患的是唐氏综合征，在娘胎里基因编码出了错，无药可治。维持吧，对症治疗，他会长得很缓慢，但也会早殇。

拉姆白宗几乎是抹着眼泪回到林芝的，为自己，为米玛，为这个一百只鹰衔来的天使，他可是火星之命啊。

她发誓，今生要好好待他，就像待自己亲生的一样。

为了这个米玛，拉姆白宗拖了好多年才结婚。2015年西藏实行"双集中"供养，老人和孩子分开了，她告别了那些亲娘般的老人，搬到新址。新建的儿童福利院占地大，环境又好，拉姆带着米玛过来了，在居家室，和几个孩子一起居家过日子。

小米玛一天天长大，该上学了。由于他的智力发育滞后，只能进特殊学校，读寄宿制。分别之时，拉姆白宗哭成了泪人。

米玛走了，拉姆白宗结婚了。丈夫叫多多，是小学同学，曾在工布江达县藏医院待过，后来在乡卫生所当护士，如今自己开了一个诊所。拉姆白宗结婚后，生了一个儿子，产假一满，她便将孩子交给了妈妈和姐姐，依然回到了林芝儿童福利院。

米玛跟了拉姆白宗一段时间，病养好了，又要回特殊学校了。别离时，他朝拉姆笑了，说阿妈拉，回到学校，同学再问我老家是哪个村的，我说啥？

比日神山啊！

对对！拉姆白宗的一句话，激活了米玛停顿的记忆，他呆滞的神情遽然一亮。眼睛转了转，然后说，我是百鹰叼来的孩子。

米玛真聪明！

# 雅江之爱山高水长

拉姆白宗的故事讲完了，暮色将晚，夕阳落在比日神山上，一抹残云挂在天边，如大红鹰之翼，振羽而飞。四周的群山开始上雾了，清晨飘散的旗云又重绕山间，浮冉在神山上迎风飘荡。走出林芝儿童福利院时，我的脑际无厘头地掠过宋人李之仪的《卜算子·我住长江头》，并笨拙篡改了：

君住雅江头，我住雅江尾。同为阿妈拉，共饮一江水。

住雅江尾的自然是拉姆白宗了，而住雅江上游的则是尼玛布尺。一个是天上的神女，一个是太阳下江边的女儿，当我把两个爱心妈妈的名字连在一起时，自己也吓了一跳：两个人皆三十四岁，藏历年虎年出生，而且结婚也在两年前，都有一个刚会走路的男孩，由妈妈和姐姐带着。然而，她们并不相识，前者在林芝儿童福利院当爱心妈妈，后者在日喀则儿童福利院当爱心妈妈，且入职时间几乎相同，都有十五年之久了。两人都带过一个个弃婴，雅江上下，一江春水向海去。妈妈的青春容颜在一天天流逝，却重复着一个古老的故事。

太阳在上，天女在下，篡改的是命，是缘，还是永远不变的人间大爱，像雅鲁藏布一样，激流奔涌，亘古自今呢？我也一时说不清楚，只觉得，这些爱心妈妈被一条西藏的母亲河裹挟了，洪波涌起，巨浪般地涌来，将我淹没。

那天，尼玛布尺与三位爱心妈妈坐在我面前，她离我最近，轮到她自我介绍时，声音很小，压得低低的，还有几分羞涩感。一点也不像坐在第一位的达珍，甫一张口，便是雪山上的百灵一样清脆。因为尼玛布尺当过达曼人遗孤边巴琼达兄妹的爱心妈妈，我请她先讲自己经历的往事。然而，达曼人兄妹的故事，被她匆匆带过了，而一说起她带过的七位弃婴，尼玛布尺的泪水哗地下来了，像雅江的湍流，遇高山峡谷，飞瀑而下，将所有人都怔住了。

我近距离地看着她，只见泪珠如一把珍珠从她手缝里冒了出来，宛如文成公主与大唐女工绣的那幅白度母珍珠唐卡，突然崩线了。

别哭，别哭，我安慰道，尼玛布尺，您还没有讲自己的故事呢，怎么未讲先哭呢？先把作家讲哭了，他写出来，就可以让全国人民哭。

她一听，止住了哽咽，抑制住自己的情绪，用双手拭去泪痕，重又镇静了下来。开始溯雅鲁藏布而上，走向这条大江爱的源头，露出太阳女儿炽热的母爱和博大的情怀。


第一个收养的弃婴叫桑玛，那是 2008 年初夏，当时尼玛布尺在日喀则福利院当护理员已经四年了。有一天，老院长尼玛次成打电话找她，让她去院长办公室。

尼玛布尺不知道老院长找她有何事，在福利院里，尼玛院长年龄最大，任职时间也最长，大家都将他当作父辈，有什么事情都会向他说。而今天他派人叫她过去，一定是有重要的事情要交代。

彼时，日喀则社会福利院在旧址运行，孤寡老人与孤儿还混在一起，未曾分开。尼玛布尺管孤儿，一个人带十几个孩子呢。

未踏进院长办公室，楼道里已经传来婴儿的哭声，嘤嘤的，更像旷野中的酥油灯，疾风一过，就可能被吹灭。

推门而入，只见老院长尼玛次成正在房间里六神无主呢，一个老男人面对一个襁褓之中的弃婴不知所措。见到尼玛布尺进来，他招了招手，你来得正好，刚才警务站送来了这个弃婴，说是一个女孩，你抱回去，先给她洗澡，然后我给你派车，送到人民医院去体检。

嗯！尼玛布尺凑上前一看，吓了一跳，皮袍里包了一个孩子，头上、脸庞上、脖子上还带着血迹，她惊呼，这母亲真狠心，刚出生，连洗都不洗，就将孩子扔了。

高原的夏天夜里虽然温度低，但幸运的是，孩子没有冻坏。老院长似乎见得太多了，喟然道，我估计，连脐带都未剪呢。你抱回居家室吧，洗好后，换套新婴儿服和襁褓，我派车送你们去。

尼玛布尺点了点头，问道，院长，给弃婴取了名字了吧！

取了，叫桑玛。尼玛次成院长答道。

桑玛，真好听！尼玛布尺将弃婴抱了起来，揽在自己怀里，匆匆往居家室走去。回到寝室，她打开热水器，接了一大盆热水，然后展开小桑玛的皮袍，发现这个小女婴，红红的，像一只初生大熊猫一样蜷曲着，浑身是血，脐带未剪，仍挂在身上，她拿过毛巾，蘸着温水，轻轻地擦拭，生怕将女婴擦痛了。也许因为在寒凉的夏夜里待了好久，突然遇热，小桑玛开始反应了，像一只小猫一样，嘤嘤哭泣。那声音实在太弱了，可是在寂静的大楼里，却格外响亮，是一个小生命的第一声啼哭呀。

彼时，尼玛布尺还是一个二十三岁的未婚姑娘。到日喀则福利院四年了，抱养弃婴，还是头一回，毕竟没有经历过十月怀胎，看着小桑玛，犹如一只初生小羚羊，令她有点忐忑不安。然而，女婴的哭声，尖啸时，更似经塔的风铎，掠过尼玛布尺的心坎。一声啼哭，像天使之鸟一样，将尼玛布尺未曾开垦过的母爱原野激活和唤醒了。给小桑玛洗过澡，换上婴儿服，裹上襁褓，尼玛布尺坐上院长派来的车，直驱日喀则市人民医院。

妇产科大夫为小桑玛剪脐带，上酒精，包扎，然后对孩子的脏器、五官等做了全面体检，然后长吁了一口气，说，这个女婴很幸运，先天没有什么器质性的毛病，是一个正常的女孩。

太好啦！那一刻，尼玛布尺喜极而泣。她到日喀则福利院四年了，虽说是第一次领养弃婴，但曾听老院长说过，刚生下来的婴儿，被父母抛弃时，非死即残。尤其是秋冬之季，后藏夜晚气温降到零度以下，最冷时达零下二三十度，被扔在垃圾箱、车站、勤务站，或者寺庙门前的弃婴，若发现得晚，多数被冻成了冰坨坨。小桑玛算是命好，生于夏日，尤野回暖，万物生长，野花贴地开得正盛，弃于警务站边上，嗷嗷之泣惊动了警察叔叔，躲过了大自然的一劫。

尼玛布尺抱着小桑玛走出医院门诊大楼，在附近婴儿商店，自己掏钱，买了不少婴儿器物，包括奶粉之类，坐车，满脸喜悦地抱着小桑玛回到福利院。

一个婴儿抱在怀里，嗅着婴儿身上的奶香味儿，匆匆走向居家室，尼玛布尺第一次有了当母亲的感觉。

其实，当人民医院妇产科大夫告诉她，小桑玛是一个健康女婴时，尼玛布尺可谓喜忧参半。喜则终于遇上一个健康宝宝，忧则至多两个月，连宝宝的百日都过不了，就会被人领养。西藏政府有个规定，只要是健康的弃婴，可在西藏境内，让条件优渥的公务员或者教师、医生、工程师等不能生育的家庭领养。

因此，尼玛布尺与小桑玛的相处，可谓时日无多，但是她要当一回真妈妈。

您现在不是爱心妈妈吗？我不解，问了一句。

尼玛布尺说，当时还没有"双集中"供养，我们的角色是护理员。

哦！我听明白了。

一个未生娘，一个汉译为玛吉阿米的姑娘，真的当起了妈妈。她带着小桑玛玩，晚上抱着她睡，就差亲自找母乳哺育了，可她是一个年轻姑娘，办不到呀。然而，那种母女情感，已经潜移默化地沉淀在她的血脉与情感之中了。

两个月后，那曲市一对无子女的公务员夫妇领养了小桑玛，将女婴递过去给另位一位母亲的瞬间，尼玛布尺泪如雨下，仿佛她生命的一半魂魄都随着小桑玛跟着养父母离去。

这一刻，作家终于理解了，为何采访初肇，一说起弃婴，尼玛布尺就会怆然涕下。

第二个弃婴是谁呢？我被尼玛布尺的故事打动了，七个弃婴，四个被领养了，留下三个在她身边，都是身有残疾的孩子了。而每一次母子分离，不啻将尼玛布尺的心割走了一半，一颗慈母心，能够经起多少次的切割与剔剜？我不知道！

尼玛布尺平静下来了，因为那个叫白玛旺堆的孩子，也是一个弃婴，只是户口登记时，警察为了好记，给他取了一个汉族名字，杨白玛。

杨白玛从哪里送来的？我追问了一句。

尼玛布尺摇头，坐在她旁边的三位爱心妈妈也一脸茫然。弃婴之途无非是警务站、儿童福利院大门口、寺庙，或者车站、医院垃圾箱中。发现得早，就是幸运，如果发现晚了，就小命休矣。可是谁也查不出弃婴父母的前世今生，尤其是残疾弃婴，是不会有人来找的。

白玛旺堆是唇腭裂。尼玛布尺说，她从褓褓中将他抱出来时，就像小桑玛一样，浑身都是血，母亲产道里的血仍旧敷在他的身上，斑斑点点，那是一个家族的血痕和胎记啊。可是因为孩子长了一个唇腭裂，就被视为不祥之物，就这样被弃之如履，甚至连扔一只鞋子都不如。

尼玛布尺说，刚抱过白玛旺堆那一瞬间，她也被吓了一跳。这孩子皮肤殷红，头憨，像一个勺子，再看唇裂，唇腭裂处一张，真有点像草地刚生下来的小兔。尼玛布尺看过，觉得杨白玛眼睛上蒙了一层雾，雅鲁藏布清晨浮冉而起的晨雾，薄薄的，继而他像看见母亲一样，咿咿呀呀地哭了起来。柔弱而尖啸，长一声，短一声，淡淡地，却像当年见到小桑玛一样，揪住了一位未生娘的心。

抱回屋里，第一件事情，依旧与小桑玛一样，给杨白玛洗澡换衣，他比小桑玛要好得多，在被父母抛弃时，脐带已经剪了，身子被擦干净了。换好婴儿的衣服，尼玛布尺抱着他去人民医院体检。

检查进行了一个下午，傍晚时分，结果全出来了，杨白玛还算幸运，除了唇腭裂之外，身体并无别的残疾，但是唇腭裂的经历会伴随着杨白玛的婴儿期，童年，少年，直至花季年华。

怎么会这样，不能一次缝好吗？

大夫摇头，说，要分几次缝合，先外边，再里边，第一次，在三四岁之间，第二次在十四五岁间。

尼玛布尺懂了，医生的话给了她最大的希望，她知道杨白玛最终会成为一个帅呆的小伙子。只是那时她已经是一个中年妈妈了。

抱着杨白玛回福利院，尼玛布尺脚下生风，那是雪山吹过来的东风，让她看到阿里高原冰川融化的江水，一路太阳照耀，冰河苏醒了，传过来春天的暖意。

从那天晚上起，她就搂着杨白玛睡觉，用母亲宽广温暖的襟怀，将这个弃婴漫润在爱的雅鲁藏布里。

尼玛布尺说，她总也忘不了第一次带着杨白玛坐着火车去上海治疗唇腭裂的事情。那是 2014 年 5 月，杨白玛已经三岁了。上海市对口援建日喀则市，其组团式的援医、援教，在西藏影响很大，但是有些手术，在日喀则市也不具备，必须到大上海去做。有一个光明医疗项目，就是资助日喀则市鳏寡老人治疗白内障或髋关节整形，还有残疾儿童的矫正治疗，手术费用全部由上海市政府买单，杨白玛唇腭裂的治疗也安排在列。但组团式求医是由萨迦县负责的，尼玛次成院长交代她，背着杨白玛，坐着火车去上海，到上海儿童医院做第一次手术。

五月的日喀则，灰头雁的翅膀，挥别了一个漫天狂舞的冬季，春天来了，天气渐渐暖和起来了，天边澄蓝，众神山列列，雪峰初露，像一位穿了白袍的雪山女神。

尼玛布尺说，那天背着杨白玛登上日喀则开往上海的列车时，她被萨迦县领队误认为是一个牧区走来的牧妇，背着患有唇腭裂的儿子，远赴大上海，去做整形手术，属于搭车党一类，对她爱答不理。既然人家这么漠视，她也不愿说破，何况彼时杨白玛黏她的劲头，不似亲生，胜似亲生，令她一路上特别开心。小家伙玩的玩具、喝的牛奶、看的小人书，应有尽有。杨白玛也是头一回坐火车，好奇极了，他对尼玛布尺说，阿妈拉，怎么房子移动起来了，雪山也动摇？尼玛布尺笑得前倾后仰，说杨白玛啊杨白玛，我们这是骑铁龙而行。哦，龙是什么东西？就是长长的白白大蛇。只见火车与雅鲁藏布平行而行，云散大江静，孩子第一次见大江，是为春夏之交，冰雪渐融，江水很蓝，像一面面魔镜，远处雪山倒影，还有飞掠江上的野鸟，映得两岸雪山像画一般。江静大江瘦，月淡旷野青，三岁的孩子不懂这些，看着车窗外大江和雪山，一幅又一幅地在眼前晃动，随后是田野、青稞地，还有牦牛，时而清晰如前，时而漫漶成画，兴奋无比，咿呀呀地乱叫，还吐字不清楚。在卧铺车厢里跑来跑去，跑累了，顺势到尼玛妈妈面前，躺在她的怀里，脸贴在她的胸前，安静地入睡。

尼玛布尺也是第一次离开西藏，坐着火车去上海。虽然长江雅江之流，隔着遥远的唐古拉，念青唐古拉山系，入海时已经东西数千里，一入太平洋，一入印度洋，但是母爱激流胜于长江雅江。沿江而下，入拉萨城转道，穿越羊八井峡谷，向无垠羌塘草原驶去，可是尼玛布尺一点也不激动。山河依旧，冰河依旧，还有那一座雪山，伫立在老家平台上就可眺望，墨汁一样溅在草地上的牦牛群，每天晚上夕阳西下，在春牧场、夏牧场，落日牧牛归来，她早已经习惯了早牧晚归，所以一路上的风景对她都不陌生，陌生的却是人，萨迦县团队的人，几乎不与她说一句话，令她好生郁闷。

两天两夜，列车跑得快，风一般地掠过可可西里，藏羚羊像白雪一样落在地上，比她绕神山圣湖时，在仲巴县见过的还多。

列车进了上海城，尼玛布尺反倒一改两天两夜车上的阴郁和沉闷。江南好，春色宜人好湿润啊，非干燥的后藏可比，她第一次有醉氧的感觉，迷迷瞪瞪上了上海来接日喀则市来人的车辆，下车之始就是无尽的温暖。

上海日喀则一家亲，藏族同胞到大上海就医，不用排队，不用挂号，一切都安排好了，床位空着等人，一点也不用操心。杨白玛住院后第三天，就正式进行唇裂整形手术。孩子全麻过后，人渐渐睡着了，推进了手术室，当玻璃门上的绿灯亮起来时，尼玛布尺就坐在手术室走廊的椅子上等待，一分钟，二分钟，一个小时，两个小时……那天上午，太阳时钟盘好像停摆了，她觉得时光之河被冰封了，流得真漫长。开始一两个小时，她还不慌，可到了后来，心仿佛悬到了喜马拉雅之上，频频看手机，看时间，人好像坠落到冰河里边去了，冰水的叮咚，时间的声音，都在她的周遭响起，而偌大的开埠之城，却空落落地静，让她觉得自己很孤独。

杨白玛成了她的命。

从早晨八点到下午一点钟，整整五个小时，白玛旺堆终于被推出来了，头被纱布缠成了一个小雪人，只有两只眼睛露着。尼玛布尺扑过来，轻声呼唤：杨白玛杨白玛，我的孩子……

杨白玛睡了好几个小时，麻药的药劲儿才消失。他可以轻声呼喊尼玛妈妈了。可是他的唇、他的脸，还有他的头，肿得像一个氢气球，吃饭喝水都很困难，只能从鼻子里插管，鼻饲进食。

此后十五天，尼玛布尺就没有落过床。白天就站在孩子床前，精心照顾，晚上，就倚在病房外室的椅子上，一个小时一进病房，看看杨白玛睡得好不好，口不口渴，要不要拉屎撒尿，被子蹬开了没有。护士站的小姐姐很心痛这位藏族母亲，说你回去睡觉吧，孩子消肿后，会一天天好起来。尼玛布尺摇头，说，不行啊，阿佳拉，离开杨白玛半步，我的心会慌。

哈哈，您真好！是位好妈妈，阿佳拉是什么意思？

姐姐！

阿拉好姐姐呀！

阿拉是什么意思？

我们呀！

隔了十万八千里啦。尼玛布尺感叹了一句，她想家了，想雪山下的那个远村，扎什伦布寺底下的那座城郭，更想雅鲁藏布江畔的亲人。

一周后，杨白玛拆线了，再过一周，嘴唇上的疤痕皮掉了，一个精神的西藏小男孩站在尼玛布尺面前，她将男孩揽在怀中，眼泪潸然而下，杨白玛，我的孩子哟。

出院时，上海市民政局派干部送机，上海儿童医院的医生护士这才知道，这一对母子，原来是西藏日喀则儿童福利院的，唇腭裂孩子是一个弃婴，惊叹道，西藏的阿姨对孩子，比亲妈还亲啊。

杨白玛现在九岁了，长到十四五岁，还要去做一次手术，将唇里边缝合了。言毕，尼玛布尺一脸的幸福感。

七个弃婴的故事，一路走过来，但是尼玛布尺，要感谢两个弃婴女孩，让她成了一位成熟的妻子和妈妈。

　　为何？我有些不解，一个爱心妈妈，在短短十年间，收养了七个弃婴，劳苦功高。却说要感谢弃婴让她成长。

　　尼玛布尺说，收养第六个女弃婴丹增德色时，她已年近三十了，心性磨得越来越像一个妈妈。可是她一直未婚，那天，老院长快退休了，将她叫到办公室去，只见襁褓中有一个弃婴，浑身是血，仍在嘤嘤哭泣。她一看，抱起来就摇了起来，宝贝不哭，然后抬头问院长，哪里捡来的？

　　警务站送来的。

　　您取名了吗？

　　取了，就叫丹增德色吧。

　　好啊，那意思是去除污秽，弘扬美德。尼玛布尺说，我抱她去洗澡吧。

　　这是你收养的第几个弃婴？

　　第六个。

　　哦！今年三十了吧？

　　嗯！

　　来福利院十一年了。一个十九岁的姑娘，转眼间三十而立了。尼玛次成长叹了一声，有男朋友了吗？

　　尼玛布尺摇头。

　　是我耽误你啊，让你一次次带弃婴。

　　尼玛布尺微笑着答道，是老院长成全了我，布尺感激不尽。与孩子们在一起，我很快乐。随缘吧！

　　老院长点了点头。

抱着丹增德色而归，那孩子一直在哭，怎么哄也哄不停，一定是饿了吧。尼玛布尺给她泡婴儿奶粉，她像小羊羔一样吸过牛奶后，不哭了。再抱到浴室洗澡，然后送到医院体检，幸好，无先天之疾，她长舒一口气，但愿这弃婴，不被别人领养，让她在儿童福利院里一天天长大，看着自己终老。

丹增德色在尼玛尺布的怀抱中一天天长大，到了两岁半时，她被分到别的家庭，交给另外的爱心妈妈了，尼玛布尺哭得伤心欲绝。

小德色跟着别的爱心妈妈走了。

尼玛布尺心里空落落的，正好轮到休假了，姐姐在拉萨，这些年，心累了，空落落的，情绪怅然了，她都喜欢到拉萨散散心，在八廓街上转转经，坐在玛吉阿米藏餐馆里，听听八廓街的夜雨，看看布达拉上的祥云，在甜茶馆里发发呆，打望一下街上走过的行人丽影，想着自己的青春已逝。

春已殇，夏花一片繁茂。就在这一次休假中，尼玛布尺遇见了自己的爱人，那个从天街、从云间下来的藏医院的大夫塔杰，他们相识了，相爱于拉萨河边，花凋尽头，终于找到了自己的归宿。

相爱半载，两个人结了婚。彼时，尼玛布尺已经三十二岁了。不久，她怀孕了，这时一个弃婴又像天使一样下凡了，她叫次旺罗姆，是警务站送过来的一个弃婴，带她的过程中，尼玛布尺生下了一个男孩。一男一女，都成了她的最爱。可是她在儿童福利院里工作，只能将儿子交给妈妈和姐姐帮着带，有时候，姐姐送儿子过来时，她就领着次旺罗姆与儿子睡一张床，一个放在左边，一个放右边，不分彼此。一双儿女睡在身边，听着他们睡熟了的鼻息声，那一刻，尼玛布尺觉得自己是天下最幸福的母亲。

# 唐古拉姆，雪岭小仙女

已经是早晨八点了，唐古拉垭口天刚破晓，雪风从喀喇昆仑吹来，云垂天低，天穹仿佛被乌云锁了一般，阴沉沉的，天像是要飞雪，或者落雨。此刻，青藏公路上一辆车也没有，道寂，岭孤，晨风吹过来，雪山沉默，空中鸟飞绝，就连饿慌的狼群和灰熊，也未出来觅食。

虽然节令已入仲夏，若站在唐古拉海拔 5231 米处，经幡飞舞，雪风呜呜地刮，不要一刻钟，就会成了冰雕。一岭分南北，往北，可返青海，向南，可是入藏的"零公里"，万里羌塘奔来眼底。

而这一天，一个小生命的奇迹，就在唐古拉岭南十几公里的地方发生了。

坐着火车去拉萨，此时，铁轨已经入无人区。翻越唐古拉，往西藏安多县境内走，拐过一道又一道弯，下行十几公里，便是 109 道班，素有天下第一道班之称。海拔 5100 米，那个山坳里，一排排黄房子坐落，呈四合院造型。夜里，为防灰熊和野狼袭击，大铁门是紧闭的。

天刚蒙蒙亮。食堂大师傅醒了，不用闹钟，是生物钟使然，在海拔 5100 米的地方，脑子严重缺氧，能睡好者寥寥无几。九点要开早餐，馒头昨晚就蒸好了，得给大伙准备稀粥与酥油茶。尤其是后者，在生命禁区里干活，必不可少。

炊事员上班后的第一件事情是去接水，水管离大门口不远，他提着两只水桶，径直走了过去。人一挪动，便有犬吠，唐岭更显寂静，只有风的呜呜声，和自己的脚步声。

嗯哦哦……有藏羚羊在叫，不对！像是婴儿的哭声。

炊事员停住了脚步，喝住了狗叫，站在风中，听，静听，一丝一缕嘤嘤啼哭，不是藏羚羊，是婴儿的哭声。

炊事员扔下水桶，连忙跑回屋去，拿钥匙开门。

三步并两步，拿着钥匙往大门跑去，风中，仍有婴儿的哭声，只是很弱，炊事员迅速开锁，拉开铁栓，大铁门嘎吱开了，出门一看，天啊，大门旁边放着一件皮袍，卷在一起，包着一个东西，羸弱的声音，从脏兮兮的藏皮袍里发出来，他躬下身去，掀开一看，只见袍里包裹着一个女婴，身上还有血痕，已经快被冻僵了，只有人之将死的几声绝响。如果弃婴身上的血味，被野狼嗅到，早就被撕吃了，连骨头都不会吐。

炊事员长叹了一声：作孽啊，这是什么父母，禽兽不如！炊事员连忙将孩子包裹起来，抱了起来，将大门关上，到109道班宿舍，大声喊十四工区长巴布，巴布，快起来。

室里一阵骚动，巴布下床，披着衣服，开了一个门缝，凉风嗖地吹了进来。他探出一个头，问道，大师傅，啥事？

早上，大门口拾了一个弃婴，快要冻死啦。

还有这种事，男孩，女孩？

女婴！

快抱到才卓那里，让她领着。巴布交代道，别耽误了早餐，上午还要去修路呢。

好呢！炊事员抱着女婴来到了才卓的宿舍，喊道，才卓，才卓，快醒醒啊。

才卓也是养路二代，只是她现在还不是正式工，合同制的，在

5100米的地方，心脏不好，但为了转一名正式的护路工，她待了下来。

大叔，这么早？才卓穿好衣服，打开门，炊事员将一个皮袍包裹递了过去，巴布工区长让我给你的。

这是什么？才卓问道。

弃婴！

啊！才卓惊讶万状，她知道父辈们在此救过许多高反的人，也有孕妇产子，但未听过在道班门口捡到弃婴的。

巴布让你先养着，这孩子冻僵了。炊事员大叔不由分说，闯进屋，将屋里炉子捅开，加牛粪，吩咐道，屋子里的温度得升起来，不然这孩子会冻死了。

109道班拾到一弃婴，早饭前，这简直成了一个轰动性新闻。三十多个员工，护路工二代、三代，纷纷跑到才卓房间来看望，惊叹，这可是唐古拉的一个小天使啊，风雪中冻了一夜，未被狼吃，未被熊衔走，居然在风雪中冻了一夜，还活下来了，不是唐古拉的天使、仙女是什么？

给她取一个名字吧！

既然是上天给109道班派来的天使，就叫唐古拉姆！巴布说。

名字取得好，唐古拉的仙女。道班的员工几乎异口同声地称赞道。

吃过早餐后，巴布就交代炊事员大叔，骑摩托到黑帐篷里买牦牛奶，这孩子得补充营养，否则活不下来。

从此，唐古拉姆在109道班的哭声，成了天下第一道班的一曲音乐，一首藏歌，一声天籁，一记灰头雁的啼鸣。上工前，晚上回来，听到了女婴的哭声，就有风雪夜归人，人间有青烟的感觉。

唐古拉姆从被拾到那天起，就待在唐古拉岭南的天下第一道班，待了一百多天，先是由才卓带，才卓白天上公路上养路，就交给养路工的老婆带，她们没有工作，就陪着丈夫在这里工作生活，有时还会将孩子带上来。

天冷了，唐古拉姆夜间的哭声越来越烈，尖啸掠过道班黄房子的上空。十四工区长巴布将大家召集在一起，说，我知道大家都喜欢小拉姆，她是我们的小天使，给我们带来了无尽的欢乐，可是109道班养老不养小，这里地势太高了，5100多米的海拔，冬天不适合孩子生存啊，将她送下去吧，我打听过了，安多县没有儿童福利院，只有那曲市里有，交给民政上抚育吧，会比我们带得好，今后大家若想唐古拉姆了，就去那曲市里看她吧。

巴桑玉珍清楚地记得，唐古拉姆是十一月送到那曲市儿童福利院的。彼时，她刚来四个多月。

我太熟悉唐古拉的一草一花了，三十年间，十多次翻越唐岭，尤其是青藏铁路建设的四载时光，来回在青藏高原上走过四年。熟悉灰头雁的啾啾啼鸣，看过藏羚羊纵身一跃，还有藏野驴在大荒的狂奔。青藏电网联线时，我在唐古拉顶上采访了整整一天，留下了《东方哈达》，也留下了《雪域飞虹》。

今天，我冲弃婴唐古拉姆而来。不是从青海方向而来，翻越海拔5231米的唐古拉山口，再往下行十多公里，拐几道弯，到海拔仍旧在5100米左右的第一道班，而是从康巴而来，溯317国道，穿越三十九族、二十六族地带，横跨藏北羌塘，沿那曲河抵达那曲市儿童福利院。

晚上从聂荣县抵那曲市，海拔从4900米降至4600米，宾馆房间弥漫式供氧，晚上睡得好，醒来已是上午八点半了，拉开窗帘，天蓝得眩目，却有祥云如睡莲绽放，我匆匆下楼吃过早餐，便驱车前往那曲市儿童福利院。

初夏的那曲天空变幻莫测，受唐古拉与昆仑山脉气流的夹击，时而天蓝，时而云卷，时而雨来，时而虹显，一天二十四季，但通常是晚来雨急，风吹云散，又一道彩虹横跨城郭。

地点在城隅一角，是为新建，占地好大一片，大门修得很气派。一道彩虹桥横亘，相接两翼。进大门后是一个大操场，绿地，花圃，五层楼的藏式建筑，一排排，星罗棋布，有点像儿童的梦幻世界。居家室在一楼，坐北朝南，夏日的阳光洒了进来，一间大活动室，亮亮堂堂。

进门，一位戴口罩的爱心妈妈抱着一个襁褓中的婴儿，兰花棉被，裹着一个不到百日的婴儿。脸庞红润，头毛稀疏，我问爱心妈妈，又是一个弃婴吧？

爱心妈妈盘了一个髻，戴着口罩，看不清是漂亮，抑或寻常，但那婆娑的身姿，一眼看过去，就是一位康巴女人。

叫什么名字？我问了一句。

央日。

老家在哪里？

聂荣镇八村。

哦，昨天刚去过十二村。

离我家不远啊，央日答道。

抱着的是弃婴吗？

嗯！央日答道。

从哪里拾到的？

扔在我们儿童福利院门口的。

啊！今天的采访本是冲着唐古拉姆而来，进门便遇弃婴。幸哉，遇上了好妈妈。

暂且放下唐古拉姆的故事，说说刚刚捡到的弃婴吧。

坐下，心便暖和起来了，三位爱心妈妈龙措、巴桑玉珍和央日坐在我的对面，三人岁数相仿，三十三岁至四十岁之间。龙措来得最早，十六岁就到福利院了，她的故事，前边已经备述。玉珍年纪最大，今年四十，生有两个儿子，老大在那曲读职业中学，小儿子还在读小学。那一个上午属于她们。

先是龙措侃侃而谈，后是巴桑玉珍口吐莲花。央日抱着弃婴，默默坐在一旁，听着龙措讲自己的故事，还有玉珍妈妈的传说。她到那曲市儿童福利院最晚，也就三年半，能听得懂一些汉语，但表达起来困难了，就转换藏语，让龙措翻译。采访她时，几乎是问一句，答一句，复杂一点的问题，只能靠龙措和巴桑玉珍频频翻译了。

央日七岁就辍学了，在聂荣镇八村牧场上，跟着阿妈拉当了一名小牧女，一当就是二十年，供哥哥们读书，家里的牦牛群不断壮大，到央日离开时，已经有一百头了。

一百头牦牛，也算是牧场大户人家了，我有些好奇，问央日，结婚了吗？

央日摇头！

没有遇上夜里打狗的男孩？

央日羞涩一笑。说也许聂荣海拔太高吧，风大，环境恶劣，一般的人受不了。

安全屏障啊！我哈哈大笑。说那曲的流浪男人跑去丁青、巴青和索县一带的牧场了，在牧女黑帐篷前打狗，过夜，养下一窝孩子，然后拍拍翅膀跑了。


央日说自己很幸运！有一天，在那曲小学当老师的大哥回老家，看着妹妹赶着一群牧牛，踏着夕阳而归，泪水盈满了眼眶。羌塘草原落日将余晖投射在牦牛身上，也将妹妹央日染着像一个春牧场的金人，一位金牧场上的女神。

遥想当年，一个七岁的女孩，跟着阿妈到了夏牧场，手持乌朵，清晨赶着牦牛出圈，每天都坐在山岗上，行走在草原上，仰望天穹，看云看雨，日出日落，观落雪飞花。从少女，长成花季女孩，出落成一个大姑娘，风入草场，日照芜野。二十载冰河冰融水去，家里的牦牛从二三十头，发展到一百多头，供几个哥哥读书，考大学，参加工作，在城里有了家，而央日如花似玉的年华，随霜花凋零，伴衰草还春。三十将至，还孑然一身。羌塘牧场上像这样的女人，比比皆是。

大哥不想让妹妹守着一群牦牛终老。晚上坐在牛粪炉前，喝着酥油茶，当着阿爸、阿妈的面，大哥说，让央日跟我走吧。

去哪？阿妈问。

那曲城里啊！大哥答道。

做啥子事情？

当爱心妈妈，那曲市儿童福利院在招人。

央日婚都没有结，咋当妈妈？妈妈不解。

就是带小孩，当阿姨，当老师，一个月3800元。

啊！还拿得不少呢，阿爸感叹道。

福利院会要央日吗？她可没有上过几天学。

福利院那边对聂荣牧场的牧民有特殊照顾，再说，我们家央日灵活，勤劳，待人热诚，长得又漂亮。

央日听了哥哥夸自己，羞涩地低下了头。

央日，跟大哥去吧。阿妈拉很开明，说别像我一生就守着这片牧场。

阿爸默默点头。

第二天，央日跟着大哥去了那曲市，到儿童福利院报名，一面试就考上了。当爱心妈妈五年了，她仍旧未婚，守着一群孩子终老，但是在这里，她找到了自己的幸福。工资涨到5000了，比在家里放牦牛强多了。

扔在福利院门口的弃婴，是央日第一次带。以前她带的多是三四岁以上的孩子，抱着一个女婴睡觉，她还真有点手足无措。但那嘤嘤的哭啼，唤醒了一个女人烈焰奔突的母爱，她有时也战战兢兢，怕自己晚上睡得太沉了，被子捂着婴儿，更担心自己太累了，压到孩子，总是隔一个小时一跃而起，这看看，那拽拽，就生怕女婴有什么不测。

巴桑玉珍与龙措是过来人，两位母亲都生了孩子，知道怎样照顾孩子，笑着对央日说，你千万别小心翼翼，就像趟冰河一样，越小心越会摔倒。把女婴当大孩子看，没事的，尽心就好，不要刻意。

百日之后，央日终于与弃婴融为母女了。

说说唐古拉姆吧，她现在在哪里？

上幼儿园了，今天不在家。巴桑玉珍是带唐古拉姆时间最长的妈妈。她送来时候，刚过了百日，那个叫才卓的安多姑娘哭成了泪人，说109 道班的养护工们都舍不得这个小仙女，这是唐古拉送给他们的一个天使。可是那里天太冷了，入冬后，落雪一场连一场，孩子待不住。只好送下山了，将唐古拉姆送到玉珍手里时，巴桑玉珍看出了天下第一道班，对这个唐岭小天使非同寻常的爱，她是众人的女儿。

放心吧，我是两个孩子的妈妈，会带好这个小天使的。

巴桑玉珍掀起襁褓的盖布，看小拉姆被养得胖胖的，脸色红红的。

可能在道班的外边冻久了，拉姆晚上爱哭，才卓告诉玉珍，那哭声是道班晚上不眠的音乐。

是不是脑子被冻坏了？玉珍怀疑。

不会吧。才卓说除了晚上哭，吃喝拉撒都是正常的。

嗯！

从此，唐古拉姆交给巴桑玉珍带了，恰好她的两个儿子，一个读小学六年级，一个上幼儿园大班，由丈夫和婆婆管理，突然有了一个女儿，那种母爱的天平上，又多了一个完美感和平衡感。白天她抱唐古拉姆玩，到了晚上孩子惊叫啼哭时，玉珍跃身下床，抱着唐古拉姆摇着，颠着，哄着，给她哼摇篮曲，度过一个个不眠之夜。

唐古拉姆渐渐长大了，一岁牙牙学语，一岁半蹒跚学步。巴桑玉珍、龙措发现，这孩子挺可爱，但脾气有点暴烈，一丁点儿小事，就急，还追着别的孩子打。一岁多了，还不会说话。

这孩子是不是在唐古拉上脑子冻坏了？玉珍怀疑。

巴桑玉珍先向卓玛斯秋副院长反映，说唐古拉姆该到说话的岁数了，可是她不会说话，脾气还有点大，动不动就追着孩子打，是不是精神有毛病呀，还是带到内地大医院去查查吧。

卓玛斯秋一惊，说你带过来，我试一试。

唐古拉姆来了，只字不言，大人跟她说话，多少还是有意识的，但只要与她玩的时间长，就烦躁不安。

是不是神经有毛病啊？卓玛斯秋副院长说，我给罗布次仁院长反映，如果要去内地检查，这事得那曲市民政局批准。

弃婴之病，非同小可，两位院长电话立即打到那曲市民政局，说弃婴唐古拉姆不会说话，性情有些狂躁，需要去成都四川大学华西医院那边全面查一下，如果有病，早治疗比晚治疗好。

宜早不宜迟吧，市民政局领导很当回事。指示道，唐古拉姆要全面检查身体，你们派一位爱心妈妈，带着孩子去成都，民政上再派一位干部相陪。

这么重视呀！我有点讶然。

是啊！我们那曲儿童福利院和爱心妈妈带孩子出去看病，民政上都会派干部跟着去的。

一个叫拉姆的民政局干部，陪着巴桑玉珍去了成都四川大学华西医院。

坐火车去的？

飞机。院里的车子将我和唐古拉姆，还有大拉姆一起送到拉萨贡嘎机场，眼睛一闭一睁，就到成都了。

巴桑玉珍带着唐古拉姆在成都住了二十多天，检查挂号的事情，几乎不用她操心，先查儿科，再检查神经科，最后结果出来了，儿科大夫和神经科专家的意见一致，唐古拉姆发育正常，精神上没有任何问题。

拿到诊断书，巴桑玉珍喜极而泣，抱着小唐古拉姆，在她的脸庞上落下雨点般的吻。然后喃喃说道：

唐古拉姆，你是一个好孩子，好孩子啊。

那一刻，小拉姆笑了，大拉姆也笑了。

仙女般的笑容，与成都市的市花芙蓉花盛开时一样灿烂。

# 狮泉河水清又纯

向西，吉普车一路上坡，西行阿里。笔直沥青路面，黑色的，像一条巨蟒横亘岭上，穿越丘陵曲线，伸往远山，更像一支箭簇射向大荒原的腹心。

我的目的地很明确，前方，阿里儿童福利院，西藏"双集中"供养的发祥地，西藏自治区政府曾在这里试点，并向全区推广。这是要重点采访之处。

野旷无垠，祥云浮在山头上，伸手可挈云。已经是六月天了，仍不见小草返青，漫天的黄尘和砾石，直接天际，与云朵接在一起。从挡风玻璃上看过去，笔直大道，直抵阿里高原边缘，坡并不陡，且长且缓，大荒原奔来眼底，好像那个消失了千年的象雄王国，正从历史风尘走了出来，在阿里高原踽踽独行。一觉醒来，只有雪风的呼啸，古象雄消失得无影无踪，车窗两边的荒原，还有一群藏野驴驰骋在上，追着车跑，是象雄王的骑兵吗？

尼玛县县界将至，尼玛，译成汉语是太阳，万里羌塘的太阳普照大地众生，朝雨夕云，不分象雄，古格，还是吐蕃。

吉普车在改则检查站前戛然停下，送我的那曲市民政局副局长巴桑说，徐老师，阿里地界到了，千里送君，半月相陪，终有一别，就此别过吧。

巴桑局长将我的行李搬到了阿里扶贫办书记达娃的车上。谢谢！我向巴桑局长行了一个军礼，这是对尊敬之人的最高礼遇。

达娃书记伸出手，欢迎你，徐老师。我们今天先去措勤县。

上车，左拐，去措勤，直走入改则，过革吉，然后沿狮泉河，入阿里。

朝着雪山走。阿里高原的雪风扑面吹了过来，迷迷漫漫的风，车碾过大荒，卷起一股风尘，两旁的藏野驴，疯了似的追逐着车跑，企望一试高下，尘淹大荒，我突然想到了那一个弱女子次仁卓玛，是如何从后藏中心，一步步走向阿里的，她走的是大北线，307国道，还是朝圣的正道，环喜马拉雅而行，朝神山冈仁波齐磕长头而来？


次仁卓玛，一个永远的女神，却是一个再普通不过的后藏女子。她抛家离子，从扎什伦布寺不远的东嘎乡走来，西行一千多公里。她是被冈仁波齐吸引过来的，还是被爱情的春风卷进阿里高原的？谈起阿里的爱情之旅，她掩嘴而笑。

那年夏天，次仁卓玛在日喀则一家陕西人开的面馆当服务员。东家的生意尤其好，每天都是从旭日东升忙到打烊关门。她在城里租房住，每天回家都很晚。当年她读到小学四年级，就辍学回家了，帮着妈妈种青稞，悔不当初啊。作为一位打工妹，看着曾经的小学同学，有的考入区外的中学，有的读了大学回来，考上了公务员，令她羡慕极了，悔不成为读书人。

卓玛，那就嫁个读书人吧！邻居老家是阿里的，来日喀则谋生，遂成了次仁卓玛的朋友。

哪有读书人会娶我这个小学生作妻？卓玛摇头。

卓玛，你可是女神啊，朋友笑着，人长得这样漂亮，会有读书人娶你的。

我才不做这个梦呢。次仁卓玛摇头。

看缘分吧。朋友答道。

有一天，朋友对卓玛说，我老家有个人在拉萨做事，回阿里路过日喀则，想看看扎什伦布寺，你替我尽一下朋友之责，陪他走走看看吧。

成！次仁卓玛说，今天正好我休息。

于是朋友便将自己在阿里的邻居，带到了次仁卓玛跟前，卓玛拉，介绍一下，巴桑曲扎，我家街坊小弟，就交给你了。

次仁卓玛抬头一看，相貌平平，在日喀则城里，一定会被淹没的，她的第一感觉，就是一个开车的师傅。

既然是朋友所托，次仁卓玛热情接待，带着巴桑曲扎从转经道走上去，仰首一看就是扎什伦布寺，红墙金瓦，塔尖高耸入云，她穿夏长裙，拾级而上，将藏女的婆娑身影，留给了那个紧随其后的男孩，他们一个殿一个殿地拜过，虽不添酥油灯，磕长头，但是年轻男孩走进寺庙里的虔诚状，让她舒服，觉得这个男孩的内心充满了阳光。

傍晚时分，走下扎寺，他们到藏餐馆里吃了顿晚餐，又去甜茶馆喝了甜茶。分手时，两个人觉得很投缘，加了微信。晚上回到家中，朋友来了，问她怎么样。

什么怎么样呀？次仁卓玛问道。

我给你介绍的男朋友啊。

你说巴桑曲扎啊？

当然！

哦！人很靠得住，不反感。次仁卓玛答道。

你就好好相处吧。朋友提醒她。

嗯！卓玛点头道。

于是，初识于日喀则城，结缘于扎什伦布寺，风铎摇来晃去，点点铃声，摇过了冬雪春花，秋风几度，吹走了青春芳华。次仁卓玛还年轻，她才二十刚出头，是到了少女怀春的年龄了。她真的与巴桑曲扎谈起了恋爱。

微信你来我往，一月复一月，雪山又化又重新落雪，潺潺冰水化成涓涓细流，流入了雅鲁藏布。

第二年夏天，巴桑曲扎从拉萨转回来了，路过日喀则，见到次仁卓玛说，我要回阿里工作了，跟我走吧，去见我妈妈。

嗯！次仁卓玛点了点头，第二天，她向陕西老板请辞，老板舍不得她说，妮子，别走，我给你加工资。

次仁卓玛摇头，说我要去阿里。

去阿里做啥？

跟我男朋友走。

天啦，妮子，山高路远的，隔了一千多公里啊，卓玛，你真是被爱冲昏头脑了。陕西老板摇了摇头，最后还是多给了她一个月的工资。

次仁卓玛跟着男友去了阿里，去见婆婆，等于定下这门亲事。次仁卓玛长得漂亮大方，婆婆一眼就认定她是个好媳妇，于是她便在婆家住了下来，没有什么仪式，便当了阿里的媳妇。她没有问丈夫是做什么的，反正他总在开车，她一直以为自己不过是嫁了一个司机，没有什么稀奇的。

有一天，丈夫要去参加阿里地区保险公司的招聘考试，从柜子里找学历证书，居然拿出了西藏大学本科学士学位证书。卓玛大骇，问道，巴桑，你不是司机，咋是大学生啊？

是啊，我在拉萨上了四年大学。

对不起，我以为你是一个跑运输的大车司机呀。

没有错啊，我一直为你开车，还将你从日喀则拉到了阿里。

我撞大运了。居然捡了一个大学生。那一刻，次仁卓玛既有一种幸福感，又充满了羞涩与愧疚。

哈哈！

到了阿里后，次仁卓玛一直在一家酒店做清洁工，一个月2000多元工资。2013年，儿子尼玛珠扎出生了，长到三岁时，可以送幼儿园了。2015年底，阿里地区实行"双集中"供养，将社会福利院里老人与孩子分开，老人回县福利院里供养，孩子则集中在地区儿童福利院。

有一天，次仁卓玛下班回来，邻居告诉她一个消息，说阿里地区儿童福利院正在招人，一个月给的工资还不少，3800元。

是吗？卓玛觉得比她在酒店上班拿得多了。她对丈夫说，巴桑，你陪我去报名应试吧。

好呢，丈夫二话不说，将车开了出来，送妻子去阿里儿童福利院。丈夫站在门口，让妻子进去应聘。

卓玛说，她特别要感谢在陕西面馆的经历，让她练就了一口流利的汉语。也许正是因为会双语，使她这个仅有小学四年级文化的人，具备了一定的优势。

院长看了一下她投的简历，抬头问，会汉语啊？

会啊，卓玛说，我还会说几句老陕西话哩。

都干过什么？

面馆服务员，宾馆客房保洁工。

结婚了吗？

结婚啦，孩子都三岁啦。

好吧，等消息吧！

这正是春天，阿里高原的雪风中，已经有了些许的暖意，儿童福利院来通知了，次仁卓玛被录取了，让她去上班，先是当护理员，主要负责孩子们的看病和护理，后做了爱心妈妈。

次仁卓玛说，刚当上爱心妈妈不久，就遇了一个弃婴事件。有一天，阿里中学厕所里拾到一个女婴，送到了儿童福利院。因为她是母亲，孩子都上幼儿园了，院长指名让她带这个弃婴，卓玛接过女婴，身上依旧是血淋淋的，连起码的婴儿服装都没有，就用几件简单的衣服包裹了一下，脐带未剪，便扔在厕所里边。好在夏日的阿里，不是很冷，中午出太阳了，日头还炽热，这个嘤嘤哭泣的女婴，被上厕所的孩子发现了，报告了老师与校长。

弃婴出生何处，是外来的扔的，还是学校里的，没有人向福利院透露过一句，爱心妈妈也遵守一份默契，从不打听弃婴的过去。

卓玛拉，院长交代道，先将弃婴抱回居家室，好好给她洗个澡吧。换上几件宝贝装，没有就去超市买。安妥好了，我派车让司机送你们去地区人民医院体检，如果是一个正常的弃婴，在我们儿童福利院待不久，会有好人家来领养的。

晓得了，院长！次仁卓玛抱着女婴回到了居家室，看得出，孩子是顺产的，身上染了许多羊水与胎血，她生过孩子，知道怎么处理，从沐浴房里接来一盆热水，将包裹弃婴的那些衣物一一剥下，扔在垃圾桶里，然后将女婴放在温水中，轻轻地擦洗，洗尽血迹。那女婴在温水中，居然不再哭泣，她将孩子擦干，精心剪掉脐带，擦过酒精，涂上云南白药，再用纱布缠起来，穿上宝宝服装，孩子舒服，笑了，卓玛将早就煮好的牦牛奶给她装了奶瓶，用奶嘴让她吸吮。

收拾妥当了。院长派的车也到了，次仁卓玛抱着弃婴，乘车前往阿里地区人民医院，妇产科的大夫，有广东和陕西来的，医术很高，经验也丰富。人家一检查，笑了说，这是一个头胎初生女婴，而且产妇岁数也不大。但是孕期的营养不良啊。

啊！次仁卓玛佩服极了。

大夫对弃婴的器官和反应进行了全面的体检，结束时，转身对卓玛说，这个女婴是个健康的宝宝，没有任何先天疾病。

次仁卓玛长舒了一口气，抱着孩子返回了儿童福利院。

刚抵院里，院长电话就打来了，她似乎比次仁卓玛还着急，怎么样，卓玛，弃婴检查有问题吗？

报告院长，是一个正常健康的女婴。太好啦！院长说，你先养着吧，我把情况报给地区民政，我估摸，不出百日，这个弃婴会被人领养走。

知道了，院长。

辛苦你啦，既带婴儿，又带家居室的孩子，可能一时照顾不了家，照顾不了你的儿子。院长长叹了一声。

没事的，儿子有奶奶带，上幼儿园，又有爸爸开车接送，好着呢。

其实院长是过来人，一语中的。次仁卓玛说的也是大实话。头一个月，卓玛几乎没有回过家。过去，到了周日，总可以有一天与家人团聚，而现在成天抱着褓褓中的女婴，还要照顾别的孩子，她几乎没有一点属于自己的时间。

一周，二周，三周，到了月底，已经有一个月见不到妈妈了，三岁的儿子尼玛珠扎想妈妈了，对爸爸说，我要妈妈。

次仁卓玛曾打电话给丈夫，告诉他，最近从中学的厕所里捡到一个弃婴，院里交给她领养，没有时间回来看珠扎，如果孩子想她，就带珠扎过来。

想不想去看妈妈？

想！

走吧！去看妈拉。

亚索！儿子高兴得快蹦了起来，

爸爸驾车进了阿里儿童福利院，好大一个院，藏式建筑，宽敞明亮，树木鲜花正盛，为陕西等省所援建。车抵停车场，巴桑曲扎打开车门，儿子先跨了出来，他已经不止一次来过妈妈住的居家楼，驾轻就熟，沿着幽径，径直跑了过去，儿子在前，爸爸在后，儿子小脚跑得快，很快就进了妈妈的居家室，突然，哇的一声，室里边传来了尼玛珠扎哇哇的大哭声。

儿子在哭，巴桑曲扎走了进去，大声问道，尼玛，你哭什么？

妈妈不要我啦，妈妈生了小妹妹。

哈哈！巴桑曲扎仰天大笑，妻子卓玛也笑得前仰后合。

尼玛愣住了，小脸蛋上还挂着泪痕。

过来，儿子！妈妈将尼玛珠扎叫到眼前，说这不是妈妈生的，是上天送给妈妈的，是你的妹妹。

妹妹。上天。尼玛珠扎不懂。

她跟妈妈是一样，也叫卓玛，意思是天上的仙女。

哦，儿子破涕为笑，凑近一看，那女婴脸红红的，像太阳刚从雪山出来，朝着他笑呢。

仙女妹妹好！尼玛珠扎伸出手，握着她的小手。

那一刻，次仁卓玛突然意识到，必须将儿子与福利院的孩子们常带在一起玩，让他们不分彼此，都是亲兄妹、亲哥弟。

次仁卓玛不无遗憾地说，那个弃婴就待了百日，便被别的人家接走了，抱回去领养。

是区外的吗？

不是。就在西藏，但是在那曲市，还是拉萨，她也说不清楚，院里不让问，只是将弃婴递给她养父母时，那一刻，卓玛哭成了泪人。

舍不得啊，就像自己身上掉下来的一块肉，突然被别人拿走了。

言毕，卓玛的泪水又涌了出来。

还养过别的弃婴吗？等次仁卓玛的情绪平复下来时，我突然追问了一句。

有啊，养了三个。次仁卓玛说，送走第一个弃婴刚好半年多时间，在阿里最大的一家菜市场，有一个清晨，一位进货的汉族女孩，拉着菜进集贸市场时，风中传来了几声婴儿的哭泣，时断时续，她怀疑是小猫叫，可是自打上高原，就再也没有听过猫叫啊。她终于听清了，是垃圾箱那边传来的，是婴儿的哭声……

卖菜女孩停下车，循声而去，走到扔菜帮子的垃圾桶前，几个桶里，一一打开盖子查看，天哪，一个弃婴躺在里边。

作孽啊！她将孩子抱了起来，惊叫着，快来看啊，这里有一个被扔弃的婴儿。

陆续赶到的小贩围拢了过来，多为汉族，围观了一番，却不知道如何处理，终于，有人建议，报警吧。

警方完备手续后，将弃婴送到了阿里地区儿童福利院。

还是让次仁卓玛带吧，院长第一时间就想到了她。

那天，次仁卓玛就像第一次领受任务一样，又一次奉命来接弃婴。

院长长叹了一声，对卓玛说，是一个卖菜的汉族姑娘捡到的，幸好扔在垃圾桶里，没能被冻死，也幸好她哭，没有被垃圾湮没了。这孩子，福大命大，寒夜不被冻死，将来必有后福。

院长的意思，还是那我抱回居家室去。

对！你已经有了带第一个的经验，带第二个就驾轻就熟了。

嗯！卓玛点了点头。

还是老规矩，先去洗吧，喂点婴儿奶粉，然后送地区人民医院检查，确定有没有先天疾病，但愿是正常的，有个好归宿。

次仁卓玛抱着孩子回来。一路上，脸上像张大人花一样灿然。

第一个，第二个，都像院子里怒放的张大人花一样，迎着阳光雨露生长，不惧风雪日晒。

怎么尽扔女婴啊，西藏也重男轻女啊？作家喟然长叹，坐在一旁的爱心妈妈都笑了。

次仁卓玛像前回一样，抱着女婴去了医院，检查的结果，一样让她很兴奋，是一个正常的女婴。

果然不出百天，这个女婴又被无子女的年轻夫妇领养了。

第三个呢，在福利院吗？我想看到一个弃婴，一直在福利院长大的。

第三个是四月中旬扔的，那时阿里，真的天寒地冻，弃婴扛过去了，被发现时，未被冻死，捡了一条小命，次仁卓玛说，当时她正在休假，假期四十天，好久没有回日喀则老家了。院长电话打过来了，说卓玛拉，有难事时，都少不了你啊

院长，啥事情呀，让您这般感叹？

又捡到一个弃婴，想让你结束休假，早点回来带。

我知道了，这就买票往回返，坐长途汽车回来，可能得两天吧。

次仁卓玛说第三个弃婴，是四月中旬扔的，没有被冻死，得感谢阿里白天晴空万里，太阳照在狮泉河上，气温就上来了，弃婴福大命大造化好，捡了一条小命。

说到此，旁边一个身残的孩子，咧着嘴呜呜乱叫，好像她听懂了次仁卓玛的话语。我循声看过去，很宽敞的活动室一角，在一旁，这个孩子斜着脖子，拧巴着头，扭曲着身子，咿咿呀呀地乱叫，表情却是怪异的。

她好像听得懂你说话哦。我指了指那个四肢和身体显然不协调的女孩。

她听得懂，人可聪明了，就是说不出来。卓玛长叹了一声。

她叫什么名字，是一个哑巴吗？

南珍！今年已经十六岁了。次仁卓玛喟然叹道，她老家是改则县麻米乡的，患的是先天性癫痫，生活不能自理，除了吃饭外，上厕所，大小便，洗澡，甚至穿衣，都得要爱心妈妈帮忙。

听到次仁卓玛在说她，南珍脸上一片灿然，呀呀地吐出一串语音，但是谁也不知道她在说什么，可能是表示一种高兴吧。

她一直在亲戚家长大，父母怎么双亡的，说不清楚，爱心妈妈从不打听原生家庭的往事，也不想在孩子身上留下阴影。前年，改则县民政局将她送来了，后来她的妹妹也到了阿里儿童福利院。


第三个弃婴也只养了两个月，便被别人领养了，次仁卓玛环顾自己的居家室，七个孤儿，男孩桑果，女孩白玛玉珍，恰好与儿子尼玛珠扎同岁，上幼儿园时是同班，上小学时，也是同班。彼时，次仁卓玛去送桑果、玉珍，婆婆去送孙子，有时在大门碰上了，儿子很缠妈妈，也不解，妈妈不要我了，只要儿童福利院的孩子。

瞎说，次仁卓玛抚了抚儿子的头，说道，太阳和月亮，是同一个妈妈的女儿，你和桑果、玉珍，都是妈妈心中的太阳和月亮，都是妈妈的儿女。

我是太阳呢，我是太阳喽。尼玛珠扎跑着进了幼儿园。

婆婆笑了，儿媳妇真会说话，孙子名叫尼玛，本来就是太阳啊，白玛也是月亮啊，巧舌如簧，一定是天上神鸟降落人间啦。

后来，儿子上小学了，依然与桑果、玉珍同一个班。因为从幼儿园就在一起玩，儿子不再排斥福利院的弟弟妹妹，而真将他们当作是妈妈的另一对儿女。因此，当早晨妈妈送坐校车的桑果和玉珍来上学时，偶然也会与爸爸送来的尼玛珠扎遇见，于是，妈妈会让他们牵着手，一起往小学里跑进去。到了晚上，妻子便将接孩子的任务交给丈夫，让他将三个孩子一起接上，开车送回阿里儿童福利院，晚上教他们一起做作业。

最有趣的是小学开家长会，次仁卓玛和丈夫一起去开会，只是丈夫是为尼玛珠扎而来，而妻子则为桑果、玉珍而来，双双出席，三个孩子都考得好，爸爸妈妈一定会重奖他们，带着去快餐店，吃一顿炸鸡，以示嘉奖。

远处，狮泉河的雪山水从喜马拉雅北麓流来，雪水叮咚，清波激荡，穿过克什米尔，流向印度河，最终入海，与一个母亲的爱一样源远流长，海一般的博大。

狮泉河水啊，如母爱，清又长！

第八卷
Chapter 8

花凋

# 一样花季，不一样的绽放

次仁拉姆闪动白唇鹿般的大眼睛，仰起头来，问爱心妈妈益西旺，阿妈拉，我得了什么病，为啥要隔离？

益西旺没有正面回答，她不忍正视这楚楚哀怜的眼神，只是淡淡地说了一句，没什么啊，拉姆，我可爱的小仙女，就是一点小毛病。

小毛病，为何不能与您住在一起？阿妈拉，我好爱您呀。

观察几天就回来啦，益西旺不能将话说白了。那样对孩子太残酷。

次仁拉姆不爱说话，欲言又止，转身回自己屋去了，收拾隔离前的东西。

望着十二岁女孩的背影，益西旺恍然做了一个梦，发现自己也变小了，小仙女在前，益西旺在后，渐渐消失在走廊上。那是十二岁的次仁拉姆，还是自己？十二岁的女孩，一个改变命运的花季。

那年夏天，班戈县高原牧场旷野无边，雪风从远方吹过来，挟着天上之湖纳木措的潮润和水沫，吹在十二岁少女益西旺的长袍、脸颊和头巾上。远处，夕阳朝西边的地平线坠落，染红了流云，也映红了益西旺剪影一般的身躯。她不时旋转乌朵，石子抛了过去，将分散吃草的牦牛聚拢在一起，往村庄方向驱赶。

该回家了。从七八岁始，益西旺就在牧场放牛，日复一日，年复一年，从一些阿佳和阿妈拉身上，她仿佛看见了自己的未来。有什么法子呢，每年从春牧场到夏牧场，再从秋牧场到冬牧场，星宿轮转，朝牧晚归，谁也改变不了，这是班戈牧场女人的宿命，除非有一天她走出这片洪荒。

落日已沉入大漠尽头，夕阳暮归人，牧女随牛后，再后头跟着两个牧羊犬。将牦牛驱赶入牛圈，横上木栏，益西旺转身回家。暮色如潮水涌起，将她小小的身躯没了，游走在她身后的是两只不离左右的牧犬。

阿妈拉，我饿了。跨进一层的天井，一层仍有小牛犊关在此，哞哞地呼唤母牛。辗转上楼，毕竟她处在一个可以撒娇的年龄。

客厅里多了一位姐姐，据说是远亲。很多年前去了那曲市打工，在城里成了家，生了孩子，日子过得好着呢。她给益西旺带来了衣服，还有不少吃的，特别是她最喜欢的棒棒糖。

益西旺，叫姐姐，阿妈拉叮嘱她。

坐在卡垫上的姐姐朝她笑呢。

阿佳拉！益西旺羞怯地喊了一声。

过来，姐姐手里拿一件新夹克拉链衫，向她招了招手，将放牧羊皮袍脱了，换上这身新衣服吧。

益西旺一愣，脸上顿时绽开了花，这是她眼馋已久的新衣服，每到挖虫草季和寒暑假，在乡上和班戈县城读书的孩子回来，都穿着这样夹克的校服。她一天学也没有上过，随牧场的黑帐篷流动而生长，就像不远处的藏羚羊，一直在野生放养。

姐姐将衣服给她穿上了，问了一句，喜欢吗？

益西旺点了点头。

穿上新衣服，明天就跟姐姐走吧。阿妈说了一句。

去哪里？益西旺一愣，像一只雪豹扑来。原来衣服也不是白穿的。

去那曲市里，跟姐姐一起生活。姐姐笑着对她说，还有两个弟弟陪你!

真的! 益西旺简直不敢相信,以为是在草原上,躺着就睡着了,她又做梦了。

不是梦,益西旺,阿妈拉说,跟着姐姐走吧,进了城,就会有好日子。

那我走了,谁来放牦牛? 益西旺怯生生地再追问了一句。

阿爸和阿妈轮流放吧。

阿妈拉真好!

是这个姐姐好,她给了你机会啊,到城里好好跟着姐姐学吧,听话,照顾好两个弟弟。 阿妈这样交代道。

我会像照顾家里的小牛犊一样,照顾好两个弟弟。

哈哈! 姐姐和阿妈都笑了。

益西旺说那天晚上,她第一次失眠了,第一次走出村庄,走出那个班戈县邮票大的村庄。 再看不见牧场上空的星星,月亮和太阳同辉,再也听不见草原上的鸟鸣了,甚至要与她朝夕相处的牦牛群,悠然吃草的藏羚羊和藏野驴相别了。 益西旺能凭着它们奔跑时的气味,辨识出哪只是公的,哪只是母的,哪一只是真正领头羊。

第二天早晨,甚至未来得及好好看一眼这座生活了十二年的村庄,便与它相别了,她知道,这一去,就像姐姐一样,她再也回不来了。

那两只牧牛犬,汪汪地狂吠,仿佛是代表那座村庄,对她进行最后一次挽留。

可是她还是走了。


那天采访,她是最晚一个来的,巨大阳光房里,一盆盆的花草树木,长得一人多高。 四十年间,树木稀缺的那曲市,突然在儿童福利院的阳光房里,奇迹般地长出一株株景观树,令我陡然一惊,沧海桑田，一如这片古海当年造山隆起一样，羌塘无边的寂静与沉默中，总不时有奇迹惊空。

益西旺本身也是一个奇迹，我惊叹，你没有上过一天学，一口流利的普通话，跟谁学的呀？

电视啊！益西旺的回答真有点风轻云淡。

天哪，这是作家入藏二十多天来，第二次听到一天学未上，跟着中央电视台的汉语栏目，学成一口字正腔圆的普通话的故事。

前者是昌都市察雅扶贫创业园，一个年轻银匠，白皙，纤瘦，头发长长的，看上去像一个汉家小伙子，说一口流利的京腔。我问银匠是汉族，还是察雅藏族，回答当然是后者，那为何说一口纯正的普通话？他说，爸爸自他记事时就有病，妈妈出去种青稞，就让他在家看爸爸，闲来无聊，从幼年，少年到青年，就盯着电视看了十六年，天长日长，居然说了一口流利的普通话，堪与央视播音员一比，益西旺则是我遇到银匠故事后的女版。

啊！你不是跟着姐姐进了那曲城了，没有去上学？

益西旺摇头，姐姐在电信公司当保洁，朝九晚五，上班都要打卡，很忙。将两个弟弟交给她带，大的当时三岁，刚上幼儿园，小的一岁半，一个花季少女带着两个男孩，坐在家里电视前，守着动画片度过自己的少女时代。

你当时一句汉语不会，怎么听懂的？

两个孩子会几句汉语，看看电视，再看看面前的小阿姨，一字一句地教她。日子久了，经不住天天看，看着看着，屏幕里的人说什么，益西旺懂了。电视像一个老师，向她打开了一个新奇的世界。

益西旺说，她在姐姐家带了四年的孩子。哥哥七岁了，上小学了，小弟也上幼儿园中班了，她的小保姆生涯结束了。那一年，她十六岁。

花季少女益西旺也从一个安多美女的花骨朵，出落成一个康巴美人。

那天，姐姐问她，是留在那曲市，还是回班戈县老家去继续放牧？

我也要像姐姐一样，找个清洁工事情做。益西旺向人提愿望和要求时，总是怯生生的一脸羞赧。

姐姐笑了，说我晓得益西旺不会这样蠢，选择回老家。其实，从带益西旺出来的第一天起，她就知道，益西旺像自己一样，一旦走出来，就再也回不去了。

益西旺的第一份工作，是姐姐找的，在宾馆里做保洁工，稳定，安定，下班住姐姐家，无人可扰。一个月2000多元的工资，可以一半给阿妈拉了。

二十三岁那年，益西旺应邀成了那曲市儿童福利院的爱心妈妈。

次仁拉姆是集中供养后第一批来的，她的老家在巴青。阿爸与阿妈拉去世之后，她一直被放在亲戚家抚养，由一个叔叔和姑姑领养，生活费由县民政局出，一个月1000多元，按说日子并不会差，可是"双集中"后，民政局盖了很大一座儿童福利院，有家居室，有集中楼，有花园，有餐厅食堂，甚至有大型阳光房，一切都是现代化的，比北京上海的儿童福利院规模还大，设施还好。

次仁拉姆到了益西旺的居家室，她不爱说话，已经七岁了，是读书的年龄，益西旺带她去报名，看她穿上学校发的校服，次仁拉姆也是第一次穿，只是她才七岁，而益西旺第一次穿，已经是十二岁了，跟着姐姐第一次走出牧场，走出班戈县花季。

益西旺特别欣慰的是，次仁拉姆不仅是个小仙女，还是一个小才女，是一块读书的料，聪颖之极，一点即通，真有三岁知老的感觉，学习特别好，一至四年级，总排名前两名，与班里第一名，只在伯仲之间，学校组织家长会，都是益西旺出席，每次老师表扬，第一个名字，总是次仁拉姆，让益西旺特别有一种成就感。

小学毕业时，考哪里？益西旺常常这样问次仁拉姆。

或者北京、天津，或者广东、江苏，她的心已经飞向遥远的北京和长江之滨了。

然而有很长一段时间，次仁拉姆的心不属于益西旺，而属于她那在遥远的天国，在香巴拉的阿妈拉。她起床见到益西旺，起初叫阿佳，益西旺笑了，说为何不叫我阿姨。

因为你年轻，长得漂亮，不像阿姨，而像姐姐，次仁拉姆答道。

哈哈，次仁拉姆真会说话，像林中的百灵鸟。

不！姐姐，我只是一头小羚羊，寻着阿妈拉而去。

阿妈拉在天国里，或者转世人间，知道你学习好，会笑得合不上嘴的。益西旺说。

后来，有一天，次仁拉姆叫益西旺阿姨了，益西旺笑了，说，拉姆是不是觉得姐姐老了？

不是！次仁拉姆摇头。

那是什么呢？

你当阿妈了，有两个孩子呢。

哈哈！原来是这样的，我的小仙女啊。

那一天，是七月七日，中国的七巧节，现在也有叫情人节的。这一天恰好是益西旺的生日，八岁的央嘎读一年级，他与次仁拉姆一样，一直叫益西旺阿姨，那天上学前，央嘎突然问益西旺，阿姨你有几个孩子？

八个啊！

不对，你有十六个孩子。

哈！对对，你将巴桑玉珍阿姨带的八个加上，正好十六个。

晚上，放学回来，央嘎将十六个孩子叫在一起，让益西旺闭上眼睛，他从书包里掏出一张音乐贺卡，上边画了一个月亮，旁边有十六颗星星，旁边写上一句汉语，一句藏语，阿妈拉，你有十六个孩子。

那一刻，益西旺的泪水，哗地涌了出来，这是一群懂得感恩的孩子。

第二天，从央嘎始，还有次仁拉姆，个个都叫她阿妈拉。

次仁拉姆染上乙肝了，带上小三阳了，儿童福利院医务室说必须隔离。益西旺犯愁了，她找到院长卓玛斯秋，说拉姆这孩子内向，心事重，让她离开家居室，我怕影响她的学习，能不能让我专职照顾她，勤洗手、勤换衣和消毒就是了。

斯秋院长摇头，益西旺，我理解您的心情，您对次仁拉姆好，这是全院共知的，但是，小拉姆得的是乙肝啊，这是传染病，为了别的孩子的健康，她得隔离。

那什么时候回来呀？

等病好了，小三阳转阴了。

嗯！益西旺回到家里，将次仁拉姆穿的、用的、吃的、还有书籍文具都收拾好了。交代她，拉姆，我可爱的小仙女，你离阿妈拉不远，就住在医务室，暂时不能去学校，要好好复习，课堂的内容，跟着网课学，好好睡觉，多喝牛奶，小毛病好了，阿妈拉就来接你回来。

阿妈拉，你会来看我吧？

我每天都会来，早上送完上学、上幼儿园的孩子，晚上吃过饭后，都会来看你的。听医生的话，按时服药。益西旺交代道。

次仁拉姆点了点头。

益西旺总在创造奇迹，在她的关心下，次仁拉姆好得挺快，就隔离一个多月，服药治疗，很快恢复了。三个"+"号转阴，又回到了益西旺的家中。

益西旺说她来那曲儿童福利院五年了，今年二十八岁了，一个月工资 5500 元，日子过得好，生了两个孩子，老大三岁，是一个男孩，老二是女孩，今年一岁半，孩子由婆婆带。

我问益西旺，老公做什么的，家住哪里？

她说，老公叫次多，家在那曲市色尼区罗玛镇，在那曲火车站游泳馆工作，有正式的工作。

次多读过书？我追问了一句。

读过啊，在成都读的大学。

啊！我讶然，一天学也未曾上过的文盲女益西旺，找了一个大学生。这真是羌塘草原落陨石了，落在了益西旺的跟前。怎么认识的？

他家的亲戚介绍的。益西旺答道。

他知道你没有读过一天书吗？

相爱的人不问这些。

哈哈！我笑了，问益西旺。次多读了哪所大学？

益西旺摇头，说不知道，我爱他也从不问这些。

有个爱心妈妈插话道，是成都科技职工大学。

成都科技职工大学，没有这样的学校啊，我摇头，打电话问问，是什么。

益西旺起身打电话去了，过来了一会儿回来，尴尬地说，老公忙着呢，他骂我是神经病，结婚都五年多了，还来问他读过什么大学。

哈哈！坐在一旁分享故事的爱心妈妈哄堂大笑，益西旺觉得挺不好意思，枉为人妻一场啊。

我也笑了。

益西旺是一个称职的爱心妈妈！

## 阿妈的爱心，永远不会千疮百孔

达娃曲珍没有一丝犹豫，便打通弟弟扎西次登的手机。询问道，扎西，你在拉萨城还好吧？

弟弟说，现在是西藏旅游的淡季，偶然进藏的，都是自驾，不会选我们这种地陪，一两个月拿不到一单活。

那你正好有空，来泽当吧，帮姐姐一把。

阿佳拉又遇上什么难事了？

嗨，昨天晚上，101、102室男孩打篮球，动作大了点，我带的小男孩索郎亚培摔倒了，手腕骨折了，送到山南市人民医院，做了简单处理，建议转院去拉萨自治区人民医院，这是我带的孩子，当然得由我陪床，带着去治疗。达娃曲珍说明原委。

阿姐要我做什么呢？弟弟在电话那头问道。

尽一回阿松（舅舅）之职吧，你从拉萨过来陪外甥，我带着索郎亚培去拉萨治病。达珍曲珍叮嘱弟弟。

好呢，我听阿姐的。这就去买票。小弟答道。

我们就不当面交接了，晚上你到小学去接外甥，晚饭，你做！

阿姐，我从未做过饭啊，在家都吃你和阿妈拉做的，这下让扎西次登作难了。

网上搜一搜，有做饭指南。达娃交代弟弟，再不会，打视频电话给我，我远程指导。

行呢。

于是，弟弟向南，过拉萨河，沿雅江而下，到山南照顾外甥，而姐姐则溯雅江而上，从贡嘎机场动身去拉萨。

在西藏，阿松（舅舅）的地位，远胜于父亲。一个家族一旦解体了，父亲像一只灰头雁，拍拍翅膀远去他乡，而母亲则护着一群孩子，倘母亲遭遇不测，阿松就会挺身而出，领回孩子，代替阿妈拉，行使父权。

雅江之滨，在那银鹰每天飞翔之地，蓝天碧水，祥云彩虹，不时横跨雅鲁藏布两岸，可是达娃曲珍的鹊桥塌了，她的爱情美丽而悲怆。

三十岁那年，她爱上一个退伍兵，尽管她比他大几岁。但还是爱得天昏地暗，死去活来。

可是上天太吝啬了，这段婚姻很短暂，仅持续了两年，当她发现丈夫已移情于年轻姑娘时，当机立断选择了分手。

丈夫还算有廉耻之心。不止一次地请求，说达娃，我们谈谈吧，我错了，看在儿子分上，他才两岁，再给我一次机会吧。

达娃曲珍摇头，望着村边不远的雅鲁藏布，说看见了吗，女人如大江中间的逝水，一旦流过去，就不再回头。

丈夫说，那我选择回头。

曲珍说，男人的感情，如同江中的旋涡，激流涌来，有了第一个，就有第二个，第三个，你改不了的，跟着你喜欢的女人们走吧。

丈夫仍在纠缠，迟迟不愿松手，说达娃，你是一块绿松石，我打眼了。

拜托！达娃曲珍很执拗，说，儿子现在两岁，我不要抚养费，你放了我们母子吧。

最后办离婚手续时，丈夫对两岁的儿子说，阿妈的心已被我伤得

289

千疮百孔了，只好选择离开。

笑话！达娃曲珍摇头，说，西藏阿妈的心，就是天上的月亮，云中的观音，像雅鲁藏布一样，博大得很，怎么会千疮百孔，再滴血，经声一起，祥云风来，就会满血复活。

摞下那份破碎的婚姻，达娃曲珍牵着两岁儿子的手，登上贡嘎县开往山南市乃东县（现为乃东区）的班车。阿爸在山南市建筑公司上班，将近退休，那里还能容留她们母子。

长途班车一路南行，沿雅鲁藏布而下，江面越来越宽，清波落成湖，波澜不惊。一团团祥云从上游飘过来，悬浮在半空，雪莲般地绽放，天蓝得炫目。看着宽阔的江面，清凌凌的江水，再没有湍急之姿，祥云落在水上，睡莲般的沉静，达娃曲珍的心突然安静下来。雅鲁藏布千万里流淌，激流拍岸，容得下冰川冷泉，容得下山崩岸塌，一路深潭浅滩，大浪淘沙，最终化作一条桃花江，这就是西藏的母亲河啊。而自己不过是雅江之上的一片云，一株树，风来云散，雨来树活。

那一刻，达娃曲珍的心活过来了。

进了泽当城，阿爸告诉他，林芝儿童福利院在招人，问她去不去当爱心妈妈。曲珍说，好呀，那儿子呢，他不到两岁，还不到上幼儿园的年龄。

阿爸说，交给我吧。我帮你带！

达娃曲珍去林芝儿童福利院应聘，她在老家贡嘎县读过初中，又说得一口流利的汉语，一考试，就通过了，被录用到儿童福利院当爱心妈妈。那一年，是2012年，当时，她刚三十二岁，比西藏自治区推行"双集中"供养还早三年。

一下子分给她十五个男孩，分别住在101室、102室和103室。一个房间五个孩子，她是爱心妈妈，男孩岁数从两岁至十二岁不等。面前一下子涌来十五个男孩子，又是异地收养，远及藏东昌都，高至藏北双湖，更多的是山南市的。孩子们口音各异，青葱一样的年纪，一个个面容黧黑，像太阳燃烧过的肌肤。

然而，最令她恼火的事情，是这群男孩好动，俏皮，经常聚在球场上打篮球，打着打着，就发生肢体碰撞。然后，动手，群殴。告状告到阿妈拉这里，让达娃曲珍评理。不分亲疏，各打五十大板，骂过之后，孩子平静了，她却后悔地哭了。男孩们围过来了，阿妈拉，我们错了。您别哭，都是我们不好，惹您生气了。

达娃曲珍拭去眼痕，若不想惹我生气，能不能答应我，打球可以，但不能打架。

好啊，答应阿妈拉。个个点头，信誓旦旦，可是第二天傍晚时分，上了篮球场，对阿妈拉的叮嘱照样抛之脑后，打输了，照样是一场战争。

十一岁男孩索郎亚培像一只雏鹰，还没有飞起来，就在这场争斗中折戟沉沙了。

雅江之畔的飞沙很多，但达娃曲珍心中，索郎不是沉沙，她要让他飞翔起来。

林芝儿童福利院很重视，专门派了一辆车，送达娃曲珍和索郎亚培去拉萨自治区人民医院就医。

达娃曲珍说，大夫说伤筋动骨一百天，意思没有一百天治不好，小索郎很幸运，仅住了十三天院。孩子伤了手，基本生活不能自理，穿衣都很困难，曲珍就睡在医院的长椅上，孩子上厕所，穿衣，洗衣服，全都由她承包了。为了让孩子好得快些，她变着法地改善生活。借医院的后厨，到菜市场买牦牛肉，给孩子做牛肉包子，煮牦牛肉羹。

十三天，索郎亚培创造了一个奇迹，骨科大夫说，这孩子恢复很快，固定好石膏，回家去好好养着吧，感谢你这个好阿妈拉，照顾得太好了。

可是，达娃曲珍的亲生儿子却享受不了这样的待遇。

十三天，他与不会做饭的舅舅生活在一起，每天只能点外卖，同一种饭菜吃三天，吃得孩子直摇头，说扎西阿松，没有阿妈拉做的好吃。

扎西次登说，没有办法啊，阿松不会做饭。

你和阿妈拉，都是爸拉和妈拉养的啊，为何你不做饭？

因为我太懒，不屑于做这种女人活啊。舅舅笑着说，这回受惩罚了，让你跟着遭罪。

扎西阿松，你不会学啊，像阿妈拉一样。

扎西次登摇头，你阿妈拉是少年童子功，我可没有那种童年记忆，唤不醒的，我们吃外卖吧。

十三天后，达娃曲珍带着小索郎回来了。弟弟内疚地说对姐姐说，对不起阿佳，我不会做饭，让孩子整天跟我吃外卖，都吃腻了。

哈哈，姐姐达娃笑了。她知道此时对弟弟，只能表扬，不能打击，因为再遇病孩子，送院求医，她还得找弟弟帮忙哩。


没有想过再给孩子找个父亲？我问了达娃曲珍一句。

达娃曲珍羞涩一笑，我都四十岁了，老太婆一个，谁敢娶啊。其实在西藏，女人一旦离婚，再婚的很少，不想再涉婚姻殿堂的人比比皆是。

到福利院后，前夫没有来找过？

来过，被我赶走了，各过各的日子吧，两不相侵，视如陌路了。

没有给他最后的机会？

拒绝，就是最后的机会，一不要他的孩子抚养费，二让他不要来纠缠，从此两别，各自珍重。重新开始自己的人生吧，后来，听说他考上那曲公安局的正式警察，重新组织了家庭，祝贺他获得了新生。

没有看过儿子吗？

达娃曲珍摇摇头，连联系方式都没有啦。

母子俩的日子过得好吧？

一个月的工资 4700 元，再加饭补，季奖，差不多 5000 多了。房子是单位提供的，没有住房压力，挺好的。我很喜欢这份工作。这么大一群孩子，都叫我阿妈拉，很有成就感啊，我的晚年会很幸福的。


因为初试母爱，第一次带索郎亚培到拉萨看病，顺风顺水，而且效率很高，孩子不受苦，做了手术，干净利落地带他回福利院。院长很满意，表扬了达娃的办事能力。说达娃曲珍，以后再遇到这种事情，还要请你出马呀。

达娃曲珍有苦难言，她不敢告诉院长，索郎亚培住院时，是自己亲弟弟来为她看儿子的。

能干的人，一旦被院领导记住了，再遇上院里孩子有事情，非你莫属。

2020 年初，武汉疫情风声鹤唳，全国闻新冠色变。恰好这时，在山南儿童福利院长大，在北京读大学的次仁德吉突然患上很重的腰椎疾病，十九岁的芳华，一个亭亭白桦般的姑娘，朔风一吹，犹如狂飙拂柳一样，拦腰折枝，腰直不起来了，躬身如罗锅，生活不能自理，只能躺在床上饮泣。大学里应对不了，病情反映到西藏自治区民政厅，转到了山南市民政局，于是局长通知儿童福利院，派人去北京，接次仁德吉到成都看病。

天哪，北京医疗资源那么好，为何要舍近求远呢？我有些不解。

达娃曲珍说，她也不知道。那天下午，人还没有下班，院长电话就打过来了。让她去一趟办公室。她不知道院长找自己有何事情，快过年了，她一直表现不错，是不是该给自己加工资了？其实，在这里工资定额，都是一样的，奖金也如此，因为她们爱这项事业，觉得在这里做事情，特别值，从不会讲价钱。

达娃进了院长的办公室，发现次央也坐在那里，院长一见达娃曲珍进来，请她与次央坐在一起，为她倒了一杯酥油茶，示意她喝上几口再说事，达娃曲珍吹开油层，喝了一口，感觉又香又纯。感叹道，院长家的酥油，真新鲜。

哈哈！院长笑了，是从草原牧场带过来的，好茶敬阿妈拉。

达娃曲珍说院长请我们喝上好的酥油茶，一定是有重要事要交代了。

真聪明！院长说，把两位请来，就是要交代一件大事给你们两位，我们院考到北京读大学的女大学生次仁德吉病倒了，腰突然直不起来，你俩飞到北京去，将次仁德吉接出来，送到成都的四川省人民医院去治病，陪床护理，她什么时候治好了，你们什么时候回来。

啊！达娃曲珍愕然，想不到院长交代的是这样一件事情。欲说还休。

达娃有困难吗？

达娃曲珍平静地问了一句，什么时候走？

明天。搭西藏航空飞机飞往北京。

这么快啊！

就得这么快，与病魔抢时间呀。院长说你们回去交接一下工作，居家室的孩子转给其他妈妈。带够衣服，北京和成都的寒冬腊月比较冷，要做好打持久战的准备。

嗯！达娃欲言又止，她真想说自己走不开，儿子没有人带。可是院长仿佛看出了她的心思。说，达娃，我知道你有难处，克服一下吧，这次照顾生病的女孩，非你莫属。去年索郎亚培住院，你照顾得十分周到，孩子恢复得快。这一回决定爱心妈妈陪床人选时，我第一个想到的就是你，莫负了院里和局里领导对你的信任啊。

嗯！达娃点头，个人再有多大的困难，比起照顾生病的女大学生都是小事情。儿子无人看的事情，达娃曲珍决定不说了。

走出院长室，达娃曲珍连忙给弟弟扎西次登打电话，说，扎西，你明早就过山南来吧，反正现在武汉疫情，城城自危，你也接不了单。

扎西次登从姐姐焦急的语气中，知道她又要出差了，让他去照看外甥，姐姐这次还是到拉萨看护病孩吗？

北京接人，成都看护，是一个读大学的女孩。达娃告诉弟弟。

什么时间走？

明天下午走。

次登，该带的东西都带过来吧，这回你得做打持久战的准备，这女孩病得不轻。

明白了，阿姐。

第二天，姐弟俩在山南见了一面，达娃曲珍给弟弟留了一笔生活费。

扎西次登摇头，说，姐，我有钱，你留着用吧。

一码归一码。姐姐交代道，不要总点外卖，自己学着做着吃。

弟弟点了点头。

下午，院里派车送达娃和次央去了贡嘎机场，这是她第一次直飞北京。抵京时已是晚上，她根本没有时间看一眼天安门和长城，当天就赶到了次仁德吉住的医院，办出院手续，第二天飞往成都。

没有想到这回看护这么久，整整四个月时间。达娃曲珍说，这孩子挺可怜，长得楚楚动人，可是腰一耷拉，就像树被拦腰折断了，生活无法自理，而且是腰椎神经末梢的病变，到了成都后做手术，一直躺在床上。她和次央两人，双双陪护，女孩已经成人，就连来例假换卫生巾，都是两个爱心妈妈帮她的，一天两天，半个月，二十天，直到一个多月后，次仁德吉终于可以慢慢地挺起腰了，坐直了。达娃曲珍和次央流泪了，次仁德吉更是饮泣不已，说达娃阿妈拉、次央姑姑，你们才是我亲生父母啊。

达娃曲珍说，成都四个月，她几乎足不出医院，就守着德吉，晚上做梦都在想那十几个孩子，还有自己的儿子。到了第四个月，101、102和103室的孩子太想达娃妈妈了，找到别的爱心妈妈，说快给我们阿妈拉打电话吧，我们太想她了。

不用打电话，你们的阿妈拉，很快就要回来了。

真的？

院长说的，换她的人，都派过去了。

到了四月下旬，达娃曲珍从成都回来了，那天晚上进了山南儿童福利院，十几个儿子站成两排，夹道欢迎妈妈归来，像欢迎凯旋的英雄。爱心慈航，情归雅鲁藏布，当孩子将鲜花递到达娃妈妈手里，她抱着他们泪落如雨。

而与这些一样大孩子的儿子，则跟着舅舅扎西次登，悄然站在最后一排，看着妈妈与福利院同学们亲热，落落寡欢。

这时，儿子蓦地发现，妈妈的心，并不专属于他。

# 桃花落尽是爱心

米林机场建在雅鲁藏布江畔，四周雪山相拥，跑道与雅江平行。

曲珍倚在舷窗旁，多少有点紧张，手心都攥出汗来了。这是她第一次坐飞机，也是时隔多年后，再次出藏，过去是走川藏大道，陆行出藏，而这一回踏云而行，从空中飘飘而下。旁边坐着一个残疾儿童米玛，就是前边讲到的比日神山上拾回的弃婴，已经六岁了，唐氏综合征令他肢体语言很不协调，出行困难，生活基本不能自理。坐在椅子上，头摇身晃，咿咿呀呀乱叫，曲珍哄了半天，也许是累了，小米玛安静下来。

天晴真好，春阳从舷窗里照进来，第一次从高处，从一个视窗俯视雅江春色，西藏的江南好美呀，山寺桃花雪岭开，从江边开到了半山腰，一层接一层，沟沟壑壑，落下了粉红的雪，一直接到雪岭之上，绽放天边。

比起她老家波密松宗镇来，林芝的、米林的桃花稍逊一筹。波密的千年桃树，连着村庄，田野，藏家，松林，冷溪，青稞地和牧场。小径通幽，野桃花树下，每一条阡陌、小径、田埂、荒道，都通往藏居人家，引路的也许是一头犏牛，一条狗，一只羊，或者是一头藏香猪。

纷乱的思绪，被小米玛惊扰了，他有点抖动，是飞机在轰鸣，滑出了停机坪，他有点紧张，强直的头靠着自己，手则搭着旁边的乘客。

米玛听话，别乱动。

曲珍到林芝儿童福利院的第三天，就听说比日神山上做保洁的阿姨，捡到了一个弃婴，如果时间没记错，应该是 2012 年 6 月 1 日，弹指之间，已经六年了。这些年，好几位爱心妈妈，都带过小米玛，拉姆白宗、次吉拉姆、强巴旺姆，都做过小米玛的爱心妈妈，如今自己带的时间更长一些。这孩子被上天搭错了基因配对，却降落在比日雪山上，有众多的阿妈拉度母般地呵护着他。这不，林芝儿童福利院院长听说宁夏银川治疗唐氏综合征效果好，专门联络那边的医院，可是派谁带着孩子去呢？院长列数了爱心妈妈，唯有曲珍有去过区外的经历，便决定让她带着小米玛去治病，让她做好多则两年少则几个月的准备。

飞机在跑道尽头拐了一个弯，向刚才滑过来的候机楼方向，疾驶，提速，仰首而起，千山龙脊成一埂，雅江、雪峰、古桃花，都被抛在机翼下。

铁鸟穿入云间，往事如烟云一样涌来，曲珍也是在桃花开满山岭时节相爱，在这花凋之时情殇的。

那一年，藏历年刚过，春的翅膀被雪风撩起，将帕隆藏布的云雨与水沫吹到波密县松宗镇格尼村的野桃花树间，也吹到了波密姑娘曲珍的心上。从林芝八一镇三哥家回老家过年，已经有月余了，她一直滞留不归，三哥在林芝电信任职，工作很忙，嫂子在学校教书。父母双亡后，她被三哥接到了林芝，花季少女的青春都是在眺望着比日神山与雅江两岸中的桃花度过的。

春天来了，格尼村春雪覆盖后的青稞地，还有江边一片片桃花林，都浮冉着一片粉红的，洁白的，抑或朱红的桃云，她注定命中要经历一轮桃花劫。

曲珍对嫂子说，等波密的桃花开败，她就回林芝城了。后来，嫂子发现小姑子走不了了，因为桃花落在她的头上，她撞上了桃花运。

那天，曲珍赶着大哥和二哥家的牦牛去江边放牧，牛入草地上，人进桃花林。阡陌道上，田野里，黄花正开，一个穿着工布和波密地区藏装的女孩，长裙匝地，身材曼妙多姿，面若桃花，像仙子一般出现在松木柴块相围的菜园前。

果然康巴美女，要比川妹子惊艳百倍。一个汉族小木匠与他的小哥们站在道边，啧啧称道，喊道，美女，你不是本地的吧？

本村人。曲珍莞尔一笑。

美女，你叫什么，哪一家的？小木匠非常执着。

不告诉你。曲珍赶着牦牛犏牛往前走了。

我一定会找到你的。小木匠在桃花林外喊道。

小木匠姓苏，来自蜀地中江县。藏南旅游热度陡增，318国道沿线村庄，藏家建民宿不少，还有不少富起来的波密人建豪宅，多请四川工匠进来盖房，小木匠跟着师傅入村已经年余了，只是曲珍住在林芝三哥家中，回格尼村的时间不多，相识无缘。

然而，桃花林中惊鸿一瞥，掠走了小木匠的魂。格尼村庄本来就不大，来个外人，尤其是被城市之雨浸润过的波密美女，毕竟与村姑不同。晚上，小木匠找到曲珍的二哥布觉家，与放牧踏暮归来的她，又撞了一个正着。

得来全不费功夫。小木匠窃喜。

穷追不舍，世间有缘人，都是这样在三生树下，桃花林中化上缘的。

毕竟在村里盖房子，不是一日两日，也非一家两家，藏地老少对川人吃苦有目共睹，关键，历史上，波密王的领地和治下的百姓，对中央政府和汉族同胞都亲密有加，归宿感极强。

藏地汉风，天地人和，曲珍与苏姓小木匠相爱，成了顺理成章的事情。

三哥江安扎西打电话来，催妹妹速归林芝，说已经帮她找好了工作，到宾馆里做事。可曲珍支支吾吾，既不说归，也不说不归。

三哥忧闷，晚上对夫人次拥说，小妹电话里有点不对头，怪怪的……

怪在哪里？夫人问。

我也说不清楚。

女儿的心事不清呀，小妹二十出头了，待字闺中，会不会是雅江桃花汛来，爱上一个心上人了？次拥心忧道。

不会吧，她在林芝跟了我们多年，怎么还会走回头路呀？

我想也不是，进了林芝城多年，波密格尼村是回不去了，除非是爱情的力量。唯有女人能窥破女子之心，其实三嫂仅大曲珍一岁，属于同辈人。

女人的直觉最准，嫂子次拥不幸言中。一打电话，拷红，不，问曲珍，曲珍快人快言，说她爱上从四川中江来的苏姓小木匠了。

啊！三哥江安扎西和三嫂次拥面面相觑，真的是林芝波密人间四月天，吹桃花风了。

江安扎西心里不甘心，打电话问大哥和二哥布尼，见过那个四川小木匠吗？大哥说，何止见过，天天来家喝酒呢，心灵手巧，能说会道。

会唱歌的鸟儿，都是花花架子，那分明是叫春，吸引雌鸟的。三哥摇头，说等五一长假，我们回波密再说吧。

五一长假，江安扎西开车回来，还带上夫人次拥，父母双亡，长嫂为母这是汉家风，在西藏，谁养孤女，谁就是家长。曲珍跟着三哥在林芝多年，读书，上学，只是后来没有考上大学。对于妹妹的婚事，自然是自家人说了算。

江安扎西要见苏木匠。

苏木匠来了，真如老实的大哥所言，能说会道，也是一个勤快之人，介绍了家世，蜀中人，从小父亲死得早，妈妈带着他另嫁，有个继父，现在家中只有一个妈妈，因为生活困难，读到高一时，就跟着村里邻家大哥出来当泥瓦匠，做木活。辗转于阿坝、甘孜，最后入藏，成了藏居人家的建造师。

妹妹爱上一个蜀地小伙子，江安扎西在电信公司工作，这些年藏汉通婚并非凤毛麟角，何况波密人一向对汉族同胞怀有好感。但是作为曲珍娘家小舅哥江安扎西郑重地说，相爱可以，结婚也行，但是曲珍妹妹不能远嫁，必须留在西藏。

那时，苏木匠答应了一切，三哥见曲珍依偎在他身边，高兴得神色飞扬，觉得妹妹中了爱情蛊了。夜晚，等木匠走后，摇头说，这个男孩，像波密林中的八哥，说得比唱得好，终是花鸟一只。

曲珍不信，说八哥的身子黑的，不是彩色的。

热恋中的男女是不计后果的，似乎什么条件都可以答应。因为当时他们生活在云间，憧憬是人间的伊甸园。


飞机穿云带雨，从人间天堂朝着巴蜀大地飞去，近地，向双流机场的跑道俯冲而下。

彼时，林芝的航班不直达银川，须从成都转机，一个小时后重新转机飞抵。曲珍牵着一瘸一拐，行走十分不协调的小米玛，行走在双流机场的候机大厅里。转机通道远且长，一个母亲与一个孩子，特殊的藏式装束，成为当时双流机场的一道风景。川音款款，绵软中透着一种甜腻，余音绕梁中，唤醒了一种曾经的沉醉。那是她所熟悉的声音。

前边，一个八九岁的女孩蓦然回首，朝她身后的母亲喊了一声，妈妈！

母亲追上几步，喊了一声燕子，等等。

曲珍的心，被那弱软的母子呼喊声，重重地戳了一下，她的心在颤抖，燕子，谁家的燕子，是曲珍心中的宝贝小燕子吗？

谁家燕子啄新泥，波密的田野里，很少能看见春燕。它飞翔在巴山蜀水间，或者就在双流机场旁边的田野。春燕归来，衔泥啄新巢。可是曲珍心中那只燕子，已经离她很远，而此时，在双流机场，却离她最近。

女儿苏小燕，就在苏木匠的老家中江县啊。

遥想当年，曲珍与蜀地川人小木匠情感陷得很深，三位波密哥哥就这一个宝贝妹子，当年父母去世，曲珍在大哥、二哥家都待过，后来三哥在林芝成家，条件好，她就转到林芝读书。如今遇上小木匠，既然妹妹爱得死去活来，三个哥哥没什么好反对的，妹妹心安，则三个哥哥心怡啊。何况如今日子好过了，大哥与两个弟弟商量，等妹妹与苏木匠领了结婚证，体体面面地在村里办一场婚礼，杀一头牦牛，宰三四只羊，请格尼村的老少妇孺，还有别村的亲戚好友，大宴三日，热热闹闹地把妹妹嫁出去，让往生的父母在香巴拉有知。

然而，那年年底，快过年了，小木匠说，快过农历年春节了，要带着曲珍回四川老家，见见公婆。这一去就几个月未返，且令三位哥哥始料未及的是，结婚证未领，婚宴未办，妹妹已十月怀胎，腆着一个大肚子回来了，只差一朝分娩。但奉子成亲，或者生子不成亲，在藏地多矣。并不是大不了事情，只是三位哥哥有点遗憾，难以告诉众人，告慰父母。

婚宴未成，小外甥女呱呱落地，燕子西来，曲珍对丈夫苏木匠说，请寺里的喇嘛赐一个名字吧。苏木匠哈哈一笑，说，找什么喇嘛呀，燕子西来，天使下凡，不是我来西藏，就是你归川地，就取名苏小燕吧，一个燕子搭鹊桥，春天里，我认识了你。

曲珍觉得苏木匠主意多多，也挺有心眼的，也就依了他，其实丈夫的真实想法，是要将孩子带回四川，不能放在西藏抚养。有一天，曲珍想念孩子了，也就会老老实实跟他回老家了，做汉家的媳妇。

那年，将女儿撂在了老家，也等于将曲珍的一块心肉割走了。


曲珍瞅了一眼身边的小米玛，也是自己的孩子，六岁了，何止一个妈妈带过了，先天的生理残疾，使大家对他有一种天然的怜悯之情。

女儿燕子近在咫尺，却又远在天边。

两个小时的候机等待，时光很漫长。曲珍与小木匠之间，浪漫恩爱也只是两三年之间的事。她不知道有七年之痒，三年都未熬过去，小木匠就不往波密来了。原因简单，亦复杂，曲珍的三哥江安扎西决不让妹妹远嫁蜀地。

经停，转机，终于又起飞了，曲珍带着小米玛，飞往了黄河边上的银川治病，黄河之水天上来，黄河之水出自昆仑，离万里羌塘的曲蔴不远，青海境，西藏境？那涓涓细流，凝成冰川，都有吧，而今，曲珍带着比日神山下出生的小米玛，雅鲁藏布，黄河，绕了一个圆，又饮黄河水了。

唐氏综合征的治疗漫长而又痛苦。曲珍说，她带着小米玛在银川住了半年多，因为是生理天生缺陷，造成了后天的躯体和身体不协调，那种治疗，就是中国传统的针灸加上电疗，在头顶上扎很多根银针，起初开始扎的时候，曲珍都不忍看，一根连一根的银针，扎在了小米玛的头顶上，他咿咿呀呀地叫，几乎没有音节，没有语调，大夫听不懂小米玛说什么，得让曲珍站在一旁帮助翻译，可是看到大夫向小米玛头顶通电时，他触电时的痛苦、挣扎，曲珍边看边翻译，治疗一回，她跟着哭一场，似乎与小米玛下了一场地狱。经历一场狂躁与安定，失序与归正、寂灭与重生的过程，时间一天天流逝，一个月，两个月，三个月过去了，半年过去了，小米玛的协调性有了一定改善，却没有得到根本的改变。院长打电话来问她，怎么样，小米玛有恢复的可能吗？曲珍在电话中说，大夫说了，只有改善，不会恢复的，孩子每次治疗，都是在遭罪。

院长在那边说，你辛苦啦，先将孩子带回吧，休养一段，补补身子，再回去治疗。

曲珍回来了，返航时，她从西安转机，而未越巴山蜀水，将她心中无数次呼唤的燕子扔在了翼下，一城春风一场风月，西藏的风月每年每季都会来，但是掠过曲珍心头的那场桃花梦，却西风凋零，随雅江水飘得很远了。


曲珍说，苏木匠爱喝酒，好打麻将，一个男人若好喝酒，成天醉意朦胧，便没有多少奔生活的血性与斗志了。再者，成天坐到麻将桌上的男人，就是一个赌徒心态了，哪还有一个丈夫与父亲的责任感。

相爱时，那个真诚、吃苦的川地小木匠在她的心中渐行渐远了。那只燕子也不属于她。女儿永远地留在了蜀地，跟着奶奶，而小木匠也离开了西藏，这场婚姻，只有开始，却没有结果，无一纸的契约，更无任何法律的保障。最终曲珍一个人在林芝城里踽踽独行。

最心痛的是三哥江安扎西，觉得自己棒打了鸳鸯。可是曲珍不这么看，她后来觉得当时是少女怀春的年龄，一季桃花一季春，春心萌动，想嫁人了，遇上了小木匠，以为他是自己的真命郎君，其实两个人的出身，地域文化与民情民风完全不一样，要融在一起，其实是挺难的一件事情。

重又回到八一镇上，仍住在三哥家中，后来，曲珍找到了一份宾馆服务员的工作，住进了员工宿舍，2012 年，她又应聘林芝儿童福利院，当上了一名爱心妈妈。

有了一群儿女，包括像小米玛这样的天生残疾儿童，曲珍的心安静下来了，母爱无边，将自己的爱施舍于这群孤儿，也化解了对女儿的思念之苦。

我一年看不到苏小燕几次。曲珍不无遗憾地说，她与女儿就一个月通一次视频电话，而三舅江安扎西则对外甥女疼爱有加，每周都要通一次视频，也许就这一个外甥女吧，甥舅俩不仅聊得多，而且每一回视频过后，舅舅都会给外甥女微信打红包，少则二百，多则五百。曲珍有时也会给女儿红包，甚至哀求女儿，来西藏看看阿妈拉吧。

不敢！女儿摇头，道，爸爸说了，如果我去西藏，他会打断我的腿的。

曲珍听过后，情绪一下子降至了冰点，怅然好半天。再看看周遭的孩子们，那银铃般的笑声，她才会她高兴起来。

苏小燕迟早是会回西藏来看我的。

曲珍对此深信不疑。

# 早殇的芳华

入秋后，藏北荒原的狂雪一场连一场。秋草黄，雁声绝，秋风四起，神山垭口处，经幡激荡如魂。不时有牧人赶着牦牛，往冬牧场迁徙，朝村庄方向收拢，牧女用头巾将脸包裹得严严实实，骑在摩托车上。极目远眺，羌塘草原的天鹅绒般的绿茵不见了，藏羚羊、野驴消失在风雪中，踪影全无，万里霜天竟萧索，一花一草一物，天下生灵皆面临一场严冬之劫。

那十七岁的芳华呢，能躲过一场生命劫难吗？

爱心妈妈格桑德吉电话打过来了，院长罗布次仁听得出，声音略带焦急与恐慌。她急促地说，孩子已经上了呼吸机，有出气，而无进气，只能靠机器维持，我希望院里别放弃，尽力抢救她吧！

我知道啦！罗布次仁刚从卓玛斯秋副局长肩上接过院长重任不久，就遇上这样的事情，也同样紧张，但此时最需要的是镇定，不能乱了方寸。他交代道，德吉，您告诉医生，想尽一切办法，也要留住孩子的生命，我正在从那曲市赶往拉萨的路上。

这孩子叫什么名字？我问了一句。问完有点后悔了，在西藏，往生的人，是忌讳提名字的。

格桑德吉仍旧木讷，似乎还未从那场青春芳华的早殇中恢复过来，不善表达自己所经历的生死之别。

我来说吧。坐在那曲儿童福利院的阳光棚里，那天四个爱心妈妈聚集一堂，老院长卓玛斯秋也来了，她看上去也就三十多岁，已擢升那曲市民政局副局长，罗布次仁与爱心妈妈坐对面。我以作家之姿，不断启发，可是四位爱心妈妈嘴拙，未见这样的阵仗，不敢开口说自己，也更不会讲别人。罗布院长急了，当仁不让了，他说，我们西藏有个传统，凡是往生的人，都不能再提名字的。这是一种忌讳啊。

我一愣，说，权当违背一次写报告文学的真实，不再问这个孩子的名字了，称她为这个女孩吧。

好。罗布院长的叙述，将作家的视线，引领入那片令人迷醉的如意高原。那曲市色尼区罗玛镇，就是这个女孩的故乡，出那曲市城郭，朝东南方向走，一路向上，与嘉黎县接壤。那是一片大草原，也许因为在唐古拉与念青唐古拉之间，雪山挡住了西北风，吸纳了西藏南部的暖流，雨水多，牧草长得高，黑帐篷、白帐篷点点。牧人赶着牛羊逐水草而居，远望，犹如一片片祥云落在草原上。我在罗玛镇采访数日，喜欢风吹草低现牛羊的诗意生活。而且我知道，当年清军管带陈渠珍与西原，带着清兵和藏娃，就是从嘉黎宗过来，走向罗玛镇，进入当时的黑河总管府所在地那曲的。

往事如烟，坐在我对面的格桑德吉，并不是一个会讲故事的人，她羞涩，胆小，面对陌生人，甚至有点紧张，说不了两三句话，便低下来头了，埋得深深的，任长发将其掩没。就像牧场上的一阵风吹了过来，挟着格萨尔王说唱艺人高亢铿锵的旋律。

我记得那天见色尼区区委书记时，就提到想见格萨尔王说唱艺人，区委书记说好啊，我们罗玛镇上就有不少啊。

我是冲着国家级的说唱艺人来的。

区委书记笑了，格萨尔王说唱艺人，自治区级的非遗传承人，也大多出自罗玛镇一带啊。

天人神授，这个女孩的身世，就像罗玛镇牧场上掠过的雪风一样，不留痕迹，可是她却是从小听叔叔的说唱歌声长大的。

四岁那年，她的阿爸、阿妈去世，究竟怎么死的，往生之人已远，亡魂踽踽独行大荒，抑或去了香巴拉月贤王国，往后亲人都不会再提及。可是女孩却被叔叔领养了。

十载时光，蹒跚学步的女童，跟着叔叔坐在卡垫上，辗转于说唱艺人的原乡，或在穹庐之下的黑帐篷里，或者在冬雪掩埋村落门户的藏家客厅里，那高亢的说唱，似乎要与天上的，草原上的，云上的格萨尔王神灵呼应。然而更多的时候，却是见叔叔在罗玛镇，偶然也会去那曲城里的藏餐馆里，向那些喝甜茶的人演唱一个下午，或者一个晚上，演至高潮时，听众皆为叔叔喝彩。她则静静地，一个人坐在那里，英雄的岭国故事，与她无关。

散场时，叔叔会带她去吃一碗藏面，喝上一壶酥油茶。那一刻，是女孩最高兴的时刻。

其实这个女孩沦为孤儿后，西藏慈善援助关怀政策是非常到位的。罗玛镇和色尼区民政局找到了孩子的叔叔，说，你替政府分忧解难，抚养孩子，民政局每个月补助孩子 1200 元的生活费。

叔叔愕然，说我是孩子的至亲，抚育小孩子，义不容辞啊。

民政局的干部说，这是国家政策，敬老扶幼，体现党和政府的关心啊。

叔叔连声说谢啦谢啦。

然而说唱艺人带着侄女，居无定所，饱一顿，饥一餐的，小女孩长期营养不良，体弱多病。人已经十二岁，瘦得像猴精，一眼看过去，是那种风一吹就会被吹倒的人。

2015 年下半年，西藏自治区实行"双集中"供养，将孤寡老人和失去双亲的少年，从寄养的亲戚家收回福利院，罗玛镇离市里近，隶属色尼区，这个女孩第一批被收入那曲儿童福利院，分在格桑德吉的那个班，开始话极少，性格也很孤僻。可是她的学习特别好，她有许多梦想，企望中考到区外西藏班读书，或者到拉萨的教育城，那等于一脚跨进了大学的门槛。她说今后读完大学，要考一个公务员，让叔叔过上好日子。叔叔太不容易了，就是他的阿爸，晚上常带着她去给人说唱格萨尔王的故事，她听久了，自己都会唱上几段呢。

还有我呢？格桑德吉指了指自己。

阿佳，我也会来看你哟，除了叔叔，你就是这个世界上，我最亲的人哪。

那一刻，格桑德吉心一酸，将这个女孩揽在怀中，她太缺母爱了。虽然格桑德吉只比她大八岁，可是这时，她宁愿将她当作一个女儿来看待。希望她像花朵一样，含苞绽放，就像花园中的张大人花一样，盛开于夏季，秋霜来了，仍然花期不绝。

可是她偏偏又是一株早殇的花朵。十六岁的花季，她突然传染上了肺结核。高原的孩子不知为何，在万里羌塘生活时，地广人稀，能抵御各种疾病，至多会因为吃生肉，患上肝包虫病，那是卫生条件使然啊，而到了城市聚集之地，肺结核却成了他们的天敌，不少孩子因为免疫力差，而染上肺结核。

这个女孩是其中之一。命运对她真的是不公，好日子才刚刚开始，就意味着结束。

2019年，这个女孩到那曲儿童福利院已经第四个年头了。因为与老家挨得近，叔叔隔几个月会来看她一次，见她穿得好，吃得好，住得也好，感到侄女还是交给儿童福利院好，比跟着自己当说唱艺人流浪强，尤其是爱心妈妈格桑德吉待侄女真好，一颗心遂落了地。

然而，美丽的青春总有伤逝相随。新年刚过，这个女孩突然咳嗽起来，格桑德吉以为孩子感冒了，带她到医院一查，竟然患上了肺结核。这种病在20世纪上半叶的中国,不啻如今日的癌症,一旦患上,凶多吉少,而到了今日,有链霉素和青霉素,再不是谈结核色变的年代,如发生小区域感染,隔离,服药,三个月,半年,即可以治愈。

可是奇迹偏偏没有在这个女孩身上发生。肺结核向脑结核转移,因为大量用药,她的肝脏又损伤了。

罗布次仁院长说,一年之间,我们在这个女孩身上花了40多万,仍然不惜血本,只要能挽住她易逝的芳华。格桑德吉给我打电话时,几乎是哭着哀求我,要留住这个女孩的生命。救命第一,生命比天大,何况是一位年轻孩子,她那样美丽和有才华。我对格桑德吉说,请转告医生,不惜一切代价,抢救女孩的生命。可是,我也预感到情况不妙,还专门给这个女孩的叔叔打电话,请他做好最坏的打算。女孩的叔叔说,我知道你们尽力了,四个爱心妈妈来护理一个孩子,天下哪有这样的爱心慈航,孩子遇上好时代了,只是她命薄,享受不了这种盛情与爱心啊。

格桑德吉一直站在女孩病床前,所有的插管都在她身上,如今仅能靠呼吸机维持着最后一息,命若琴弦,只剩下最后残音。她双手合十,心中默默祈告,企望奇迹发生,罗布与女孩患的是同样的病啊,两个人年纪相仿,得病时间也很接近,当时,罗布情绪低落,脾气暴躁,不吃饭,不服药,卓玛斯秋院长派来六位爱心妈妈来照顾他,格桑德吉也在其中,她们六个爱心妈妈都未戴口罩。医生交代吃鱼,喝鱼汤,能恢复得快,于是妈妈们有的上街买鱼,有的涮锅炖鱼,熬得上好的鱼汤,送给罗布喝。他开始很抗拒,嫌腥,不吃。妈妈们就伫立一侧哭,几近哀求,令同病房的病人好生羡慕啊,这是哪里的小王子啊,居然有六个妈妈照顾他。罗布幸运啊,后来,他不再逆反抗拒了,他知道,身在福中要报福恩,有六个妈妈这样贴心地照顾自己,何能何德,唯有摆平心态,配合治疗,妈妈让喝鱼汤,他就喝鱼汤,再腥也要喝,妈妈让吃牦牛肉羹,他就大口地吃,一点也不厌食,罗布恢复了。

可是这个女孩却没有这般幸运，她已经住院四个多月了，仅治疗费就40多万，还是未见好转。

冬天来了，藏北草原上的狂雪一场连一场，气温骤降，外出很冷，女孩的抵抗力也遽然下降，她挺得过这个漫漫的冬季吗？！

罗布次仁上任后，将这个女孩的治疗作为院里的重中之重，格桑德吉、赤拉、梅朵、成珍，都一起派过来照顾这个女孩。

然而，早开的花，总要最先遇风霜冰雨的。最后的日子，这个女孩在自治区第二人民医院住了一个多月，大夫断言，她挺不过新年了，听不到元旦的钟声。

大夫，别像跳神乃穷，尽说不吉利的话，用您春天般的大手，拉住我家的女孩吧，格桑德吉请求。

你是好位妈妈，你们四人的爱心所为，有目共睹啊，对得起这个女孩啦！大夫摇头，可离春天太远了。

我想要她活下去！格桑德吉哀号。

她挺不过去。大夫残酷地说，别离就在今晚，通知福利院的领导吧。

罗布次仁赶到时，已经是深夜。医生和四个爱心妈妈皆在，她那做说唱艺人的叔叔也站在一边。

抱歉啊，罗布次仁双手作揖，我们没有尽到责任！

已经很尽职了，孩子的叔叔说，我来看过几回，四个爱心妈妈比她的亲妈还好啊，你们真的尽力了。

罗布次仁点了点头，转身问医生，还有希望吗？

只有进气，没有出气，大夫摇头，靠呼吸机维持，机器一停，立即撒手人寰。

尽最大努力抢救吧。罗布次仁长叹了一声。

大夫点头，说，可能熬不过子夜时分。

不会吧！格桑德吉哭了，大夫，求您了，我要这孩子活着！

阿佳拉，我们没办法，回天无术呀。

这是她的命，叔叔满脸泪痕，听天由命吧。

寒夜花凋，过了凌晨时分，这个女孩溘然离去，一个花季少女往生了。四个爱心妈妈呜呜地哭，后悔自己没有尽到责任，让一个芳华正茂的女孩过早凋谢。女孩的叔叔频频作揖，说你们已经很尽心了，四个妈妈哭着为女孩擦身洗澡，换衣服，然后再用哈达将这个女孩裹成睡在阿妈天宫里的蜷曲状。

那天晚上，格桑德吉、梅朵、赤拉和成珍一起，坐在皮卡车的前排和后座上，陪着这个女孩一起回家，走了一夜的冰雪路。第二天上午10点，车进万里羌塘东南缘罗玛镇，满天风雪，一片银色的世界。雪覆荒原，白白的，偶然露出几根枯萎的小草，干干净净地来，干干净净地走，此生如此短暂，只有十九岁的芳华啊。一个早殇了的女儿，去了更净洁的天国。

雪殇，花季少女回家。

# 灰线：托林寺吹来克什米尔风

托林寺对我的吸引、诱惑，几乎覆盖了整个西藏行程。二十一次进藏，一次次地丢魂于此，又一次次喊魂归来，经历一场场炼狱与轮回，仿佛只是为了这一天。

那天傍晚，在札达县宾馆吃过晚饭，看表，刚刚晚上八点，天透亮着呢。斜阳照在土林山间，在狮泉河上点燃一片晚云，仿佛着火的土林，风一吹，烧着了天阙，火星点点，一定是被燃爆了，一条星河渐现，眩目极了。

离天黑还有一个多小时。漫步在札达县城街上，我对扶贫办主任说，想看看托林寺，做一下文化考察。

扶贫办主任说，我来联系统战部部长。

阿里晚上八点多钟，黄昏，我不由沉醉在一种历史的玄黄中，远处，狮泉河淌入落日的昏暝。

下午，我一直沉醉于古格政权的千秋大梦中，先在古格城堡下的一个村庄，采访一位开民宿的阿佳，还有一位建档立卡户。那阿佳是从底雅乡嫁过来的，很多年前，便垒起牛粪灶，铜茶炊待远客，门开一隙，开始只有一个客厅，围炉而坐，而卧，有酥油茶可喝，权当作大车司机的旅馆，收几块钱。后来，来此喝茶过夜的人越来越多，遂办起了民宿，扩张到二三十多张床，成了生意最好的古格人家。

坐在古格城门下，我心猿意马，古格的气息挟着土林的风尘袭来，将我淹没。此时，屋外天边天蓝，一丝风也没有。可我的丹田早被莲指点开，古格很近，就在头顶上，近在五百米之间，却隔着五百年，但是我已经感觉到上苍之指的抚摩。旧址废墟离我很远，走了三十年呢，我才抵达山脚下，隔着四五百年的历史时空。可是，我早已被掳魂而去，彼时，陪同采访的达娃主任说，现在是晌午，古格城堡的日头太毒，会晒脱皮的，等会儿太阳下山了，天再凉快一些，再上去。恭敬不如从命，我仍坐在藏舍的外廊沙发上，看看天，再看着眼前的阿佳，听她在阿里创业的故事。后来，又去见村里另一户建档立卡户人家，妈妈与一个儿子相依为命，儿子在阿里打工，几乎很少回家，因与村里民宿挂钩，家里房子为建档立卡户新修，三个房间作民宿，旅游旺季，收入不菲哟。

达娃主任说，日头偏西了，可以上山了，我们再度登车，绕出古格尔村，左拐，朝县城方向，驶出百余米，右拐上山。登上一片高台，古格尔王城惊现在视野里，那是我在梦中早来过多次的圣地。进大门，札达县旅游局局长在等我们。拾级而上，进过一偏殿，右拐，便是一座寺庙，跨进门槛，晚风吹过来，一股巨流般的克什米尔风将我吞没……

梦回古格，谁与吾归。

太阳落入狮泉河，阳光从西边山背一点点收了回去。前边有群众在跳广场舞，托林寺在前，心向往之，三十年矣。

一位红衣喇嘛在等我们，手里攥着一大串钥匙，面无表情，伫立于大殿的门槛前，显然这样的惊扰，搅乱了他黄昏时分的宁静，钥匙叮铃地响，惊飞了晚归的倦鸟。

已经关上的大门，骤然洞开。

惊现在眼前的托林寺，与其说是一座千年古寺，不如说是一个艺术博物馆，佛与菩萨的坐姿站姿优雅，仰首一望，给人一种森严感，这是天界，依然像人间一般，卑贵分明，紧倚左右和其下的是三界神祇、六道众生，威仪的王者和恭顺的臣民。岁月久远，历经无数次的兵燹、血洗过后，依旧美得让人心动。

托林寺在象泉河谷的风中兀立千载了。一如不远处，与它相峙的土林奇峰，宛如天国飘落凡界的众神，翩然风中，以风语者的视角，讲述着它的千年神话、奇迹与宿命。

应该是公元 996 年吧，宋太宗至道二年，北宋开国不久，这是一个内敛的王朝，东京城里的皇家目光正在被西北边境所扰，难及雪域。

古格王国第一世王是位喇嘛叫益西沃，他执政后曾去过卫藏，涉江，坐船过雅鲁藏布，登岸看了桑耶寺，颇多感慨，说："我边地小王国的事业，也不比我祖先统治全藏的丰功伟绩小"。

托林寺离象泉河谷不远，站在黄昏的台地上，可观一条忧伤而伟大的河流，一条艺术的河流奔来。古格第一代王喇嘛益西沃从桑耶寺回来了，于公元 996 年修建了这座寺院，曾有庞大的塔群。《佛法源流》记载：托林寺是按照桑耶寺的格局建造的，太阳升起时，阳光照耀在佛殿内，所有的佛殿都金碧辉煌，因此就取名为托林金殿。

我惊讶会有这样的佛教绘画。天女和度母比例完美，婀娜多姿，竟然是一派"妩媚"之姿，与我一路采访的未生娘、阿佳和妈给一样面容慈祥，身上透着光明和道德的力量；半裸的身躯和满月般的脸庞，细长的双目中满溢优雅的微笑，即便是双跏趺坐，也不见后弘期勉唐派唐卡和壁画的程式化与束缚感。周遭绘着天上祥云与人间花草，一下子拉近了庙堂与人间的距离。

曼妙的舞姿，夕阳的风景，都留在了托林寺集会殿的门廊东壁两侧的十六金刚舞女，西藏壁画中未有过此画法。舞女们舞姿各异，或举手过顶或合掌胸前。细腰丰乳、轻盈秀丽；天衣飘带、赤足起舞。

典雅高贵，风神柔美，一派拉达克之风。画师的线条，是公元三世纪流行西域于阗等地的铁线描技法，线型流畅、设色淡薄。

其实托林寺前的象泉河流淌的就是一条艺术之河，土林飓风吹过来，那是一股从帕米尔高原吹来的克什米尔风，上承希腊化的犍陀罗艺术，并融汇印度（笈多）和波斯（萨珊）的艺术源流，发展出一种精致秀美的艺术风格。

古格王与王妃结手印，盘腿而坐，表情恭敬，面向对面盘腿而坐、持说法印的阿底峡、仁钦桑布等大德。古格王头戴红色高冠，身披黄袍，王妃穿长袍，着披肩，头戴高跷角帽，神态怡然，身后是双手合十身穿红色、黄色长袍的王室女性。阿底峡身穿红色袈裟，表情安详。在王妃的下方专门绘有一站立侍女，看似不合画面规矩，却活跃了画面的情态，可谓神来之笔。最令人惊叹一再回眸的是门廊东壁两侧的六金刚舞女，细腰丰乳，轻盈秀丽。舞姿各异，或举手过顶或合掌胸前，神态娇美，这种人物画绘画技法在西藏极为少见，堪称中国壁画艺术中的经典杰作。

天慢慢黑下来了，步出托林寺，后边的大殿之门骤然关上。寺庙一侧的广场上，舞者舞姿正酣，皆入高潮，那是从托林寺大门东墙壁画上下来的六金刚舞女吗，还是我一路见过的爱心妈妈们？舞姿变幻，恍然如梦，天上人间，牧场青烟，壁画金刚舞女，福利院的妈给阿佳，她是谁，我是谁，从哪里来，又将会向何处而去。想到这，我笑了。

去看广场舞吧，加入娇娘们的行列，沾一点人间烟火。节拍起，一股克什米尔风吹来。

第九卷
Chapter 9

烟火

# 拉萨河，春晖初照四月天

　　拉珍看着天葬师将婆婆抱上皮卡车的车厢，固定在后座玻璃窗的地方，像一位出门的行者，倚在前车厢板上。

　　年楚河谷的天空，浮着哈达蓝，宗山城堡拴着几朵白云，白莲般地绽放。拉珍双手合十，泪水溢了出来，挂满了脸颊，向渐渐远去的婆婆投去最后一瞥。皮卡，村庄，藏居人家，村前的小路，青稞地，在视野里模糊了。

　　辞职回家一年半了，照顾婆婆的情景又清晰起来。她总忘不了婆婆与她说过那句悄悄话，拉珍啊，你与罗布，要有一个孩子就好啦……

　　往事成梦，婆婆的亡魂被秃鹫衔着，飞去了遥远的天边。而爱她的亲人，仍伫立在她生活过的村庄与家门前。

　　丈夫罗布走了过来，将她的肩膀揽到自己胸前，拉珍，辛苦你啦，阿妈拉亡魂已经走远，走吧，我们也该回拉萨了。

　　拉萨，已经离开一年半了，一切都依稀入梦。拉珍老家在拉萨河谷的达孜县，那里半农半牧，河谷里，半山坡上，种满了青稞。比起日喀则江孜县的年楚河谷，她更喜欢那里的青稞地。站在婆家二楼的天台上，可以远眺田野，江孜四月天，地里播下青稞，一场春雨过后，渐现鹅黄，然后青绿，墨绿，深绿，麦穗像箭镞万支插于旷野。到了青稞灌浆时节，地里有一股甜腻腻的味道儿，一阵阵金风吹拂，再现淡黄、金黄，风中飘来青稞成熟的麦香。

田园梦醉，青稞醉伊人，随着婆婆的肉身被一群亡魂鸟衔走，去了遥远的地方。一场婆媳缘了结，拉珍也该随丈夫回拉萨了。

溯年楚河而上，车过大荒原，翻过山梁，就可以看到卡若拉冰川，它就在江孜城与羊卓雍措之间。雪岭一隔两地，雪风吹不进年楚河谷，使江孜成了继拉萨河谷之后的一大粮仓。也许从小在达孜县长大，她以为婆家的那片青稞地，一直连到了白朗县，直抵扎什伦布寺。一年半的乡间生活，使她喜欢上了这座后藏重镇，喜欢这藏家村庄里烧牛粪时的袅袅青烟。

前方灶头，还有黄铜茶炊？荒原上，仍不时有黑帐篷惊现，映着苍茫雪岭，那是乃钦康桑神山之脊吧，绕过它的背面，就是著名的卡若拉冰川。十几年前，拉珍成了江孜农家的媳妇，藏历新年与丈夫回家，他们都会从卡若拉冰川经过，一去一返，见冰凌剔透，雪白冰舌。

已是十几年前的事了。卡若拉冰川不化，见证旧年的爱情，依然如冰雪一样晶莹。

那年拉珍电大毕业了，学的是法律专业，应邀在一家私立医院当导医。收入还说得过去，一个月有4900多元，可是医院食堂仅供早餐、中饭，没有晚餐，下班后，住医院职工宿舍的单身男女，无法解决晚饭，只好天天晚上进甜茶馆，喝几碗酥油茶，再要上一份藏面。拉珍记得是在叫"姐妹"的甜茶馆认识罗布的。他刚大学毕业，在一家旅游公司给老总做助理，住在医院的附近，晚上同样吃藏餐，喝甜茶，时常碰到一起，有时甚至坐在对面。一个美女坐过来，罗布抬眼正视，女方经不起眼睛探照，羞怯地低下头去。第一回可能就这样难为情，时隔多日的一个黄昏，又碰上了，罗布依旧是一束探射的目光，还有几分的大胆，弄得女方仍旧脸红脖子红。

到了第三次碰面时，人海茫茫，罗布不想错过这样的机缘，主动询问，阿佳拉贵姓？

拉珍！

我叫罗布，加一个微信吧。

加就加吧，西藏女孩那时爱玩抖音，美女行走，一路高歌，美女就餐，低吟浅唱。加了微信，等于找到了一个粉丝，拓宽一道年轻人相处的域地。于是，在姐妹甜茶馆初见，在微信朋友圈又加上了，知道了对方姓甚名谁，不再陌生和窘迫，以后再碰上时，罗布就会多点两个菜，叫拉珍与他一起吃。

为什么请我？

一个人吃饭太孤单，没有人说话。

我也是，下班了，小姐妹都回家了，一下子没有了伴。

你长得真漂亮。

真的？

嗯！

还有人这样大胆地夸她，拉珍窘得脸上一片通红，像院子盛开的张大人花，低下了头。只是夏日正盛，秋风还没有吹过来。

就这样，你来我往，晚上吃饭常聚首，吃着吃着，吃到了一块。在一起吃了四年的晚餐，拉珍和罗布才成了夫妻。

一场恋爱马拉松，四载时光，看够了拉萨河日出日落。

然后，结婚十几年了，一直是两个人的世界，他们没有生育。拉珍有点沮丧，丈夫安慰妻子，说家里有个孩子，当然是人间美满，没有，也没有什么遗憾呀，拉萨，早已经与世界接轨，丁克夫妇不少的，既然上天注定我们不能生孩子，两个人的世界也是挺好的。

拉珍做导医六年，轻车熟路，干得风生水起。可是两年前，婆婆得了重病，先是接到拉萨来看，与小两口住在一起，可后来，婆婆还是想回江孜老家，说住到年楚河畔心安。其实是往生时，可以从老家的天葬台上，亡魂直飞香巴拉。

婆婆时日无多了，想回老家。罗布对妻子说，你辞职吧，回家照顾阿妈拉吧，我家里虽说有四个兄妹，可是个个都是大忙人。我这里，房车老板一时都离不开人，家里的兄弟，有的是单位派去驻村的干部，根本离不开，有的是做生意的，不能关张。再就是孩子在城里上学的，也走不开啊。

拉珍点了点头，什么话也没有说，第二天就辞职回婆家，守着婆婆，照顾她，递药端水，擦屎端尿，一守就是一年半，直到她往生了，轮回去了天国，她才和丈夫一起回到拉萨，回到布达拉。

那天，我采访时，一提起婆婆的往事，拉珍泪眼婆娑，还是抑制不住内心的痛楚。

那天晚上，跟丈夫回到拉萨，已经是圣城的冬夜，月亮照在拉萨河上，静悄悄的，有几分惨淡，月在水中走，阿妈拉在云中行，望月而思人，夫妻俩一怀愁绪难诉。推窗望月，阿妈拉已经走远了，思绪茫然，不知何时故人再返，夜深随月归。

彼时，拉珍手机响了，她一看，是高中读书的老同学次丹卓嘎打来的。

拉珍，你回拉萨了吧？

你咋知道啦，消息这么灵，我和老公刚回来。

老同学嘛，你的一举一动，我都很关心啊，有一年半没见你上班了，是不是家里发生了重大变故？次丹卓嘎问道。

嗯，辞职回家照顾婆婆。阿妈拉刚刚往生。一说到婆婆，拉珍就禁不住地流泪，在电话中饮泣。

别哭，拉珍，你一哭，我也跟着你抹眼泪，我知道你有一颗善心，从你的眼泪里就称得出善良的重量。你回来的正是时候，我有好事找你。次丹卓嘎在电话那边劝道。

什么好事呀，次丹？

你不哭，我就告诉你。

好，我不哭了。拉珍咽泪装欢。

事情是这样的，我应邀参与拉萨儿童福利院的春晖项目，是由基金会资助的，在十七号家庭当爱心妈妈，以家庭模式与孩子们在一起，就是一对夫妻带四五个孩子，母亲的工资，甚至还包括辅导员的工资，都由春晖基金会发给，丈夫则正常在外边上班，该挣钱赚钱。不知你感兴趣吗？

好事，我感兴趣呀。拉珍说，应邀要什么条件？

妈妈必须是大学文化。

这个我符合。

我也这样想，所以才给你打电话。

为什么叫春晖家庭？

这是一个基金会的项目，就是以家庭模式来带孤儿。让他们从小感受到一个健全家庭的温暖。

好像是给我和罗布专设的，我去应聘，该出来上班了。拉珍答道。

欢迎你加盟拉萨儿童福利院，我向院长报告。次丹卓嘎兴奋地说，这回我们就是一个单位的人啦。

谢谢卓嘎。

老同学，谢什么呀。次丹卓嘎在电话那头答道。

第二天，拉珍就与罗布一起去了拉萨儿童福利院。条件一摆，院长眼睛一亮，顿时便看上了这对夫妻。妻子电大毕业，丈夫虽然是中专，却在一个房车公司当总经理助理，是一个高管，这样的夫妻来做春晖家庭的父母，再好不过了。院长说，我们与西方慈善机构的模式不同，他们要求爱心妈妈一生未嫁，我们也有不少爱心妈妈是未婚娘，那是西藏的风情民俗和信仰造成的，我们欢迎有知识有成就的高管成为春晖家庭的父母，这与西藏的福利事业并不矛盾，而且父母双全的家庭，有利于孩子的成长啊。

拉珍就这样被录取了，两口子从熟悉的藏热路，搬到与教育城一河之隔的拉萨儿童福利院。跨进大门，所有房子都是新建的，藏式楼房，楼高五层，设施非常现代化，宽敞明亮。春晖家庭就在一个单元里，次丹卓嘎是十七号春晖家庭妈妈，拉珍为十八号家庭妈妈。

那是 2019 年冬季，拉萨城刚下过一场雪。天晴开了，次角林山坳里残雪依旧，拉珍家里分来五个孩子，都在读书。最大的孩子叫曲尊，原来寄养在尼木县亲戚家，收回儿童福利院后，转学到柳梧中学读初二，平时不回来，十天休一个大礼拜，回家一次。更多的时候，拉珍与罗布两口与四个孩子在家，他们都在读小学，最小的孩子七岁，叫次仁旺堆，在拉萨最好的小学实验小学读一年级。

过去下班回家，四目相对，两眼空空，而今家里一下子涌来五个孩子，热闹非凡，拉珍第一次觉得家里有了烟火味和归宿感。尽管冬天取暖用电再没有了老家烧牛粪的烟火味道，但依然有一种温馨感。

当春晖妈妈的幸福感过后，那就是辛苦，拉珍说，比之过去，其实更累，一天至多能睡五个小时。最小的次仁旺堆太让她操心了，他生在林周，阿妈去世后，与外婆生活，外婆是他的至亲。收回儿童福利院后，分到春晖家庭，他对拉珍也很亲，阿妈喊得可甜了，就是次仁旺堆的作业太让人头疼。他有点斜视，做作业爱开小差。初入实验小学时，他的脑子好，成绩一直在十七八名，属于中等偏上。可是后来渐次下滑，就是听课走神，做作业也不认真。实验小学要求汉字写得工整，不得有墨迹，就像尺子量过一样，背诵还要拍成视频，发至家长圈，稍不认真，就会被老师点名。次仁旺堆在家长群里被点名十几次，为什么考不好，还要写原因。小次仁旺堆啊，让拉珍蒙羞了好几回了。她没办法，每天陪着孩子做作业，一直做到十二点，等次仁旺堆睡下了，她整理一下卫生，然后还要等大孩子曲尊，他正准备中考，每天复习到凌晨一点多钟才睡下，而拉珍第二天早晨五点就得起床，给五个孩子做早餐。大孩子曲尊坐校车走得早，孩子最爱清茶和糌粑，但她还要换着花样改善生活。

次仁旺堆的小脑袋挺灵光的，脑子活，就是精力不集中，人又调皮捣蛋，做作业，这边看看，那边看看，一进学习室，除了上厕所，拉珍就守在旺堆旁边。先在作业本上练习两三次，再写到正式的作业本上。

早晨起来背书，次仁旺堆来回乱走，啊呀妈妈，我在这边，我去那边。拉珍还要照看别的小孩，生气发火了，他才安静下来。

因为眼睛斜视，拉珍带他到自治区人民医院眼科就诊。医生说了一句，让孩子不要用眼过度，看会儿书，做会儿作业，要休息休息，不然会影响视力。

坐在一旁的次仁旺堆，"听进去"了大夫的医嘱，特别在乎自己的眼睛。昨天晚上写作业时，小旺堆便让拉珍妈妈生气，他说自己眼睛不能累了，不想写作业。

拉珍说，为什么不写了？

大宝的眼睛不能多看，次仁旺堆振振有词地说，医生说了，写多了，眼睛累，会瞎的。阿妈拉我不写了。

老师追问作业怎么办？

您帮我请假啊。

为什么要请假？

老师说的，身体不舒服可以请假，我眼睛不舒服呀。

拉珍说班里五十八个学生，今天必须将作业写完，你不写了，就拖了全班的后腿，妈妈在家长圈又得被老师点名。

打过他吗？我问。

打过。


拉珍有时生气了，真想给他一下，可是看着他一脸委屈地给她耍心眼，她又禁不住哭了。哭完，拭去眼痕，对旺堆说，今天晚上，妈妈陪着你，什么时候做完作业，什么时候睡觉。

生了一夜气，第二天早晨起来，太阳一升起，拉珍又不忍心了，带着四个孩子出去喝甜茶。

丈夫早晨上班走得早，晚上回来，会给孩子们买吃的，肯德基、麦当劳。周末一起看动画片，讲故事，有时大孩子曲尊不在，等他休大星期时，再他给买，将这周的零食补上。到了周末，两口子驾车，带着五个孩子郊游，踏青，逛林卡，让他们在其乐融融中，感受拉萨河边的人间烟火。

春晖初照人间，最美拉萨四月天。

# 距离父亲五百米，却隔着五百年

索郎卓嘎的来电提醒，浮出一个陌生电话，是从拉萨打来的。

在江达与贡觉县接壤的小山村待得太久了，她有点烦。举目四望，真的让人很绝望，四野被锯齿般的雪岭包围，已经是春天了，可是残雪未化，相皮山高耸入云间，挡住了她遥望大山外边的视线。只有村边那座小寺庙通夏寺煨桑的青烟，袅袅，浮冉入云间，仿佛给人几许希望。

手机执拗地在响铃，接了吧，虽然是生疏的号码，铃声响自拉萨城，必有祥鸟飞来，她划了一下右边的接听键。

一个遥远苍老的声音响起，卓嘎，我是阿爸呀。

阿爸？！索郎卓嘎长至二十岁了，从未喊过这个称呼，突然从云间飘落下来，令她有点猝不及防。真像一块陨石从天而降，在卓嘎的心上砸了一个洞。

其实阿爸于她，早就千疮百孔。

我是白玛卓松啊，电话那边又重复了一句，你的阿爸呀。

阿爸？！索郎卓嘎茫然地念叨了一句，疑在云中，彼时，相皮山的旗云缠在山腰上，迎风招展。

对，对！我就是阿爸，打电话给你，是想告诉你一个消息，我如今开车的单位，拉萨市儿童福利院在招人，你来吧，桑珠村那个屁股大的地方，盛不下你，出来吧，闺女，听阿爸的，外边的世界大着呢。桑珠荣玛中村太小……

一个响雷在晴空炸响，凭空冒出来的爸爸，还有那边的声音，桑珠荣玛中村只有屁股大的地方，那种调侃和不屑，让索郎卓嘎浑身不自在，但那炸雷般的声音，还是将她震蒙了。她不知道什么时间掐断了电话，好半天，她的身体仍旧颤抖着，缓不过神来。

这个电话，该告诉阿妈拉。索郎卓嘎第一个念头，就是不能瞒着阿妈。可是早晨，阿妈拉就赶着牦牛出去了，等晚上再回来告诉她，索郎卓嘎又觉得不妥，不管空中那个男人的电话是真是假，但圣城拉萨在向她招手了，这是确凿无疑的。

相皮山绿茵茵的，环顾四周，只有河沟里和村里那座小寺庙里有树。去拉萨的消息，是先跟阿妈说，还是告诉在通夏寺里当喇嘛的阿松（舅舅）？她的心在打鼓，在犹豫，还是先跟阿妈说吧，毕竟她与白玛卓松有过一段孽缘啊，尽管爸爸的印象在她记忆中是如此的模糊。

索郎卓嘎往自家的牧场走去。春天里，风一吹，雨一来，小草便从雪原上钻了出来，顽强向上，现在离春天不远了。爬山爬至中午时分，终于抵达阿妈放牧的地方，家里的三四十头牦牛，正在山坡上吃草呢。

牧犬围着女儿汪汪地叫，扑来绕去，闹得正欢，索郎卓嘎今日本应在家，突然现身相皮乡后山的牧场，一定有事情了。

闺女，太阳这么晒，你跑来山上做啥呀，牦牛阿妈看着呢。彼时，阿妈刚四十出头，育有两个儿子和一个女儿，大儿子在林芝打工，小儿子也准备中学辍学出来帮妈妈呢。

白玛卓松给我来电话了。索郎卓嘎对阿妈说。

你爸来电话了，说什么？阿妈的眼睛一亮，但却像星河里的流星，瞬间便熄灭了。

他不是我爸。索郎卓嘎冷冷地说,我没有这个爸爸。

嗯嗯!妈妈顺着女儿,白玛卓松在电话说什么呢?

他让我去拉萨,他说儿童福利院在招人呢。

好事情呀,去拉萨,多好啊。阿妈朝天空一望,似乎西边的祥云飘来一只只从布达拉飞来的仙鹤。

他不会骗我吧!索郎卓嘎戏谑地对阿妈说,将我骗到拉萨,卖给别人……

瞎说!他是你亲爸,虎毒还不食子呢,何况是自己亲女儿。

亲女儿?!他亲过阿妈拉吧?亲过哥哥和弟弟吗?索郎卓嘎一脸不屑,一个无情无义不负责任的冷血动物。

阿妈低头不语,然后长叹了一声,说晚上回去问问寺庙的阿松吧,听听小舅怎么说。

母女俩那天下午就坐在山岗上,看着相皮乡的牧场,草地沿着山岭曲线,直抵天际。白云从山岗上飘过来,浮在牧人母女的头上,为她们遮住烈日的炙热。索郎卓嘎坐在阿妈身边,侧目看过去,阿妈的轮廓真美,年过四十,高鼻梁,大眼睛,细腻白嫩的脸庞,还现一团玫瑰色的高原红。无论从哪个视角看,阿妈都是桑珠荣玛中村最漂亮的娇娘,难怪那个无情的男人,会纠缠九年时光,然后拍拍翅膀离去。

阿妈拉,你真美!索郎卓嘎长吁一声。

傻女儿,哪有这样说阿妈的。你年轻,比阿妈当年俏百倍。

卓嘎摇头,我没有取阿妈之长,而取了那个好吃懒做的男人之短啊。

哈哈!阿妈笑了,别责怪你阿爸,他心玩野了,桑珠荣玛中村的老柳树拴不住他的心,当初他让我与他一起走的呀。

连明媒正娶都不敢，这样男人的鬼话，您也信。女儿摇头。

阿妈沉默了，眼神呆滞地看着远方。

最难捱的一天过去了。傍晚，母女赶着牦牛踏暮而归，将四十多头牦牛赶回牛圈，然后到村头一隅的通夏寺，去找喇嘛阿松。

阿松听完外甥女的话，失去了僧人脸上的平静，愤愤然地说，索郎卓嘎，这种下三滥男人的话，你也信，你阿妈就是前车之鉴，甜言蜜语，骗心，骗身，生下一窝孩子，然后扬长而去。

阿妈三缄其口，脸色不好看。

阿松也许觉得自己话有点过，伤了阿姐的心，喃喃道，我人在三界外，不问红尘事，去问问你大舅吧，让他给你们拿主意。

梵钟暮鼓，风铎摇曳，昏鸦飞过寺庙的金顶，母子俩悻悻然回家。去与不去，最后的决定权，落在大舅肩上。在西藏牧区，特别是那些被始乱终弃的家庭，一个单亲妈妈带着几个孩子，舅舅对于外甥们的影响远胜于父亲。

第二天清晨，索郎卓嘎坐车去了县城，这是她最熟悉的线路。大舅在贡觉县城当警察，舅妈许多年前就是相皮乡小学的教师，教过哥哥、弟弟和自己。舅舅和舅妈生了五个女儿，从十二岁始，索郎卓嘎一放寒暑假，就坐车来县城，帮助舅妈带几个小表妹。县城比相皮乡热闹，也非桑珠荣玛中村能媲美。后来，她仅读完初中，就辍学了，到舅舅家带孩子。几年的县城生活，索郎卓嘎觉得最幸运的事情，就是认识了汉族姑娘张丽萍，一个川妹子，她的父母在贡觉县开川菜馆，她们是在菜市场买菜相识的。她是卓嘎的汉语老师，原来读小学、初中时，索郎卓嘎学过普通话，但是不敢发声，与张丽萍成为好友后，卓嘎邀请她到舅舅家玩，品她打的酥油茶和甜茶，她也请卓嘎去饭馆品尝父母的川菜手艺。一来二往，卓嘎学会了一口流利的汉语，与人交往再无障碍。后来，张丽萍回了四川，可是她们仍旧微信往来，成了最好的朋友。

大舅家的五朵金花，她带大了三朵，有当老师的，有考公务员的。唯有她，初中毕业就失学了，本想好好读书，最后觉得阿妈太苦了，回去帮她种田，放牛。

听说白玛卓松打来电话，让外甥女去应聘，大舅脸上一副不屑的神情，哼了一声说，这王八蛋终于想起女儿来了，消息是真是假，我一个电话就能印证。于是，大舅拨了拉萨市公安局一个朋友的电话，请他问问民政局，拉萨市儿童福利院是否有招聘之事。很快电话回过来了，还真有其事。

机不可失，去吧！大舅对索郎卓嘎说。

阿松，您同意我去拉萨？索郎卓嘎瞪大了眼睛，惊讶地问道，这可是要与白玛卓松，我从没见过几面的所谓阿爸在一起啊。

他是他！你是你。大舅说，你去的是圣城，是与布达拉，与大昭寺，与孩子在一起，他嘛，浪人一个，但愿浪子回头，佛才会超度他。

好，既然大舅同意，我就去，索郎卓嘎突然有了主心骨。

卓嘎，我同意啊！你才二十一岁，不要重复你阿妈的命运，就得走出去，拉萨城，对所有康巴人来说，都是机会呀。

那我去了。索郎卓玛对阿松说。

大舅点了点头，坐在一旁的舅妈说，走出去吧，出去，就会有与你妈妈不一样的命运。

第二天，索郎卓嘎登上了贡觉开往拉萨的长途班车。

坐了一天一夜的班车，第二天清晨醒来时，布达拉，拉萨河已经在她的视野里渐次放大，这是梦中的世界，那一刻，她也未曾想到，今生今世，她再也无法与这座天上之城分开。

当天上午，索郎卓嘎找到了拉萨儿童福利院，去应聘。科长看了看她的身份证，看了看她，一个康巴美人，身材婆娑，就是目光有点冷，不苟言笑。

认识白玛卓松吗？

索郎卓嘎点了点头。

还真有点像，科长自言自语，索郎卓嘎也不搭腔。

去吧！到食堂去吧，那里现在最需要人。

那是 2013 年春天，索郎卓嘎二十一岁，她就在拉萨福利院待了下来，先干了一年半的厨娘，然后换到爱心妈妈岗位上。

彼时，她住的地方，与父亲所住的小车队隔了不到五百米，可是他们之间仿佛隔了五百年。

她很小的时候，就四五岁吧，弟弟刚出生不久，父亲就离家走了。在贡觉县，他不是种田的把式，也不想当牧人。他与阿妈之间，完全是一种搭伙过日子的形式，从不说明媒正娶。白天到处去闲逛，游手好闲，晚上回来，拥抱村里最美的康巴娇娘。清晨太阳照在碉楼上，女人去挤奶，打酥油茶，他还在睡觉。睡够了，喝足了，又出去了，走出相皮乡，一出去就是半年。人嗜赌，到处搓麻将。从昌都、江达、德格、甘孜、霍炉、道浮，一路搓进了打箭炉、雅安和成都城，将脖子上的九眼天珠，腰间的蜜蜡，还有手上的红宝石，一个连一个赌掉了。输了亦无妨，他的家里是村里的大户，有四百多头牦牛，四个兄弟，个个都在做生意，足够他挥霍了。钱输光了，他就回来了，与阿妈住上一段时间，也是晚上钻进家里，第二天早晨又消失得无影无踪，家只是他的一个客栈。不给孩子一分钱，自然也不承担爸爸的责任，就这样，断断续续，维持到第九个年头，他又再次远游，从此不归。

父亲，对于索郎卓玛，一片模糊，是个天珠上的符号。哦他不配，什么都不是。她觉得自己的父亲，就是挺天立地的警察阿松，抑或一袭袈裟儒雅万分的喇嘛阿松。

有一天，索郎卓嘎站在窗口上打菜，白玛卓松过来了。他知道女儿到儿童福利院上班三个月了，不曾来看他。于是他大步朝着长得像自己的索郎卓嘎走了过去，喊道，卓嘎，我是阿爸拉。

索郎卓嘎手抖了一下，铁勺中的菜差点掉了。她一声未吭，继续给员工们出菜。很长一段时间，她觉得白玛卓松遥远、陌生。她记得大哥十五岁就去林芝打工，三年后挣了一笔钱，在阿妈住的二层石头房旁边起了一座新屋。奠基时，两个阿松来了，白玛卓松也回来了，还拿了一笔钱，想与阿妈拉重归于好，两个舅舅让他滚，他只好悻悻然而去。

云过来了，又飘走了，拉萨河的雨未下来。一年半后，索郎卓嘎到十二号家庭当了爱心妈妈。彼时，她的家庭有八个孩子，而且是清一色的男孩，最小的五岁，最大的十四岁，他们在一点一点地唤醒她的母爱，那是一种远山的呼唤。

十二号家庭最小的男孩叫希热坚才，老家在林周县。因为一场血案，他的父母被人杀了，彼时，他年仅四岁，伫立于一侧，目睹了惨剧发生。送来后，很多个夜晚，他都在噩梦惊叫中醒来，然后是哇哇大哭，索郎卓嘎将他抱起来，抱到自己床上，哄着他睡，此后，四岁多的坚才，就喜欢依偎在索郎卓嘎怀里，喊她阿妈拉。

索郎卓嘎爱带希热坚才上街。六一儿童节那天，她用自己的工资，花了240元，给他买了一辆自行车，骑了三天，希热坚才好奇居然将车子拆了，但却装不起来，只好扔在仓库里。后来，她又花120元，给他买了一辆遥控汽车，同样玩不出一个礼拜，照样拆一个七零八落。

拆了就拆了吧，这是男孩子的天性。索郎卓嘎并无一句责怪，两年下来，光给希热坚才买的玩具就花了三四千元。

玩归玩，但学习不能马虎，可偏偏希热坚才学习不好，写作业时，东张西望，精力不集中，索郎卓嘎守在旁边，他照样玩，警告不听，屁股上拍一巴掌，依然不听。

希热坚才最怕被索郎卓嘎罚站，那一刻，他会哭着回来，说对不起，我错了，妈妈不爱我了。

索郎卓嘎说，她最惦记的一个男孩叫丹增晋美，老家在当雄县。到十二号家庭时，已经十五岁了，花季年华，在亲戚家寄养时，染上了坏毛病，喜欢拿别人东西。

她苦口婆心，说这是恶习，可他屡教不改，甚至对爱心妈妈的感情也不深。有一天索郎卓嘎买菜回来，将剩下的一百元放在自己寝室的桌子上，中午忙完了，发现钱不翼而飞。她知道丹增晋美进过自己的屋，与他一起的同学告诉她，晋美拿了阿妈的钱，花了五十元，剩下五十元压在床板底下。晚上她将丹增晋美叫进屋，问他拿了阿妈钱没有，丹增普美摇头，不承认。

索郎卓嘎说，我们这个民族最憎恶偷盗之事。过去偷东西被人捉住后是要砍断双手的，你是个孩子，这个恶习不能有。晋美仍旧支支吾吾，打死也不承认。她挥了挥手，说下不为例。此事，我不向院里报了，以免影响你的操行评价。

后来，民政和福利院识别时，发现丹增晋美的母亲还活着，他不能享受福利院的待遇，让他母亲来将他接回去。丹增晋美的母亲号啕大哭，哀求院长说，我不能带他走，我没有法子养活他！求求你们啦。

那一刻，索郎卓嘎想到自己和哥哥弟弟被父亲抛弃的一幕。

之后，十二号家庭的孩子仍旧与丹增晋美在一起上学，索郎卓玛不时会问，晋美怎么样了，日子过得好吗？

孩子告诉他，晋美改好了，不再偷东西，对妈妈也很好，学习不错，在读高中呢。

后来，过节的时候，她总能收到丹增晋美的问候，卓嘎妈妈过节好！

那一刻，她心里特别温暖。

索郎卓嘎已经二十九岁了，一直不想成家。或者说，因为一家人被父亲抛弃，她对成熟男人有一种天然的抗拒，对男婚女嫁不感兴趣。桑珠荣玛中村一个小伙子一直喜欢她，追她追到拉萨城，带着母亲来拉萨做生意，开服装店，人家微信约她去吃饭，她也觉得没有意思，疏于交往，那个男孩至今未娶，一直在等她，可是她觉得自己未曾萌动爱意和春心。

一个月拿 5000 多元，给阿妈寄吗？

索郎卓嘎摇头，说阿妈日子过得不错，哥哥和弟弟娶了老婆，嫂子跟着妈妈放牛，冬天会来拉萨磕长头，她这十年领的工资，多数给阿妈来拉萨时花了。

亲情离她直线距离很近，可是心理距离却很远。与阿爸同在拉萨十年了，她觉得自己始终不想走近他。直到一年前，大舅和舅妈去世了，对她的打击很大，大舅去参加三表姐的婚礼，回家路上，发生车祸，心脏病复发，在医院仅活了半个月，便往生了。舅妈一直患有糖尿病，舅舅意外去世，对她打击很大，一个月内，也化蝶而去。

遽然失去两个亲人，索郎卓嘎开始考量亲情，十年来对父亲不冷不热的情绪有所改善。

父亲住集体宿舍楼，她住居家室。这一年来，到藏历新年前夕，她会去帮他打扫一次卫生，他未再婚，形单影只，独自生活，没事的时候，会念念经，仿佛是在赎罪，但索郎卓嘎心上，还是没有阿爸这个亲人。

她的亲人，是那群孩子。索郎卓嘎说，十年之间，她带过的孩子已经三个考上大学，有一个考上江达县的公务员，就离她老家桑珠荣玛中村不远，她回去休息时，那孩子发来微信，阿妈拉，我周末来看您。

那一刻，索郎卓嘎的心里特别温暖，有爱就有家啊。

# 一个普通家与一屋大学生

暑假结束了，扎桑考上了天津中学西藏班，就要去津门读书了。

这一年的夏天，拉萨儿童福利院有两个女孩考上了西藏班，一个是四号家庭的扎桑，一个是八号家庭的达娃内金。

拉萨至北京的列车开车是下午四点，四号家庭的爱心妈妈央宗要到车站送女儿。跟自己三年了，央宗发现，扎桑对自己越来越依恋。尤其是最近一个月，分别时刻将近，这姑娘越来越缠自己，不时地说，阿姨，我不想去天津，我想和您在一起。

傻丫头，去读西藏班是西藏学生的梦想啊，一旦考上，等于一脚已经跨进了大学的门槛，前途无量啊，这样的好机会，怎么能放弃？

我晓得啊。扎桑偎在央宗的肩上，远眺窗外，夜雨布达拉，一道道闪电划破天幕，拉萨河陡涨激流。入夏后，拉萨的夜雨一场接一场，连绵不绝，城郭的街灯在雨幕中扭曲变形，如梦如幻。

扎桑的记忆，都扭曲在三岁那个雨夜，雷声很大，闪电，惊雷，一次次在她头顶上炸响。夜雨，噩梦不断啊，先是阿妈往生，随后，阿爸也走了，她被送到了"曲珍孤儿院"。那是一家民办的慈善机构，只有一个阿姨，就是曲珍自己。八十多名孤儿，挤在藏式的民宅里，不过生活还好，冻不着，饿不着，吃得也不错，就是放养，一切都得靠自己的造化。扎桑是读书的料，小学虽然未上拉萨实验小学，但热爱学习，成绩一直名列前茅。到了2013年2月，政府投巨资在拉萨、昌都、山南、那曲、日喀则、阿里、林芝七个地市新建了儿童福利院，她的生活从此改变。

随后，八十多个孩子，从曲珍孤儿院搬到了拉萨儿童福利院，扎桑记得是2013年藏历新年前夕，她刚读初一。因为一直叫曲珍为阿姨，所以到拉萨儿童福利院，不管是先前的大班管理，还是后来进了四号家庭，她仍然叫央宗为阿姨，一叫就是三年。

我见到央宗与扎桑母女时，恰好是扎桑考上大学，就读南京审计大学，因为疫情，放寒假到拉萨后，她就没有回金陵，而在儿童福利院上网课。那天，央宗是我最后一位采访对象，我问央宗的家世与背景，依偎在妈妈肩上的扎桑，替阿妈拉说了，而且对答如流，说明了解之深啊。

扎桑改口喊央宗为阿妈时，是赴天津读书别离之时。

三载时光匆匆，清晨，央宗将十几个孩子的饭做好，一一叫孩子们起床，洗漱，然后吃早餐，然后再送大家坐校车上学。傍晚到校门口一一接回，衣服全洗了，卫生搞得干干净净，再陪着孩子们做作业。十年了，扎桑第一次全流量地享受了这种母爱，令她格外地温暖。央宗给了他们一个完整的家，她的丈夫孩子经常来居家室，与大家一起玩。让他们最大限度地享受父爱与亲情。到了周末，一起坐公交车，到拉萨拉金路央宗父母的家中，一起包牛肉包子，与老人聊天，亲情浓于水。

流年如梦，花季少女一天天长大，转眼就是十六岁，要远去津门读书了。

送别就在拉萨车站的月台上。央宗背着扎桑的双肩背包，里边装着给她买的礼物，进站了，上了月台，扎桑找到自己的座位，去北京的车票，全票是750元。福利院发了1000元，她买的是学生票，仅花一半的钱，可以省下一大半，在车上就餐，买零食吃。该想的，福利院全想到了，该花的，爱心妈妈也准备了。扎桑依在车窗口，与央宗说话，依依不舍，就在火车徐徐开动的瞬间，她突然在车窗上，隔着玻璃窗大声喊道，阿妈拉，我爱您。

阿妈拉！三年朝夕相处，化作妈妈的一声长唤，那一刻，扎桑哭了，央宗也掉泪了。她知道今生，她是扎桑唯一的亲人，而此刻，她有一个女儿要去远方。

绿皮车，女儿，青藏铁路，在泪眼婆娑中化作一片模糊。剩下的就是牵挂，像风筝飘在天空中的眺望与魂牵梦绕。

那天下午，扎桑走远了，央宗拭去泪痕，回到儿童福利院。上楼时，遇见了五号家庭的妈妈央卓嘎，她见央宗眼眶红红的，像刚刚哭过，问道，阿佳拉，谁欺负您啦，看您伤心的呀。

我去车站送扎桑，分别时，她第一次喊我妈妈，让我哭了好久，到现在还止不住掉眼泪，瞧我多没出息啊。

我也一样啊，去年送考上北京外国语大学的女儿时，与你一样，我们俩在车站抱着，哭得一塌糊涂。

央卓嘎与央宗一样，都是2013年2月第一批招进来的员工，只是央卓嘎比自己岁数小，念的书比自己多。

央宗一直羡慕央卓嘎考上大学。

央卓嘎老家在拉孜县，家中姐妹两个，十三岁时，她刚读初一，阿爸就去世了，阿妈带着她和姐姐过日子。高中毕业时，她考上西藏自治区财经学校（现西藏大学财经学院），报到后上了一周课，她环顾左右，都是汉族同学，没有人用藏语与她窃窃私语了，她觉得有点寂寞，居然退学不读了。转而考到一家私立幼儿园，在那里当幼师，一干就是六年。

2013年元旦刚过，拉萨市社保局贴出公告，儿童福利院扩招，需要一批护理员、保育员和爱心妈妈。央卓嘎得到这个消息，马上跑来报考，她算考取过大学的人，还当了六年私立幼儿园老师，信心满格，果然一报考就被录取了。到了2014年下半年，全自治区展开"双集中"供养，实行居家式生活，一个爱心妈妈带八个孩子，央卓嘎成了四号家庭的妈妈。最大的孩子二十一岁，在读大学了，最小的九岁，在读实验小学三年级。

彼时，央卓嘎已经成家，丈夫查巴在拉萨市里开出租车，他们的相识，还有几分的浪漫。那时，她在私立幼儿园，经常跑去"姐妹"甜茶馆喝甜茶，查巴休息时，也和朋友来此玩。有时两拨青年男女中，总有一两个认识的人，便合在一桌，喝茶聊天。聊着聊着，两个人就谈上了男女朋友，随后是一场爱情的马拉松，他们长跑了四年。随后两人在教育城买了房子，三室一厅，一百多平方米，在拉萨有了自己温馨的家。

心里有家，才是归处。央卓嘎说，除了大孩子外，三个弃婴的喂养，让埋藏在她心中的母爱一点点生长起来。


那天，央卓嘎抱着刚拾来不久的弃婴德吉旺姆，接受我的采访，她已经养了这个弃婴三个多月。


2020年3月15日，娘热社区街道在巡逻仓库时，听到垃圾桶方向传来嘤嘤的哭声，循声而去，哭声从垃圾桶里传来，一个个打开看，天呐，在一堆垃圾上，躺着一个赤裸女婴，脐带还未脱落，是被人遗弃的。

巡逻队的人连忙跑回小区楼里，找来了毯子，将女婴包裹起来。拉萨三月天毕竟有点寒凉，然后，报警，报民政局值班电话。

诺布卓玛院长给央卓嘎打来电话时，说又轮到她带弃婴了，这是她抱养的第三个弃婴，因为未穿衣服，女婴得了肺炎，从警务站接过孩子后，央卓嘎就跟着卓玛院长去医院，给孩子输液，治疗肺炎。

我给孩子取了一个名字，德吉旺姆，意思就是吉祥如意的仙女。央卓嘎说，孩子跟她四个月，没有任何毛病，过去最多领一个月，便被人领养了。而这一回，已经四个月了，还无人问津。有一天，她三岁的女儿从林周小姨家里过来，一见妈妈怀里又抱着一个女婴，哇地哭开了，说妈妈又生了宝宝，不要她了。逗得央卓嘎哈哈大笑，还不知道如何向女儿解释。

央卓嘎是2014年结婚的。彼时，她已经在拉萨儿童福利院居家室当了爱心妈妈。2017年女儿出生了，休了五个月产假，她将女儿交给林周小姨白珍带，自己便来上班，轮休时，坐班车回去看女儿，总是不断换乘和转车，麻烦多多。这年的秋天，正好有一个月公休假，她掏钱去学车，考了一个驾照，买了一辆吉利车，轮休时，回林周去看女儿方便多了。

女儿在小姨家待了三年，三岁将满，央卓嘎将她从林周小姨家接了过来，住到了居家室。此时，拉萨儿童福利院成了央卓嘎真正意义上的家，阿妈去世了，丈夫应聘来儿童福利院开车，谋到一个公益岗。女儿第一天进家，听到哥哥姐姐都唤央卓嘎阿姨，她也跟着孩子们叫妈妈为阿姨。

叫阿妈拉！央卓嘎对女儿说。

女儿摇头，哥哥和姐姐都叫你阿姨，我跟他们一样。叫您阿姨。

央卓嘎哭笑不得。说我是你妈妈啊。

是阿姨。

好吧，就跟着叫阿姨吧。

后来，从达孜县亲戚家寄宿的琼琼来到五号家庭，读初二，这个十四岁的男孩开始叫央卓嘎阿妈，另外四个孩子也改口叫她阿妈时，女儿才亲亲地跟着喊一声阿妈。

对于女儿，央卓嘎觉得是亏欠的。

在五号家庭，央卓嘎带了十三个孩子，女孩们住西边那套，她和丈夫女儿与男孩子住东边这套。除了女儿外，两个小的读小学，都在拉萨最好的实验小学读书。儿童福利院有八个孩子在那里就读，是果果市长特批的。另外四个孩子读初中，三个读高中，四个读大学。我采访那天，是七月七日，碰上西藏高考，央卓嘎有两个孩子参加高考，因为院里统一接送，管饭，她就不用站在校门口陪孩子了。

央卓嘎说，拉萨儿童福利院育子观念超前，除引进"春晖"家庭带孩子外，也鼓励员工，以家庭方式来带小孩。央卓嘎的丈夫与女儿，就与孩子们住在了一起，一起上学，一起吃饭，与孩子们一起玩，父爱、母爱一点也不缺失。家，对于福利院的孩子来说，都是完整的。

央卓嘎说，最让她感动的一幕，是2019年12月2日，那天她给琼琼去开家长会，班主任讲得时间长，散会时，已经暮霭沉沉了，坐公交车回到福利院，夜幕落了下来。她步履沉沉，到五号家庭时，见屋里黑黝黝的，门关着，光线黯然，她以为孩子们在看电视。推门而入，只听生日快乐歌响起，屋里的灯亮了，孩子们捧着哈达，手执彩球，端着礼物，唱着生日歌，向她走了过来，献上洁白的哈达与生日的祝福，踩响气球，将生日礼物一一献上。这一刻，央卓嘎，才记起今天是自己的生日。感动的泪水哗地涌了出来，她拥着孩子们，连说谢谢！

懂得感恩，是西藏七个市地儿童福利院里俯拾皆是的故事。

央卓嘎说，她带的孩子，已经有四个考上了大学，有读咸阳民院的，有读四川民族大学的，最牛的那个女孩，居然考了北京外国语大学，2020年又有两个高中生考了大学。

央宗的四号家庭在央卓嘎的楼下，她家更厉害，八个女孩考上了大学，五个大男孩，先前有三个读大学，2020年又考上了两个，等于全部在读大学。

扎桑在南京审计学院读了一个学期，寒假放假回到拉萨时，遇上了疫情，只能上网课，可是她硬凭着顽强毅力，考过了高等数学。央宗儿子在读高中，数学和英语不太好，辅导的事情，全交给了姐姐扎桑，她既有耐心又热情，从一个单词，一道数学题讲起，一一辅导，儿子在姐姐的全力帮助下，学习有了很大进步，令央宗省了不少事。

央宗说，四号家庭最大的女孩巴桑卓玛去年离院了，她大学毕业后，考到日喀则白朗县白朗乡岗村当乡村振兴专干。可是，拉萨福利院还是她的家啊，有事没事，晚上一个人孤独寂寞的时候，她会不时地给阿妈央宗打电话，诉说着她青春的梦想和在乡村遇到的难事。

坚持，无论多苦！央宗对女儿巴桑卓玛说，谁坚持到最后，谁就会看到卓玛花开满大地。

知道了，阿妈拉！

一只雏鹰出巢了，可她仍旧不时向拉萨河回望，那里有她们最温暖的家啊。

第十卷
Chapter 10

绿菩提

# 绿树天风化众生

已经是中午一点半了。

在昌都市的这顿午餐，是在强巴林寺不远处的一座塔楼里吃的。扶贫办陪同采访的张万祥，有意让服务员上菜慢一点，他们在等一个人，昌都市民政局局长布措女士。

时间尚早，生物钟暗示我，此刻仅为北京的晌午，也就十二点半。倚窗眺望，酒家坐落于澜沧江源头，扎曲与昂曲的交汇处。二十二年前，我走过的那座钢索吊桥已经不再，吊桥两侧飞舞的经幡已化作流年逝水。昂曲之北，为四川坝，达马拉岿然入云间，六十几拐的盘山公路，依然是重重叠叠的书法曲线，潇洒画在大山腰间；扎曲以南为云南坝，旧西藏噶厦政府昌都总管府旧址在此。连续三天，我一直在寻访，却不见旧时踪影。城市的改造，抹平了许多人的记忆，包括我对察木多的记忆。可是，傍晚踱步于澜沧江畔，仍旧可以谛听到茶马古道的心跳，驼铃声声，马蹄声碎，一点一痕踏在游人的心上，摇醒了沉睡的记忆。二十二年了，在澜沧江源头看见的那条鱼，又从云南游回来了吗？过扎曲桥，往上走几步就是强巴林寺，晚上从宾馆散步过来，往左看，寺前那座新的铜雕，格萨尔王骑在骏马上，挥鞭横戟，高车驰过岭国。那故事，是风中的传说，还是格萨尔王说唱艺人天人神授的梦幻？我不好轻易下结论。强巴林寺在云上，在高台之上，拾级登高，走过汉白玉石阶与扶栏，便可以直抵强巴林寺。二十二年一度归来，本可以旧梦重圆，一念离红法，一念入伽蓝。然而，最终却步。绿化树，菩提树，长于喇嘛寺，长于市井之中，亦长于人心中。

布措局长来了，迟到了一个小时，其实电话通知她时，她已经吃过中饭了，只是这顿中餐，还有一个重要内容，重续昨日、前日两天的采访。我想问问，关于贡多，关于强巴林寺的第六代活佛，他们是如何评价昌都第一、第二儿童福利院的集中供养的。

前天，布措局长偶然向他提及贡多活佛来过儿童福利院。

贡多，强巴林寺。帕巴拉系活佛，那是属于一个人三十年前的记忆。1990年之夏，我随阴法唐老人第一次进藏，住在西藏军区老司令员张国华小屋，中午那顿饭，与帕巴拉·格列朗杰一起吃的。彼时，帕巴拉五十出头，一副好身板，他与阴中将是老朋友，那天首长小酌几口，以示敬意。而我，老秘书，还有摄影家老张，仗着年轻力壮，三对一，以为能撂倒帕巴拉，结果大败而归。回到室里，卧在床上，吸了一个下午的氧，方知帕巴拉乃四川理塘康巴汉子，雄风不减当年。

许多年后，我到成都采访中印边境反击战老兵，见到当年十八军五十二师的科长魏克，魏老与阴法唐是同乡，大阴三岁。说起当年与帕巴拉那场酒，那场醉，魏克听后哈哈大笑，说你们哪是帕巴拉的对手。昌都解放时，魏克与宗教上层开座谈会，小活佛帕巴拉刚十岁，一身红衣袈裟，对他上衣口袋里插着的派克笔特别感兴趣，拿过来，拧来摸去，爱不释手，魏克遂赠予了他。

那贡多活佛呢，当时岁数多大？我没有细问魏老，强巴林寺乃格鲁派藏东第一寺，曾经一统察木多（昌都旧时之译法），影响远至打箭炉，就连噶厦政府的昌都基巧（总管），也对其忌惮三分。因为总管的提名权在寺庙，然后报噶厦政府和达赖喇嘛。强巴林寺为宗喀巴弟子喜绕桑布于15世纪30年代所建，寺内主佛为强巴（大慈）佛，有五大活佛、八大扎仓（学院），即帕巴拉活佛、谢瓦拉活佛、甲热活佛、贡多活佛和嘉热活佛。强巴林寺僧人鼎盛之时，一度达到4500人，而常住时亦在2500人左右。

那天，贡多活佛时隔多年重返昌都，关于身世，世人知之甚少，网上关于他的资料也少之又少。只知道他是藏族，籍贯不知，生世不详，只用一句话，透尽历史的沧桑与玄机。

"贡多·洛桑丹增·巴丹龙珠，藏族，籍贯不详，第六世贡多活佛。贡多活佛系统是强巴林寺的第四大活佛系统（该寺五大活佛系统依次为帕巴拉活佛、谢瓦拉活佛、甲热活佛、贡多活佛、嘉热活佛）。后来在瑞士定居。"

依推算，第六世贡多·洛桑丹增·巴丹龙珠的岁数与帕巴拉相近，甚至还可能略略偏小一点。布措仅仅提过贡多活佛来参观过儿童福利院，感慨万千，赞许有加。

贡多活佛在瑞士期间，去过许多慈善机构，考察过北欧社会对孤老年少病残者的救济，而掠过眼前的一线光亮，更多的还是失望，失望。

中国改革开放之后，20世纪80年代中期，有不少旅欧藏胞归国。贡多活佛是第一批，还是稍后，并无记录。他回拉萨后，担任什么社会职务也鲜有披露。

布措说，贡多活佛是去年来昌都儿童福利院视看的，一院二院都来过。看到1500多个孤儿皆有归宿，十二岁以下的孩子，住在居家室，一个妈妈带着八至十个孩子，四人一间，四室一厅，有宿舍，有洗漱间，有卫生间，沐浴室，宽大的客厅，摆的是藏式的沙发、卡垫、茶几，桌子摆着水果、牛奶、奶渣，他喟然长叹，说，别相信西方的宣传，他们的慈善机构我都去看过的，就是一片吹嘘。我看了昌都市两座儿童福利院，我们比他们做得好呀。老有所终，孤有所养，昌都市一千五百个孤儿，小的在一院上幼儿园，上小学，十二岁以上的到二院，读初中、高中，念大学，这些西藏妈妈们，有三分之一是未婚妈妈啊，有不少一辈子可能选择了单身，比西方的修女、嬷嬷，更有信仰和爱心。这是流淌在我们这个藏民族血脉里的东西，与生俱来，别人比不了，西藏妈妈真好哟！

菩提树高，庇荫众生万千。长明灯河，照拂寒冷冰河。

三千繁华，弹指刹那。百年后，不过是黄沙一抔。

刹那。千年雪域，一念起，东风刹那间，绿菩提长成巨树，浓荫众生。我坐在北京夏夜，敲下最后一行文字，天已破晓，晨光掀进窗帘一角。绿树枝头，斑鸠、黄鹂、鹧鸪，你唱罢，喜鹊登枝，争鸣枝头，啾唧，唱一个此起彼伏，花摇枝颤，合声在大院里回响，阿佳，妈给，度母……

西藏妈妈！

# 后记
## 千年一梦桃花落

    写下《西藏妈妈》最后一行字时，已经是 2022 年 6 月天，北京城的初夏有点热，作家的心更像一片烈焰在燃烧，奔突，岩浆般在雪域，在横断山麓，在莽昆仑，在冈底斯，在喜马拉雅腹心地带奔流，那是慈航之帆，如雅鲁藏布的惊涛，母亲爱河里的春波，小石潭里的清泉，让他无法抑制内心的激动。

    比之世界，西藏妈妈的精神世界丰盈而圆满，温柔而博大，令他一次次拍案惊奇，西藏的慈善事业，"双集中"养老养少，至少超前其他省区二十年。朋友听我一说，皆哑然失笑，说西藏是边远之地，怎么可能比我们先进？他挥手劈下，说，错，西藏的"双集中"惠及百姓，老有所养，少有所托，弱有所安，穷有所扶。一千三百多年前，一代赞普松赞干布，在他与文成公主和尺尊公主住过的红山宫殿内留下千年遗训：

    "我想要普天之下的老者，老有所养，不再冻死于风雪；

    我想要苍穹之下的幼者，孤有所托，不至沦落街头；

    我想芄野之上的弱者，弱有所扶，安得广厦千万。"

    一代赞普的梦想，经过了一千三百年的历史时空，唯有在新中国，在一代共产党人的手中，才变成现实。

    作家对西藏历史太熟悉了，翻过许多老照片，看过当年拉萨八囊学一带，就是黑帐篷的意思，现在早已经融入八廓古城，当年从康区磕长头到此的众生居住于此，钱都献给寺庙了，便流落于街头，以乞讨为生。西方的摄影家、慈善家，解放军进藏时摄影者留下来的老照片，可以看到乞丐遍地，一些少年在寒天里与狗争食……这也许是他为何要写《西藏妈妈》的动力，为新时代新西藏的慈善公益而歌而书，留下镌刻在雪山之巅的文字。

前方灶头，有什么样的风景，有我的黄铜茶炊吗？想起了西部诗王昌耀的诗句，风景依旧，时间已过了千年，但是西藏的故事，还是那般神秘、诡谲、传奇，西藏福利院里的故事，犹如一个现代版的神话，一片雪域上的中国梦，更是感人至深的童话。

遇见西藏福利院的故事，纯属偶然。2019 年 3 月，作家刚解甲归去，人有点迷茫。恰好林芝山寺桃花三月开，进藏二十次了，从未见过此盛景，于是婉辞了央视采访，去看西藏雪岭古桃树。桃之夭夭，古树逢春，千年风雪掠过，一夜东风来，一树红云飘过来，蓝天、白云，碧水、白雪相映，雅江两岸的桃花盛极，杏花，李花，皆成一道奇观。那一株株古桃树，红如少女，白如桃妖，真的是成精得道了，令人沉醉。

真正的感动是在林芝儿童福利院，那是嘎拉村桃花节开幕前的一场采访，居家室中，四个孩子一个妈妈，最大的十一岁最小的三岁，有男有女，四室一厅的套房，宽敞明亮，而她们这些爱心妈妈，有未婚女，有未生娘，也有阿妈拉，更有终生未嫁的。那份献身慈善的初心，源自这个伟大民族宽阔博大的内心。孩子欢歌笑声，都写在了脸上，妈妈的舐犊之情，也写在了脸上，通透，明亮，这就是一个离太阳最近的民族，才有如此太阳般的灵魂与情感。

伫立雪岭上，桃花树下，俯瞰世界屋脊下的华夏大地，那塬上，那大平原，那江南，那四海五岳，那丘陵原隰，作家被深深地打动了。

相比于其他省区，不得不承认，西藏养少、养老的设施和机制，真的非常先进。

那一刻，作家突然萌动了一个想法，锁定这个项目，像爱心妈妈的执念一样，为西藏写一部"双集中"，养少养老的书，书名就叫《西藏妈妈》，程士庆兄撮合，得到了广东人民出版社肖风华社长的鼎力相助。于是，作家飞抵西藏，从昌都市儿童福利院始，第二天恰好是六一儿童节，他与那些载歌载舞的少年，过了一个久违的节日。然后，溯澜沧江源扎曲而上，千里单骑掠过横断山，横穿万里羌塘，抵达藏北重镇那曲市，在儿童福利院，采访了三天，再环大北线，进无人区，抵达海拔最高的双湖县。西行阿里，特别采访了西藏自治区"双集中"试点的阿里儿童福利院。壮游之屐直抵象泉河，再环冈底斯山、喜马拉雅而行，抵后藏日喀则，回到拉萨，转道山南、返至第一次采访地林芝，这是他第二十一次西藏行收官之地。

一路看尽金青稞，莽原皆是邦锦梅朵。那天从米林机场起飞，他突然有一种从天国之门回归人间的感觉，身后，翼下，云上，色季拉、南迦巴瓦、康庆拉、唐古拉、喀喇昆仑、冈底斯山，冈仁波齐神山，喜马拉雅，雪峰峥嵘，偶然露出云间，怒江、澜沧江、雅鲁藏布、象泉河、马泉河、狮泉河，还有圣湖当惹雍措、玛旁雍措、拉姆拉措，甚至古格王国、象雄王国，皆在他的身边，化作一树树古桃花，一位年轻美貌的阿佳，阿妈拉。想此，作家的泪水倏地涌出眼帘。男儿有泪不轻弹，卿为谁拭泪？为西藏，为自己，为那些失去父母的孤儿？他说不清。他默默叩问自己，第二十一次的西藏行，这块雪域大地，究竟赐予了他什么。让他遇到了神迹，天缘，还是柔情万丈？

作家在路上，一路格桑花开，旷野嘎拉梅朵连天，行者的视角一路走来，以脚作笔，以剑作笔，剖开的是高原的肌理和纹路，窥见的是人的、神的、历史的、地理的、风情的民间密码。风语后，摩挲的是心灵皱褶。奇遇、巧合的天缘总是在西藏不时发生，他的行程将半，进了喜马拉雅南麓，走入达曼人的小村庄，在一座座扶贫搬迁时新建的藏家小院，与巴桑村主任聊过天，未曾想到日后在日喀则第一儿童福利院，见到了巴桑村主任的亲侄子、亲侄女。在第二儿童福利院，又见到另一对达曼人姐妹，毕竟这只是四十多户的一个小村庄啊，三百年多了，刚获得中国国籍，却有两对遗孤在儿童福利院，有了爱心妈妈。到了江孜帕拉庄园所在的班久伦布村，作家本意是要去寻找当年的朗生后代，是不是依旧贫困成了精准扶贫户，却被乡里年轻的宣传委员带进三户人家。第一户男主人叫罗布杰，不是朗生之家，而是柴巴后代。第二户女主人叫列宗。等他到了拉萨儿童福利院，采访的第一位爱心妈妈是六号家庭的卓嘎，寒暄之时，他问卓嘎家住何处，她说江孜县班久伦布村，他说我昨天上午就去了班久伦布村啊，去了谁家？卓嘎问他。罗布杰，列宗家。有照片吗？有，他打开手机照片给卓嘎看，卓嘎惊呼，这是我叔叔和嫂子家呀。于是便出现了本书开篇的第一幕。

西藏就是这样，时空交织，天人感应，时光凝固了，岁月年轻了，空间便缩小了，人与人，你我他，风物与情感，生灵与天神，就在一场天荒地老中，奇遇和天缘便发生了，文学也就开始了。

《西藏妈妈》的文学故事，就是一条情感的雅鲁藏布，爱心的拉萨河，激情的怒江，童心静好的澜沧江源。千年慈航，一条博爱大船，一辆世界屋脊上朝圣的高车，向作家驶来，七个地市儿童福利院，一百多爱心妈妈坐在他面前，最小的十九岁，最大的五十岁，绝大多数是藏家阿妈拉，也有两位汉家妈妈，三分之一是未婚妈妈，她们平静地讲述与孤儿们的故事，就像讲自己的儿女。彼时，再不隔着一条血浓于水的界河，在她们的眼中，无血缘之亲的博爱，素昧平生上的相遇，尽管彼此之间，仅仅是社会公益与慈善道义的一次邂逅，都值得赋予真情。一圈又一圈的云纹，一面又一面的风马旗，纽接在一起。许多未婚、单亲的阿妈拉、妈给，会在儿童福利院里终老，但她们却终生不悔，因为她们心存大爱。她们相信，只要爱心不泯，青春就会不老，生命不衰。

衰年变法已就。南海填岛之《天风海雨》，中共一大之《天晓1921》，西藏精准扶贫之《金青稞》，完成了作家壮年创作的一场归零与涅槃，而《西藏妈妈》作为那五十二天西藏行的另一个菩提果，有点意外，却落在他的脚跟前。

站在北京复兴门下的夏夜里，作家突然想到一个人，那个与文成公主并肩而立，伫立逻些（拉萨）红山上的赞普，他给那片雪域留下了一个遗训：我想老者不再冻死于风雪，幼者不再流浪街头。一千三百多年过去了，吐蕃只剩下红山上一座小庙，大唐长安城的格局还在，但松赞干布的千年遗训真正成为现实，也只有在今日的西藏。

最后一行字画下句号时，作家极目远眺，京华大院的窗前有一只灰喜鹊掠过，是那天他和女儿站在拉姆拉错观台上，掠过的那一只神鸟吧，在鸣啼，在呼唤：西藏妈妈！


2021年8月18日至2022年6月6日写于云南昆明大板桥、北京复兴门外大街甲七号院

2022年6月26至9月13日修改定稿于北京复兴门外大街甲七号院